U0085585

LPT 滿分進擊

提供 MP3 朗讀音檔下載

新日檢制霸！

N1 單字速記王

必考單字 × 出題重點 × 主題式圖像

由日語專業教師審訂，以實用情境句、圖像式記憶，完全掌握 JLPT 言語知識

あいうえお

眞仁田 榮治、清水 裕美子、
曾寶儀、詹兆雯、蔡佩青　編著
浦上 準之助、泉 文明　審訂

成摯推薦	政大 / 淡大 / 文大 兼任日語教師	YouTube 日本語教師	臺大兼任日語教師 李欣倫日語創辦人	銘傳大學應用日語學系 教授兼系主任	臺大兼任日語教師
	今泉 江利子	出口 仁	李欣倫	林玉惠	黃意婷

三民書局

本書針對新制日本語能力測驗的「言語知識（文字‧語彙‧文法）」，精選必考單字，搭配重點文法與主題式圖像，編著多種情境句，形成全方位單字書。

◇ 速記必考重點

① 必考單字

以電腦統計分析歷屆考題與常考字彙後，請教學經驗豐富的日語教師刪減出題頻率較低的單字，增加新制考題必背單字，並以 50 音順序排列，方便查詢背誦。

② 最新出題重點

針對新制言語知識考題的最新出題趨勢，詳細解說常考字彙、文法以及易混淆字彙，精準掌握單字與文法考題。

③ 主題式圖像

用趣味性插圖補充主題式單字，讓學習者能運用圖像式記憶，自然記住相關字彙，迅速擴充必考單字庫。

④ 生活情境句

新制日檢考題更加靈活，因此提供符合出題趨勢的例句，並密集運用常考字彙與文法，幫助考生迅速掌握用法與使用情境，自然加深記憶，提升熟悉度。

⑤ 標準發音

朗讀音檔由日籍專業錄音員錄製，幫助考生熟悉日語發音。本書電子朗讀音檔請至三民‧東大音檔網（https://elearning.sanmin.com.tw/Voice/）下載或線上聆聽。

運用本書認真學習的考生，能透過生活情境、圖像式記憶，迅速有效率的學習單字與文法，無論何時何地皆可靈活運用，在日檢中輕鬆驗證學習成果。

1 **2** **3** **4** **5** **6**

0542
□
ねこ
【猫】

名 貓 →0069 單字

類 いぬ【犬】狗／どうぶつ【動物】動物

7
🔊
01

例 大学を卒業したら、猫を飼いたいです。　大學畢業之後想要養貓。

8 出題重點

▶文法　～たら　假定條件
表示如果前項實現了的話，就會發生後項的動作。

9 寵物

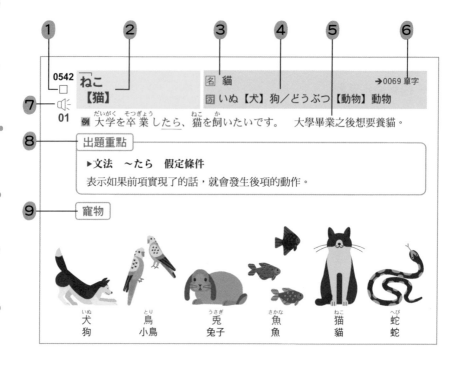

いぬ
犬
狗

とり
鳥
小鳥

うさぎ
兎
兔子

さかな
魚
魚

ねこ
猫
貓

へび
蛇
蛇

1 背誦確認框
　檢視自己的學習進度，將已確實熟記的單字打勾。

2 精選單字
　假名上方加註重音，【　】內為日文漢字或外來語字源。

3 字義與詞性
　根據新日本語能力試驗分級，標示符合本書難易度的字義。

▶詞性一覽表

自	自動詞	名	名詞	連體	連體詞	接續	接續詞
他	他動詞	代	代名詞	連語	連語	接助	接續助詞
Ⅰ	一類動詞	い形	い形容詞	感嘆	感嘆詞	終助	終助詞
Ⅱ	二類動詞	な形	な形容詞	助	助詞	接頭	接頭詞
Ⅲ	三類動詞	副	副詞	慣	慣用語	接尾	接尾詞

＊為配合 N1 學習範圍，本書內文精簡部分單字的詞性表示。

④ 相關單字

整理相關必背「類義詞」、「反義詞」及「衍生詞」，幫助考生擴大單字庫，對應新制日檢的靈活考題。

⑤ 日文例句與中文翻譯

在生活化例句中密集運用常考的字彙與文法，讓考生熟悉用法、加強印象，並提供中文翻譯參考。

⑥ 對應標示

標示前一級單字，以及曾出現於日檢試題的該級常考單字，方便學習者參照。

⑦ 音軌標示

圖示下方數字即為對應的 MP3 音檔編號，請按 P.6 的說明下載音檔聆聽。

⑧ 出題重點

針對新制日檢言語知識的考題，說明出題頻率較高的文法、詞意、慣用語等。
▶文法：以淺顯易懂的文字說明常考句型。
▶文法辨析：說明易混淆的文法用法。
▶詞意辨析：區別易混淆的單字意義與用法。
▶固定用法：列舉詞彙的固定搭配用語。
▶慣用：衍生出不同於字面意義的詞彙。
▶漢字讀音：整理日文漢字的音讀及訓讀。
▶搶分關鍵：釐清易混淆的考試要點。

⑨ 主題式圖像

將相同類型的補充單字搭配精美插圖，幫助考生記憶單字。

電子朗讀音檔下載方式

請先輸入以下網址或掃描 QR code 進入「三民・東大音檔網」。
https://elearning.sanmin.com.tw/Voice/

1 輸入本書書名搜尋，或點擊「日文」進入日文專區後，選擇「JLPT 滿分進擊系列」查找，即可下載音檔。

2 若無法順利下載音檔，可至右上角「常見問題」查看相關問題。

3 若有音檔相關問題，請點擊「聯絡我們」，將盡快為您處理。

新制日本語能力試驗N1的試題可分為「言語知識（文字‧語彙‧文法）」、「讀解」、「聽解」三大部分，皆為四選一的選擇題。其中，單字正是「言語知識」部分的得分關鍵，熟記字彙的意思與寫法，並搭配本書「出題重點」當中的「詞意辨析、固定用法、慣用、漢字讀音、搶分關鍵」，就能輕鬆掌握此部分。「言語知識（文字‧語彙）」共有以下四種題型：

1 漢字讀音

＿＿＿の言葉の読み方はとして最もよいものを、1‧2‧3‧4から一つ選びなさい。

（例）全体の費用は5千万円に上った。その内訳は次のとおりである。

　　1　ないわけ　　2　ないやく　　3　うちわけ　　4　うちやく

解答：3

本大題主要測驗考生是否能判斷漢字的讀音。平時學習上須多加留意單字當中的濁音、半濁音、促音和長音，以及訓讀漢字的念法。

2 前後文脈

（　　　）に入れるのに最もよいものを、1‧2‧3‧4から一つ選びなさい。

（例）おばが無事に帰国したと聞いて、家族はみんな（　　　）した。

　　1　軽蔑　　2　安堵　　3　執着　　4　非難

解答：2

本大題主要測驗考生是否能根據前後文，選出適當的語彙。平時學習上不僅要留意單字的中文意思，也可以透過多閱讀情境例句，來記憶常見的搭配用法。

③ 類義替換

_____ の言葉に意味が最も近いものを、1・2・3・4から一つ選びなさい。

（例）救助隊はマイナス 30 度という過酷な環境で長時間作業を続けなければならなかった。

    1　きつい　　　　2　美しい　　　　3　おもしろい　4　重い

解答：1

　　本大題主要測驗考生是否能選出相近題目敘述意思的詞語，學習上可多記憶單字的「類義詞」、「反義詞」和「衍生詞」。

④ 語彙用法

次の言葉の使い方として最もよいものを、1・2・3・4から一つえらびなさい。

（例）当たる

    1　改まった場面で敬語が使えると、周りにいい印象を当たることができる。

    2　東京から移住してきた一家は、田舎では当たって目を引く存在だった。

    3　経済摩擦がきっかけで、両国の関係は悪化の一途を当たった。

    4　日本では、ビジネスの場面で「うん」と相づちを打つのは失礼に当たる。

解答：4

　　本大題主要測驗考生是否了解語彙的正確用法，平時背誦單字時，除了正確理解字義之外，亦須留意詞義辨析和固定的搭配用法。

　　透過本書有效地背誦字彙、增加單字量，便能在日檢考試獲得高分。

＊實際出題情況、考試時間等，請參考日本語能力試驗官方網站：
http://www.jlpt.jp/tw/index.html

N1單字速記王

目次

圖片來源：Shutterstock

▶あ／ア

0001
□
あいそ・あいそう
【愛想】

图 待人的態度；和藹可親

01 囫 さっきの店員さん、やけに愛想が悪かったよね。お会計の時、ほとんど口を利かなかったじゃない。

剛剛的店員態度非常差勁。結帳時幾乎不發一語，不是嗎？

0002
□
あいだがら
【間柄】

图 人際關係，交情；血緣關係
類 かんけい【関係】關係，交情

囫 二人は先輩・後輩というよりむしろ、兄弟と言ってもいいような間柄だった。 那兩人與其說是學長學弟，還不如說像是兄弟般的關係。

0003
□
あいちゃく
【愛着】

图 依依不捨，留戀　　　　→ 常考單字
類 しゅうちゃく【執着】執著

囫 この車、２０年も乗り続けていると、いつの間にか愛着が湧いてきて、手放せなくなったんだ。

這臺車持續駕駛20年多了，不知不覺依依不捨之情油然而生，無法放手。

0004
□
あいつぐ
【相次ぐ】

自I 相繼　　　　　　　　　→ N2 單字
類 あとをたたない【後を絶たない】接連不斷

囫 この辺りは道が狭いので歩行者と自転車の接触事故が相次いでいる。 這一帶的道路狹窄，因此行人與自行車擦撞事故接連不斷。

0005
□
あいづち
【相槌】

图 幫腔，附和

囫 あの気難しい社長と、うまくやっていくコツは、いつもニコニコして、適当に相づちを打っておくことだよ。

與那位難應付的總經理和睦相處的訣竅是，總是笑笑地適時隨聲附和。

0006
☐ **あいはんする**
【相反する】

自Ⅲ 相反，對立
類 むじゅんする【矛盾する】矛盾，抵觸

例 試合中は早く負けて楽になりたい、でも勝ちたいという相反する感情が心のなかで葛藤していた。 比賽時既想早點輸了獲得解脫，但又想贏得勝利，兩種完全相反的情緒糾結於心。

┌─ 出題重點 ─────────────────────────

▶搶分關鍵 接頭詞 相（あい）～

表示「互相…」、「兩者皆…」、「共同…」。
例 二人の主張は相容れなかった。 兩人的主張互不相容。
例 ライバルと決勝戦で相対することになった。 與對手在決賽相對峙。
└───────────────────────────────

0007
☐ **あいま**
【合間】

名 餘暇，空閒時間 　　　　　　→ 常考單字

例 最近仕事の合間にジムに行って汗を流すことで、ストレスを解消する人が増えている。

最近在工作閒暇之餘，藉著上健身房流汗紓壓的人增加了。

0008
☐ **あいらしい**
【愛らしい】

い形 可愛
類 かわいらしい【可愛らしい】可愛

例 彼女は、子犬のような愛らしい顔立ちに似合わず、ときどき辛辣なことを言う。 與小狗般可愛的面貌不符，她時而說話尖酸刻薄。

0009
☐ **あえぐ**
【喘ぐ】

自Ⅰ 喘；苦惱，掙扎
類 くるしむ【苦しむ】苦惱

例 疲労の極みに達し、あえぎながら頂上を目指して登り続けた。

我精疲力盡、氣喘吁吁地繼續攻頂。

例 不況にあえぐ中小企業の多くはリストラに踏み切った。

苦於經濟蕭條的中小企業大多決意裁員。

0010
☐ あえて
【敢えて】

副 特意，硬（去做某事）

例 本当のことを言ったらあなたが気にすると思って敢えて言わなかった。

我想如果說出事實的話你會很在意，所以才刻意沒說。

0011
☐ あおぐ
【仰ぐ】

他Ⅰ 請求（指示、援助等）；仰望；尊崇
衍 あおむけ【仰向け】仰，朝上

例 仕事で困ったときは、上司にアドバイスを仰いだ方がいいですよ。

工作上感到困擾時，最好請求上司指教。

0012
☐ あおざめる【青ざめ
る・蒼ざめる】

自Ⅱ 變蒼白，臉色發青
衍 あからめる【赤らめる】使…呈紅色；泛紅

例 あくどい企みを暴露されて、母親の表情はみるみる青ざめていっ
た。　惡毒的陰謀被揭露，母親的表情瞬間發白。

0013
☐ あおむけ
【仰向け】

名 仰，朝上
反 うつぶせ【うつ伏せ】趴，俯臥

例 赤ちゃんをうつ伏せに寝かせると、危険なので、仰向けに寝かせてく
ださい。　讓嬰兒趴睡的話會有危險，所以請讓他仰睡。

0014
☐ あおる
【煽る】

他Ⅰ 煽動
反 おさえる【抑える】抑制，壓制

例 国民の不安をあおるような記事が相次いで書かれるわけは、そのほう
が週刊誌の売上が伸びるからである。　相繼撰寫一些報導煽動國民不
安的情緒，是因為這麼做週刊銷售額會增加。

0015
☐ あがく
【足掻く】

自Ⅰ 掙扎
衍 わるあがき【悪足掻き】垂死掙扎

例 封建社会においては、身分が低ければ、どうあがいても出世できな
かった。　在封建社會中若身分低微，無論怎麼死命掙扎都無法出人頭地。

0016 ☐
あかす
【明かす】

他Ⅰ 通宵（未眠）；表明，揭露
衍 たねあかし【種明かし】說出內幕；揭密

例 近くに泊まれるような場所がなかったので、しかたなく車の中で夜を明かしました。　附近沒有能投宿的地方，我迫不得已在車裡過夜。

例 古代では、人に名前を明かすことは魂を支配されると信じられていた。　在古代，人們曾相信向他人表明姓名會被控制靈魂。

0017 ☐
あかつき
【暁】

名 …之際；拂曉　　　　　　　　　　　　　→ 常考單字
類 さい【際】…之際，…的時候

例 僕が合格した暁には、友達を招いて盛大なパーティーを催そうと思ってるんだ。　我通過考試之際，想邀請朋友舉辦盛大的派對。

0018 ☐
あかぬける
【垢抜ける】

自Ⅱ 時尚
反 やぼったい【野暮ったい】庸俗

例 最近の飲食店の制服とか、工事している人の作業服は垢抜けている気がする。　感覺最近餐飲店的制服、施工人員的工作服都變時尚了。

0019 ☐
あからさま（な）

な形 明顯，直接了當
類 ろこつ（な）【露骨（な）】露骨，毫不掩飾

例 海外であからさまに差別されたことはないんですが、なんとなく避けられているような気がするんです。

雖然在國外不曾遭受到明顯歧視，但總有一種被疏離的感覺。

0020 ☐
あかり
【明かり】

名 燈火；亮光
衍 つきあかり【月明かり】明月

例 山の中腹に明かりがいくつか見える。どうやら小さな集落があるみたいだ。　能看見半山腰上有些燈火。感覺好像有小聚落。

0021 ☐
あげく
【挙句】

名・副 結果，最後（多用於不好的事情）
類 すえ（に）【末（に）】結果

例 ギャンブルで今月の小遣いをすべて失ったあげく、友達に借金までしてしまった。　我賭博輸掉這個月所有零用錢，最後甚至向朋友借錢。

0022 □
あけくれる
【明け暮れる】

自II 埋頭
類 ぼっとうする【没頭する】埋頭

例 学部生のときはそこそこモテたのだが、院生になってからは研究に明け暮れていたので、恋愛とは無縁だった。

雖然大學時還滿受歡迎，但成為研究生後埋頭研究，因而和戀愛絕緣。

0023 □
あけわたす
【明け渡す】

他I 讓出，交出
反 うばう【奪う】搶奪；剝奪

例 10年にわたって世界最強のボクサーとして君臨した彼も、去年、とうとうチャンピオンの座を明け渡した。

連身為世界最強拳擊手稱霸10年的他，也終於在去年讓出了冠軍寶座。

0024 □
あさましい
【浅ましい】

い形 凄惨；（性格）卑鄙
類 げひん (な)【下品(な)】（外表言行）粗俗

例 仕事もせず、飲食店の前のゴミ箱をあさるなんて我ながらあさましい。 我不僅沒工作，還在餐飲店前的垃圾箱覓食，連自己都覺得凄涼。

0025 □
あざむく
【欺く】

他I 欺騙
類 だます【騙す】欺騙

例 敵をあざむくために、私たちが仲間割れをして、喧嘩しているふりをしましょう。 為了欺敵，我們假裝正感情分裂、吵架吧。

0026 □
あざやか (な)
【鮮やか (な)】

な形 （色彩、形象）鮮明；（技術）巧妙
類 せんめい (な)【鮮明(な)】鮮明；清楚

例 印象派の絵画は、鮮やかな色彩、大胆な構図が大きな特徴です。

印象派繪畫的鮮明色彩及大膽構圖是最大特徵。

0027 □
あさる
【漁る】

他I 搜集；（動物）覓食
→ 常考單字

例 このサーバーのデータをあされば、事件解決の手がかりが見つかるかもしれない。 搜集這些伺服器的資料，或許能找到解決案件的線索。

0028 ☐
あしからず
【悪しからず】

副（多用於拒絕）請見諒，別見怪

例 申し訳ないのですが、これ以上のお問い合わせはご遠慮ねがいます。
あしからず。 〔客服信件〕非常抱歉，請勿再諮詢，敬請見諒。

0029 ☐
あじけない
【味気ない】

い形 乏味

類 むみかんそう（な）【無味乾燥（な）】枯燥乏味

例 職場と自宅との往復だけの毎日なんて味気ないなあ。ドラマみたいに突然すてきな人が現れないかなあ。 每天往返職場與住家多乏味。真希望能像電視劇一樣突然出現很棒的人啊。

0030 ☐
あしでまとい・あしてまとい【足手まとい】

名 礙手礙腳

衍 まとわりつく【纏わりつく】緊跟

例 犯人探しは危険も伴うんだ。手伝ってくれるという気持ちはありがたいけど、正直、素人は足手まといだ。 搜索犯人也伴隨危險。非常感謝您想幫忙的心意，但其實門外漢很礙手礙腳。

0031 ☐
あたいする
【値する】

自Ⅲ 有…的價值，值得

類 ふさわしい【相応しい】相稱的

例 最近は研究の名に値する論文というのは、案外少ないものだ。たいていの論文は一読の価値もない。

最近名符其實的研究論文出乎意料地少。大多數的論文都不值得一讀。

0032 ☐
あたかも
【恰も】

副 猶如，恰似

類 まるで 彷彿

例 決勝戦での彼の圧倒的な強さは、あたかも伝説のチャンピオンの霊が乗りうつったかのようだった。

決賽中的他壓倒群雄之勢，猶如傳說中的冠軍神靈附體。

0033 あたふた（と）
□

副・自Ⅲ 驚惶失措
類 あわてる【慌てる】慌張

例 店員に冷静に説得されると、強盗は金をとるのは無理そうだと悟り、
あたふたと逃げていった。

經店員冷靜地勸說後，強盜醒悟自己搶不到錢，而驚惶失措地逃跑了。

0034 あたる
□ **【当たる】**

自Ⅰ 相當於；打聽 → 常考單字

例 日本では、ビジネスの場面で「うん」と相づちを打つのは失礼に当たる。　在日本，商業場合上用「嗯」隨口附和有失禮儀。
例 親戚や知人に当たってみたが、河野さんの行方を知っている人はいなかった。　雖試著向親戚和熟人打聽，卻沒有人知道河野先生的去向。

0035 あっけない
□ **【呆気ない】**

い形 草草，太簡單，不過癮，不盡興
反 しぶとい 堅強，倔強

例 大学の4年間は、人生で最も有意義な経験ができるかと思っていたけど、あっけなく終わってしまった。

我原以為大學4年會是人生最有意義的經歷，沒想到卻草草結束了。

0036 あて
□ **【当て】**

名 依賴；指望
類 たより【頼り】依靠

例 親からの援助を当てにするな！自分の収入だけで生活できて初めて一人前の社会人だ！　別一直依賴父母的援助。能只憑自己的收入生活，才是獨當一面的社會人士。

0037 あてはまる
□ **【当てはまる】**

自Ⅰ 符合
類 がいとうする【該当する】符合

例 上述の症状のうち、3つ以上当てはまる場合は、すぐに医師の診断を受けることをお勧めします。

若符合上述3種以上的症狀，建議您立即接受醫師診斷。

0038
☐
あとのまつり
【後の祭り】

名 來不及，錯過時機
類 ておくれ【手遅れ】錯過時機，耽誤

例 怪しげなネットショップにお金を振り込んだあとで、「騙された」と気づいても後の祭りだ。

轉帳到可疑的網路商店後，即使察覺到「被騙了」也來不及了。

0039
☐
あとまわし
【後回し】

名 （處理順序）往後延
類 さきおくり【先送り】延後解決

例 お母さんはいつも子どもを優先して、自分のことを後回しにしている。

媽媽事事以小孩為優先，把自己的事情擺在後面。

0040
☐
あながち
【強ち】

副 未必（後接否定）
類 いちがいに【一概に】一概地

例 仮病だと疑ったが、彼に診断書を見せられて、病気というのはあながちウソではないと思い直した。

我原以為是裝病，直到他讓我看診斷證明後，我才轉念他未必是稱病。

┌─ 出題重點 ─────────────────────

▶詞意辨析　あながち VS いちがいに

兩者都是用於否定極端的結論。「あながち」常與「間違い」、「夢物語」、「無駄」、「根拠がない」、「非現実的」等同時出現，文末會以否定表現「〜ない」結尾。「いちがいに」則一般與「とは言えない」一起使用。

例 単語をたくさん暗記したのは、あながち無意味ではなかった。

大量背誦單字，未必沒有意義。

例 単語をたくさん暗記するのが意味がないとは、いちがいに言えない。

不能一概而論，大量背誦單字這件事沒有意義。

└────────────────────────────

0041
☐
あなどる
【侮る】

他I 輕視
類 なめる【嘗める・舐める】輕視，小看

例 小国と言えども、兵士の士気は高く、装備も最新鋭なので、その戦力はあなどりがたい。

雖說是小國，但士兵士氣高漲，裝備也是最先進的，其戰力不容輕視。

0042
☐

あばく
【暴く】

他I 揭穿
類 あきらかにする【明らかにする】揭發

例 幽霊なんているはずがない。この屋敷に出るという幽霊の正体をあばいてやる！

不可能有幽靈。我來揭穿在這棟住宅出沒的幽靈真面目吧！

0043
☐

あぶれる

自II 失業，找不到工作

例 このまま少子化が進めば、仕事にあぶれる教員がどんどん増えていくだろう。　少子化就這樣持續發展的話，失業的教職員會不斷增加吧。

0044
☐

あべこべ (な)

名・な形 （順序、位置）相反，顛倒
類 さかさま 相反，顛倒

例 アジア人は氏名を名字、名前の順で表すが、欧米人はあべこべに名前、名字の順で表す。　亞洲人是以姓氏、名字的順序呈現姓名，歐美人則是以名字、姓氏相反的順序呈現。

0045
☐

あまえる
【甘える】

自II 接受別人好意；撒嬌

例 それでは、今日はもう遅いので、お言葉に甘えて先に帰らせていただきます。　那麼，今天已經很晚了，我就恭敬不如從命先告退了。

0046
☐

あやうい
【危うい】

い形 危險
類 あぶない【危ない】危險

例 おだてられて、調子に乗ってしまい、危うく秘密をしゃべってしまうところだった。　我被吹捧到得意忘形，險些說出祕密。

0047
☐

あやつる
【操る】

他I 操縱，控制；精通
類 そうさする【操作する】操縱，操作

例 この国では、妃が王を思いのままにあやつって、政治を行わせていた。　在這個國家，王后恣意地操縱國王攝政。

0048 □ あやふや（な）

な形 模糊，模稜兩可
反 はっきりしている 清楚，明確

例 記憶があやふやですが、事件があった日は、確か 10 時頃に家を出ました。　雖然記憶模糊，不過案發當日，我確實是 10 點左右出門。

0049 □ あやまち 【過ち】

名 （道德層面）過錯
類 あやまり【誤り】錯誤

例 刑務所を出る時、二度と過ちは犯すまいと心に誓ったはずなのに、また戻ってきてしまった。

出獄時明明應該在心中發誓不貳過，卻又再次回到獄中。

0050 □ あゆむ 【歩む】

自I 行走；經歷
類 すすむ【進む】前進，進展

例 まさか自分がプロの道を歩むことになるなんて、思ってもいませんでした。　我從來沒想到自己竟然走向專業的職人之路。

0051 □ あらす 【荒らす】

他I 侵擾；毀壞
衍 あらし【嵐】騷動；狂風暴雨

例 環境破壊によるエサ不足のせいか、近年田んぼや畑がイノシシに荒らされる被害が後を絶たない。　也許是環境破壊導致動物糧食短缺，近年水田、旱田接連被山豬侵擾毀壞。

0052 □ あらたまる 【改まる】

自I 鄭重其事；改變；更新
類 おおやけの【公の】公共的

例 改まった場面で尊敬語や謙譲語が使えると、周りにいい印象を与えることができる。　若能在正式場合中使用尊敬語、謙讓語的話，可以給周圍的人留下好印象。

0053
□
あらためる
【改める】
他II 改善，改正；更新；檢查
類 かいぜん【改善】改善
→ 常考單字

例 新しい仕事に挑戦するなら、いままでの考えややり方を改めなければならない。　要挑戰新工作的話，得先改掉先前的想法、做法。

0054
□
あらっぽい
【荒っぽい】
い形 粗魯；粗糙
類 らんぼう（な）【乱暴（な）】粗魯；粗暴

例 ここで働いているやつらは、荒っぽい連中ばかりだから、用心しないと大けがするよ。

在這工作的小子們都是粗魯的傢伙，所以一不留神的話會受重傷喔。

0055
□
ありかた
【あり方・在り方】
名 應有的模樣；現狀
類 すがた【姿】姿態
→ 常考單字

例 私の思う大学生の本来のあり方は疑問に思ったところを自主的に調べることだ。

我認為大學生應有的模樣，是主動查詢自己感到疑問的部分。

0056
□
ありきたり（な）
な形 了無新意
類 ありふれた 司空見慣

例 面接で聞かれたことは、志望動機や愛読書といったありきたりのことばかりだった。

面試被問到的淨是應徵動機、愛看的書等了無新意的問題。

┌─ **出題重點** ─────────────────────────

▶**固定用法　ありふれた　司空見慣**

「ありふれる」雖然是動詞，但用法類似形容詞，因此常見型態為「ありふれた」或「ありふれている」。還有許多含類似形容詞意思的動詞，例如「はっきりする」、「安定する」、「混乱する」常被混淆成形容詞而誤用為「はっきりな」、「安定な」、「混乱な」。

<u>ありふれた</u>ストーリー 司空見慣的故事	（この作品は）ストーリーが<u>ありふれている</u>。 這故事（指作品）很常見。
<u>はっきりした</u>発音 清楚的發音	（彼女は）発音が<u>はっきりしている</u>。 她的發音很清楚。
<u>安定した</u>職業 安定的職業	公務員は<u>安定している</u>。 公務員很安定。
<u>混乱した</u>頭 混亂的思緒	頭が<u>混乱している</u>。 思緒很混亂。
<u>しゃれた</u>帽子 別緻的帽子	その帽子は<u>しゃれている</u>。 那頂帽子很別緻。

0057
☐ **ありさま**
【有様・有り様】

名（不好的）様子，狀況
類 しゅうたい【醜態】難看的樣子

例 お見合いでは緊張のあまり、自分が何を話しているかすら分からないありさまだった。　相親時過於緊張，連自己說了什麼都不清楚。

0058
☐ **ありのまま**

名 真實的情況，原本的樣貌

例 新聞は事実をありのままに世間の人に伝えるべきだ。
報紙應該要將真相如實地傳達給社會大眾。

0059
☐ **あわや**

副 險些，差一點（遭遇危險）
類 あやうく【危うく】險些，差一點

例 あわやトラックに轢かれるというところを、知らないおじさんに助けられた。　險些遭貨車輾壓時，被不認識的先生所救。

0060
☐ **あんじる**
【案じる】

他Ⅱ 憂心；思考
類 しんぱいする【心配する】擔心

例 旅行先でテロ事件に巻き込まれたと聞いて、母は叔母の身をひどく案じているようだった。　聽聞阿姨在旅遊地點被捲入恐怖攻擊事件，媽媽好像非常憂心阿姨的安危。

0061 □
あんど
【安堵】

名・自Ⅲ 放心，安心
類 あんしん【安心】安心

→ 常考單字

例 叔母が無事に帰国したと聞いて、家族はみんな安堵した。

聽聞阿姨平安歸國，家人都放心了。

0062 □
あんのじょう
【案の定】

副 果然，不出所料（用於不好的事）
類 やっぱり 果然

例 結婚記念日を忘れてるんじゃないかと思って夫に聞いてみたら、案の定、忘れていたんですよ。

我心想丈夫該不會忘了結婚紀念日吧，一問之下，果不其然忘記了。

▌い／イ

0063 □
🔊 02
いいきかせる
【言い聞かせる】

他Ⅱ 說服；勸告，教誨
類 せっとくする【説得する】說服

例 「あの女のことはもう忘れるんだ」と自分に言い聞かせたが、どうしても彼女のことを思い出してしまう。

雖然說服自己：「忘記那個女孩吧」，但卻總會想起她。

0064 □
いいきる
【言い切る】

他Ⅰ 斷言
類 だんげんする【断言する】斷言

例 一流大学を卒業した人が賢いとは、一概に言いきれない。

不能一概斷言一流大學畢業的人就很聰明。

0065 □
いいつたえ
【言い伝え】

名 傳說
類 でんせつ【伝説】傳說

例 このあたりの集落は、中世の戦で敗れた人たちが隠れ住んでできたという言い伝えがある。

這一帶的聚落，相傳是中世紀戰爭中敗戰而隱居的人所建。

0066 □
いいなおす
【言い直す】

他Ⅰ 重說；改口
反 いいまちがえる【言い間違える】說錯

例 教科書の中の「行っちゃってたって」がスラスラ読めず、何度もつっかえては言い直した。　沒辦法流利地唸出教科書上的「行っちゃってたって」，好幾次都結巴再重唸。

0067 □
いいなり
【言いなり】

名 唯命是從，順從
衍 さからう【逆らう】違背，抗拒

例 息子はいつも気の強い母親の言いなりだった。母親に勧められれば、どんなに気の進まないことでもやった。　兒子總是對強勢的母親唯命是從。只要是母親的建議，即使再怎麼不情願也會照做。

0068 □
いいのがれ
【言い逃れ】

名 託辭，藉口

例 こっちには証拠があるんだ。事件の日にたまたま現場を通りかかったなんて言い逃れは通用しないぞ！

我有證據，案發當天碰巧路過現場之類的託詞可是行不通的！

0069 □
いいふらす
【言い触らす】

他Ⅰ 散播，宣揚
類 ばらす 揭露

例 この秘密をみんなに言いふらされたくなかったら、私の言う通りにするんだ。　如果不想讓這個祕密被傳開的話，就照我說的話做。

0070 □
いいぶん
【言い分】

名 說詞
類 しゅちょう【主張】主張

例 警察が事故現場に来て、両者の言い分を聞いたところ、両者の主張は完全に食い違っていた。

警察來到事故現場聽取雙方說詞時，雙方說詞完全兜不攏。

0071 □
いかに
【如何に】

副 多麼，如何；無論怎麼　　→ 常考單字

例 学べば学ぶほど、いかに自分が無知であるかがよくわかる。

學越多越清楚地了解到自己是多麼地無知。

0072
☐ いかり
【怒り】

图 憤怒，火氣

例 彼はどんなにひどいことをされても、怒りを表に出さず抑える人だ。

他是那種無論受到多麼過分的對待，也不會將怒氣形於色而克制住的人。

0073
☐ いきかえる
【生き返る】

自I 復活，甦醒；恢復
類 よみがえる【蘇る】復活，甦醒；恢復

例 ホラー映画じゃあるまいし、死んだ人間が生き返るはずがないだろう？　又不是恐怖電影，去世的人怎麼可能復活呢？

0074
☐ いきぎれ
【息切れ】

名・自III 喘氣，上氣不接下氣
衍 スタミナ【stamina】精力，體力

例 ここ2、3年で母は自宅の階段を上るときでさえ息切れするようになった。　近兩三年母親就連在家中上樓梯都會氣喘吁吁。

0075
☐ いきごむ
【意気込む】

自I 鼓起幹勁，振奮
衍 きあい【気合】氣勢，幹勁

例 高校最後の試合とあって、生徒たちは恥ずかしくないプレーをしようと意気込んでいる。

因為是高中的最後一場比賽，學生們為了打出像樣的比賽而鼓起幹勁。

0076
☐ いきさつ
【経緯】

图 原委，經過
類 けいい【経緯】原委，經過

例 定年退職してから留学することになった経緯を話してもらえませんか。　可以請你說說從屆齡退休到決定留學的原委嗎？

0077
☐ いきちがい・ゆきちがい【行き違い】

名 （路徑）岔開錯過；（意見）分歧
類 ごかい【誤解】誤解

例 どうしたの？お母さんとはぐれちゃったの？行き違いになるといけないから、ここで待っていた方がいいよ。　怎麼了？和媽媽走散了嗎？為避免一來一往反而錯過，留在這裡等比較好喔。

例 会社経営をめぐる些細な行き違いから、親子が裁判で争うことになった。　從公司經營上些微的意見分歧，演變成親子上法院打官司。

0078 □
いきづまる
【息詰まる】

[自I] 極為緊張，令人窒息
[類] 手に汗をにぎる【手に汗を握る】提心吊膽

例 息詰まるような空気の中、二人の剣士のにらみ合いがもう1分以上続いている。　在劍拔弩張的氛圍中，兩位劍士已對峙1分鐘以上。

0079 □
いきづまる・ゆきづまる【行き詰まる】

[自I] 陷入僵局，毫無進展；走到盡頭

例 最近、作品づくりに行きづまっちゃってて1ページも書けないんだ。スランプかな…。

最近創作上遇到瓶頸，連1頁都寫不出來，是低潮期……。

0080 □
いきどおる
【憤る】

[自I] 憤怒，氣憤
[類] はらをたてる【腹を立てる】憤怒，氣憤

例 社長は、今回の決定に憤っていたよ。自分に相談しないで勝手に決めたって。

總經理對這次的決定感到很憤怒。他說你沒有找他商量就擅自決定。

0081 □
いきぬく
【生き抜く】

[自I] 生存，活下去

例 先の見通しの立たない現代社会を生き抜くのに必要な能力は何だろう？　要在無法預測未來的現代社會生存，必備的能力是什麼呢？

┌─ 出題重點 ─────────────────────

▶文法　V－ます＋ぬく　…達成；非常…

表示即使遇到困難、阻礙最後仍達成，例如「トーナメントを勝ち抜く（在淘汰賽勝出）」、「42キロを走り抜く（跑完42公里）」、「生き抜く（生存）」。狀態性動詞的「～ぬく」含有「非常」、「完全」之意，例如「困りぬく（一籌莫展）」、「悩みぬく（絞盡腦汁）」、「知りぬいている（洞悉）」。另外上方例句中「現代社会を生き抜く」雖使用自動詞，但「現代社会」可視為像「道路」般的意象，所以使用表示經過的助詞「を」。其他相同的助詞用法還有「廊下を走る（在走廊奔跑）」。

└────────────────────────────

0082
□ いきる
【生きる・活きる】

自Ⅱ 發揮作用，生效
類 いかす【生かす・活かす】活用

例 子供の頃、祖父母と過ごす時間が長かったのですが、介護士になって、その経験が生きました。

小時候與祖父母生活的時間很長，在我當上看護後那些經驗發揮了作用。

0083
□ いきわたる・ゆきわた
る【行き渡る】

自Ⅰ 普及，遍布
類 ふきゅうする【普及する】普及

例 ガスや電気といったインフラがこの国の隅々にまで行き渡るには相当な時間がかかるだろう。 瓦斯、電力等基礎建設要遍布至這個國家的各個角落，需要花費相當多時間吧。

0084
□ いざ

副 重要時刻；緊急時刻

例 N1に合格していても、いざ日本語で話すとなると、簡単な日本語しか話せないものだ。

即使通過日檢N1，重要時刻要以日文溝通時，也只能說出簡單的日文。

例 ご家庭に防災グッズを備えておくと、いざというときに役に立ちます！〔商品文宣〕只要家中備好防災用品，緊急時刻就能派上用場！

0085
□ いさぎよい
【潔い】

い形 果斷；清高
反 みれんがましい【未練がましい】不乾脆

例 チームが惨敗したことに対して言い訳せずにすぐに監督を辞任するなんて彼って潔いよね。

他對於隊伍慘敗竟不辯解地迅速辭去總教練一職，行事真是果斷。

0086
□ いささか
【些か】

副 稍微，些許
類 いくぶん【幾分】些許

例 その日はいささか酔っていたので、ふだんより饒舌だったかもしれない。 也許因為那天稍微有點喝醉了，所以比平常多話。

0087
□

いさめる
【諫める】

他Ⅱ 規諫（長輩及上司）
類 かんげん【諫言】諫言

例 偉大なリーダーのそばには、判断を誤った場合に厳しくいさめてくれる側近がいるものだ。

偉大的領導人身旁總有位親信，能在誤判時嚴詞規諫。

0088
□

いじ
【意地】

名 骨氣，志氣；賭氣，意氣用事
類 プライド【pride】自尊心

例 私にだって父親としての意地がある。生活が苦しくても息子夫婦の世話にはなりたくない。

我也是有作為父親的骨氣。即使生活艱苦，也不想麻煩到兒子夫妻倆。

例 著名な作家の父とは比べられたくなかったので、意地でも作家にはなるまいと思っていた。　我曾因為不想被拿來與知名作家的父親做比較，

即使是賭氣也不打算成為作家。

0089
□

いじる
【弄る】

他Ⅰ （用手）擺弄
類 さわる【触る】觸摸

例 友達と遊んでいるときでさえケータイをいじっているなんて、もはや依存症と言ってもいいだろう。

就連和朋友玩耍時竟也一直滑手機，這已經可說是成癮了吧。

0090
□

いぜん（として）
【依然（として）】

副 依然，仍舊
類 いまだに【未だに】至今仍舊

例 高さ日本一の称号は東京スカイツリーに譲ったが、依然として東京タワーは人気がある。

雖然日本第一高的稱號讓給了東京晴空塔，但東京鐵塔依舊受歡迎。

0091
□

いたって
【至って】

副 極為，很
類 きわめて【極めて】極為

例 東京から移住してきた一家は、田舎ではいたって目を引く存在だった。　從東京移居至此的那戶人家，在鄉下是極為醒目的存在。

0092 □
いたましい
【痛ましい】
い形 惨不忍睹

類 あわれ（な）【哀れ（な）】悽惨

例 交通事故の現場には、ひどく壊れた車と、痛ましい状態の遺体がまだ残っていた。

交通事故現場仍留著嚴重毀損的汽車與狀態慘不忍睹的遺體。

0093 □
いたる
【至る】
自I 到達（狀態、地點、程度） → 常考單字

衍 いたるところ【至る所】所到之處，隨處

例 社会人になって、人のためにやったことが一番自分のためになるという考えに至りました。

成為社會人士後才意識到，服務他人就是為自己做最有用的事。

例 11月の中旬なので、京都のいたるところで紅葉狩りの観光客が見られる。　因正逢11月中旬，京都隨處可見賞楓的觀光客。

0094 □
いたわる
【労る】
他I 安慰；照顧，憐恤

類 なぐさめる【慰める】慰問，撫慰

例 つらいときに、優しい言葉で私をいたわってくれる親友がいてくれたらなあ…。

痛苦時，要是有能用溫柔話語安慰我的好友在就好了……。

0095 □
いちかばちか
【一か八か】
名・副 碰運氣，放手一搏，聽天由命

例 この辺りの海は干潮時に陸地になって渡れるという。一か八か、その時に賭けてみようじゃないか。　聽說這附近的海域在退潮時會露出陸地而可以橫渡。那我們就碰碰運氣，賭賭看那個時機吧。

0096 □
いちじるしい
【著しい】
い形 顯著，明顯

例 近年、ベトナムをはじめとする東南アジアの新興国の経済発展が著しいと言われている。

一般而言，近年越南等東南亞新興國家的經濟發展很顯著。

0097
□ **いちにんまえ**
【一人前】

图 獨當一面；成年
反 はんにんまえ【半人前】半吊子

例 一人前の寿司職人になるには、少なくとも10年の修行を積まなければならないという。

聽說要成為獨當一面的壽司師傅，至少需要累積10年的工夫。

出題重點

▶漢字讀音 一
【いち】：一同（全體）／一様（同様）／一連（一連串）
【いっ】：一環（一環節）／一心（齊心）／一旦（如果）

0098
□ **いつくしむ**
【慈しむ】

他I 疼愛，憐愛
類 かわいがる【可愛がる】疼愛

例 義理の両親は私を実の子供のように慈しみ、結婚するまで面倒を見てくれた。　養父母將我視如己出般疼愛，並照顧我直到我結婚。

0099
□ **いつざい**
【逸材】

图 優秀人才；卓越才能　　　　　→ 常考單字

例 長谷川氏は、将来ノーベル賞が取れるかもしれない逸材として期待されている。　長谷川先生是未來可能獲得諾貝爾獎的優秀人才而備受期待。

出題重點

▶詞意辨析　逸材 VS 人材
「逸材」與「人材」雖然都可譯為「人才」，但「人材」前方需接續修飾語，無法單獨使用，「逸材」則不可用接續修飾語。
（×）将来、人材になりたいです。
（○）将来、外国との貿易に携わる人材になりたいです。
　　　將來我想成為與國外貿易相關的人才。

0100
□ いっそ

副 乾脆；倒不如

類 いっそのこと 乾脆；倒不如

例 今までとは 全 く異なる仕事を任され、いっそ転 職 しようかと思っ
た。 被分配到與之前截然不同的工作，我想是不是乾脆轉行好了。

0101
□ いっと
【一途】

名 朝單一方向發展

衍 いちず (な)【一途(な)】專心，一心一意

例 経済摩擦がきっかけで、 両 国の関 係は悪化の一途をたどった。

經濟摩擦是導致兩國關係日趨惡化的起因。

出題重點

▶搶分關鍵　促音「っ」的變化

漢語（音讀漢字）中的「～く」、「～ち」、「～つ」等音有時會轉變為促
音「っ」，基本上視後方接續的子音決定。若「つ」後方為「カ」、「サ」、
「タ」、「パ」行的發音時，則變為「っ」。濁音及除上述以外的發音，前
方接續的「つ」、「ち」等皆保持原樣不變。只要記得「カサタパ」即可。

但須注意和語及外來語仍有例外，例如：「五日（いつか）」、「ベッド」等。

つ原音：実現（實現）／雑事（雑事）／活動（活動）／出馬（參選）

促音化：実験（實驗）／雑誌（雑誌）／葛藤（糾葛）／出版（出版）

0102
□ いつわる
【偽る】

他I 謊稱，假冒

類 だます【騙す】欺騙

例 男は、父の友人だと偽って私を車に乗せようとしたところを警
官に逮捕された。

正當那名男性謊稱是我父親的朋友，想讓我上車時，就被警察逮捕了。

0103
□ イデオロギー
【(德)Ideologie】

名 意識形態，思想

反 ふへんてきしんり【普遍的真理】普遍真理

例 学生時代に心酔していた政治思想がイデオロギーに過ぎないと気づい
た時、私の考え方は１８０度変わった。 當察覺到學生時期所崇
拜的政治思想不過是一種意識形態時，我的想法徹底翻轉。

0104 □
いと
【意図】

名・他Ⅲ 企圖；打算　　　→ 常考單字
衍 いとてき (な)【意図的(な)】有目的

例 日本語には、曖昧な言語表現を使って、相手に自分の意図を察して欲しいという「察しの文化」がある。　日文裡有「察言觀色的文化」，運用含糊不清的語言表達，讓對方推測自己真正的意圖。

0105 □
いとおしい・いとしい
【愛しい】

い形 可愛；可憐

例 命を救ってくれたこの犬がたまらなくいとおしくなり、思わずギュッと抱きしめてしまった。

這隻救了我一命的小狗實在是太可愛了，讓我情不自禁地抱緊了牠。

0106 □
いとなむ
【営む】

他Ⅰ 從事；經營

例 これは若い男女が共同生活を営むことによって人間的に成長するという物語である。　這是描述年輕男女藉由共同生活而成長的故事。

0107 □
いどむ
【挑む】

他Ⅰ 挑起；挑戰
類 チャレンジする 挑戰

例 巨大な権力に対して戦いを挑むには多くの仲間の助けが必要だ。　要向巨大的權力發起挑戰，需要許多夥伴的幫忙。

0108 □
いながらに
【居ながらに】

副 原地不動（常見用法「いながらにして」）

例 至るところに設置してある監視カメラによっていながらにして街の様子が分かる。　透過到處設置的監視器，原地不動就能知曉城鎮狀態。

0109 □
いまいち
【今一】

副 馬馬虎虎，差強人意
類 いまひとつ【今一つ】差強人意

例 その人気小説は映画化されたが、評価はいまいちだ。

那部受歡迎的小說雖然搬上大螢幕了，但是評價不是很好。

0110
□ いまいましい
【忌々しい】

い形 厭煩，惱恨
類 にくらしい【憎らしい】可恨，可惡

例 ミスを正直に報告すると、上司は忌々しげな表情をして「チッ」
と舌打ちをした。

誠實地報告錯誤後，上司露出厭煩的表情，發出「嘖」的咂嘴聲。

0111
□ いまさら
【今更】

副 事到如今，現在才

例 もう済んだことだから、今更悔やんでもどうしようもない。

因為事情已過去了，事到如今懊悔也沒有用了。

0112
□ いましめる
【戒める】

他Ⅱ 警惕；勸戒，規戒

例 自らを戒める意味で不合格通知を壁に貼っておくことにした。

為了自我警惕決定將落榜通知書貼在牆上。

0113
□ いまだに
【未だに】

副 至今仍

例 この計画は3年前に資金不足で中断したが、未だに再開のめどが
立っていない。

這項計畫在3年前因資金不足而中斷，至今仍不知道何時會重啟。

0114
□ いまどき
【今時】

名・副 現今，當代；這時候

例 今どきCDプレーヤーなんて買う人いないよ。なんでそんな時代遅
れなものがほしいの？

現今沒有人在買CD播放器了喔。為什麼想要那種過時的東西呢？

0115
□ いまや
【今や】

副 如今，現在
類 もはや 早已，已經

例 100年前は人家も稀な田舎だったが、今や高層ビルがそびえる大都
会となった。 100年前這裡曾是住戶也很稀疏的鄉下，如今已成了高樓
大廈聳立的大都市。

0116
□

いみあい
【意味合い】

名 意義，含意；理由
衍 いろあい【色合い】色調，色澤

例 子供がウソをつくのと、政治家がウソをつくのでは、意味合いが大きく異なる。　小孩子說謊與政治家說謊，兩者意義迴異。

0117
□

いやおうなしに
【否応なしに】

副 迫不得已，不容分說　　　　　→ 常考單字
類 もんどうむよう【問答無用】不必多說

例 戦時中は、否応なしに戦争に加担せざるを得なかったと祖父は語っていた。　祖父說過戰時曾被迫從軍打仗。

0118
□

いやがらせ
【嫌がらせ】

名 騷擾；故意惹人討厭或困擾

例 最近ネットの匿名性を利用して嫌がらせをする人が増えてきている。

最近利用網路的匿名性進行騷擾的人增加了。

0119
□

いやしい
【卑しい】

い形 （地位）卑微；（品性）卑鄙
反 とうとい【尊い】寶貴

例 この世に卑しい職業などというものはない。どんな仕事も社会に必要なものなのである。　這世上沒有所謂卑賤的職業。無論是什麼工作，對社會來說都是必要的存在。

0120
□

いやす
【癒す】

他Ⅰ 治癒；治療　　　　　→ 常考單字
反 きずつける【傷つける】傷害

例 つらいときに子供たちの笑顔を見ると、この上なく癒される。

痛苦時看到孩子們的笑容，比什麼都更療癒。

0121
□

いらだつ
【苛立つ】

自Ⅰ 焦躁，焦急
類 イライラする 煩躁，焦急

例 伊藤さんがプロジェクトの進捗状況をちっとも報告してこないので、部長はいらだっているみたいですよ。

因為伊藤先生完全沒有上報專案的進度狀況，經理似乎很焦躁的樣子。

0122
□
いりまじる
【入り交じる】

| 自I 参雑，混雑
| 類 まざる【混ざる】参雑

例 伝統的な建物と、現代的な高層ビルが入り混じった街並みが、この街の魅力です。

傳統建築與現代高樓大廈相互參雜的街景，是這個城鎮的魅力。

0123
□
いろけ
【色気】

| 名 女人味；魅力
| 衍 いろっぽい【色っぽい】有魅力的，嫵媚的

例 娘はいつも色気のないカッコをしているので、ときどき男に間違えられる。　我女兒打扮總是沒有女人味，有時會被誤認為男性。

0124
□
いわかん
【違和感】

| 名 不舒服，合不來，不協調感
| 反 きょうかん【共感】同感；共鳴

例 年配の先生の男尊女卑的な発言に違和感を覚え、反論せずにはいられなかった。

對於年長老師男尊女卑的發言感到不舒服，實在忍不住要反駁。

0125
□
いわく・いわく
【曰く】

| 名・副 曰，云，說；理由；隱情

例 孔子曰く、「憤せざれば啓せず」。私は本当に学びたい学生にしか教えたくないんです。

孔子曰：「不憤不啟。」因此我只想教導真心向學的學生。

例 あの家を購入するのはお勧めしません。何かいわくのある物件みたいですよ。　我不建議你購買那棟房子，感覺像是有瑕疵的房子。

0126
□
インターチェンジ
【interchange】

| 名 交流道（簡稱為「インター」）
| 類 ジャンクション【junction】系統交流道

例 京都御所に行くには、京都南インターチェンジでおりて、一般道を8キロほど北上してください。

要前往京都御所，請下京都南交流道後，於一般道路北上行駛8公里。

0127

インテリア
【interior】

名 室內裝飾；室內陳設

→ 常考單字

類 ないそう【内装】內部裝飾

例 新しくできたカフェは、外観もしゃれていますが、インテリアも凝っているんですよ。

新建的咖啡廳，不僅外觀時尚，就連室內裝飾也十分講究。

0128

インテリゲンチャ・インテリ

名 學者，知識分子（來自俄文「intelligentsiya」）

類 ちしきじん【知識人】知識分子

例 あの人、4か国語が話せて、歴史とか文学についての本もたくさん書いている、すごいインテリなんだって。　聽說那個人不僅會說4國語言，還寫了許多歷史、文學之類的相關書籍，真是厲害的學者。

0129

インフレーション・インフレ【inflation】

名 通貨膨脹

類 デフレーション【deflation】通貨緊縮

例 インフレは年金生活者に大きな影響を与える。

通貨膨脹會給靠年金生活的人帶來很大的影響。

▶う／ウ

0130

うえつける
【植え付ける】

🔊

03

他Ⅱ 灌輸；移植

類 すりこむ【刷り込む】烙印

例 子供たちに敵国に対する憎しみを植え付けるために学校教育が利用されることもある。

為了向孩子們灌輸對敵國的憎惡，學校教育有時也會被利用。

0131

うえる
【飢える】

自Ⅱ 飢餓；渴望

衍 うえじに【飢え死に】餓死

例 飢えた兵士たちが市民に対して略奪を行うのではないかと将軍は危惧していた。　將軍擔憂飢餓的士兵們會不會對市民進行掠奪。

例 娯楽に飢えていた村人たちは、芝居の興行があると聞いて歓喜した。

渴望娛樂的村民們聽到有戲劇演出而感到高興。

0132 □ うかうか

副・自Ⅲ 不留神，疏忽；隨隨便便
類 ゆだんする【油断する】疏忽，大意

例 警察がうちの会社が怪しいと捜査を始めたらしい。うかうかしてると、俺たちも刑務所行きになってしまうぞ！ 警方似乎覺得我們公司很可疑而開始搜查了。一不留神，連我們也會被關進監獄喔！

0133 □ うかがう【窺う】

他Ⅰ 看（臉色），看出；觀察；窺見；伺機
類 みる【見る】看

例 人の顔色ばかりうかがっている優柔不断な人間にはリーダーは務まらない。 只會看人臉色、做事優柔寡斷的人，無法勝任領導職務。

例 表2から、2020年以降、携帯電話の売上が頭打ちになっていることがうかがえる。

從表2中可以看出，2020年後手機銷售額達到巔峰。

0134 □ うかびあがる【浮かび上がる】

自Ⅰ 顯現；浮現
類 うきぼりになる【浮き彫りになる】曝露

例 雲が流れて、月が現れると、目の前に一人の女性の姿がぼんやりと浮かび上がった。

隨著雲層散開，月亮出現，眼前隱約顯現一名女性的身姿。

例 さまざまな資料にあたって調査を続けるうちに新たな疑問が浮かび上がってきた。 持續查閱各種資料的過程中，浮現出新的疑點。

0135 □ うかべる【浮かべる】

他Ⅱ 表露；想起；漂浮
類 うかぶ【浮かぶ】露出；浮現；漂浮

例 彼女は微笑みを浮かべて何か言いたげに私を見つめていた。

她面露微笑，彷彿想說什麼地凝視著我。

0136 □ うきうき

副・自Ⅲ 興沖沖
類 うかれる【浮かれる】喜不自勝

例 夫は献血が大好きで、まるで子供が遊園地に行くみたいなうきうきした気持ちで献血ルームに行くんです。

丈夫非常喜歡捐血，彷彿小孩去遊樂園般，興沖沖地前往捐血中心。

正向情緒

うっとりする
陶醉

めろめろな
入迷

すっきりする
暢快

でれでれする
癡迷

0137
□ **うきめ**
【憂き目】

名 慘痛的經驗
類 ひどいめ【酷い目】慘痛的經驗

例 不況による業績不振で倒産の憂き目に遭う企業も少なくない。

由於不景氣造成的業績不佳，也有不少企業不幸面臨破產。

0138
□ **うけおう**
【請け負う】

他Ⅰ 承攬，承辦；承擔
類 ひきうける【引き受ける】承攬；承擔

例 会社の信用を高めることになるので、どの業者も政府からの仕事を請け負おうと必死だ。

為了提高公司信用，所有業者都拚命想要承攬政府標案。

0139
□ **うけつぐ**
【受け継ぐ】

他Ⅰ 繼承；承接

例 彼女は仕事を辞めて、親からの老舗旅館を受け継いだ。

她辭掉工作，從父母手上接下老旅館。

0140
□ **うけとめる**
【受け止める】

他Ⅱ 接受，理解；抵擋
類 うけいれる【受け入れる】接納；採納

例 我が党の不祥事に対する国民の皆様からのご批判は真摯に受け止めたいと思います。　〔政治家言論〕各位民眾對於敝黨醜聞的批評指教，

我們都會誠摯地接受。

0141 うける

□

自II 受歡迎；搞笑，滑稽

類 ヒットする 受歡迎；暢銷

例 新連載はわずか 20 話で打ち切りか…。いったいどんなマンガが若者にうけるのか、分からなくなってきた。　新連載作品僅僅 20 集就停刊……。我已經不懂什麼樣的漫畫會受年輕人歡迎了。

0142 うさんくさい
【胡散臭い】

□

い形 可疑，蹊蹺

類 あやしい【怪しい】可疑

例 裏通りでは、盗品と思しき自転車から偽ブランド品にいたるまで、うさんくさいものばかり売られていた。

暗巷裡盡販賣些可疑的商品，從疑似贓物的腳踏車到名牌贗品都有。

0143 うじうじ

□

副・自III 遲疑不決，優柔寡斷

類 しょんぼり（する）垂頭喪氣

例 女の子にフラれたからって、いつまでもウジウジしてるんじゃないよ！

雖說是被女孩子甩了，但也不能一直裹足不前！

0144 うじゃうじゃ

□

副 大量聚集、蠕動的樣子；嘟噥

類 たいりょうに【大量に】大量地

例 咳やくしゃみでまき散らされる唾液の中にはウイルスがうじゃうじゃいるので、マスクは必須だ。

咳嗽、打噴嚏所造成的飛沫中含有大量病毒，因此務必戴口罩。

0145 うしろめたい
【後ろめたい】

□

い形 內疚

衍 ざいあくかん【罪悪感】罪惡感

例 信じてくれる部下を欺くのはちょっと後ろめたいが、目的を達成するためにはやむを得ない。

雖然欺騙信任我的下屬讓我感到有些內疚，但為了達成目標別無他法。

0146 □

うずくまる

|自Ⅰ| 蜷縮蹲下
|類| しゃがみこむ【しゃがみ込む】久蹲

例 友達は途中まで元気に歩いていたが、急に体調が悪くなり、その場にうずくまってしまった。

朋友原本在途中還很有精神地走著，卻突然身體不適，當場蜷縮蹲下。

0147 □

うすれる
【薄れる】

|自Ⅱ| 模糊；變弱；變淡
|類| よわまる【弱まる】變弱

例 麻酔が効いてきて、次第に意識が薄れていった。

麻醉生效後，意識逐漸不清。

0148 □

うたがいぶかい
【疑い深い】

|い形| 多疑，疑心病重
|衍| きょうみぶかい【興味深い】有興趣

例 これまで何度も騙されてきたので、最近、彼はとても疑い深くなっている。 至今被騙了數次，所以最近他變得相當多疑。

0149 □

うたがわしい
【疑わしい】

|い形| 充滿疑惑；不可靠；可疑
|類| しんじがたい【信じがたい】難以置信

例 社会改革が政治家の謳うとおりに実現できるかどうかは、はなはだ疑わしい。

政治人物所倡議的社會改革是否得以實現，令人滿腹狐疑。

0150 □

うちあける
【打ち明ける】

|他Ⅱ| 毫無隱瞞地說出，坦誠吐露

例 彼女はいつでも気軽に心を打ち明けられる親友だ。

她是我任何時候都能輕鬆暢談心底話的好朋友。

0151 □

うちあげる
【打ち上げる】

|他Ⅱ| （向上）發射；（演出）結束
|衍| たちあげる【立ち上げる】啟動；設立

例 九州の南に位置する種子島は、ロケットを打ち上げる発射場のある島として有名である。

位於九州南方的種子島，是作為發射火箭場地而聞名的小島。

0152
☐

うちき（な）
【内気（な）】

な形 内向，怯生
反 しゃこうてき（な）【社交的（な）】善交際

例 子供の頃、部屋で絵を描いたり、本を読んだりするのが好きだった内気な私は、人見知りも激しかった。

小時候喜歡在房間裡畫畫和讀書、性格內向的我，也非常怕生。

0153
☐

うちきる
【打ち切る】

他Ⅰ 中止；結束
類 かつあいする【割愛する】不得不省略

例 発表の時間が押しておりますので、質疑は途中で打ち切らせていただき、次の発表に移らせていただきます。　因為上臺報告的時間很緊湊，提問的部分就此中止，開始進行下一位的報告。

0154
☐

うちとける
【打ち解ける】

自Ⅱ 沒有隔閡，融洽
類 こころをゆるす【心を許す】交心

例 人見知りの強い知人の娘さんも、3回めの訪問でようやく打ち解けてきたようで、私に挨拶してくれた。　熟人的女兒極為認生，好不容易在第3次拜訪時才開始熟絡地向我打招呼。

0155
☐

うちのめす
【打ちのめす】

他Ⅰ 嚴重打擊；打倒
類 ケーオーする【KOする】擊倒

例 落選のショックに打ちのめされて、東北地方をめぐる旅に出ることにした。とにかく東京を離れたかったのだ。　遭受落選的嚴重打擊，而決定前往東北地區旅行一圈，總之我只想離開東京。

0156
☐

うちべんけい（な）
【内弁慶（な）】

名・な形 在家一條龍在外一條蟲

例 私は内弁慶で、家ではよくしゃべるが、学校では全く自己主張しない。　我在家一條龍在外一條蟲，在家裡滔滔不絕，但在學校卻完全不表達自己的意見。

出題重點

▶慣用　義経と弁慶　義經與弁慶

平安時代末期的兩大武士勢力——源氏與平家的抗爭，多次作為日本文學的主題。悲劇的天才武將源義經，與直到死前都盡忠職守的豪傑弁慶，他們兩人的故事成為傳說，受日本人喜愛，也衍生出許多慣用語，例如「判官びいき（從強者之立場同情弱者的心態）」、「弁慶の泣きどころ（強者的弱點）」、「立ち往生する（動彈不得）」等。

例 リーグ最下位のチームのほうに勝ってほしいな。オレ、判官贔屓だから。　希望聯盟最後一名的隊伍能獲勝。因為我支持弱者。

例 大臣にとっての弁慶の泣き所は、不正献金疑惑だ。

對大臣而言，他們的弱點是疑似有不當政治獻金。

例 渋滞で車が立ち往生している。　因為塞車而動彈不得。

0157
□
うちょうてん（な）
【有頂天（な）】

名・な形 歡天喜地；得意洋洋
反 おちこむ【落ち込む】低落，消沉

例 好きな女の子に告白して、付き合うことになり、有頂天になった彼は周りにそのことを言いふらしていた。

向喜歡的女生告白並開始交往後，他歡天喜地公告世人。

0158
□
うちわけ
【内訳】

名 明細，細項

→ 常考單字

例 全体の費用は５千万円に上った。その内訳は次のとおりである。

整體費用達日幣５千萬圓，其明細如下所示。

0159
□
うつしだす
【映し出す】

他I 投影，映照；顯現，反映
類 はんえいする【反映する】反映

例 ケータイの画面をケーブルを使ってテレビに映し出すことは可能でしょうか。　可以使用連接線將手機的畫面投影在電視上嗎？

例 流行歌は時代の雰囲気を映し出すものである。

流行歌曲是反映當代氛圍的產物。

0160
☐
うっすら
【薄っすら】

副 薄薄地；隱約
類 かすかに【微かに】模糊；淡弱

例 昨晩の雪で、屋根にうっすら雪が積もっていた。

因昨晩的雪，屋頂積了一層薄薄的雪。

0161
☐
うっとうしい
【鬱陶しい】

い形 鬱悶；厭煩

例 台湾では5月に梅雨入りすると、じめじめと鬱陶しい日々が続く。

臺灣一進入5月的梅雨季，每天都溼答答的，讓人心情鬱悶。

0162
☐
うつぶせ
【うつ伏せ】

名 趴下，俯臥
衍 ふせる【伏せる】趴下；隱瞞

例 疲れきった彼女は、ベッドにゴロンと倒れ込んで、頬杖をついてうつ伏せになった。　疲憊不堪的她，一頭倒在床上，托腮趴著。

0163
☐
うつむく
【俯く】

自I 俯首，低下頭
反 あおむく【仰向く】仰躺

例 電車に乗って周りを見回すと、ほとんどの乗客が俯いてスマホをいじっていた。　我搭上電車環顧四周，幾乎所有乘客都低頭在滑手機。

0164
☐
うつりかわる
【移り変わる】

自I 變遷，變化
類 へんせんする【変遷する】變遷

例 時代が移り変わるとともに、人々の価値観もまた移り変わるものだ。

隨著時代變遷，人們的價值觀也有所變化。

0165
☐
うつる

自I 傳染，感染
類 はやる【流行る】（感冒）流行

例 病気がうつるから、お母さんに近づくんじゃありませんよ。

因為疾病會傳染，所以不可以接近媽媽我喔。

0166
□ うできき
【腕利き】

名 能幹，技術高超
類 うでがたつ【腕が立つ】技術高超

例 新米には任せられないので、今回の事件は腕利きの刑事に担当させることにした。　因為還不能放心交代給新進人員，所以這次的事件就決定讓幹練的刑警負責。

┌─ 出題重點 ─────────────────────────────┐

▶詞意辨析　腕 VS 手

「腕」用於表示技術、能力，而「手」則用於表示勞力、作業。

腕が上がる：技術提升　　　　手がかかる：費事
腕を磨く　：磨練技術　　　　手が空く　：空閒
腕を買う　：賞識他人能力　　手を加える：加工；修改

└────────────────────────────────────┘

0167
□ うでだめし
【腕試し】

名 小試身手

例 腕試しのつもりで、志望する大学の去年の入試問題を解いてみた。

想要小試一下身手，就將想報考的大學去年的入學考古題拿來做做看。

0168
□ うでまえ
【腕前】

名 手藝，能力，本事
類 ぎじゅつ【技術】技術

例 子供の頃から毎日作っているので、料理はかなりの腕前だよ。

因為從小開始每天下廚，所以廚藝相當好。

0169
□ うとましい
【疎ましい】

い形 討厭，厭惡
反 このましい【好ましい】招人喜歡；理想

例 姑にしょっちゅう子育てについて口を出されるので、妻は姑を疎ましく思っているようだ。

因為時常被婆婆出言干涉育兒的事，所以妻子似乎很討厭婆婆。

0170
☐ うながす
【促す】

他I 催促；促使，促進

例 忘年会で同僚に促されるままにステージに上がって歌を披露した。

尾牙時在同事的簇擁下，上臺表演唱歌。

0171
☐ うなだれる

自他II 低頭，垂首
衍 うなずく【頷く】點頭，頷首

例 数千人もの疲れきった難民たちは顔を上げる元気もなく、うなだれてうずくまっていた。

數以千計疲憊不堪的難民連抬起頭來的力氣都沒有，低頭蜷縮著。

0172
☐ うぬぼれる
【自惚れる】

自II 驕傲，自滿
類 とくいになる【得意になる】得意忘形

例 自分は賢いとうぬぼれている奴ほど愚かで、賢い人ほど謙虚なものだ。　越是自認聰明而驕傲的人越是愚蠢，越是聰明的人則越謙虛。

┌─ 出題重點 ─────────────────────

▶詞意辨析　謙虛 VS 謙遜

「謙虛」是な形容詞，「謙遜」是する動詞。

（×）謙遜な人　（○）謙虛な人　謙虛的人

（○）「そんなことないですよ」と謙遜する。

　　　謙虛地說：「沒有這回事呢。」

└────────────────────────────

0173
☐ うのみ
【鵜呑み】

名 照單全收，囫圇吞棗
反 ぎんみ【吟味】斟酌，考慮

例 偉い先生の言ったことを鵜呑みにするのではなく、疑ってみることこそが研究の第一歩です。

對名師所說的話不應照單全收，試著懷疑才是研究的第一步。

0174
☐ うまれつき
【生まれつき】

| 名・副 | 與生俱來，天生 |
| 類 | うまれながら【生まれながら】天生 |

例 彼は生まれつきの天才ではない。人知れぬ苦労をしているのだ。

他不是與生俱來的天才，而是不為人知地默默努力。

0175
☐ うめたてる
【埋め立てる】

| 他Ⅱ | 填海（河、湖）造陸 |
| 衍 | うめたてち【埋立地】填海新生地 |

例 神戸市は丘を削って住宅地を作り、その土砂を利用して海岸を埋め立て、人工島も作った。　神戸市剷平丘陵以建造住宅地，再利用那些砂土填平海岸，並建造了人工島。

0176
☐ うもれる
【埋もれる】

| 自Ⅱ | 埋沒 |
| 反 | とうかくをあらわす【頭角を現す】嶄露頭角 |

例 この大学には、とんでもない天才がゴロゴロいるので、努力を怠ると、埋もれてしまいそうだ。

由於這所大學人才濟濟，若疏於努力的話很容易被埋沒。

0177
☐ うやむや（な）

| な形 | 含糊不清，曖昧 |
| 類 | あいまい（な）【曖昧（な）】含糊 |

例 私が主役の芝居を作ってくれると脚本家の先生が言っていたが、劇団が解散して、うやむやになってしまった。　編劇老師說了會創作以我為主角的戲劇，但隨著劇團解散，這件事也變得不了了之了。

0178
☐ うらづける
【裏付ける】

→ 常考單字

| 他Ⅱ | 證實，證明 |
| 衍 | こんきょ【根拠】根據 |

例 「水素水が老化を防ぐ」という広告を見かけるが、水素水が健康を増進することを裏付ける根拠はない。

看到「氫水可以防老化」的廣告，但沒有能證實氫水可以增進健康的根據。

0179
☐ うりつくす
【売り尽くす】

| 他Ⅰ | 出清，賣光 |
| 類 | うりきる【売り切る】售罄 |

例 店内の全商品が、なんと半額！改装前に全て売り尽くします！

〔店內廣播〕店內所有商品居然都半價！店鋪改裝前清倉大特賣！

0180
☐

うるおう
【潤う】

自Ⅰ 溼潤；獲利，受惠；變寬裕
反 かんそうする【乾燥する】乾燥

例 この化粧水に変えたら、肌の調子がよくなって、乾燥した季節でも肌が潤っています。

換成使用這款化妝水後，皮膚狀態變佳，即使在乾燥的季節也很溼潤。

例 大した産業もないさびれた漁村がどうして潤っているかというと、原発を誘致したからなんです。　要論為什麼沒有突出產業且蕭條的漁村會變富裕，是因為招攬了核電廠進駐。

0181
☐

うれすじ
【売れ筋】

名 （商品）暢銷，獲得好評；暢銷商品
類 にんきしょうひん【人気商品】人氣商品

例 贈答用のお菓子の売れ筋は、ラスクやクッキーのような、量が多くて日持ちのするお菓子です。

甜點禮盒最暢銷的，是像法式脆餅、餅乾等量多且可久放的點心。

0182
☐

うろつく

自Ⅰ 徘徊，閒蕩，徬徨
類 うろうろする 徘徊，閒蕩，徬徨

例 小学校の前で不審者がうろついているという通報がありました。しばらく学校の外へ出ないようにしてください。

我們接獲小學前有可疑人士徘徊的通報，請暫時不要出校園。

0183
☐

うわのそら
【上の空】

名・な形 心不在焉
類 ぼんやりしている 發呆，恍神

例 平静を装って、ふだんどおりに会話もしていたが、所有している株が暴落し、何もかもが上の空だった。　雖然故作冷靜像往常般對談，但持有的股票暴跌，講話都心不在焉沒在聽。

0184
☐

うわむく
【上向く】

自Ⅰ 好轉；向上
類 こうてんする【好転する】好轉

例 経営状態はずっと停滞していたが、新製品がヒットして、業績が一気に上向いた。

雖然營運狀態一直停滯不前，但新產品大受歡迎，業績一口氣好轉了。

0185
うんざり

| 副・自Ⅲ 煩膩，乏味 |
| 類 あきあき【飽き飽き】煩膩 |

例 子どもを持っている友達と会うたびに、子どもの自慢話を聞かされてうんざりする。 每次與有小孩的朋友見面時，就得聽對方得意地談自己的小孩，實在很煩。

0186
うんちく
【蘊蓄】

| 名 淵博的知識，很高的造詣；雜學 |
| 衍 〜にあかるい【〜に明るい】精通… |

例 彼にウイスキーについての蘊蓄を語らせたら、軽く2時間は話し続けるよ。 若讓他講述威士忌的相關知識，至少會2小時持續說個不停。

▶え／エ

0187
えぐる

🔊
04

| 他Ⅰ 挖，鑿；追究 |
| 類 けずる【削る】削，刨 |

例 フィヨルドというのは、氷河によって陸地がえぐられてできた入り江のことである。 峽灣是指陸地被冰河侵蝕後所形成的海灣。

0188
えげつない

| い形 厚顏無恥；狠毒；下流 |
| 類 いやらしい 討厭的；下流 |

例 賄賂を渡すわ、誹謗中傷するわ、最近の政治家のやることはえげつない。 不僅行賄，還誹謗中傷，最近政治人物的所作所為真是厚顏無恥。

出題重點

▶文法　Ｖわ〜Ｖわ　舉例

用法與「Ｖ－たり〜Ｖ－たりする」相同，表示動作行為的列舉。但是，較常用於負面描述，含有「過分」、「吃驚」的語意。

例 電車を乗り間違えて、取引先との会議に1時間も遅れるわ、上司には叱られるわ、ひどい目に遭った。 因坐錯電車，不僅與客戶的會議遲到1小時，還被上司責罵，真是倒楣。

0189 エスカレート
【escalate】

名・自Ⅲ （事物發展程度）升溫
類 しんこうする【進行する】進展；惡化

例 初めは冷静な言葉で批判し合っていたが、対立は次第にエスカレートし、ついには逮捕者まで出る始末だった。　最初雖然是以冷靜的言詞互相批評，但是隨著對立升溫，最終有人遭到逮捕。

0190 えたい
【得体】

名 來歷（常見用法「得体が（の）しれない」）

例 最近、得体のしれない連中を見かけるでしょ？村はずれにできた工場の人らしいけど、なんか怪しいよね？　你最近有看到一群來歷不明的人吧？似乎是村外工廠的人，但總覺得很可疑對吧？

0191 えてして

副 往往，常常
類 おうおうにして【往々にして】往往，常常

例 天才というのは、えてして自己中心的なものだ。周りに配慮できる天才なんて一握りに過ぎない。

所謂天才，往往都是以自我為中心的人，會顧慮周遭的只有少數。

0192 えとく
【会得】

名・他Ⅲ 掌握（技術）；理解（自然法則）
類 みにつける【身に付ける】掌握，學會

例 いかなる状況においても落ち着いて、物事に集中する術を彼は会得していた。

他已掌握身處任何狀況都能冷靜、專心處理事情的方法了。

0193 エピソード
【episode】

名 趣聞；插曲　　　　　→ 常考單字
類 いつわ【逸話】趣聞

例 ゴッホの気性の激しさを示すエピソードとして、自分の耳を切り落としたという事件がよく取り上げられる。

經常被提及的梵谷割耳事件，是顯示梵谷性情剛烈暴躁的趣聞。

0194
□

えもの
【獲物】

名 獵物
衍 かり【狩り】狩獵

例 友人をともなって狩りに出かけたが、一日中探し回っても、1匹の獲物も見つからなかった。

與朋友結伴出門狩獵，雖然來回搜尋了一整天，竟連一隻獵物都找不到。

0195
□

えらびだす
【選び出す】

他I 選出 　　　　　　　　　　　→ 常考單字
類 みいだす【見出す】找到，發現

例 膨大な情報の中から、必要なものだけを選び出すのは骨が折れる。

從龐大的資訊當中僅挑選出需要的內容很費力。

0196
□

えりすぐる
【選りすぐる】

他I 精選

例 悪化した業績を回復させるために社内からえりすぐった優秀な社員だけでプロジェクトチームが作られた。　為了挽救下滑的業績，從公司內部精心挑選出優秀的職員，建立專案小組。

0197
□

えんえん（と）
【延々（と）】

副 接連不斷，沒完沒了
類 ながながと【長々と】長久

例 先生は人生を豊かにする方法について延々と語っていたが、正直、先生の話はつまらない。　老師滔滔不絕地講述關於充實人生的方法，但老實說，他的講話內容很無聊。

0198
□

えんじる
【演じる】

他II 做出；扮演；擔任 　　　　　→ 常考單字
衍 しばい【芝居】戲劇

例 私は場の空気を読むのが苦手なので、おおらかなキャラを演じることにしている。　因為我不擅長察顏觀色，所以一直以來都顯現出豁達的形象。

▶ お／オ

0199
☐
🔊
05

おいこむ
【追い込む】

他Ⅰ 逼入，使…陷入（困境）

例 生きるか死ぬかのギリギリの状況に追い込まれたときに、人は驚くべき力を発揮するものである。

當人類被逼入生死一線間時，會發揮驚人的力量。

例 世界中から非難が殺到し、動物に芸をさせるショーが中止に追い込まれた。　世界各地的批評蜂擁而至，動物表演秀被迫中止。

0200
☐

おいだす
【追い出す】

他Ⅰ 趕出，逐出　　　　　　　→ 常考單字

例 親離れできない子どもを家から追い出し、強制的に自立させるべきだ。それが本人のためだ。　應該將依賴父母的孩子趕出家裡，強迫他們獨立。這才是為了孩子本身好。

0201
☐

おいつめる
【追い詰める】

他Ⅱ 窮追不捨，緊逼
衍 ピンチ【pinch】困境，危機，緊急關頭

例 駅や空港でのチェックを強化し、道路での検問を実施しろ！犯人を追い詰めるんだ。

強化車站和機場檢查，並實施道路盤查！一定要對犯人窮追不捨。

0202
☐

おいでになる

自Ⅰ 來；去；在（「行く、来る、いる」敬語）
類 いらっしゃる 來；去；在

例 社長、来週市長がおいでになりたいとのご伝言を承っております。どうお答えしたらよろしいでしょうか。

總經理，有留言下星期市長想來訪。請問您建議如何答覆呢？

0203
☐

おいぬく
【追い抜く】

他Ⅰ 超越
類 おいこす【追い越す】超越

例 足に故障を抱えながらも、残り800メートルで3人も追い抜くなんてすごいラストスパートだったね。　〔評論馬拉松轉播〕即使腳不方便，在剩下的800公尺還超越3人，真是厲害的最後衝刺。

0204
おいはらう
【追い払う】

他I 趕走，驅逐
類 げきたいする【撃退する】擊退

例 田んぼに来る雀を追い払おうとして爆竹を鳴らしたり、案山子を立てたりしたが、ほとんど効果がなかった。

想趕走來到田裡的麻雀而放鞭炮、立稻草人，但幾乎沒什麼效果。

0205
おいる
【老いる】

自II 年老；衰老
類 ふける【老ける】老化

例 家族や孫に囲まれて、静かに老いるというのが私のひそかな夢です。

在家人和孫子圍繞下靜靜地老去，是我不為人知的夢想。

0206
おう
【負う】

他I 擔負，身負；遭受；承蒙

例 部下の仕事に責任を負うという覚悟を持っている。それが上司というものだ。　心理準備好要擔負下屬的工作責任。這才叫做上司。

0207
おうへい (な)
【横柄 (な)】

な形 傲慢無禮
類 えらそう (な)【偉そう (な)】自以為是

例 お客様にあまりにも横柄な態度をとられると、こちらも愛想のない対応をしてしまいますね。

如果被客人以過於傲慢無禮的態度對待，那我們也會冷淡對應。

0208
おうりょうする
【横領する】

他III 侵占
類 ネコババする（撿到東西）占為己有

例 大手銀行の行員が顧客の預金を横領し、全額をギャンブルにつぎ込むという事件が起こった。

發生了大型銀行行員侵占顧客存款，全額投入賭博的案件。

0209
おおいかくす
【覆い隠す】

他I 遮蔽；掩蓋
類 いんぺいする【隠蔽する】掩蔽，隱匿

例 うっそうと茂る木に神社の社殿は覆い隠されて、外からは森にしか見えなかった。

神社正殿被鬱鬱蔥蔥的茂密樹木遮蔽，從外面只看能到森林。

0210 おおがら（な）
【大柄（な）】

な形・名 魁梧；大花紋
反 こがら（な）【小柄（な）】矮小；小花紋

例 その男性は大柄で怖そうに見えるけれど、話してみると、意外と優しい人だった。　那位先生雖然身形魁梧看起來很可怕，但一交談，出乎意料是很溫和的人。

0211 おおすじ
【大筋】

名 主要部分，概略
類 おおむね【概ね】概要

例 容疑者は大筋で容疑を認めていますが、殺意はなかったと一部否認しています。

嫌犯承認了大部分的罪行，但否認自己有殺害意圖這一部分。

0212 オーソドックス（な）
【orthodox】

な形 傳統的；正統的

例 私の受けてきた教育は、教師の質問に対して学生が答えるというオーソドックスなものだった。

我所接受的教育，就是那種老師提問由學生回答問題的單向傳統式教育。

0213 おおっぴら（に）

副 毫無顧忌；肆無忌憚
類 どうどうと【堂々と】毫無顧忌；堂堂正正

例 まだ受験が終わっていない人もいるから、教室で卒業旅行の話とかはおおっぴらにできない雰囲気なんだ。　因為有同學仍在準備入學考試，還不是能毫無顧忌地在教室討論畢業旅行的氣氛。

0214 おおはば（な）
【大幅（な）】

名・な形 大幅

例 ロボットを導入してから、人手不足の問題が大幅に解消された。

自從導入機器人後，人力不足的問題獲得大幅紓解。

0215 おおまか（な）
【大まか（な）】

な形 粗略；草率
類 おおざっぱ（な）【大雑把（な）】粗略

例 今度の工事にかかる費用を大まかに見積もりました。

大致粗估了這次工程所需費用。

0216 ☐

おおむね
【概ね】

名・副 大致，大概

類 だいたい【大体】大體，差不多

例 今の会社にはおおむね満足していますが、知的好奇心を刺激するような業務に乏しいのが不満です。　我對於現在的公司大致感到滿意，但是職務內容缺乏求知動機的刺激，這一點我比較不喜歡。

0217 ☐

おおもの
【大物】

名 大人物

反 こもの【小物】小人物，不值一提的人

例 この国では政財界の大物には捜査の手が及ばないので、彼らはあたかも貴族のように振舞っている。　在這個國家，檢調單位不會對政經界大人物進行搜索，所以他們的言行舉止就像貴族一樣。

0218 ☐

おおらか (な)
【大らか (な)】

な形 豁達，大方

反 しんけいしつ (な)【神経質 (な)】神經質

例 彼女は金銭に対して非常におおらかで、お金を貸してもすぐに忘れてしまうようなところがあった。

她對金錢非常豁達，有時候即使借錢給人也馬上就忘記了。

0219 ☐

おき
【沖】

名・接尾 外海

衍 おく【奥】裡面，深處

例 沖の方は急に深くなるから、陸からあまり離れるな。溺れるぞ。

離岸的海床會突然變深，所以不要離陸地太遠，會溺斃喔。

例 台風9号は鹿児島沖約100キロを北上し、明日未明に九州に上陸する見込みです。　9號颱風在鹿兒島外海約100公里處向北前進，預估明日凌晨從九州登陸。

0220 ☐

おきかえる
【置き換える】

他II 替換；置換

類 あてはめる【当てはめる】適用，符合

例 日本語の単語を中国語に置き換えて覚えても、その単語を理解したことにはならない。

即使將日文單字替換成中文背誦，也無法理解那個單字。

0221
□ おきて
【掟】

名（約定俗成的）規定；不成文規定
類 きまり【決まり】規定，決定

例 川の水を勝手に引いてはいけないという村の掟を破った者は、村八分にされるんだって。

村落規定不可擅自引流河水，聽說違反村規的人會被全村排擠。

0222
□ おくびょう（な）
【臆病（な）】

名・な形 怯懦，膽小
衍 おくびょうもの【臆病者】膽小鬼

例 その人はいつも偉そうな態度をとっているが、実は臆病で気が小さい人なのだ。

那個人總是一副不可一世的態度，實際上卻是怯懦膽小的人。

0223
□ おくゆき
【奥行き】

名 進深；縱深
衍 まぐち【間口】房屋正面寬度，開間

例 店の入り口は小さいが、入ってみると、意外に奥行きがあって、テーブルが 8 つもあった。

店門口雖然小，但是入店後，進深出乎意料地深，桌子有 8 張之多。

0224
□ おくりむかえ
【送り迎え】

名・他Ⅲ 接送
類 そうげい【送迎】接送

例 子供の送り迎えの時間帯になると、幼稚園の前には保護者の高級車がズラリと並ぶ。

一到接送小孩的時間，幼稚園門口家長的高級名車大排長龍。

0225
□ おこがましい

い形 自不量力，不知分寸，狂妄
類 なまいき（な）【生意気（な）】狂妄，自大

例 私が語るのはおこがましいですが、今のクラシック界は行き詰まっています。〔關於音樂的主張〕由我來談論很自不量力，但目前的古典音樂界發展停滯不前。

0226 □
おこたる
【怠る】

他Ⅰ 疏忽，懈怠

例 最近受験勉強に打ち込んでいるため、ＳＮＳの更新を怠ってしまった。　最近埋首於準備考試，疏於更新社群網站。

出題重點

▶詞意辨析　怠る VS 怠ける

「怠る」與「怠ける」都用於表示偷懶、怠惰職責上該做的事情，但「怠る」含有疏忽、不小心怠忽的意思，而「怠ける」則是有刻意發懶的心情。

例 注意を怠る（≠怠ける）と、思わぬ事故につながるよ。

一不小心疏忽，就會釀成意想不到的意外喔。

例 息子はあれこれ言い訳して、怠けて（≠怠って）いると思っていたら、実は病気だった。　原以為兒子找了百般藉口偷懶，事實上是生病了。

0227 □
おこない
【行い】

名 行為舉止，品行
類 いとなみ【営み】日常活動

例 聞いて！とうとう私の作品が入選したのよ！日頃の行いがいいから、神様がご褒美をくれたんだわ！　聽我說！我的作品終於入選了！因為我平常做不少好事，所以神明賜給我獎勵！

0228 □
おさらい

名・他Ⅲ 復習
類 ふくしゅう【復習】復習

例 新しい内容に入る前に前回の講義の内容を少しおさらいしておきましょう。　在進入新的內容之前，我們稍微復習一下上次的上課內容吧。

0229 □
おしあげる
【押し上げる】

他Ⅱ 推高，推上去
類 ひきあげる【引き上げる】提高

例 中東での紛争が原油価格を押し上げることになった。

中東的紛爭推高了原油價格。

0230
☐ おししすすめる
【推し進める】

他Ⅱ 推動，推進
類 すいしんする【推進する】推動，推進

例 政府が優先的に農村部の開発を推し進めたのは、おおむね正しい政策だったと思われる。

普遍認為政府優先推動農村開發大致是正確的政策。

0231
☐ おしつける
【押し付ける】

他Ⅱ 強加於人；壓住

例 先輩に後片付けを押し付けられてしまった。

前輩把善後工作推給我。

0232
☐ おしはかる
【推し量る】

他Ⅰ 揣測
類 さっする【察する】推測，揣測

例 表情から相手の気持ちを推し量ろうとしたが、できなかった。

雖然想要從表情揣測對方的心情，卻沒有成功。

0233
☐ おしむ
【惜しむ】

他Ⅰ 捨不得，心疼，吝惜；珍惜，愛惜
衍 おしみない【惜しみない】慷慨

例 わずかな出費を惜しんだ挙げ句、買い換えることになるのは、本末転倒だから、安物は買わないほうがいいよ。 捨不得多出那麼一點錢，

結果變成要汰舊換新，這是本末倒置，還是不要買便宜貨比較好。

0234
☐ おしよせる
【押し寄せる】

自Ⅱ 洶湧而來，蜂擁而至
類 さっとうする【殺到する】蜂擁而至

例 津波のようなバッタの大群が押し寄せて、各地の農作物を食い荒らした。 像是海嘯般的大群蝗蟲洶湧而至，到處啃食各地的農作物。

0235
☐ オス

名 雄性，公
反 メス 雌性，母

例 ヒヨコのオスとメスを見分ける方法って知ってる？

你知道分辨小雞公母的方法嗎？

0236 □ **おすそわけ**

名・他Ⅲ 分送，分享

例 実家から、食べきれないぐらいリンゴを送ってきたので、おすそわけにいくつか持ってきました。

因為老家送來多到吃不完的蘋果，所以帶幾顆來分送。

0237 □ **おせじ**
【お世辞】

名 奉承話，恭維

例 仕事ができない人ほどお世辞を言う。

工作能力越不好的人越會說奉承話。

0238 □ **おせっかい (な)**
【お節介 (な)】

名・な形 愛多管閒事
類 せわずき (な)【世話好き (な)】熱心助人

例 近所におせっかいなおばさんがいて、私が独身だと知ると、しつこく縁談を勧めてきて、困っています。 附近有一位愛多管閒事的太太，一知道我單身，就糾纏不休地說親，我覺得很困擾。

0239 □ **おそう**
【襲う】

他Ⅰ 襲撃，襲來；承襲 　　　　→ 常考單字

例 昨日 ＡＴＭでお金を引き出した途端、強盗に襲われた。

昨天在 ATM 一提款完，就被強盜襲撃了。

例 仕事がなかなか見つからなくて、強い不安に襲われることがある。

一直找不到工作，有時會感受到一股強烈的不安襲來。

0240 □ **おそかれはやかれ**
【遅かれ早かれ】

副 遲早
類 いずれ【何れ】遲早，總有一天

例 こんなずさんな管理体制なら、遅かれ早かれ問題が起こると思っていたが、まさかこんなに早く起こるとは。 這麼粗糙的管理制度，我覺得遲早會發生問題，但沒想到這麼快就發生了。

0241
□

おそるおそる
【恐る恐る】

副 志忑不安地，戰戰兢兢地
類 こわごわ（と）戰戰兢兢，提心吊膽

例 夕食に出されたのは虫を炒めた料理だった。食べないのは失礼に当たるので、おそるおそる口に入れてみた。　晚餐端上來的是炒蟲子料理。因為不吃有失禮節，所以志忑不安地嘗試吃看看。

0242
□

おそれ
【恐れ】

名 恐怕，擔心；恐懼　　　　　→ 常考單字
類 かのうせい【可能性】可能性

例 このまま温暖化が進むと、その影響が日常生活にまで及ぶ恐れがある。　全球暖化這樣持續下去的話，影響恐怕將會波及到日常生活。

0243
□

（お）そろい
【（お）揃い】

名 同樣款式；一起
反 バラバラ 凌亂，分散

例 チームウェアを作るなら、当店へ！おそろいの Tシャツを着れば、メンバーの結束も強まります。　要訂製團體服的話，就來本店！如果穿上同款式的 T恤，成員也會變更團結。

0244
□

おだてる

他II 恭維，奉承
反 けなす【貶す】貶低

例 若いときは周りから「賢い」とおだてられても、それがお世辞とは気づかなかった。
年輕時即使受到周遭恭維說：「真聰明！」，卻沒意識到那是奉承話。

0245
□

おちいる
【陥る】

自I 陷入
反 だっする【脱する】逃脫，脫離

例 貿易で潤っていた父の会社は法改正を機に経営危機に陥った。
我父親從事貿易致富的公司，因為修法的關係而陷入經營危機。

0246
□

おちこぼれる
【落ちこぼれる】

自II 落後
反 ついていく【付いていく】跟隨，陪同

例 子供が落ちこぼれないように塾に通わせたところ、クラスの最下位になる有り様だった。
為了小孩不落後課程進度而讓他補習，卻變成班上倒數第一名。

0247 □ **おっかない**

い形 令人害怕

類 こわい【怖い】可怕，恐怖

例 表向きはふつうのオフィスですが、中には銃を持ったおっかないおじさんが何人もいましたよ。

表面上是普通的辦公室，但是裡面有好幾位帶著槍令人害怕的大叔。

0248 □ **おっくう（な）**
【億劫（な）】

な形 嫌麻煩，懶得

類 めんどうくさい 麻煩，費事

例 以前は毎年100枚近く年賀状を書いていたんですが、最近書くのがおっくうになってきて…。

以前每年會寫將近 100 張賀年卡，最近開始嫌麻煩……。

0249 □ **おって**
【追って】

副 隨後，稍後

類 のちほど【後ほど】隨後

例 お問い合わせの件につきましては、確認ができ次第、追って担当者よりご連絡を差し上げます。

關於您所詢問的事情，一經確認，隨後就會由負責人聯繫您。

0250 □ **おてあげ**
【お手上げ】

名 束手無策，沒轍

類 こうさん【降参】服輸；投降

例 中学レベルの数学なら、なんとか分かるけど、高校レベルの数学ともなると、お手上げだよ。 如果是國中程度的數學，勉強還會，但是如果是高中程度的數學，我就束手無策了。

0251 □ **おどおど**

副・自Ⅲ 恐懼不安，緊張不安

類 ビクビクする 提心吊膽，戰戰兢兢

例 飼い主に虐待されて育ったので、犬は人間を見ると、いつもおどおどしていた。

因為是被飼主虐待長大，所以那隻狗一看到人，常常感到恐懼不安。

0252
おどす
【脅す】

他I 威脅，恐嚇
類 おびやかす【脅かす】威嚇

例 彼女は主犯の男に脅されて、しかたなく協力させられたんです。彼女もいわば被害者です。

她受到男性主謀威脅，不得已被迫合作。說起來她也是被害者。

0253
おとなげない
【大人気ない】

い形 沒有大人樣，孩子氣
類 ようち(な)【幼稚(な)】幼稚

例 中学生に自分の作品を批評されて悔しかったので、反論してやろうかと思ったが、大人げないから止めた。〔作家自言自語〕自己的作品遭國中生批評而感到不甘，原想要不要反駁，但因沒有大人風範而作罷。

0254
おどる
【躍る】

自I 激動；跳躍
類 おどる【踊る】跳舞

例 今月末、待ちに待った留学生活がやっとスタートする。それを考えるだけで胸が躍る。 這個月底，終於要展開期待已久的留學生活。一想到這件事內心便雀躍不已。

0255
おとろえる
【衰える】

自II 衰退，衰弱　　　　　　　　　→ 常考單字

例 その歌手はデビューから30年経っても人気が衰えない。

那位歌手即使出道30年依然人氣不墜。

0256
おなじみ
【お馴染み】

名 熟悉，熟識
衍 おさななじみ【幼馴染】青梅竹馬

例 今日の歴史の授業では、浮世絵でおなじみの葛飾北斎が取り上げられた。 今天的歷史課上，提到以浮世繪而眾所熟知的葛飾北齋。

0257
おのずから・おのずと
【自ずから・自ずと】

副 自然而然地
類 しぜんに【自然に】自然地

例 言葉の意味というものは、使っているうちにおのずから分かってくるものだ。 所謂的語意，在使用過程中會自然而然地開始理解。

0258
☐ おびえる
【怯える】

[自II] 害怕，膽怯
[類] こわがる【怖がる】害怕

→ 常考單字

例 子犬は初めて聞く 雷 の音に怯えて、母犬のそばを離れなかった。

小狗因初次聽到的雷聲感到害怕，而不敢離開母親身旁。

0259
☐ おびただしい
【夥しい】

[い形]（數量）非常多；（程度）非常
[類] かぞえきれない【数え切れない】無數

例 破綻した銀行の本社前には 夥 しい数の人が集まって、預金の引き出しを求めていた。

成千上萬的人聚集在破產的銀行總部前，要求提領存款。

0260
☐ おひとよし（な）
【お人好し（な）】

[名・な形] 濫好人；忠厚老實的
[類] ひとがいい【人がいい】好人，老實人

例 契約に反する行為を大目に見るなんて…。あなたのようなお人好しではビジネスはできませんよ。

對違反契約的行為居然不加追究……。像你這種濫好人無法從商。

0261
☐ おびやかす
【脅かす】

[他I] 威脅；威嚇

例 いつの時代も、世界平和を 脅 かすのは大国間の覇権 争 いではないだろうか。

不論什麼時代，威脅世界和平的不就是大國間的霸權鬥爭嗎？

0262
☐ おひらき
【御開き】

[名] 散會，散席，（宴會、會議）結束
[類] おしまい【お終い】結束

例 まだお 話 も尽きないとは存じますが、お時間も押して参りましたので、そろそろおひらきにしたいと存じます。 〔派對廣播〕雖然知道各位聊得不夠盡興，但因為時間已經到了，所以我想差不多要散場了。

出題重點

▶慣用　忌み言葉　語言忌諱

日本文化中，古代的「言霊（ことだま）」信仰流傳至今，意即人們相信話一旦說出口就會在現實發生。例如人們相信在山上談到「熊」便會遇到熊，因此便以「黒毛（くろげ）」代稱熊，以「長虫（ながむし）」代稱蛇。而在現代，婚禮上說「終わる」會使人聯想到「離婚」，因此改以「披露宴がおひらきになった」替代。

0263
おびる
【帯びる】
他Ⅱ 含有；承擔；配戴
衍 しゅきおび【酒気帯び】帶酒氣

例 観客の応援は次第に熱を帯び、興奮してコースに侵入してしまう人まで出てきた。　觀眾的歡呼聲逐漸熱烈，甚至有人興奮地闖入賽場。

0264
オプション
【option】
名 隨選；選項
反 ひょうじゅん【標準】標準

例 標準仕様ではもの足りないというお客様のために、本格オーディオシステムなどのオプションもご用意しております。

我們為不滿意標準規格的顧客，準備了其他更正式的音響系統以供選擇。

0265
おぼしい
【思しい】
い形 似乎，好像是（常見用法「～とおぼしき」）
類 ～らしき …的樣子

例 店内には高校生と思しきカップルがいるだけで、他の客はおらず、ガランとしていた。

店內只有一對看似高中生的情侶，空蕩蕩地沒有其他客人。

0266
おぼつかない
【覚束ない】
い形 不穩，不安；沒把握；靠不住；模糊
類 ふたしか（な）【不確か（な）】不確切

例 酒を飲みすぎて、まっすぐ歩くこともおぼつかなかった。

我喝太多酒了，連走直線都不穩。

例 練習不足で、優勝どころか予選通過もおぼつかない。

由於缺乏練習，別說獲得優勝了，就連能否通過預賽都沒把握。

63

0267 □
おもいあがる
【思い上がる】

|自I| 驕傲，自滿，自負
|類| ちょうしにのる【調子に乗る】得意忘形

例 あの人、自分がちょっと美人だからって思い上がってるんじゃない？

那個人不是因自己還算漂亮便相當驕傲嗎？

0268 □
おもいあたる
【思い当たる】

|自I| 想到，意識到；覺得有道理
|類| きづく【気づく】察覺

例 息子さんの成績が最近急に下がってきたんですが、何か思い当たることはありませんか？

〔老師向家長提問〕令郎最近成績突然開始退步，您有什麼頭緒嗎？

0269 □
おもいこみ
【思い込み】

|名| 堅信，深信；臆測，自認為　　　　　　　　→ 常考單字

例 自分には才能がある、自分は特別だという思い込みがなければ、芸術家なんかやっていられない。〔藝術家獨白〕如果不堅信自己有才能、自己是特別的，藝術家就做不下去。

0270 □
おもいしる
【思い知る】

|他I| 盡情地，痛快地；隨心所欲
|類| つうかんする【痛感する】痛感，深切感受

例 大学で、本物の天才を目の当たりにしてはじめて、自分の才能の無さを思い知らされた。

在大學親眼看見真正的天才後，才領悟到自己沒有才能。

0271 □
おもうぞんぶん
【思う存分】

|副| 盡情地，痛快地
|類| おもいきり【思い切り】盡情地，痛快地

例 自宅を改装して、防音室を作ることにしたんだ。これで大音量で思う存分ギターの練習ができる。

我決定改裝住宅，打造隔音室。這樣就能開大音響盡情練習吉他。

0272 □ おもてむき
【表向き】

名 表面上；公開
類 たてまえ【建前】場面話

例 彼女が転校した理由は、表向きは両親の仕事の都合ということに
なっているが、何か裏があるに違いない。

她轉學的理由表面上雖然是父母親工作的關係，但一定有什麼內情。

0273 □ おもむき
【趣】

名 風情；韻味，情趣，氣氛；旨趣
類 ふんいき【雰囲気】氣氛，氛圍

例 同じ公園でも、近所の公園と国立公園では趣が全く異なる。

即使都是公園，住家附近的公園與國家公園的風情完全不同。

例 キャンプをしているとき、夜、遠くで鹿の鳴き声なんかが聞こえると、
趣を感じる。

露營時，夜晚一聽到遠處傳來鹿鳴之類的聲音，便感到別有韻味。

0274 □ おもむく
【赴く】

自I 傾向；前往
類 むかう【向かう】朝向，趨向

例 若い頃は興味の赴くままにいろいろなジャンルの本を読んだもの
だ。 我年輕時憑著興趣閱讀了各種類型的書籍。

0275 □ おもむろに
【徐に】

副 緩慢地，徐徐地
類 ゆっくり 慢慢地

例 車両は徐に動き始め、そして次第にスピードを増して行き、やが
て見えなくなってしまった。

車輛開始緩慢移動，然後逐漸加速前進，不久便看不見了。

0276 □ おもわく
【思わく・思惑】

名 期望；想法；打算
類 きたい【期待】期待

例 自然に親しんでほしいという親の思わくとは裏腹に、子供は部屋で
ゲームばかりしている。

小孩總是在房間裡打電動，與父母希望他親近自然的期待背道而馳。

0277
☐
おもんじる
【重んじる】

他Ⅱ 注重，重視；尊重
反 かろんじる【軽んじる】輕視；忽視

例 これまでの社会では学歴が重視されてきたが、今後は能力や経験の方が重んじられるようになるだろう。

過去的社會重視學歷，不過今後將會轉變成注重能力與經驗吧。

0278
☐
おり
【折】

名 機會，時機
類 きかい【機会】機會

例 結婚のことは、帰省した際、折を見て両親に切り出すつもりです。

結婚的事，我打算趁回老家時，找機會向父母親開口。

0279
☐
おりかえし
【折り返し】

副 立即，立刻
衍 おりかえしちてん【折り返し地点】折返點

例 あいにく部長は席を外しております。戻り次第、折り返しお電話を差し上げます。 經理不巧離開座位，等他回來會立刻回電給您。

0280
☐
おりこむ
【織り込む】

他Ⅰ 織入；穿插

例 金や銀の糸を織り込んだ着物は、素材の良さもあいまって、高級感が漂っていた。

織上金銀線的和服，再加上好材質的相輝映，散發一種高級感。

例 神話は荒唐無稽な話だと思われがちだが、その中には歴史的事実が織り込まれているものである。

雖然神話往往被認為是荒誕無稽，卻是將真實的歷史穿插於其中的故事。

0281
☐
おりたたむ
【折り畳む】

他Ⅰ 摺疊
反 ひろげる【広げる】攤開

例 この自転車は折り畳めば、トートバッグに入るほどコンパクトになり、持ち運びに便利です。

這種腳踏車只要摺疊起來，就能縮小到塞進大手提包的程度，便於攜帶。

0282 おろか（な）
【愚か（な）】

な形 愚笨
反 けんめい（な）【賢明（な）】明智

例 目先の利益のことばかり 考 えるのは愚かだ。もっと 先 を見越して 長 期的な 計 画 を立てるべきだ。

只顧眼前利益太愚蠢了。應該展望未來，制定長期計畫。

0283 おろそか（な）
【疎か（な）】

な形 草率，疏忽

例 どんなことでも基本の練 習 を 疎 かにしてはいけない。

任何事情都不能輕忽基本功。

筆記區

▶か／カ

0284
☐
🔊
06

〜か
【〜化】

接尾 …化
衍 〜せい【〜性】…性

例 世界中でＩＴ化とグローバル化が急速に進み、各地の伝統的な産業が脅かされている。

全世界急速邁向數位資訊化與全球化，各地的傳統產業受到威脅。

┌─ 出題重點 ─

▶出題重點　接尾詞　〜化

接續接尾詞「〜化」的單字屬於第三類動詞，因此後方無法接續「〜になる」，但可接續「〜が進む」及「〜する」，且單字重音會變成 0 號。
（×）温暖化になる　　（×）近代化になる
（○）少子化が進む　少子化惡化　　（○）有料化する　轉變成收費

0285
☐

かい
【下位】

名 （名次、地位）後段，低等，下等
反 じょうい【上位】高等，上等

例 成績によってクラスを２つに分け、下位のクラスにはＴＡを配することになった。　根據成績分為兩班，後段班會安排助教。

0286
☐

がいか
【外貨】

名 外匯；進口貨
衍 こうか【硬貨】硬幣／しへい【紙幣】鈔票

例 資源のない国では、いかに外貨を稼ぐかが大きな問題となっている。

資源匱乏的國家要如何賺取外匯是極大的問題。

0287
☐

がいしけい
【外資系】

名 外資；外商

例 外資系の企業は残業がなく、福利厚生が充実していると言われるが、本当だろうか？　聽說外資企業不加班、福利多，是真的嗎？

0288
□

かいしめる
【買い占める】

他Ⅱ 買斷，全部收購
類 かいだめする【買いだめする】囤積

例 限定商品を買い占めて、ネットで高値で転売する業者が批判を浴びている。　買斷限定商品並在網路上高價轉賣的業者飽受批評。

0289
□

がいす
【害す】

他Ⅰ 破壞，傷害（情緒、健康）
類 きずつける【傷つける】傷害，損壞

例 私の発言が先生のご気分を害してしまったようで、先生は無言で部屋から出ていってしまった。

我的發言好像壞了老師的心情，老師一言不發地走出教室。

0290
□

かいぞくばん
【海賊版】

名 盜版
衍 いほうコピー【違法コピー】非法複製

例 海賊版のＰＣソフトを販売していた業者が摘発された。

販售盜版電腦軟體的業者被舉發了。

0291
□

がいとう
【該当】

名・自Ⅲ 符合
類 あてはまる【当てはまる】適合

例 痩せ型で、目が大きく、アゴのあたりにほくろがあるという条件に該当する女性は行方不明者リストに３人いた。

符合身形削瘦、眼睛大、下顎附近有痣的女性，在失蹤者名單上有３人。

0292
□

かいとる
【買い取る】

他Ⅰ 購買
反 ばいきゃくする【売却する】脫售

例 店でブランド品を買い取ってもらおうと思ったら、偽物だと言われて断られた。　原本打算請店家收購名牌貨，卻被說是仿冒品拒絕收購。

0293
□

かいならす
【飼い馴らす】

他Ⅰ 馴養；馴服　　　　　　　　　→ 常考單字

例 警戒心の強い野生動物を飼いならすのは容易ではない。

馴養戒心強的野生動物並不容易。

0294
□
かいほう
【介抱】

他Ⅲ 照護
類 てあてする【手当する】處置；治療

例 瀕死の状態の男性をベッドに寝かせ、一日中介抱してあげると、男性はようやく起き上がれるようになった。　將瀕死的男性安置於病床上，經過全天候的照護，他終於好轉可以起身了。

0295
□
かいまみる
【垣間見る】

他Ⅱ 窺見，察知；偷看
類 のぞく【覗く】窺視

例 美術研究者の助手という肩書でなんとか宮殿内にもぐりこみ、非公開の所蔵品を垣間見ることができた。　使用美術研究者的助理頭銜，總算可以溜進宮殿內，窺見非公開的收藏品。

0296
□
かえりうち
【返り討ち】

名 復仇不成反被打敗
反 かたきうち【敵討ち】雪恥；復仇

例 前回、ひどいスコアで敗れたので、今回の対戦で雪辱を果たそうとしたが、返り討ちに遭ってしまった。

上次以糟糕的分數落敗，所以這次的對戰原本想雪恥，卻反被打敗。

0297
□
かえりみる
【省みる】

他Ⅱ 自省，反省
類 はんせいする【反省する】反省

例 自らを省みると、私は今まで親孝行とは無縁な人生を送ってきたことに気づいた。　自我反省過後，我才察覺活到現在都無緣孝親。

0298
□
かえりみる
【顧みる】

他Ⅱ 顧慮；回顧

例 父は家庭を顧みず、仕事に明け暮れていた。

父親不顧家庭，日夜埋首於工作。

0299
□
かかえこむ
【抱え込む】

他Ⅰ 負擔，承擔；雙手抱

例 はたからみると、景気が良さそうな会社だが、実際は大量の不良在庫を抱え込んでおり、倒産寸前だった。　從旁人看來，這家公司看似狀況不錯，但實際上它有大量的不良庫存，瀕臨破產。

0300
□
かかげる
【掲げる】

他Ⅱ 主張，提出；懸掛，舉起；刊登

例 異なるイデオロギーを掲げた国家同士でも、経済的に良好な関係を保つことは可能だ。　即使國與國之間所主張的政治形態不同，仍然可以在經濟上保持良好的關係。

0301
□
かかす
【欠かす】

他Ⅰ 缺少，欠缺

例 グローバルな人材になる上で異文化に対する柔軟な姿勢や適応力は欠かせない。　為了要成為全球化人才，面對不同文化時的柔軟身段與適應能力是不可或缺的。

0302
□
かかと
【踵】

名 鞋跟；腳跟
反 つまさき【爪先】腳尖

例 毎日ハイヒールのようなかかとの高い靴を履いていると、足が外反母趾になり健康に危害を及ぼすことがある。　如果每天都穿像高跟鞋那樣高鞋跟的鞋子，有可能會拇指外翻，對健康造成危害。

0303
□
かがやかしい
【輝かしい】

い形 輝煌的
類 りっぱ（な）【立派な】傑出，優秀

例 彼は、輝かしい受賞歴とは裏腹にプライベートでは多くの問題を抱えていた。　與輝煌的得獎經歷相反，他在私生活層面上有許多問題。

0304
□
かかる
【懸かる】

自Ⅰ 依…而定，決定；懸掛

例 両国の経済協力が進展するかどうかは大統領の判断にかかっている。　兩國間的經濟合作會不會有所進展，全依總統的判斷而定。

0305
☐ かかわる
【関わる】

自Ⅰ 有關聯；牽涉 　　　　　　 **→** 常考單字
衍 かかわり【関わり】關係

例 あんな人とは二度と関わりたくない。

我不想與那種人再有任何關係。

例 お客様のプライバシーに関わる情報は慎重に取り扱うべきだ。

牽涉到客戶隱私的資訊應當審慎處理。

0306
☐ かきこむ
【書き込む】

他Ⅰ 填寫；加註；儲存（電腦資料）
衍 かきこみ【書き込み】寫入

例 リスニング問題のメモは問題用紙の余白に書き込んでください。

聽力測驗的筆記請寫在試卷空白處。

0307
☐ かきしるす
【書き記す】

他Ⅰ 記載，記錄
類 かきとめる【書き留める】記下，寫下

例 古代の地方の風俗が歴史書に書き記されることは稀である。

古代地方風俗記載於史書的情形很少見。

0308
☐ かきなおす
【書き直す】

他Ⅰ 重寫，改寫 　　　　　　 **→** 常考單字
衍 やりなおす【やり直す】重做

例 申請書類の記入事項にミスがあったので、書き直すよう言われた。

因申請文件填寫有誤，而被要求重寫。

0309
☐ かきまわす
【掻き回す】

他Ⅰ 攪拌；擾亂 　　　　　　 **→** 常考單字
類 かきまぜる【掻き混ぜる】攪拌

例 鍋の底が焦げ付かないようにカレーをゆっくりおたまでかき回した。

為了不讓鍋底燒焦，用勺子緩慢攪拌咖哩。

0310
☐ かぎりない
【限りない】

い形 （程度）非常，無比；無限，無止境
類 かずかぎりない【数限りない】無數

例 合成音声は限りなく実際の人の声に近かったが、微妙に人の声とは違っていた。　合成語音雖然非常接近實際人聲，但仍有微妙的差異。

0311
□

かく
【欠く】

他I 缺乏，欠缺；缺損

例 日本語の漢語は発音がシビアなので、音の長短の区別を欠いていたり、アクセントが間違っていると、全く通じない。 日語中的漢語詞彙發音很嚴謹，所以若缺少長短音的區別或弄錯重音，就會完全無法溝通。

0312
□

かぐ
【嗅ぐ】

他I 聞 ➔ 常考單字

衍 かぎとる【嗅ぎ取る】覺察

例 ハイキングで懐かしい土の匂いを嗅いだ時、ふと子供の頃の記憶がよみがえってきた。

健行途中聞到令人懷念的土壤味道時，不經意地回想起小時候的記憶。

0313
□

かくさ
【格差】

名 （級別）差距，差異

類 さ【差】差，差異

例 小さな島国だからといって、台湾各地の経済的な格差は小さいというわけではありません。 雖說是小島國家，但臺灣各地貧富差距並不小。

0314
□

かくづけ
【格付け】

名・他III 分級，分等

類 ランキング【ranking】排名

例 フランスのワイン法によると、ブドウの生産地や品種によってワインには3つの格付けがなされているという。

根據法國的葡萄酒法，依葡萄的原產地及品種等，葡萄酒分為3種級別。

0315
□

かくべつ（な）
【格別（な）】

名・な形・副 特別

類 とくべつ（な）【特別（な）】特別

例 1日頑張った後の1杯は格別だ。

辛苦1天後喝的酒特別美味。

例 平素は格別のご愛顧を賜り厚く御礼申し上げます。

感謝您平時特別的關照。

0316
□ **がくや**
【楽屋】

名（劇場）後臺休息室
類 ひかえしつ【控え室】等候室

例 歌舞伎役者の友達がいるんだけど、よかったらいっしょに楽屋を訪ね
てみない？

歌舞伎演員中有我的朋友，方便的話要不要一起參訪後臺休息室呢？

0317
□ **かけあし**
【駆け足】

名・他Ⅲ 小跑步；走馬看花
衍 かけっこ 賽跑

例 この講義では近代ヨーロッパの経済学の歴史を駆け足で学んでいき
たいと思います。 在這一門課，我想快速帶過近代歐洲經濟學史。

0318
□ **かけがえ**
【掛け替え】

名 替代；替代品
衍 かけがえが（の）ない 無可取代

例 友達と勉強やスポーツで切磋琢磨した高校時代は私にとってかけ
がえのない思い出です。 與朋友一起念書、互相切磋運動的高中生活，
對我而言是無可取代的回憶。

0319
□ **かげぐち**
【陰口】

名 背地裡嚼舌根，背後說壞話
類 わるくち・わるぐち【悪口】說壞話

例 面と向かって反論できないから、陰口を叩くなんて卑怯だ。

因為無法當面反駁而背地裡嚼舌根，實在卑鄙。

0320
□ **かけごと**
【賭け事】

名 賭博
類 ギャンブル【gamble】賭博

例 親友は賭け事に夢中になって大学を中退してしまった。

好朋友沉迷於賭博，結果大學輟學了。

0321
□ **かけこむ**
【駆け込む】

自Ⅰ 跑進
衍 かけこみじゅよう【駆け込み需要】急需

例 急に激しい雨が降ってきたので、慌てて目の前のコンビニに駆け込ん
だ。 突然下起了豪雨，我慌忙地跑進眼前的便利商店。

0322
□
かけつ
【可決】

名・自他Ⅲ（議案等）通過
反 ひけつ【否決】否決

例 消費税を引き上げる法案が国会で満場一致で可決された。

國會全場一致通過提高消費稅的法案。

0323
□
かけつける
【駆けつける】

自Ⅱ 趕到（目的地）
類 かけよる【駆け寄る】跑到身旁，跑近

例 通報を受けた警察が現場に駆けつけたときには、犯人はすでに逃走

していた。　接獲報案的警察趕到現場時，犯人早已逃離。

0324
□
かけひき
【駆け引き】

名・自Ⅲ 策略，手腕

例 吉田選手は優れた技術を持っているわけじゃないんですが、戦術に

長けているというか、試合の駆け引きがうまいですね。　吉田選手並不

具備優秀的技術，與其說是擅長戰術，不如說是比賽策略高明。

0325
□
かけまわる
【駆け回る】

自Ⅰ 跑來跑去

例 生まれてはじめて雪を見た子犬は嬉しくて庭を駆け回っていた。

生平第一次看見雪的小狗開心地在庭院中跑來跑去。

0326
□
かけめぐる
【駆け巡る】

自Ⅰ 繚繞；跑來跑去

例 電話で彼女の声を聞いたとたん、彼女との楽しかった思い出が走馬灯

のように頭の中を駆けめぐった。　電話中一聽到她的聲音，與她之間

的快樂回憶便像走馬燈般在腦海中縈繞。

0327
□
かけら
【欠片】

名 一點點；碎片
類 はへん【破片】碎片

例 失業した末に離婚し、精神的に追い詰められていた私には自尊心

のかけらも残っていませんでした。　歷經失業最後離婚，精神上被逼到

走投無路的我，連最後一點自尊心也沒有了。

0328
☐ **かける**
【賭ける】

他Ⅱ 打賭，賭上

例 日本では私営ギャンブルは禁止されているので、お金を賭けて麻雀をするのは違法行為です。

日本禁止私營賭博，因此賭錢打麻將是屬於違法行為。

0329
☐ **かける**
【懸ける】

他Ⅱ 豁出；懸賞

例 この作品に私の作家人生のすべてを懸けるつもりです。

我準備將自己的作家生涯孤注一擲在這部作品上。

0330
☐ **かこく(な)**
【過酷(な)】

な形 嚴酷，苛刻
類 きつい 嚴厲

例 救助隊はマイナス30度という過酷な環境で長時間作業を続けなければならなかった。

救難隊必須在負 30 度的嚴酷環境中，持續長時間作業。

0331
☐ **かこつける**
【託ける】

自Ⅱ 假托，藉口
衍 こうじつ【口実】藉口

例 毎日見舞いに来てくれるのはありがたいんだけど、本当は見舞いにかこつけてグチをこぼしたいだけなんじゃない？

雖然很感謝你每天來探病，但其實你只是想假借探病來發牢騷，不是嗎？

0332
☐ **ガサガサ(な)・ガサガサ**

名・な形・副・自Ⅲ 乾燥粗糙；（舉止）粗野
類 カサカサ 乾燥

例 バイトで毎日皿洗いをしているので、手の皮膚がガサガサになってしまった。 打工每天洗盤子，導致手的皮膚變乾燥。

0333
☐ **かさばる**
【嵩張る】

自Ⅰ 占空間
衍 コンパクト(な)【compact】體積小，小型

例 男は莫大な資産を海外に持ち出そうとして逮捕された。現金はかさばるので、貴金属に換えたようだ。 男子試圖攜帶巨額資產前往國外而遭到逮捕。好像因為現金很占空間，所以換成了貴金屬。

0334
□

かさむ
【嵩む】

自Ⅰ 超支；增多
類 かかる 花費（金錢）

→ 常考單字

例 冬は光熱費がかさむので、節約のために部屋の中でオーバーを着て過ごしている。

由於冬季電費、瓦斯費超支，我為了節省開銷在房間裡穿大衣生活。

0335
□

かざりつける
【飾り付ける】

他Ⅱ 裝飾，裝點
類 デコレートする 裝飾

例 クリスマスの日、店の入り口はサンタの人形やイルミネーションで飾り付けられていた。

聖誕節當天，店門口裝飾著聖誕老人的玩偶和燈飾。

0336
□

かしだす
【貸し出す】

他Ⅰ 出借，出租；貸款
反 へんきゃくする【返却する】歸還

例 当店ではお客様が快適に過ごせるよう、ブランケットを貸し出しております。　本店為了讓顧客能度過舒適的時光，提供毛毯出借。

0337
□

かじょうがき
【箇条書き】

名 逐項條列；條列式寫法

例 脱衣所に温泉を利用する際に守るべきルールが箇条書きで記されている。　更衣室裡逐項載明使用溫泉時應遵守的規定。

0338
□

かすか（な）
【微か（な）】

な形 微弱，隱約；貧窮

例 司会者の声は緊張でかすかに震えていた。

司儀的聲音因為緊張而微微顫抖。

0339
□

かすむ
【霞む】

自Ⅰ （雲霧）朦朧，看不清楚；出現薄霧

例 今日はちょっと霞んでるけど、天気のいい日は東京からも富士山が見えるんだよ。

今天雖然有點霧茫茫，不過好天氣時從東京也看得到富士山喔！

0340
□
かぜあたり
【風当たり】
名 譴責，批評；風勢
衍 おいかぜ【追い風】有利的情況；順風

例 かつての日本では結婚しない女性に対する風当たりが強かった。

從前日本對於不婚女性的責難十分強烈。

0341
□
がぜん
【俄然】
副 突然，忽然；斷然
類 だんぜん【断然】斷然

例 優勝したら、ボーナスが出ると聞いて、がぜんやる気が出てきた。

聽到得冠軍會有獎金，我突然充滿了幹勁。

0342
□
かたおもい
【片思い】
名 單戀
反 りょうおもい【両想い】兩情相悅

例 高校時代に片思いだった先輩のことが依然として忘れられない。

我依然無法忘記高中時期單戀的學長（姊）。

0343
□
かたがき
【肩書】
名 頭銜
類 やくしょく【役職】職務

例 名刺に社長とか、国会議員といった肩書があると急に卑屈になるなんてあさましい奴だ。　看到名片上印有總經理、國會議員等頭銜，就突然變得卑躬屈膝，真是寒磣的傢伙。

0344
□
かたくるしい
【堅苦しい】
い形 繁文縟節，拘泥於形式，死板
類 あらたまった【改まった】鄭重，正經

例 今日の参加者は顔なじみばかりでしょ？堅苦しい挨拶は抜きにして、早く乾杯しましょうよ。　今天的參與者盡是熟面孔對吧？那我們就省略繁文縟節的寒暄，快點乾杯吧！

0345
□
かたこと
【片言】
名 隻言片語，不完整的話語
衍 りゅうちょう【流暢】流暢

例 お互いに赤ちゃんのような片言の英語しか話せなかったけど、隣の席の人と会話するのは楽しかった。　雖然彼此像小嬰兒般英文只會隻字片語，不過與隔壁座位的人交談很開心。

0346
かたこり
【肩こり】

名 肩膀痠痛，肩膀僵硬　　　　→ 常考單字
術 (かたを)もむ【(肩を)揉む】按摩（肩膀）

例 最近、肩こりがひどいので、整骨院に相談に行ったところ、姿勢が
悪いのが原因だと言われた。　最近肩膀痠痛得很厲害，所以去整骨院
諮詢，對方說是因為姿勢不良而引起的。

出題重點

▶固定用法　肩の荷が下りる　如釋重負
例 実行委員としては、文化祭が無事に終わり、肩の荷が下りた気分です。

身為執行委員，文化祭圓滿落幕，感覺如釋重負。

▶固定用法　肩を並べる　並駕齊驅
例 成長著しいアジア諸国の経済はヨーロッパに肩を並べるほどになっ

た。　亞洲各國經濟成長顯著，幾乎已與歐洲國家並駕齊驅。

▶固定用法　肩を持つ　偏袒
例 兄弟げんかになるたびに、母はいつも弟の肩を持つので腹が立つ。

每當兄弟吵架時，母親總是偏袒弟弟，讓我很生氣。

0347
かたとき
【片時】

名 片刻，一刻（常見用法「片時も～ない」）

例 3歳になる息子は人見知りが激しくて、出かけるときは片時も母親の
元を離れなかった。

將滿3歲的兒子很怕生，出門時片刻也不離開母親身邊。

0348
かたむける
【傾ける】

他Ⅱ 傾斜；傾注；使…衰敗

例 うちの犬は名前を呼ぶと、首を傾けてこちらを見る。

我家的狗只要一呼喚牠的名字，就會歪著頭看這裡。
例 他人との信頼関係を築くには、よく相手の話に耳を傾けることが
大切だ。　要與他人建立信任關係，仔細傾聽對方的話很重要。

0349
かたりかける
【語りかける】

自他Ⅱ （對某對象）説

例 寝る前にお気に入りのぬいぐるみに今日あったことを語りかけるのが彼女の日課だった。

睡前對喜歡的布娃娃說今天發生了什麼事是她每天的習慣。

0350
かたわら
【傍ら】

名 旁邊，身邊；一邊…一邊…　　→ 常考單字
類 そば【側・傍】旁邊，身邊

例 老いた女王の傍らには、いつも王子が付き添っていた。

年邁的女王身旁總有王子陪伴照料。

出題重點

▶文法　〜かたわら〜　一邊…一邊…；除了…還…

表示兩項事物同時進行，前項為主要、後項為次要的活動。

例 日本語を勉強するかたわら、飲食店でアルバイトをしています。

我主要是學習日文，另一方面也同時在餐飲店打工。

例 大学で教鞭をとるかたわら、ボランティアで子供たちにプログラミングを教えている。

我除了在大學教書之外，還擔任志工教小朋友們寫程式。

0351
かたん
【加担・荷担】

名・自Ⅲ 支援；參與
類 きょうりょくする【協力する】協助

例 友人に怪しい荷物を運ぶよう頼まれたが、これをしたら、密輸に加担することになるのではないだろうか。

我受朋友所託搬運可疑的行李，但這麼做的話，不就成了協助走私嗎？

0352
かつ
【且つ】

副・接續 並且；邊…邊…

例 日本語が話せて、かつ運転免許を持っている方を募集します。

〔徵才廣告〕我們在招募會說日語，且持有駕照的人。

0353
□ **かっきてき（な）**
【画期的（な）】

な形 劃時代的 → 常考單字
類 かくめいてき（な）【革命的（な）】革命性的

例 封建制度を廃止したフランス革命は世界史の上で画期的な出来事
だった。　廢除封建制度的法國大革命是世界史上劃時代的事件。

0354
□ **がっくり（と）**

副 沮喪的樣子；突然無力地

例 試合終了の笛を聞いて、選手たちはがっくりと肩を落とした。
聽到比賽結束的哨聲，選手們垂頭喪氣。

0355
□ **かっこつける**

自II 裝腔作勢，擺樣子
衍 かっこう【格好】打扮；外形

例 デートのときにかっこつけて高級レストランで食事したら、会計時
に所持金が足りなくて恥をかいた。
約會時故意擺闊在高級餐廳用餐，結帳時卻因身上現金不夠而出糗。

0356
□ **がっしゅく**
【合宿】

名・自III 集訓；集訓宿舍

例 夏休みにうちのサークルで2泊3日ぐらいの合宿をしようよ。海の
近くの旅館なんてどうかな？　暑假時我們社團來辦3天2夜左右的集
訓吧！在靠海邊的旅館舉辦好不好呢？

0357
□ **がっち**
【合致】

名・自III 一致，符合
類 いっち【一致】一致，符合

例 経営陣の方針に合致するようなやり方で、独創的かつ画期的な新
製品を開発しなければならない。　我們的做法必須與經營陣營的方針
一致，開發具獨創性且劃時代的新產品。

0358
□ **がっちり（と）**

| 副・自Ⅲ 牢牢地，緊緊地；健壯，堅固 |
| 類 がっつり 盡情地／がっしり 健壯 |

例 逃げようとしたら、後ろから両腕でがっちり肩を掴まれた。

當我正要逃走時，被人用兩隻手臂從背後牢牢抓住肩膀。

例 犯人はギリシャ神話のヘラクレスのようながっちりした体つきの男だった。　犯人是具有希臘神話的海格力斯般健壯身材的男性。

0359
□ **かつて**
【曽て】

| 副 以前，曾經；未曾（接否定） |

例 ここはかつては農業が盛んだったが、今は住宅地として開発された。　這裡從前農業興盛，現在被開發成住宅用地了。

例 今年の夏はかつてないほど異常な高温だった。

今年夏天是前所未見的異常高溫。

0360
□ **かっとなる**

| 自Ⅰ 勃然大怒，大發脾氣 |
| 類 ぎゃくじょうする【逆上する】勃然大怒 |

例 容疑者は禁煙の場所で喫煙していたところを注意されてかっとなり、暴力をふるったということです。

據說嫌犯在禁菸場所抽菸時被唸了幾句，便勃然大怒而動粗。

0361
□ **カテゴリー**
【category】

| 名 類別，範疇 |
| 類 くぶん【区分】區分，劃分；分類 |

例 このサイトでは「ファッション」の下に「トップス」「ボトムス」「下着」というたサブカテゴリーを含んでいる。　在這個網站，「流行時裝」下包含「上衣」、「裙褲類」、「貼身衣物」等子類別。

0362
□ **かどで**
【門出】

| 名 開始新生活；出發 |
| 類 しゅっぱつ【出発】出發 |

例 やっと独立して店を出した門出の日なのに、台風で避難指示が出るなんて…。

終於到了獨立開店展開新生活這一天，卻遇到颱風發布避難指示。

0363
かなう
【適う】

自I 適合，符合
類 あう【合う】適合

例 最近流行っている屋外でのミーティングは、五感が刺激されてアイディアが出やすく、理に適っている。

最近流行的戶外會議，刺激五感，容易想出點子，很行得通。

0364
かなう
【敵う】

自I 匹敵

例 勉強では兄にとてもかなわないから、芸術の分野に進むことにしました。　在念書方面遠不如哥哥，因此決定朝藝術領域發展。

0365
かなえる
【叶える】

他II 實現

例 何でもお前の願いを叶えてやろう。ただし、1つだけ条件がある。

〔《浮士德》惡魔臺詞〕我能實現你任何的願望，但是只有1個條件。

0366
かなた
【彼方】

代 那頭（常用於文學用詞）
類 むこう【向こう】那邊

例 すれ違った謎の飛行物体はあっという間に地平線の彼方に消えていった。　擦肩而過的神祕飛行物一瞬間消失在地平線的那頭。

0367
かなめ
【要】

名 關頭，要點，重要部分
類 ポイント【point】要點

例 海外からの観光客を呼び込めるかどうかは、外国人の視点で地域の魅力を見出せるかどうかが要だ。　（國內觀光景點）是否能吸引海外觀光客，首要是能否從外國人的視角發現地方魅力。

0368
かねそなえる
【兼ね備える】

他II 兼備

例 心・技・体のすべてをかねそなえていなければ、世界チャンピオンになることはできない。

如果精神、技術、體能未兼備，無法成為世界冠軍。

0369 **かねて（から）**
☐

圖 早就，先前
類 かねがね【兼ねがね】早就，先前

例 この方がお嬢さんですか。かねてからお目にかかりたいと思っていたんですよ。　這位是您的女兒嗎？我早就想和她見一面了。

0370 **かばう**
☐ **【庇う】**

他I 掩護
類 かたをもつ【肩を持つ】祖護

例 あくまで自分ひとりの犯行だと言ってるんですが、どうも誰かをかばっているみたいなんですよね。

他始終都說這是自己一人所犯下的罪行，但總覺得似乎在掩護誰。

0371 **カビる**
☐

自II 發霉

例 お風呂の天井のカビている部分が入浴のたびに気になる。

每次泡澡時，都很在意浴缸上方天花板的發霉處。

0372 **カプセル**
☐ **【capsule】**

名 太空艙；膠囊

例 長期間の航行に備えて、宇宙船には冬眠用のカプセルも必要だ。

為長期飛行預作準備，太空船也需要冬眠用的太空艙。

0373 **かまえる**
☐ **【構える】**

他II 作勢；預備；建造；捏造

例 不審な影を見て、あわてて銃を構えた時には、敵はすでに暗闇に紛れてしまっていた。

看見可疑的影子匆忙架好手槍時，敵人已經混入黑暗中。

0374 **〜がましい**
☐

接尾 類似…，近似…

例 「全部あなたのためにやっているんだ」と恩着せがましく言われた。

一副挾恩圖報似地對我說：「都是為了你做的。」

0375
☐ **かみあう**
【噛み合う】

自Ⅰ 一致；咬合
衍 いきがあう【息が合う】有默契

例 どうも話が噛み合わないと思ったら、相手が話していたのは、同姓同名の別の知り合いのことだった。　感覺談話內容兜不攏的時候，我才發現對方說的是另一位同名同姓的熟人。

0376
☐ **ガミガミ**

副 嚴厲地

例 親にガミガミ叱られて、子供は拗ねてしまった。
小孩被父母親嚴厲訓斥後生了悶氣。

0377
☐ **カムフラージュ**
【(法)camouflage】

名・他Ⅲ 掩藏；偽裝
類 ごまかす 欺騙

例 一部の魚には、卵に砂を吹きかけて、カムフラージュする習性が見られる。　可以看到一些魚類會有噴砂掩藏魚卵的習性。

0378
☐ **かもしだす**
【醸し出す】

他Ⅰ 營造
衍 ムード【mood】氣氛；情緒

例 薄暗い店内に流れるジャズが大人っぽい雰囲気を醸し出していた。
燈光昏暗的店裡播放著爵士樂，營造出成熟、穩重的氛圍。

0379
☐ **ガヤガヤ**

副・自Ⅲ 吵吵鬧鬧

例 教室に先生が来てホームルームが始まっているのに、生徒たちはまだガヤガヤしていた。
老師到教室開始開班會了，學生們卻還在吵吵鬧鬧。

0380
☐ **からから**

副・な形 乾巴巴

例 一晩中エアコンをつけたまま寝たら、朝起きたとき喉がからからに渇いていた。　一整晚開著冷氣睡覺，早上起床時喉嚨乾得不得了。

0381
□ **からくち**
【辛口】

名 毒舌，嚴厲
類 しんらつ（な）【辛辣（な）】辛辣，尖銳

例 映画 評 論家の小野氏は辛 口の批 評 で知られている。

影評人小野先生以毒舌批評著名。

0382
□ **からだつき**
【体つき】

名 體格，身材
類 たいかく【体格】體格

例 彼女の 体 つきは、ふつうの 女 の子のそれではなく、アスリートのそれだ。　她的體格並非一般女性的體格，而是運動員的體格。

0383
□ **がらっと**

副 突然；呀（開門聲）；嘩啦（倒塌聲）

例 去年のクラスは、いつもガヤガヤしていてうるさかったが、3 年 生になって雰囲気がガラッと変わった。

去年班上總是吵吵鬧鬧、嘈雜不休，但是升上 3 年級後氣氛突然改變了。

0384
□ **からぶり**
【空振り】

名・他Ⅲ 撲空；揮棒落空

例 自宅を訪ねたらインタビューできると思ったんですが、あいにく出 張 中 で空振りに終わりました。

原本以為可以到住處進行採訪，不巧最後因對方出差而撲空。

┌─ 出題重點 ─

▶慣用　野球用語　棒球術語
日語表達有許多棒球術語，例如：「セーフ（安全）」、「アウト（出局）」、「ホームラン（全壘打）」、「タイム（暫停）」、「直球（直球）」、「変化球（變化球）」、「トップバッター（第一棒）」、「9回裏（9局下半）」。

0385
□ **からまる**
【絡まる】

自Ⅰ 纏繞；糾葛；糾纏
衍 とかす 梳理

例 絡まった釣り糸をほどくのに2時間もかかった。

為了解開纏在一起的釣魚線，竟花了兩個小時。

0386

〜がらみ
【〜絡み】

接尾 與…有關；大約…
類 〜かんれん【〜関連】有關…

→ 常考單字

例 首相は女性がらみのスキャンダルで退陣に追い込まれた。

首相因為與女性牽扯不清的醜聞而被迫下臺。

例 対応してくれたのは６０がらみの品の良い男性だった。

為我處理此事的是一位年約60歲、風度翩翩的男性。

0387

からりと

副・自Ⅲ 清新；晴朗；爽快
類 からっと 清新；晴朗；爽快

例 カリフォルニアの冬は暖かく、からりと晴れる日も多い。

加利福尼亞州的冬天溫暖、晴朗的日子很多。

0388

がらんと

副 空曠
類 ガラガラ 空蕩蕩

例 一人娘が結婚して出ていってしまったら、家が急にがらんとなってしまった気がする。

我唯一的女兒結婚搬出去的話，感覺家裡會突然變得空蕩蕩。

0389

かり
【狩り】

名 狩獵
衍 えもの【獲物】獵物

→ 常考單字

例 ヨーロッパで狩りは貴族のスポーツとして楽しまれていたという。

據說狩獵在歐洲被當作貴族運動消遣。

0390

ガリガリ

名・副 瘦巴巴，瘦骨如柴；咯吱，沙沙
反 ブクブク 胖嘟嘟，臃腫

例 ダイエットしすぎてガリガリになった挙げ句、入院することになってしまった。　過度節食變得瘦巴巴，最後還住院了。

例 猫が爪で柱をガリガリと引っ掻いている。

貓用爪子咯吱咯吱地撓柱子。

體態

がりがり
瘦骨如柴

_{きゃしゃ}
華奢な
纖細

スタイルがいい
身材好

ぽっちゃりしている
豐滿

ムキムキな
健壯

_{ふと}
太っている
肥胖

0391
□
かる
【刈る】

他Ⅰ 修剪，割除
衍 かりあげる【刈り上げる】割完；推髮

例 _{ひつじ}羊 の毛は、刈らないと伸び放題になり、命にも関わるらしい。

綿羊毛不修剪的話，放任生長好像也會危及性命。

0392
□
かるがる（と）
【軽々（と）】

副 輕輕地；輕而易舉
衍 かるがるしい【軽々しい】輕率的

例 逃げた猫は、２メートルもの壁を軽々と乗り越えた。

逃跑的貓輕輕地翻越２公尺高的圍牆。

0393
□
カルテ

名 病歷表
類 きろく【記録】紀錄

例 日本ではカルテを５年間保管することが法律で義務付けられている。

日本法律規定，病歷表有保留５年的義務。

0394
□ かるはずみ (な)
【軽はずみ (な)】

> な形 軽率，隨便
> 類 けいそつ (な)【軽率(な)】軽率

例 知らない人の言葉を信用し、ついていくなんて軽はずみな行動でした。　相信陌生人的話跟著走，是很輕率的行為。

0395
□ ガレージ

> 名 付屋頂的車位
> 類 しゃこ【車庫】車庫

例 月極ガレージ：料金についてはお気軽に下記までご相談ください。

月租型車位：關於月租金，歡迎隨時撥打以下電話洽詢。

0396
□ かれこれ

> 副 將近，大約

例 正雄がこの町を出て、かれこれ１３年になるかなあ？あいつが今や国際的な建築家だなんて信じられないよ。　正雄離開這個小鎮將近13年了吧？他如今竟然是國際建築師，令人無法置信。

0397
□ かろうじて

> 副 勉強，好不容易
> 類 ギリギリ 勉強，極限

例 国内の経済は疲弊の極みに達し、国民はかろうじて食べられる程度の生活しかできなかった。

國內經濟疲弱至極，國民只能勉強糊口度日。

0398
□ かろんじる
【軽んじる】

> 他Ⅱ 輕忽
> 類 けいしする【軽視する】輕視

例 反抗期の子供は、親の言うことを軽んじて、忠告にも耳を貸さないものだ。　反抗期的小孩，輕忽父母所說的話，對忠告也充耳不聞。

0399
□ かわきり
【皮切り】

> 名 開始，開端
> 衍 きっかけ 契機

例 アメリカを皮切りにヨーロッパ、中国、インドにも支店をオープンした。　從美國開始，陸續也在歐洲、中國、印度開分店。

0400
☐ **かわす**
【交わす】

他I 交換；交錯

例 職場でかるく言葉を交わす程度の人ならいますが、友達と呼べる人はまだいません。

在職場上有稍微聊得來的人，卻還沒有稱得上是朋友的人。

0401
☐ **かわす**
【躱す】

他I 閃避
類 よける 躲避；防備；消除

例 経済最優先という批判をかわすために、政府は環境保護にも力を入れていることをアピールした。

為了閃避優先發展經濟的批評，政府也極力表現要對環境保護持續努力。

0402
☐ **かわるがわる**
【代わる代わる】

副 輪流
類 こうたいで【交代で】輪流，交替

例 療養中の老いた父を兄弟でかわるがわる世話した。

兄弟姊妹輪流照顧療養中的老父親。

0403
☐ **かんいっぱつ**
【間一髪】

名 千鈞一髮
類 ギリギリ 勉強，極限

例 提出の締切10分前にレポートが完成した。間一髪で間に合った。 我在繳交的截止時間前10分鐘完成報告。千鈞一髮之際趕上了。

0404
☐ **かんか**
【看過】

名・他III 饒恕
類 みすごす【見過ごす】饒恕

例 授業中の居眠りなどは、これまで看過してきたが、学生を甘やかすのも良くないと態度を改めることにした。 對於上課打瞌睡，我至今都睜一隻眼閉一隻眼，但是放縱學生也不好，所以決定改變態度。

0405
☐ **かんがえこむ**
【考え込む】

自I 苦思，沉思

例 同僚はなかなかいいアイデアが浮かばなくて、腕組みをして考え込んでいた。 同事想不出好的點子，雙手叉胸苦思不已。

0406
かんがえだす
【考え出す】

他I 想出；想到
衍 はっそう【発想】想出；想法

例 起業するなら、ありふれた事業では成功の見込みは薄い。ユニークなビジネスを考え出さねばならない。　創業的話，要在一般常見的行業中成功可能性很低，必須想出與眾不同的獨門生意。

0407
かんかん (に)

副 非常生氣

例 無断で欠席した学生のために再試験をすることにしたが、再試験にも来なかったので、先生はかんかんだった。　為了無故缺席的學生舉辦補考，但學生卻連補考也沒出席，因此老師大發雷霆。

0408
がんがん

副詞・自III 猛烈地；劇痛
類 おもうぞんぶん【思う存分】盡情地

例 今日は俺のおごりだ。みんなガンガン飲めよ。

今天我請客，大家痛快地喝吧。

例 昨日は飲みすぎてしまって、朝、起きたら頭がガンガンしていた。

昨天喝太多，早上起床後腦袋嗡嗡作響、頭痛欲裂。

0409
かんしゅう
【慣習】

名 慣例，習俗，常規
類 しゅうかん【習慣】習慣

例 一夫多妻制という慣習は、洋の東西を問わず、近代以前には広く行われていた。　不論東西方，一夫多妻制的慣例在近代以前都很普遍。

0410
がんじょう (な)
【頑丈 (な)】

な形 （物體）牢固；（身體）結實
類 けんろう (な)【堅牢 (な)】堅固

例 その石でできた頑丈そうな橋は洪水で流された。

那座用石頭建造、看似堅固的橋被洪水沖走了。

0411
かんじん (な)
【肝心 (な)】

名・な形 關鍵，重要　→ 常考單字
衍 かんじんかなめ (な)【肝心要 (な)】最重要

例 語学を上達させるには話すことが肝心だ。

要讓外語能力提升，口說是關鍵。

0412
□
かんばしい
【芳しい】

|い形| 名聲好；芳香
|類| おもわしい【思わしい】稱心

例 私の知る限り、あの先生の評判は芳しくないですね。気難しくて教え方も下手らしいです。

據我所知，那位老師風評不太好。似乎不好相處，教法也不高明。

0413
□
かんばつ
【旱魃】

|名| 乾旱
|衍| こうずい【洪水】洪水

例 豊作の年でも、飢饉や旱魃に備えて、食料を備蓄しておかなければならない。　即使是豐年，也必須事先儲備糧食以防飢荒或旱災。

0414
□
かんべん
【勘弁】

|他Ⅲ| 原諒，寬恕；容忍
|類| ゆるす【許す】原諒

例 みんなの前でスピーチするのだけは勘弁してください。大勢に注目されると頭が真っ白になってしまうんです。　唯獨在大庭廣眾面前演講這件事，拜託饒了我吧。我被人群注視的話，腦筋會一片空白。

0415
□
かんむりょう（な）
【感無量（な）】

|名・な形| 無限感概

例 歴史上の偉人たちもこの風景を見たんだと思うと感無量だった。

一想到歷史上的偉人們也曾看過這片風景，我就無限感慨。

0416
□
かんよ
【関与】

|名・自Ⅲ| 參與；干預
|類| かんけい【関係】關係

例 この事件に政府の高官がどの程度関与しているかは分からなかった。

我不清楚政府高官在這件事上參與多少。

0417
□
かんろく
【貫禄】

|名| 威嚴；氣派
|類| いげん【威厳】（令人敬畏）威嚴

例 ふだんは親しみやすい父だが、スーツを着て、部下と仕事をしているときは社長らしい貫禄がある。　他平時是和藹可親的父親，不過穿上西裝，與下屬工作時就有總經理的威嚴。

き／キ

0418
07
きあい
【気合】

名 （集中專注於某事的）氣勢
衍 はりきって【張りきって】精力充沛

例 褒めてくれてありがとう。はじめてのデートなんで、気合を入れてお
しゃれしてきたんだ。

〔回應讚美〕謝謝你的讚美。因為是第一次約會，我費盡了心思打扮。

0419
きがかり（な）
【気がかり（な）】

名・な形 掛念；惦記
類 きになる【気になる】在意

例 旅行は楽しみだけど、友達に預けることになっている猫のことだけが
気がかりなんだ。　我很期待旅行，只是會掛念將託付朋友照顧的貓。

0420
きがね
【気兼ね】

名・自Ⅲ 顧慮
類 きをつかう【気を遣う】關心；擔心

例 寮を出て一人暮らしを始めたので、ルームメイトに気兼ねしないで好
きなテレビが見られる！　因為搬出宿舍開始獨自生活，不用再顧慮室
友，可以看自己喜歡的電視節目。

0421
ききながす
【聞き流す】

他Ⅰ 當作耳邊風
衍 うわのそら【上の空】心不在焉

例 また母が勉強の大切さについて延々と語っていたが、「うん、分
かってる」と軽く聞き流した。　媽媽還在滔滔不絕地說著念書的重要
性，我卻當作耳邊風地說：「嗯，我知道了。」

0422
きぎょう
【起業】

名・自他Ⅲ 創業
類 せつりつする【設立する】設立

例 松下さんは学生時代に起業し、３０代で100人あまりの従業
員を抱える中規模の企業に成長させた。　松下先生於學生時期創
業，在三十幾歲時，讓公司成長到擁有一百多名從業人員的中型企業。

0423
☐
ききん
【飢饉】

名 飢荒
類 うえ【飢え】飢餓

例 荒れた土地でもよく育つサツマイモは、江戸時代にしばしば起こった飢饉から人々を救った。 即使在貧脊的土地上也能盛產的地瓜，於江戶時代解救人們免遭經常發生的飢荒之苦。

0424
☐
きぐ
【危惧】

名・他Ⅲ 擔心，畏懼，唯恐
類 しんぱいする【心配する】擔心

例 トラやホッキョクグマといった絶滅を危惧されている種を絶滅危惧種という。 老虎、北極熊等恐面臨滅絕危機的物種，稱為瀕危物種。

0425
☐
ぎくしゃく

副・自Ⅲ 彆扭；生硬
類 きまずい【気まずい】不愉快；有芥蒂

例 親の反対を押し切って結婚して以来、両親との関係はずっとぎくしゃくしている。 我不顧父母反對結婚後，與他們的關係一直很彆扭。

0426
☐
ギクッと

副・自Ⅲ 吃驚
類 ドキッとする 震驚，嚇一跳

例 探偵が「1人だけアリバイがない人がいます」と叫ぶと、いつもは冷静な執事がギクッとした様子だった。 偵探喊道：「只有1人沒有不在場證明。」總是很冷靜的管家便一副吃驚的樣子。

0427
☐
きくばり
【気配り】

名 照顧
類 はいりょ【配慮】照顧，關照

例 姉さん女房は気配り上手なので、夫を出世させると日本では昔から言われている。 日本自古有一說：「年長的太太善於照顧打點事務，可以幫助丈夫出人頭地。」

0428
☐
きぐろう
【気苦労】

名 操心，勞神，傷神
類 ストレス【stress】壓力

例 国際結婚は、習慣の違いや親戚づきあいなどに戸惑うことも多く、気苦労が絶えない。 跨國婚姻也有很多令人不知所措的事情，例如：習慣差異、親戚相處等，讓人十分傷神。

0429
☐ ぎこちない

> い形 生硬；笨拙
> 反 スムーズ（な）【smooth】流暢

例 全員素人なので、セリフも演技もぎこちなかったが、最後まで演じきることができて満足している。　我們全是外行人，因此臺詞表現和演技都很生硬，但最後能完成表演，感到很滿意。

0430
☐ きさく（な）
【気さく（な）】

> な形 隨和，沒架子
> 反 きむずかしい【気難しい】難相處

例 あの人は芸能人なのにファンに対して偉そうにせず、友達のように気さくに接してくれた。
那個人明明是藝人，卻對粉絲不倨傲，像朋友般隨和地對待。

0431
☐ きざし
【兆し】

> 名 前兆，徵兆
> 類 ちょうこう【兆候】徵兆

例 夕方の風の涼しさにやがて訪れる秋のきざしを感じ、趣深かった。　晚風的涼爽，讓我感受到秋天不久將至的前兆，別有一番意趣。

0432
☐ きしつ
【気質】

> 名 （個人）氣質，性情
> 衍 〜かたぎ【〜気質】…（匠人）精神

例 両親ともに芸術家だったので、どうやら私もその気質を受け継いでいるようだ。　由於父母親都是藝術家，我好像也承襲了那份氣質。

0433
☐ きじつ
【期日】

> 名 期限
> 類 しめきり【締め切り】截止日期

例 願書は、期日ギリギリではなく、余裕を持って提出してください。
申請書請避免拖到期限當天，提早繳交。

0434
☐ きしむ
【軋む】

> 自I 咯咯作響
> 衍 ギシギシ（と）咯吱咯喳

例 荒波に翻弄されて、あちこちでギシギシ、ミシミシと船のきしむ音がしている。　船隻被洶湧的浪濤盪來盪去，四處咯咯作響。

0435
□
きじゅつ
【記述】

名・他Ⅲ 記述；申論
類 きさい【記載】記載

例 多くの歴史の教科書は、政治的な出来事を中心に書かれており、庶民の生活や経済に関する記述は少ない。 歴史教科書多數以政治事件為中心撰寫，鮮少有關百姓生活及經濟的記述。

0436
□
きずきあげる
【築き上げる】

他Ⅱ 築起，建設
類 こうちくする【構築する】構築

例 敵の侵入を防ぐために街の周囲に石の城壁を築き上げた。

為了防止敵人入侵，在城市的周圍築起石牆。

0437
□
ギスギス

副・自Ⅲ 不和諧；僵硬；冷淡

例 オーケストラ内のギスギスした雰囲気が不協和音として演奏にも表れていた。

管絃樂團內不和諧的氣氛，使演奏的音樂也顯露出不協調的走音。

0438
□
きずく
【築く】

他Ⅰ 建立，奠定；修築
→ 常考單字

例 価値観の異なる外国人と信頼関係を築くには、長い年月を必要とする。 要與價值觀不同的外國人建立起信賴關係，需要經年累月的時間。

0439
□
きずつく
【傷つく】

自Ⅰ 受傷；受損
→ 常考單字
衍 ふしょうする【負傷する】（身體）受傷

例 同僚の言葉に深く傷つきました。もうこのチームで仕事をしたくないです。 我被同事的言語深深傷害，已經不想在這個團隊工作了。

0440
□
きずつける
【傷つける】

他Ⅱ 傷害；損傷
→ 常考單字
反 いやす【癒す】治癒；治療

例 暴力は人の肉体を傷つけるが、言葉は人の心を傷つける。

暴力傷害人體，言語傷害人心。

0441 きずな
【絆】
名 （深厚）情誼，友情，親情
類 なかまいしき【仲間意識】團體意識

例 血の繋がりよりも、心の絆のほうが強い場合もある。

比起血緣，有時心靈情誼更強韌。

0442 ぎせい
【犠牲】
名 犠牲；代價
→ 常考單字

例 家庭を犠牲にして、一途に研究に打ち込んだ学者を知っています。

我認識犧牲家庭、一心一意投入研究的學者。

0443 きぜつ
【気絶】
名・自Ⅲ 昏倒
類 しっしんする【失神する】昏迷（書面用語）

例 対戦相手は、絞め技をかけても「参った」と言わず、がんばったので、気絶してしまった。　〔柔道比賽〕即使我使出鎖喉招數，對手也拚盡全力不說：「我投降」因而昏倒了。

0444 きそいあう
【競い合う】
自他Ⅰ 相互競爭
→ 常考單字
類 せる【競る】競爭，對決；競標

例 ビデオゲームの腕を競い合うeスポーツの国際大会がタイのバンコクで開かれた。

在泰國曼谷舉辦了一場較量電玩遊戲實力的國際電競大賽。

0445 ぎぞう
【偽造】
名・他Ⅲ 偽造，仿造
衍 にせもの【偽物】贋品，仿冒品

例 パスポートを偽造し、販売していたとして、男女7名が逮捕された。

7名男女因偽造護照販賣遭到逮捕。

0446 きそくてき（な）
【規則的（な）】
な形 規律的
反 ふきそく（な）【不規則（な）】不規律的

例 哲学者カントは、毎日同じ時間に仕事や散歩をするという規則的な生活を好んだ。

哲學家康德喜歡每天在同一時間工作及散步的規律生活。

0447 □
きたえる
【鍛える】

他Ⅱ 鍛鍊，磨練；冶煉
類 たんれん【鍛錬する】鍛錬

→ 常考單字

例 健康のために 体 を鍛えようとジムに通い始めた。

我為了健康想要鍛鍊身體而開始上健身房。

0448 □
きたく
【帰宅】

名・自Ⅲ 回家
反 いえをでる【家を出る】出門；離家出走

例 今日は１０時に帰ります…あ、これは９時に退社し、１０時に帰宅するという意味です。

今天 10 點回去……啊，這是指 9 點下班，10 點回到家。

0449 □
きたる
【来る】

自Ⅰ 下次；即將到來
類 こんど【今度】下次

例 来る ３１日、年末売りつくしセールを実施します。お正月の 食 料 品 の買いだめ等にご利用ください。

接下來的 31 日將舉辦年末出清特賣，歡迎採購新年食材備存。

0450 □
きちっと

副・自Ⅲ 規規矩矩；整整齊齊；正好
反 だらしない 沒規矩；邋遢

例 お父さんも、お母さんもきちっとした人なのに、どうして彼はあんなに非 常 識 なのかなあ。 明明父母都很一絲不苟，他卻為何如此脫軌呢。

0451 □
きちょうめん (な)
【几帳面 (な)】

な形 一絲不苟，規規矩矩
反 てきとう (な)【適当(な)】隨便，敷衍

例 部屋は散らかし放題で、服もシワだらけだけど、几 帳 面 な一面もあって、字は一画一画丁寧に書くんだよ。 雖然房間雜亂無章，衣服也皺巴巴，但他也有一絲不苟的一面，字是一筆一畫仔細地寫喔。

0452 □
きづかう
【気遣う】

他Ⅰ 掛心，惦念
類 はいりょする【配慮する】關照

例 外国で一人寂しく暮らしている友人を気遣って、兄は毎週末電話で近況を話し合っているらしい。

哥哥掛心在國外獨自寂寞生活的朋友，好像每週末會通話互聊近況。

費心

気を遣う
顧慮

気を配る
照料

気になる
在意

気にかかる
掛心

0453

☐ **きっかり（と）**

副 （時間、数量）剛好，…整

類 きっちり …整

例 几帳面な彼は、10分前に待ち合わせ場所の近くに到着し、少し時間を潰してから約束の時間きっかりに現れた。 一絲不苟的他，

在10分鐘前抵達會合地點附近，稍微消磨時間後，在約定時間準時現身。

0454

☐ **きつけ【着付け】**

名 穿衣服（特指和服）

衍 おび【帯】和服腰帯

例 戦前の女性は自分で着付けができたので、ふだんから着物を着る人も少なくなかった。

第二次世界大戦前的女性能自己穿和服，因此平時穿和服的人也不少。

0455

☐ **きっぱり（と）**

副 断然；（態度）明確

類 はっきり（と）清楚，明確

例 入会してほしいと何度も頼まれたが、気が進まないので、きっぱりと断った。

雖然多次被請託加入會員，但因為我不感興趣，所以斷然拒絕了。

0456

☐ **きてん【機転】**

名 靈機，機智

例 あの時、機長が機転を利かせて「機体が故障した」と嘘をつかなかったら、飛行機はハイジャックされていただろう。

那時如果機長沒有靈機一動謊稱：「機身故障」應該會被劫機吧。

0457
☐
きとく
【危篤】

名 病危

例 父が危篤になったと聞いて、家族は病院に駆けつけた。

聽說父親病危，家人急忙趕往醫院。

0458
☐
きどる
【気取る】

自他I 擺架子，裝腔作勢；以…自居
類 かっこつける 裝腔作勢

例 市長は誠実で、気取らない人柄だったので、みんなに慕われていた。

市長為人誠實且不擺架子，因此備受大家仰慕。

例 あいつは孤高の芸術家を気取っているけれど、単に作品がつまらな

いからウケないだけだよ。 雖然他以孤芳自賞的藝術家自居，其實只不

過是單純因作品無趣而不受歡迎。

0459
☐
きなが (な)
【気長 (な)】

な形 耐心
類 のんびりしている 悠閒自得

例 焦って職場に復帰して病気が悪化したらどうするの？今は安静に

して、治るまで気長に待つしかないよ。 如果急著重返職場後病情惡化

的話怎麼辦？現在只能靜養，耐心地等待痊癒。

0460
☐
ぎのう
【技能】

名 技能，本領
類 スキル【skill】技巧

例 外国語教育では「聞く」「読む」「話す」「書く」の４つの技能を
バランス良く学ぶのが望ましい。

外語教育方面，最好均衡學習「聽」、「讀」、「說」、「寫」４項技能。

0461
☐
きのこ

名 菇類
類 たけのこ 竹筍

例 庶民になじみのあるキノコといえば、シイタケ、エノキ、シメジです。
マツタケは高価で手が出ません。 提到一般民眾所熟悉的菇類，有香

菇、金針菇、鴻喜菇。松茸價格太高買不下手。

0462
□
きはく（な）
【希薄（な）】

な形 薄弱，不足；稀薄

例 ヨーロッパでは車で1時間走ったら隣の国に行けてしまうことが
多いので、国境の感覚が希薄なんです。

在歐洲大多驅車1個小時能到鄰國，因此缺乏國界意識。

0463
□
きはずかしい
【気恥ずかしい】

い形 感到害羞

例 自分の書いた作文をクラスメートに読まれるのは、嬉しい反面、
ちょっと気恥ずかしい。

一想到讓同學閱讀自己寫的作文雖然很開心，但另一方面也感到很害羞。

0464
□
きばらし
【気晴らし】

名 散心，消愁解悶

例 部屋で勉強ばかりしていないで、気晴らしにショッピングにでも行こ
うよ。　不要只待在房內念書，也去逛街購物散散心吧。

0465
□
きばん
【基盤】

名 基礎，根基　　　　　　　　→ 常考單字
類 きそ【基礎】基礎

例 道路、下水道といった街づくりの基盤を整備するのには時間がかか
る。　整建道路、下水道等城市的基礎建設很花時間。

0466
□
きひん
【気品】

名 氣質；品格；文雅
衍 じょうひん（な）【上品（な）】高雅，高尚

例 女子校の校長というと、聖母マリアのような気品のある女性かと
思いきや、がっしりとした体つきの男性だった。　我原以為女校校長
會是如同聖母瑪利亞般有氣質的女性，沒想到卻是一位體格結實的男性。

0467
□
きふく
【起伏】

名・自Ⅲ 起伏；興衰
反 へいたん（な）【平坦（な）】平坦

例 天気のいい日に緩やかなカーブの続く、起伏の多い道路をドライブす
るのは爽快だ。

天氣好的日子，在連續小轉彎、高低起伏多的道路上開車兜風很爽快。

0468 □
きまぐれ (な)
【気紛れ (な)】

な形 一時興起；反覆無常
類 おもいつき (で)【思いつき (で)】一時興起

例 気まぐれでペットを飼ったりすると、あとで世話が面倒になって後悔するよ。

如果是一時興起養寵物的話，之後會覺得照顧很麻煩而感到後悔喔。

0469 □
きまじめ (な)
【生真面目 (な)】

な形 一本正經，非常認真
類 まじめ (な)【真面目(な)】認真

例 こちらが冗談を言っても、笑ったりせず、生真面目な表情でこちらを見つめていた。

即使我們開玩笑，他一笑也不笑，一本正經地注視著我們。

0470 □
きまずい
【気まずい】

い形 尷尬；不愉快

例 相手の触れてほしくない話題をうっかり口に出してしまい、気まずい雰囲気になってしまった。

我無意間提到對方不願意碰觸的話題，造成了尷尬的氣氛。

0471 □
きまま (な)
【気まま (な)】

な形 隨心所欲；任性
類 かって【勝手】任意

例 誰にも気を遣わず、気ままな暮らしができるので、離婚したことを後悔していない。

我可以隨心所欲地生活，不用顧慮任何人，因此並不後悔離婚。

0472 □
きまりもんく
【決まり文句】

名 客套話；口頭禪
類 かんようく【慣用句】慣用語

例 日本語で「検討させていただきます」というのは、"NO" という意味の決まり文句の場合が多い。

日文裡的「我會再考慮」，大多是帶有否定意思的客套話。

0473
□ きまりわるい
【決まり悪い】

[い形] 難為情，不好意思（常用「決まりが悪い」）

[類] きまずい【気まずい】尷尬；不愉快

例 両親とケンカして家を出たきり、一度も連絡しなかったので、3 0 年ぶりに実家に帰るのはきまりが悪かった。 我自從與父母吵架

離家出走後，就再也沒有聯絡過了，因此時隔 30 年回老家感到很難為情。

0474
□ ～ぎみ
【～気味】

[接尾] 有點…，有…的傾向 　　　　　➜ 常考單字

[衍] きみがわるい【気味が悪い】不舒服；可怕

例 作業が遅れ気味なので、今日は残業して遅れを取り戻そうと思う。

工作進度有點遲了，所以我打算今天加班彌補落後的進度。

0475
□ きめつける
【決めつける】

[他II] 片面斷定，武斷

例 貧乏な人は不幸だと決めつけるのはよくないよ。貧しい生活に満足している人もいるんだから。

片面斷定窮人不幸福並不好。因為也有人對貧窮的生活感到很滿足。

0476
□ きめて
【決め手】

[名] 決定性因素；決策者

[類] けっていだ【決定打】決定性作用

例 性能的には劣っていたのですが、結局 B 社の車を買うことにしました。決め手はやはり価格でした。

雖然 B 公司的車性能較差，我最後卻決定購買。決定性因素還是價格。

0477
□ ぎゃくじょう
【逆上】

[名・自III] 勃然大怒

[類] カッとなる 勃然大怒，大發脾氣

例 容疑者は、恋人に別れ話を切り出されて、思わず逆上して殴ってしまったそうです。

聽說嫌犯被情人提分手後，不禁勃然大怒毆打對方。

0478
□ きゃくしょく
【脚色】

[名・他III] 加以潤飾；改寫成劇本

[衍] アレンジ【arrange】改編

例 実話をもとにして作られているが、半分以上は脚色が加えられている。 這是根據真實故事撰寫而成，不過一半以上的內容有加以潤飾。

0479
□
ぎゃくたい
【虐待】

名・他Ⅲ 虐待
類 いじめる【虐める】虐待

例 義理の父親から虐待されていた子供が児童相談所によって保護された。　遭養父虐待的小孩，受到兒童福利諮詢機構保護。

0480
□
きゃくほん
【脚本】

名 劇本
衍 えんしゅつ【演出】導演

例 脚本はイマイチだったが、役者の演技が真に迫っていたので、すばらしい舞台となった。

劇本很普通，但因為演員的演技非常逼真，造就了精采的表演。

0481
□
きゃっか
【却下】

名・他Ⅲ 駁回
類 ことわる【断る】拒絕

例 コストがかかりすぎるという理由で、私の提案は却下された。

我的提議被以成本過高為由遭到駁回。

0482
□
きゃっこう
【脚光】

名 矚目；舞臺腳燈
類 ちゅうもく【注目】注目，關注

例 漬物や味噌といった発酵食品が近年脚光を浴びている。

醃漬物和味噌等發酵食品近年備受矚目。

0483
□
ギャップ
【gap】

名 落差；隔閡；間隙
類 かくさ【格差】（經濟、貧富）差距

例 人気アイドルなのに趣味がプラモ作りという見た目と趣味のギャップがファンをますます惹きつけるらしい。　明明是人氣偶像，興趣居然是組裝模型，這種外型與興趣的落差，似乎更令粉絲著迷。

0484
□
ギャランティー・ギャラ【guarantee】

名 出演費
類 ほうしゅう【報酬】報酬

例 デビューしたてのアイドルのギャラなんてたかが知れている。

剛出道的偶像能拿多少出演費大概想也知道。

0485 □
キャリア
【career】

名 職歴；経歴
類 けいれき【経歴】經歷

例 営業、経理、人事部等で部長を務めた人たちが定年後、長年のキャリアを生かして社員教育に携わっている。　在業務、會計、人事等部門任職經理的人員退休後，活用多年的職歷，從事員工的教育訓練。

0486 □
ギャンブル
【gamble】

名 賭博
類 かけごと【賭け事】賭博

例 ギャンブルに依存している人は借金を重ねてしまいがちだという。
據說賭博成癮的人容易淪落到時常舉債度日。

0487 □
ぎゅうぎゅう

な形・副（塞得）滿滿地
反 すいている【空いている】空著

例 スーツケースに荷物がぎゅうぎゅうに入れてあるので、見た目よりもずっと重い。　行李箱塞得很滿，看起來很輕，實際上很重。

0488 □
きゅうきょ
【急遽】

副 急忙，匆忙

例 主役が病気になったため、代役として急遽私が呼ばれた。
因飾演主角的人生病，而急忙找我來當替角。

0489 □
きゅうくつ（な）
【窮屈（な）】

な形 擠，狹窄；拘束
類 ピチピチ（な）（衣服）緊巴巴

例 エコノミークラスの座席に座っている力士は窮屈そうで気の毒だった。　坐在經濟艙座位的相撲選手看起來塞得很擠，真可憐。

0490 □
きゅうぼう
【窮乏】

名・自Ⅲ 貧困，匱乏
類 こんきゅう【困窮】貧困，窮困

例 飢饉による庶民の生活の窮乏がクーデターのきっかけとなった。
飢荒導致平民的生活貧困，成為引發政變的導火線。

0491
☐ きよ
【寄与】

名・自Ⅲ 貢獻，有助於…
類 こうけん【貢献】貢獻

例 生活水準の向上に大きく寄与した発明といえば、電灯の発明ではないだろうか。

談到對提升生活水準貢獻很大的發明，不就是電燈嗎？

0492
☐ きよう
【起用】

名・他Ⅲ 採用，起用，任用　　　→ 常考單字
類 さいよう【採用】採用，任用

例 宮崎駿監督は自らの作品にプロの声優ではなく、俳優やタレントを起用することが多い。

宮崎駿導演於自己的作品多採用演員及藝人，而非專業配音員。

0493
☐ きょういてき（な）
【驚異的（な）】

な形 驚人的，訝異的

例 規則正しい生活を送るようになって、集中力が付き、成績が驚異的に伸びた。　規律生活後，注意力變集中，成績也驚人地進步。

0494
☐ きょうがく
【共学】

名・自Ⅲ 男女合班

例 勉強ばかりの暗い高校時代でした。男子校じゃなくて、共学に行きたかったなぁ。　我的高中生活一直在念書，過得很晦暗。真想去男女合班，而不是男校啊。

0495
☐ きょうかん
【共感】

名・自Ⅲ 同感，認同
反 いわかん【違和感】不協調感（～がある）

例 あなたが罪を犯したいきさつには同情しますが、考え方には共感できません。　雖然犯罪的前因後果令人同情，但我無法認同你的想法。

0496
☐ きょうこう
【強行】

名・他Ⅲ 強行
反 だんねん【断念】放棄，死心

例 明日は山が吹雪になるから、延期したほうがいいと言われたが、隊長は出発を強行した。　雖然已被告知明天山上會有暴風雪，活動最好延期，但隊長還是強行出發。

0497
きょうごう
【競合】

名・自Ⅲ 競爭
類 きそいあう【競い合う】相互競爭

例 近くにできた 競 合するスーパーとの価格 競 争が激化し、経営は苦しくなる一方だ。

與附近剛開的競爭對手超市，競相削價激烈，經營變得更加困難。

0498
きょうざめ（な）
【興醒め（な）】

名・な形・自Ⅲ 掃興
類 がっかりする 失望

例 デートのときまで、お金の 話 ばかりする彼 女に 興 ざめした。

她連約會時都只談錢，我覺得她很令人掃興。

0499
きょうさん
【協賛】

名・自Ⅲ 贊助
類 コラボする 合作

例 伝 統 芸能は儲からないので、公 演を 行 うには 協 賛してくれるスポンサーを 探さなければならない。

傳統藝能賺不了什麼錢，因此要舉辦公演就必須尋找願意贊助的廠商。

0500
ぎょうしゃ
【業者】

名 業者；同行
類 プロ【professional】職業，專業

例 こんな大きな木を素 人が切るのは危険じゃないですか。 業 者に頼んだほうがいいですよ。

這麼大棵的樹由外行人砍除不是很危險嗎？最好還是委託業者吧。

0501
きょうしゅく（な）
【恐縮（な）】

な形・自Ⅲ 不好意思，過意不去
類 おそれいる【恐れ入る】不好意思

例 忙 しくてろくにお構 いもできなかった 上にこちらの仕事まで手伝っていただき、 恐 縮 です。

因繁忙不僅疏於招待，甚至還勞煩您協助我方的工作，真是不好意思。

0502
きょうじる
【興じる】

自Ⅱ 消遣，作樂
類 たのしむ【楽しむ】以…為消遣

例 おしゃべりに 興 じている暇があったら、そこの在庫整理でもしたらどうだ？ 有時間聊天消遣的話，何不做些庫存整理呢？

0503
☐ きょうせい
【強制】

名・他Ⅲ 強制，強迫
反 にんい【任意】任意，隨便

例 寄付を強制するつもりはありません。経済的に余裕のある方がいらっしゃればぜひご協力お願いします。

我們不打算強制捐款。懇請經濟寬裕的人協助。

0504
☐ きょうちょうせい
【協調性】

名 合作能力；合群
反 はいたせい【排他性】排外性

例 協調性に乏しく、自己主張が強いので、どこの部署に配属されても問題を起こすらしい。 他因為欠缺合作能力，且自我主張強，所以不管被分配到哪個部門好像都會發生問題。

0505
☐ きょうつうてん
【共通点】

名 共通點，共同點 → 常考單字
反 そういてん【相違点】差異點

例 若い女性ということ以外に両作品の主人公に共通点はない。

兩部作品的主角，除了都是年輕女性以外，沒有共通點。

0506
☐ きょうど
【強度】

名 強度 → 常考單字
類 たいきゅうせい【耐久性】持久性

例 プラスチックの部品では強度が足りないので、鉄製の部品を採用することになった。 塑膠零件的強度不夠，因此決定選用鐵製零件。

0507
☐ きょうど
【郷土】

名 家鄉；鄉土 → 常考單字
類 ふるさと【故郷】故郷

例 田舎の農民から立派な武士に出世した近藤勇と土方歳三は、当時の多摩の人にとっては郷土の誇りだった。 從鄉下農民發跡成為傑出武士的近藤勇與土方歳三，對當時的多摩郡人來說是家鄉的驕傲。

0508
☐ ぎょうむ
【業務】

名 業務，工作 → 常考單字
類 しごと【仕事】工作

例 看護師は注射や検温をはじめ、患者の食事・入浴の補助等、幅広い業務をこなさなければならない。 護理師除了打針、量體溫之外，還必須輔助病患進食及入浴等廣泛的工作內容。

0509
☐ きょうゆう
【共有】

名・他Ⅲ 共有
反 せんゆう【専有】私有；獨占

→ 常考單字

例 この漁場は村人たちに共有されており、村人なら誰でも利用できる。　這個漁場是村民們共有，只要是村民任誰都可以使用。

0510
☐ きょうよう
【強要】

名・他Ⅲ 強逼，強行要求
衍 むりやり(に)【無理やり(に)】強迫

例 容疑者は警察に自白を強要されたとして無罪を主張している。

嫌犯以被警察強行逼供為由主張無罪。

0511
☐ きょうよう
【教養】

名 教養，修養
衍 むきょうよう(な)【無教養(な)】沒教養

例 学問や教養があるに越したことはないが、それよりも常識があるかどうかが最も重要である。

最好是具備學問與教養，但相比之下最重要的還是是否具備常識。

出題重點

▶文法　〜に越したことはない　最好是…

用於表示「沒有的話也沒關係，但有的話更好」或是「這是最好的選項」。

例 外国語が話せるに越したことはないが、それよりもまじめにコツコツ努力する人材になってほしい。　最好是會說外語，但相比之下還是希望他能成為一個孜孜不倦努力的人才。

例 山に登るんだから、必要なものだけ持っていきなさい。荷物は少ないに越したことはないぞ。

因為要爬山，就只要攜帶必備物品。行李還是越少越好。

0512
☐ きょうれつ(な)
【強烈(な)】

な形 強烈的
反 びじゃく(な)【微弱(な)】微弱的

例 強烈な日差しが雪に反射して、目を開けていられなかった。

強烈的陽光反射到雪地上，讓人無法睜開眼睛。

0513
□
きょくげん
【極限】

名 極限
類 げんかい【限界】極限；界限

例 相次ぐ飢饉や災害で国民の窮乏生活は極限に達していた。

在相繼的飢荒與災害下，國民困頓的生活達到了極限。

0514
□
きょくたん (な)
【極端 (な)】

な形 極度，極端 　　　　　　　　→ 常考單字
反 ちゅうよう (な)【中庸 (な)】中庸

例 誰でも利き腕のほうが 5 ミリ程度長いものだが、野球の投手の橋本くんは利き腕が極端に長い。　任何人的慣用手臂都會比另一隻手長約

5 毫米，但棒球投手橋本的慣用手臂卻極長。

例 外国の極端な例ばかり取り上げるメディアは信用できない。

總是報導國外極端案例的媒體，令人無法信任。

0515
□
きょじゅう
【居住】

名・自Ⅲ 居住
類 〜ざいじゅう【〜在住】…居住

例 長年その土地に居住している人でも、足を踏み入れない地域がある。　即使是長年居住於那片土地的人，也會有未曾踏足的地方。

0516
□
きょしょう
【巨匠】

名 （藝術領域）巨匠，名家 　　　→ 常考單字
類 たいか【大家】（專門領域）大師

例 ドイツ音楽界の 3 人の巨匠、バッハ、ベートーヴェン、ブラームスは、その頭文字から「三大 B」と呼ばれる。

德國音樂界的 3 大名家巴哈（Bach）、貝多芬（Beethoven）、布拉姆斯（Brahms），因名字字首被稱作「三 B」。

0517
□
きょだい (な)
【巨大 (な)】

な形 巨大的 　　　　　　　　　　→ 常考單字
類 でかい 巨大的

例 敵の侵入を防ぐために街は巨大なコンクリートの壁に囲まれていた。　為了防止敵人入侵，城鎮被巨大的水泥牆包圍。

0518
ぎょっと

副・自Ⅲ 嚇一跳，大吃一驚
類 びっくりする 吃驚

例 真冬なのに半袖と短パンで歩いている人がいて、ぎょっとした。

明明是嚴冬，卻有人穿著短袖短褲在外走動，嚇了我一跳。

0519
きよらか (な)
【清らか (な)】

な形 純潔；清澈
類 せいそ (な)【清楚 (な)】整潔

例 醜い欲望が渦巻く世の中にあって、彼女は清らかな心を失わな

かった。 身處醜陋慾望參雜的世界，她並未喪失純潔的心。

0520
きらい
【嫌い】

名 總愛…，有…的傾向
類 けいこう【傾向】趨勢

例 彼女は悪い人じゃないけれど、自分の価値観を人に押し付けるきら

いがありますね。 她不是壞人，但總愛將自己的價值觀強加於人。

0521
きらく (な)
【気楽 (な)】

な形 輕鬆；無憂無慮　　　→ 常考單字
類 のんき (な) 輕鬆，無憂無慮

例 友達といっしょに旅行すると、つい気を遣ってしまうので、一人旅の
ほうが気楽で好きです。 若與朋友一起旅行，無意中會有所顧慮，所以
我喜歡一個人旅行，比較輕鬆。

感覚

気の毒な
同情

気後れする
畏縮

気難しい
難伺候

気楽な
輕鬆

0522
□ きらびやか（な）

な形 華麗
類 まぶしい【眩しい】光彩奪目

例 きらびやかな芸能界に憧れて、オーディションを受けることにした。

我很憧憬華麗的演藝界，而決定參加試鏡。

0523
□ きらめく
【煌めく】

自I 閃閃發亮
類 かがやく【輝く】閃耀

例 陽の光が波に反射してきらめいている。

陽光反射到波浪上閃閃發亮。

0524
□ ぎり
【義理】

名 沒有血緣關係的親屬；人情，情義；道理
類 かり【借り】欠債；恩情

例 義理の母を「お義母さん」と呼ぶのがまだ恥ずかしい。

我還很不好意思稱呼婆婆為「媽媽」。

例 彼女にはアメリカに行ったときに世話になった義理があるので、いつか彼女の力になりたいと思う。

我去美國時生活上受她照顧，欠了人情，所以希望有一天成為她的助力。

0525
□ きりあげる
【切り上げる】

他II 結束；升值
類 ひきあげる【引き上げる】提高

例 急に体調が悪くなったので、散歩を途中で切り上げて帰宅した。

我身體突然不舒服，所以中途結束散步回家。

0526
□ きりくち
【切り口】

名 觀點
類 してん【視点】觀點

例 現代社会を文化人類学者が論じるという独特の切り口で作られた番組が好評だ。

以文化人類學者論述現代社會的獨特觀點製作而成的節目廣受好評。

0527
□ きりすてる
【切り捨てる】

他II 切割；拋棄；切掉
類 みすてる【見捨てる】拋棄

例 邪魔になったとたん、仲間を切り捨てるような奴は信用できない。

一旦同伴礙手礙腳就馬上切割的傢伙無法信任。

0528
きりとる
【切り取る】

他I 截取，切下

例 何気ない日常を切り取ったような写真が好きだ。

我喜歡那種在無意間自然截取日常生活的照片。

0529
きりぬける
【切り抜ける】

他II 突破，擺脫
類 とっぱする【突破する】突破

例 困難な状況を機転を利かせて切り抜けられる人こそ本当に頭のいい人だろう。　能機靈地突破難關的人，才是真正聰明的人。

0530
きりひらく
【切り拓く】

他I 開墾；開闢
類 かいたくする【開拓する】開拓；開墾

例 森林を切り拓いて道を作ったことにより、隣国への往来は容易になった。　由於開墾森林開通了道路，往來鄰國變容易了。

0531
きりふだ
【切り札】

名 王牌
類 おくのて【奥の手】殺手鐧，最後手段

例 あっちがどんなに優秀な弁護士をつけても、こっちには遺言状という切り札があるから大丈夫だ。

不論對方請到多麼優秀的律師，我們有遺囑這張王牌，所以不打緊。

0532
きりょく
【気力】

名 精力，氣力　　　　　　　　　→ 常考單字
反 むきりょく【無気力】沒精神

例 彼は「体力も限界に達し、気力もなくなったので、引退を決意しました」という言葉を残してユニフォームを脱いだ。　他留下這段話：「體力已達極限，精力也耗盡，因此決定引退」，隨後就脫掉球衣。

0533
きれめ
【切れ目】

名 縫隙；段落
衍 むすびめ【結び目】打結處

例 雲の切れ目から、ときどき下の街が垣間見える。

從雲層縫隙時常能窺見下方的城市。

0534 □

ぎわく
【疑惑】

名 嫌疑；疑慮
類 うたがい【疑い】嫌疑

例 去年の大統領選挙で不正が行われたという疑惑がある。

去年的總統選舉有舞弊的嫌疑。

0535 □

きわだつ
【際立つ】

自Ⅰ 顯著，突出　　　　　　　　→ 常考單字
類 めだつ【目立つ】顯著，突出

例 諸外国と比べて日本の食料自給率の低さは際立っている。

與各國相比，日本糧食自給率顯著低迷。

0536 □

きわめて
【極めて】

副 極其，非常　　　　　　　　→N2 單字
類 すこぶる【頗る】非常

例 このような病例は極めて稀なことから、治癒には時間がかかるかもしれないが、諦めずに治療を続けるつもりだ。　因為這樣的病例極

為稀少，可能要花時間治癒，但是我不會放棄，打算持續治療。

0537 □

きんしつ（な）
【均質（な）】

名・形 相同品質　　　　　　　　→ 常考單字
衍 きんいつ（な）【均一（な）】一律

例 均質な製品とサービスを提供することが当社の企業理念です。

提供相同品質的產品與服務是本公司的企業理念。

出題重點

▶**詞意辨析　均質 VS 均一**

「均質」是指成分、質量沒有差異、全部相同；而「均一」則是所有數量、

金額全部相同，常用於形容商品、金錢等實體物。

例 よりどりみどり、店内の商品はすべて100円均一だって。この店の

商品はコスパが高いよね。　聽說店內商品任意挑選，通通都是均一價

100日圓。這間店的商品物超所值！

0538 ☐ ぎんみ【吟味】

名・他Ⅲ	揀選；斟酌
衍	じゅっこう【熟考】深思熟慮

例 当店では、吟味した新鮮な食材を用いて調理し、衛生にも十分に配慮して、お客さまにサービスを提供しております。

本店揀選新鮮食材烹調，也十分注重衛生，提供顧客服務。

例 弊社で吟味した結果、こちらの案を採用することになりました。

〔商業用語〕敝公司斟酌後的結果，決定採用這個方案。

0539 ☐ きんもつ【禁物】

名	嚴禁事項，須避開的事項

例 噂によると今度の試合相手は弱いそうだが、油断は禁物だ。

據傳聞這次的對戰對手很弱，但也切忌掉以輕心。

◤く／ク

0540 ☐ 🔊 08 ぐいぐい

副	用力（拉、按）；猛烈（喝酒）
衍	いきおいよく【勢いよく】猛烈；旺盛

例 肩こり・腰痛などでそのツボをぐいぐい押すと、効果がより顕著に現れるはずです。

肩膀僵硬、腰痛時用力按壓那個穴道，應該會有更顯著的效果。

例 彼は虫の居所が悪いのか、一人で酒をぐいぐいあおっている。

他不知道是不是心情不好，獨自猛喝酒。

0541 ☐ くいこむ【食い込む】

自Ⅰ	進入，打入；陷入，深入

例 予選リーグはギリギリの通過だったが、トーナメントではベスト8に食い込むことができたので満足だ。

雖然驚險通過循環預賽，不過能進入8強淘汰賽我就心滿意足了。

0542 ☐ くいちがう【食い違う】

自Ⅰ	不一致；錯開	→ 常考單字
類	わかれる【分かれる】分歧，存在爭議	

例 少しくらい意見が食い違ったからといって、いつまでもそれを根に持つことはないでしょう。

雖然有些許意見分歧，但是用不著始終對此耿耿於懷。

115

出題重點

▶**漢字讀音　食**

「食」在四字成語中發音大多為「しょく」。

【しょく】：給食（供餐）／日食（日蝕）／医食同源（醫食同源）

【く】：道草を食う（耽擱）／食っちゃ寝食っちゃ寝（吃飽睡睡飽吃）

【ぐ】：立ち食い（站著吃）　　【くら】：大目玉を食う（遭受訓斥）

【は】：草を食む（吃草）　　【た】：食べる（吃）　　【じき】：断食（禁食）

0543
☐
クール（な）

| 名・な形 冷靜 |
| 類 ひややか（な）【冷ややか(な)】冷靜 |

例 いつもはクールな彼女があんなに取り乱すなんて、よほどのことがあったに違いない。

總是冷靜沉著的她竟如此心慌意亂，一定發生了大事。

出題重點

▶**詞意辨析　クールな VS 冷たい VS 冷ややかな**

「クールな」、「冷ややかな」可以用於形容冷靜沉著的態度、表情，

「冷たい」則是形容冷淡的態度、表情或心態。

例 冷たい態度。　冷淡的態度。

0544
☐
くくる
【括る】

| 他I 括起來；總括；捆，綁 |
| 衍 たかをくくる【高を括る】輕視，小看 |

例 日本語で引用するときはカギカッコで、書名を引用するときは二重カギカッコでくくってください。

在日語裡，引用時請用單引號、引用書名時請用雙引號括起來。

例 文学にはさまざまなジャンルがあるので、「文学」という大きな枠でくくって研究するのは有効ではない。　由於文學包含各種體裁，套用「文學」如此廣泛的框架一以概之研究是沒有用的。

0545
□ くぐる
【潜る】

他I 穿越，鑽過
類 とおりぬける【通り抜ける】穿越

例 日本の神社では、鳥居をくぐる際に神社に向かって礼をするのが正式な
マナーである。

在日本神社鑽過鳥居時，朝神社方向行禮致意是正式的禮儀。

出題重點

▶詞意辨析　くぐる VS もぐる

「くぐる」與「もぐる」漢字皆為「潜る」，但是兩者意思不同。「くぐる」
表示以低姿態通過物體下方或狹窄的空間；而「もぐる」則表示整個身體鑽
入水中、物體內，或是隱匿身形潛伏。

例 海女は海にもぐって海産物や真珠などを捕獲する職業であり、その歴
史は古い。　海女是潛入海中捕撈海產、珍珠的職業，其歷史悠久。

0546
□ くじける
【挫ける】

自II 受挫，頹喪，消沉
類 こころがおれる【心が折れる】受挫

例 何をやってもうまく行かず、挫けそうになった時、よくこのアルバムを
聴いて元気をもらったものだ。

諸事不順、感到挫折時，我經常聆聽這張專輯自我療癒。

0547
□ くじょう
【苦情】

名 抱怨，不滿　　　　　　　　　　　　→ 常考單字
類 クレーム【claim】不滿；申訴索賠

例 老犬がボケて夜中に吠えるので、近所からの苦情が絶えないが安楽
死させるには忍びない。　高齡犬由於失智在深夜亂吠，附近居民因此抱
怨連連，卻又不忍讓牠安樂死。

0548
□ ぐずぐず

副・自III 磨蹭，慢吞吞；嘮叨
類 モタモタ 慢吞吞

例 買おうかどうか迷ってグズグズしていたら、他の人に買われてしまい、
売り切れになってしまった。

我還在磨磨蹭蹭、猶豫中，就被人買走銷售一空了。

0549
☐ **くすぐる**

他I 撩撥；激起；搔癢
衍 くすぐったい 癢，發癢的

例 「今度、しゃれたカフェで、最高のスイーツを食べない？」という誘いに乙女心をくすぐられた。 「下次要不要在時髦的咖啡廳享用最好吃的甜點呢？」這個邀約撩撥了我的少女心。

0550
☐ **くちずさむ**
【口遊む・口吟む】

他I 哼唱；吟詠
衍 ハミング【humming】閉口哼唱

例 昔流行った歌を聞いて、思わず口ずさむことがよくある。

聽到以前的流行歌曲，經常會不知不覺地哼唱。

0551
☐ **くちょう**
【口調】

名 語氣；腔調
類 トーン【tone】語氣；音調

例 彼の言っていることは正しいけど、責めるような口調で言ったから、返って反感を買ってしまった。

他所說的事情雖然是正確的，但那種責備似的語氣反而招來反感。

0552
☐ **くつがえす**
【覆す】

他I 顛覆，推翻　　　　　　　　→ 常考單字
類 ひるがえす【翻す】改變，翻轉

例 今回のウイルスの流行によって、これまでの常識がすっかり覆されたことは明白だ。 這次病毒的流行，無疑徹底顛覆了以往的常識。

出題重點

▶詞意辨析　覆す VS 翻す

兩者皆含有改觀的意思，但是「覆す」是指徹底改變他人的觀點或理論，而「翻す」則是描述改變自身先前的想法或態度。

例 ワンマン社長の彼は、突然決定を 翻 すことがあるから、契約を結ぶまで安心できない。 他是獨裁的老闆，有時會突然推翻決策，因此契約尚未簽訂時都無法安心。

0553 □ くっきり（と）

圖 清晰地，鮮明地
類 はっきり（と）清楚地，鮮明地

例 視界がくっきり開けたこの海上の大橋が、日本の景勝地百選に選ばれたのは納得できる。

這座視野清晰開闊的跨海大橋，被選為日本百大美景，是很合理的。

出題重點

▶詞意辨析　くっきり VS はっきり

「くっきり」、「はっきり」都可以用於形容實體物的形狀清晰、顏色鮮明。

「くっきり」有物體輪廓分明、形狀清晰的意思；而「はっきり」還可用於形容聲音、故事、想法、情感等抽象事物清楚的樣子。

例 これで事故の原因がはっきりした。

這樣一來事故原因就水落石出了。

0554 □ ぐったり

圖・自Ⅲ 精疲力盡，精疲力竭

例 朝から晩までこきつかわれたので、バイトたちはぐったりして、しばらく動けなかった。

由於從早到晚被任意使喚，工讀生們已精疲力盡，好一段時間無法動彈。

0555 □ ぐっと

圖 情緒湧現的樣子；使勁；一口氣
類 いっきに【一気に】一口氣

例 私は彼の言葉には腹がたったが、怒りを抑えてぐっと堪えた。

我對他的話感到憤怒，強忍怒火未爆發。

例 ぐっと力を入れて重い物を持ち上げたとたん、腰を痛めてしまった。

使勁用力抬起重物的瞬間，傷到腰了。

0556 □ くつろぐ
【寛ぐ】

自Ⅰ 放鬆，輕鬆地休息

例 プロジェクトが一段落したので、温泉にでも浸かってくつろぎたい。

專案告一段落了，所以想泡個溫泉休息一下。

0557
☐

くどく
【口説く】

|他 I| 求愛，追求；說服，勸說
|類| せっとくする【説得する】說服，勸說

例 つきあってほしいと何度口説かれても、彼女は決して首を縦に振らな
かった。　儘管被多次糾纏求愛，她都絕不點頭答應。

0558
☐

くむ
【組む】

|自他 I| 合作；組成

例 新たなプロジェクトで君と組むことになるなんて、夢にだに思ってい
なかったよ。　新專案計畫居然是與你合作，真是做夢也沒想到。

┌─ 出題重點 ─┐

▶文法　N/V ＋だに～　連…都…；光是…就…

前項的名詞或原形動詞多為慣用接續詞彙，作為最低條件的舉例，來強調後
項的行為或狀態，常見用法如「予想だに」、「想像するだに」、「見るだ
に」等，其中較為特殊的接續形式像是「夢にだに」或是「思いだに」。

0559
☐

くよくよ

|副・自Ⅲ| 耿耿於懷，悶悶不樂，擔心
|類| おちこむ【落ち込む】悶悶不樂，消沉

例 一度、女にフラれたぐらいで、くよくよするなよ。フラれた回数だけ、
男として成長できるんだから。

不要因為曾被女性甩過一次而耿耿於懷。多被甩幾次就會成為男子漢了。

0560
☐

ぐらぐら

|副・自Ⅲ| 搖搖晃晃；搖擺不定；頭昏腦脹
|衍| くらくら 頭暈腦脹

例 このテーブルはぐらぐら揺れて安定していないから、テーブルの脚の
下に何か詰めて、安定させたほうがいいよ。

這張桌子搖搖晃晃不穩，所以最好塞些東西在桌腳下，讓桌子保持穩固。

0561
□
くらし
【暮らし】

名 生活　　　　　　　　　　　　　　　　→ 常考單字
類 せいかつ【生活】生活

例 今回のウイルスの世界的な流行は、人々の暮らしに多大な影響を与えるほど歴史的な事件の一つとなったことは間違いないだろう。

這次病毒全球大流行，影響民生甚鉅，肯定會成為一個重大歷史事件吧。

0562
□
くらしぶり
【暮らしぶり】

名 生活方式，生活狀態　　　　　　　　　→ 常考單字
類 せいかつじょうたい【生活狀態】生活狀態

例 歌川広重や葛飾北斎の浮世絵は江戸時代の暮らしぶりを描いた貴重な記録だ。

歌川廣重與葛飾北齋的浮世繪是描繪江戶時代生活的珍貴紀錄。

0563 □
くりあげる
【繰り上げる】
他Ⅱ 提前；拉上
類 まえだおしする【前倒しする】提前

例 思いの外、仕事が早く片付いたので、スケジュールを繰り上げて来週の分の仕事に取り組むことにした。　工作意外提早完成，所以我決定將預定日程提前，專心致力於下星期的工作。

例 レギュラーが一人、負傷したため、監督は補欠の中の一人をレギュラーに繰り上げることにした。

正式選手有一人受傷，因此教練決定從候補選手中遞補一人上場。

0564 □
くりぬく
【刳り貫く・刳り抜く】
他Ⅰ 刳空，挖空
衍 うがつ【穿つ】穿，開出孔洞

例 黒塗りの李朝家具の特色は、木をくりぬいて螺鈿をはめ込んだ美しい装飾であり、職人の技が感じられる。　漆黒的李朝家具，特色是鏤刻木材後嵌入貝殼的華美裝飾，讓人能感受到匠人的技藝。

0565 □
～ぐるみ
接尾 全…
→ 常考單字

例 治安が悪い場所では、貴金属を身につけないほうがいい。強盗に遭遇したら、身ぐるみ剥がされるおそれがあるからだ。　在治安差的地方，最好不要穿金戴銀。因為遇到搶匪的話，可能會被全身扒光。

出題重點

▶文法　Ｎ＋ぐるみ　全部…

接在表示一群體對象的名詞後方，用來指整體事物或全員。
例 家族ぐるみのつきあい。　全家的往來互動。

0566 □
クレーム
【claim】
名 申訴索賠；不滿
→ 常考單字
類 くじょう【苦情】抱怨，不滿

例 店長に店員の接客態度が悪いとクレームをつけていたところへ、その本人が現れた。

我正在向店長申訴店員服務態度差時，店員本人就出現在眼前。

出題重點

▶詞意辨析　苦情 VS クレーム

「苦情」是表示對所受損害表達不滿的行為或怨言；「クレーム」除了指抱怨、不滿之外，另有主張自己權利受損、要求損害賠償的意思，此時多用於消費者對業者客訴的情形。

例 商品のクレーム係は、毎日顧客への対応で精神的に相当疲れる職務だと思う。

商品客訴處理專員因為每天要應付顧客，我認為是相當勞神的工作。

0567
くろうと
【玄人】

名 行家　　　　　　　　　　→ 常考單字
反 しろうと【素人】外行，門外漢

例 さすが玄人だけのことはある。一口、口に含んだだけで、どの銘柄のワインか一発で言い当てた。

不愧是行家。只稍微含一口，一次就猜中是哪個品牌的酒。

出題重點

▶詞意辨析　玄人 VS プロ

「玄人」與「プロ」都是指精通某事物的人。其中「玄人」不僅對某事具有高度的知識和技能，而且是有經驗的行家，但不一定以此為職業；「プロ」則是精通某事，並且以此為職業獲取報酬維生的專家。

例 彼のスイーツ作りの腕前はプロ並みで、材料や器具に至るまで凝っている。　他製作甜點的技術是專家水準，連材料、器具都很講究。

0568
グローバル (な)
【global】

な形 全球的，世界規模的　　　→ 常考單字
反 ローカル (な)【local】當地的；地方的

例 企業はグローバルな人材を持つことが、今後の発展の要となろう。

企業擁有全球化人才成為今後發展的關鍵。

0569
□
くんりん
【君臨】

名・自Ⅲ 君主統治；雄霸一方
類 しはい【支配】統治，支配

例 独裁者が君臨する国では、言論の自由が許されない恐れがある。

在獨裁者統治的國家恐怕不允許言論自由。

▼け／ケ

0570
□
🔊
09
けいい
【経緯】

名 原委，經過；經緯線；（織物）直橫線
類 いきさつ【経緯】原委；內情

例 彼は、事故が起きた経緯をあまり深く認識していなさそうに見受けられた。　一看就知道他好像並不深知事故發生的原委。

出題重點

▶詞意辨析　けいい VS いきさつ

漢字「経緯」較常唸音讀音「けいい」，而訓讀音「いきさつ」則以平假名標記為主。兩者皆可表達「導致某種結果的過程」或是「事情的進程」，其中「けいい」多用於文章等正式場合，另含經緯線、直橫線的意思。

例 このような結果となったいきさつを話してもらえますか。

能請你告訴我事情發展至此的原委嗎？

0571
□
けいかい（な）
【軽快（な）】

名・な形 輕鬆愉快；輕便快速
類 かろやか（な）【軽やか（な）】輕鬆愉快

例 カフェでは今流行りの軽快な音楽が流れていて、思わず聞き入ってしまった。　咖啡廳播放著現今流行的輕快音樂，令人不知不覺聽出神了。

0572
□
けいき
【契機】

名 契機
類 きっかけ 契機；時機

例 彼女は退職を契機に、田舎に移り住んでスローライフを楽しむことにしたそうだ。　聽說她藉著退休的機會，決定移居鄉下享受慢活人生。

▶文法辨析　～を契機に VS ～をきっかけに

「～を契機に」用於表示人生、社會或時代發生變化的重大契機。「～をきっかけに」常用於口語會話當中，表示事情發生的開端、原因、動機，或是改變現狀的時機，視文章或談話內容可作為「契機」的類義詞。

例　祖父は交通事故を<u>きっかけに</u>、外出を恐れるようになってしまった。

祖父由於交通事故的緣故，變得開始害怕外出。

0573
☐
けいさい
【掲載】

名・他Ⅲ 登載，刊登　　　　　　　　　➔ 常考單字
衍 とうこう【投稿】投稿，投書；發文

例　自分の作品が掲載されるとあって、彼は出版日前からソワソワしていた。　他因為自己的作品將被刊登，從出刊日前就心神不寧坐立不安。

0574
☐
けいそつ (な)
【軽率 (な)】

名・な形 輕率
類 かるはずみ (な)【軽はずみ(な)】草率

例　一人の軽率な行動によって、多くの人に迷惑をかけることになるから、自分の行動には責任を持たねばならない。　由於一個人輕率的行動會造成很多人的困擾，所以必須為自己的行為負責。

▶詞意辨析　軽率 VS 軽はずみ VS 軽々しい

皆含有言行舉止欠缺謹慎的意思，其中「軽率」是指未充分思量、考慮清楚就採取行動；「軽はずみ」表示未經深思順勢而為，或是做事漫不經心的樣子；「軽々しい」則是沒有考慮清楚就去做，態度隨便的意思。

例　<u>軽はずみ</u>に危険なスポーツに挑戦するものではない。

不應該草率地挑戰危險運動。

例　政治家ともなれば、よく熟考してから話すべきで、<u>軽々しく</u>言葉を口にするのは危険である。

一旦成為政治家，就必須深思熟慮後再發言，隨便脫口而出是很危險的。

0575
□

けいべつ
【軽蔑】

名・他Ⅲ 輕蔑，藐視
反 そんけい【尊敬】尊敬

例 いつもウソ泣きをして、金を無心する彼を私は心の底から軽蔑している。　我打從心底藐視總是哭窮索錢的他。

0576
□

けがらわしい
【汚らわしい】

い形 作嘔，厭惡；汙穢
類 きたない【汚い】骯髒

例 親友は彼氏が浮気したと聞いて汚らわしく感じ、もう顔も見たくないと言ったが、私もその気持ちがよく分かる。　摯友聽聞男友劈腿後感到十分厭惡，提到不想再見到對方，我也非常瞭解她的心情。

┌─ 出題重點 ─────────────────────────┐

▶漢字讀音　汚

「汚」音讀為「お」，訓讀則有「きたな」、「けが」、「よご」3 種。

【お】：汚職（瀆職）／汚染（汙染）

【きたな】：汚い（髒）【けが】：汚す（汙辱）／汚れる（玷汙）

【よご】：汚す（弄髒）／汚れる（變髒）

└──────────────────────────────┘

0577
□

げきてき（な）
【劇的（な）】

な形 戲劇性的；扣人心弦的
類 けんちょ（な）【顕著（な）】顯著的

例 彼は末期ガンで、余命 3 か月だったが、その後劇的に回復し、今は元気になっている。

他因癌末剩 3 個月壽命，但後來卻戲劇性地康復，現在很健康。

0578
□

げきどう
【激動】

名・自Ⅲ （情況、局勢）動盪
類 へんどう【変動】變動

例 江戸時代末期から明治初期にかけて、正に日本は激動の時代であり、活躍した人たちの多くは暗殺されてしまった。

從江戶末期到明治初期，正值日本動盪的時代，許多活動分子遭到暗殺。

0579
□

げきれい
【激励】

名・他Ⅲ 激勵

衍 はげます【励ます】勉勵，鼓勵

例 甲子園初出場とあって、町をあげての激励を受けた。これで一戦目で負けて帰るわけにはいかないだろう。

因為初次出賽甲子園，受到全鎮激勵。總不能第一場比賽就戰敗而歸吧。

0580
□

けじめ

名 區別；界線；責任

類 せきにん【責任】責任

例 子供の時にやっていいことと、悪いことのけじめを教えておかないと、立派な大人になれませんよ。　如果不趁小時候教導孩子區別可以做的事和不該做的壞事，他們就無法成為優秀的大人。

0581
□

けたちがい
【桁違い】

名・副 相差懸殊，相距甚大

衍 けたはずれ【桁外れ】特別，格外

例 広島や長崎で使われた原爆は恐ろしい被害をもたらしたが、水爆は桁違いの破壊力を持っている。　在廣島及長崎投下的原子彈造成了可怕的破壞，不過氫彈強大的破壞力卻更無法類比。

0582
□

けっこう
【決行】

名・他Ⅲ 決意進行（原定計畫）

類 きょうこう【強行】勉強進行，硬來

例 「雨天決行」と書いてあるが、台風でも決行するのだろうか？

雖然寫著：「雨天照常舉行」，但颱風天也是嗎？

0583
□

けっさい
【決済】

名・他Ⅲ 結算（交易），結帳，付款

類 しはらい【支払い】結帳，支付

例 科学技術の進歩に伴って、クレジットカードやQRコードなどのキャッシュレス決済手段が普及している。

隨著科學技術的進步，信用卡、QR code等非現金支付方式普及化。

0584 ☐ **けつじょ**
【欠如】

名・自Ⅲ 缺乏
類 ふそく（な）【不足(な)】不充足

例 朝食を抜くと集中力や注意力が欠如しやすいから、朝食は必ず摂ったほうがいいということだ。

不吃早餐的話，專注力及注意力容易缺乏，所以早餐最好一定要吃。

0585 ☐ **けっそく**
【結束】

名・自Ⅲ 團結；綑綁
類 だんけつ【団結】團結

例 苦しいときだからこそ、みなが結束してこの困難を乗り越えねばならないのに、何をケンカしているんだ。　正因為處於艱困的時期，才更需要大家團結克服這個困難，卻還在這吵什麼。

出題重點

▶詞意辨析　結束 VS 団結

兩者都含有齊心協力的意思，「結束」適用於兩個以上志同道合的人集結，例如：「志ある 18 歳以上が結束する（集結 18 歲以上有志之士）」。此外也可用於物體的集結，例如：「結束バンド（束帶）」。而「団結」指的是眾人為共同目標團結合作，例如：「一致団結（團結一致）」，此時的用法可代換為「一致結束」。

0586 ☐ **げっそり**

副・自Ⅲ 突然消瘦；無精打采

例 私は顔面神経麻痺でろくに食事ができず、この 1 か月間でげっそり痩せた。　我因為顏面神經麻痺無法好好進食，這一個月內突然消瘦。

0587 ☐ **けなす**

他Ⅰ 貶損，貶低

例 高橋さんみたいな人が根拠もなく人をけなすはずがない。きっと何かあったに違いない。

高橋那樣的人不可能沒憑沒據就貶低他人，一定是有什麼事。

0588
☐ けばけばしい

い形 花俏刺眼

例 店内のピンクや黄色のけばけばしい色のインテリアが怪しい雰囲気を醸し出していた。

店裡花俏刺眼的粉紅色和黃色室內裝飾營造出奇怪的氛圍。

0589
☐ けむたがる
【煙たがる】

自I 感到難以親近、拘束；煙氣嗆鼻
類 いやがる【嫌がる】討厭

例 友人は口うるさい漢方医の医者を煙たがって、病院へ行こうとしない。　朋友對嘮叨的中醫生敬謝不敏，而不肯去醫院。

0590
☐ けもの
【獣】

名 獸
類 やじゅう【野獣】野獸

例 ブヌン族のガイドに案内されて歩いた山道は、まるで獣道を歩いているようで刺激的であった。

走在布農族嚮導帶領的山林小徑，就像走在野獸出沒的路上，十分刺激。

0591
☐ げらく
【下落】

名・自III（行情或價值）下跌
反 じょうしょう【上昇】上升，升高

例 株価が下落すると、血圧が上昇する人もいるだろう。

也有人股票一下跌血壓就升高吧。

0592
☐ ～けん
【～圏】

接尾 …圈
衍 けんがい【圏外】範圍外

例 気象予想図によると、明日この辺りは台風の暴風圏に入っているから、学校も会社も休みになるはずだ。　氣象預報圖顯示，明天這一帶會進入颱風的暴風圈，不論學校或公司應該都會放假。

0593
☐ げんえき
【現役】

名 現役；在職　→ 常考單字
衍 けんざい（な）【健在（な）】健在

例 自分の人生は、死ぬまで現役であってリタイアなんて考えられない。

終其一生都位居第一線的我，實在無法想像退休這件事。

0594
□ げんかく（な）
【厳格（な）】

な形 嚴格

例 皇族は幼少のころから厳格な教育を受けて育ってきたが、反抗期などもあったことだろう。

皇族雖然從小接受嚴格的教育長大，但是也會有叛逆期吧。

0595
□ げんこう
【現行】

名 現行，現在所實行
衍 げんざい【現在】現在

例 これまで何度も農園を荒らしていたイノシシは、その日現行犯で捕獲された。　一直以來多次毀壞農園的野豬，當日被以現行犯捕獲。

0596
□ けんざい（な）
【健在（な）】

名・な形 （人）健在；（物、技術）完好保留
衍 ぞんめい【存命】在世，尚存

例 母は健在ではありますが、高齢なので私が代理として参りました。

母親雖然健在，但年事已高，所以我作為代理人前來。

┌─ 出題重點 ─┐

▶詞意辨析　健在 VS 存命

「健在」表示健康平安地活著，而「存命」則是以已逝世或行將就木的觀點來描述特定人士生存於世。

例 知り合いから突然、「父の存命中はお世話になりました」という手紙が届いて、思わず涙が溢れ出た。

熟人突然來信說：「家父在世時承蒙您關照」，使我不禁流淚。

0597
□ けんしょう
【検証】

名・他Ⅲ 勘驗查證
類 じっしょう【実証】實證

例 検察官は現場を検証して被疑者を起訴するものである。

檢察官負責查證現場後起訴犯罪嫌疑人。

▶**詞意辨析 検証 VS 実証 VS 立証**

三者皆含有證明的意思，但是「検証」表示實際檢驗查證某事，可用於驗證假說，或是檢調單位勘驗查證。「実証」是根據事實證明，也可指確切的證據，「立証」則是舉出證據證明。

例 今回の実験結果は実証済みであるから、みなも周知であろう。

這次的實驗結果已完成證實後，大家也都知曉了吧。

例 私の仮説が正しいか、立証してみようと思う。

我想試著舉證證明我的假設是否正確。

0598
☐ げんじょう
【現状】

名 現狀 　→N2 單字
類 げんきょう【現況】現況

例 文句ばかり言って現状に甘んじていては、何も変わらない。

淨是發牢騷卻又甘於現狀的話，什麼都不會改變。

0599
☐ けんぜん (な)
【健全 (な)】

な形 健全
類 けんこう【健康 (な)】健康

例 一般的に健全な身体に健全な精神が宿ると言われている。

一般來說健全的精神寓於健康的身體。

0600
☐ げんそく
【原則】

名 原則

例 原則として一回までは許されるが、二度と失敗は許されない。

原則上最多允許一次失敗，不允許再次失敗。

0601
☐ げんち
【現地】

名 當地；現場
衍 げんちさいよう【現地採用】當地錄用

例 旅の楽しみの一つに、現地での食べ歩きがある。

旅遊樂趣的其中之一是在當地尋訪美食。

0602
□ けんちょ（な）
【顕著（な）】

|な形| 明顯，顯著　　　　　　　　　　　→ 常考單字
|類| いちじるしい【著しい】明顯，顯著

|例| これは今回の新型インフルエンザにおける顕著な症状です。

　這是這次新型流行性感冒的明顯症狀。

┌─ 出題重點 ─

▶詞意辨析　顕著（な）VS 著しい

「顕著（な）」表示格外顯眼，讓人一目了然；「著しい」則是明顯、清晰或

程度強烈的意思，可以與「顕著（な）」交換使用。

|例| 都市開発により、この辺りは変化が著しい。

　由於都市開發，這附近的變化很明顯。
└──────

0603
□ げんど
【限度】

|名| 限度　　　　　　　　　　　　　　→N2 單字
|類| げんかい【限界】界線，範圍

|例| いくらなんでも、限度というものがある。彼のやり方は行きすぎだ。

　無論如何都該有個限度。他的做法太過分了。

┌─ 出題重點 ─

▶詞意辨析　限度 VS 限界

「限界」表示無法再往前走的最邊緣地方；「限度」則是指極限的程度或範

圍。

|例| 世界トップクラスのアスリートは4年に一度のオリンピックで、力の
限界に挑戦する。

　世界頂尖的運動員在4年一度的奧運上挑戰力量之極限。
└──────

0604
□ けんとう
【見当】

|名・接尾| 推斷，估計；…左右　　　　　→N2 單字
|衍| めどがたつ【目処が立つ】有眉目

|例| 今回の世界的なパンデミックがいつ終息を迎えるのか見当がつかな
い。　　這場全球大流行病何時會結束難以推斷。

0605
げんどう
【言動】

名 言行
類 ことば【言葉】言詞；語言

例 自分の立場をわきまえて、言動は慎むべきである。

你應該辨別清楚自己的立場，謹言慎行。

0606
けんめい（な）
【賢明（な）】

な形 明智
類 かしこい【賢い】聰明

例 冷静な彼がこのような判断を下すとは、賢明とは言えない。

冷靜的他做出這樣的判斷，稱不上是明智。

0607
けんやく
【倹約】

名・他Ⅲ 簡約，節儉
類 せつやく【節約】節約，節儉

例 彼はいつも「倹約は美なり」なんて言ってるけど、実は浪費家だってことを僕は知っている。

他總說：「簡約是美德」，但我知道他其實是揮霍無度的人。

0608
けんよう
【兼用】

名・他Ⅲ 兩用，兼用；共用
類 へいよう【併用】並用

例 ユニセックスというのは、男女兼用という意味ですよ。

所謂的不分男女（unisex）是指男女兩用的意思。

> **出題重點**
>
> **▶詞意辨析　併用 VS 兼用**
>
> 「併用」是合併使用，指兩個以上的東西一起使用。「兼用」表示具有兩個以上的用途、目的。
>
> 例 漢方薬と市販の薬を自分の判断で併用するのは危険でしょうか？
>
> 在自行判斷下併服中藥與市售藥會不會危險呢？

こ／コ

0609
□
🔊
10
こい
【故意】

名 蓄意，存心
類 わざと 故意

➜ 常考單字

例 故意か故意でないかによって、同じ罪を犯しても、その判決は異なる。　即使是犯相同的罪，根據蓄意與否判決會有所不同。

出題重點

▶詞意辨析　故意に VS わざと

「故意に」是書面語用法，「わざと」則是口語用法，因此在正式場合、報告、法律等會使用「故意に」。

0610
□
ごうい
【合意】

名・自Ⅲ 雙方同意

例 この度、A社との契約は双方の合意の上で解約いたします。

這次與 A 公司的契約在雙方同意之下即將解除。

0611
□
ごういん（な）
【強引（な）】

な形 強行
反 よわき【弱気（な）】軟弱，膽怯

➜ 常考單字

例 物事を強引に進めても、みなの反感をかうだけである。

即使強行推動事物發展，也只會招來大家的反感。

0612
□
こうかてき（な）
【効果的（な）】

な形 有效的
類 ゆうこう（な）【有効（な）】有效

例 効果的な方法を用いれば、短期間で高い効果が得られ、合理的である。　如果運用有效的方法，短時間內能獲得好的效果，很合乎常理。

0613
□
こうぎ
【抗議】

名・自Ⅲ 抗議
衍 こうぎデモ【抗議デモ】抗議遊行

➜ 常考單字

例 民衆は不当な判決をめぐり、当局に抗議して、一連のデモ活動を行った。

民眾對於不合理的判決，向當局抗議，展開連串示威遊行活動。

0614
こうけいしゃ
【後継者】
名 繼承者，接班人

例 少子高齢化に伴って、後継者の不足が深刻な問題になった。

隨著少子高齡化，後繼者不足導致嚴重的問題。

0615
こうご（に）
【交互（に）】
名・副 交錯；輪流

例 このセーターは、赤い糸と青い糸で交互に編んだものだ。

這件毛衣是紅線與藍線相互交錯編織而成的。

例 弁論大会で、2つのグループが交互に意見を述べた。

在辯論大會上，兩組人馬輪流闡述了意見。

0616
こうさん
【降参】
名・自Ⅲ 認輸；投降
類 まいる 認輸；投降

例 もう、逆転のチャンスはないんだから、あきらめて降参したら？

〔下棋〕已經沒有逆轉勝的機會了，你何不放棄、認輸呢？

0617
こうざん
【鉱山】
名 礦山

例 この鉱山は豊かな鉱物が埋蔵され、研究者の注目を浴びている。

這座礦山埋藏著豐富的礦物，而備受研究者的矚目。

0618
こうじょ
【控除】
名・他Ⅲ 扣除，免除

例 これらの条件に該当する人に限り、医療費の控除を申し込める。

只有符合這些條件的人，才能夠申請扣除醫療費。

0619
こうじょう
【向上】
名・自Ⅲ 進歩；提升　→N2 單字
衍 こうじょうしん【向上心】上進心

例 医療技術の向上に伴い、人間の寿命が大きく伸びた。

隨著醫療技術的進步，人類的壽命大幅延長。

例 男女平等の意識の高まりによって、女性の社会的地位が向上した。　由於男女平等的意識高漲，女性社會地位提升了。

0620
☐ **ごうじょう（な）**
【強情（な）】

名・な形 頑固，倔強

類 いじっぱり【意地っ張り】固執

例 彼は強情な人で、他人の意見に耳を傾けるわけがない。

他是非常頑固的人，不可能會傾聽別人的意見。

┌─ 出題重點 ─────────────────┐

▶固定用法　強情を張る　執意；固執

表現固執強硬的態度，不打算輕易改變自己的想法或態度。

例 真子内親王様はどうしても小室さんと結婚すると強情を張った。

真子内親王無論如何都執意要與小室先生結婚。

└──────────────────────┘

0621
☐ **こうしんりょう**
【香辛料】

名 辛香料

類 スパイス【spice】香料

例 インド料理は香辛料が効いた味としてよく知られている。

印度料理以辛香料強烈的味道而聞名。

調味料

胡椒	シナモン	唐辛子	ハーブ
胡椒	肉桂	辣椒	香草

0622
☐ **こうせき**
【功績】

名 貢獻，成果

類 てがら【手柄】成就

→N2 單字

例 ニュートンは物理などの科学分野で、著しい功績を挙げた。

牛頓在物理等科學領域做出顯著的貢獻。

0623
☐ **こうそく**
【拘束】

名・他Ⅲ 羈押，限制人身自由；束縛

例 犯人は長期間逃亡したが、ついに警察によって拘束された。

犯人長期逃亡，終於遭警方羈押。

0624 □
こうたい
【後退】

名・自Ⅲ 衰退；後退
反 ぜんしん【前進】進展；前進

例 景気の後退に伴い、失業率が高まりつつある。

隨著景氣衰退，失業率日趨攀升。

0625 □
こうちょう(な)
【好調(な)】

名・な形 情況良好，順利
反 ふちょう(な)【不調(な)】不順利

例 広告の影響で、新商品の売れ行きが好調だ。

在廣告的影響下，新品的銷路很好。

0626 □
こうとう
【高騰】

名・自Ⅲ 價格高漲
→ 常考單字

例 原料の価格が高騰することは、国民生活に影響を及ぼさないで

はおかない。　原物料價格高漲，必定會影響國民的生活。

┌─ 出題重點 ─────────────────────┐

▶文法　Ｖ－ない＋ではおかない　必定會…；一定要…

表示「自然而然演變成某狀況」或是「絕對要做」的強烈意志表現。另外，

也以「Ｖ－ずにはおかない」的型態存在。

例 一連の殺人事件は人々を不安にさせずにはおかなかった。

連環殺人事件必定會使得人心惶惶。

└────────────────────────────┘

0627 □
こうとう
【口頭】

名 口頭上，口述

例 口頭での約束だけでは不十分なので、約束を文書にした方がいい。

僅是口頭上的約定不夠，最好將約定寫成文書。

0628 □
こうひょう
【公表】

名・他Ⅲ 公布，公開發表
→N2 單字

例 披露宴をせず、ＳＮＳを通じて結婚を広く公表する方々が増えて

いる。　不舉辦婚宴，透過社交網站公布婚訊的人不斷地增加。

0629 こうひょう
☐ 【好評】

名・な形 好評
反 ふひょう【不評】評價不佳

例 この文法の本は基礎からわかりやすく解説しているし、例文も多いし、日本語初心者に好評だ。　這本文法書從基礎文法開始，淺顯易懂地解說，例句也很豐富，備受日語初學者好評。

0630 こうほ
☐ 【候補】

名 候選，候補　　　　　　　　→ 常考單字
衍 こうほしゃ【候補者】候選人

例 彼はアカデミー賞の候補に推薦された。

他被提名為奧斯卡金像獎的候選人。

0631 こうぼ
☐ 【公募】

名・他Ⅲ 公開招募

例 選ばれるかどうかはともかく、今回の公募に応募できて光栄だと思っている。　無論是否會被錄取，我能參加這次的公開招募覺得很光榮。

0632 こうほう
☐ 【広報】

名 廣告文宣　　　　　　　　　→ 常考單字

例 政府は広報活動を通じて、防疫対策を国民に流布しようと務めている。　政府透過廣告文宣，致力於向國民公布防疫措施。

0633 こうみょう (な)
☐ 【巧妙 (な)】

名・な形 狡猾；高超，高明

例 詐欺師は巧妙な手口で被害者を欺いた。

詐騙犯運用狡猾的伎倆欺騙被害人。

例 博物館で展示されている巧妙な細工に引かれた。

我深受博物館展示的精巧工藝品吸引。

0634 こうり
☐ 【小売り】

名・他Ⅲ 零售

例 この品物は小売りにすると、1個100円で売れる。

這項商品零售的話，1個賣100日圓。

0635
□ こうりつ
【効率】

名 効率，効能　　　　　　　　　→ 常考單字

例 作業の効率を上げることは今後の課題とする。

將提升工作效率視為是今後的課題。

0636
□ こうろん
【口論】

名・自Ⅲ 口角，爭吵
類 くちげんか【口喧嘩】爭吵，爭論

例 容疑者は迷惑行為をめぐって駅員と口論した末、駅員に暴力をふるい、逃走したとのことです。　〔新聞報導〕據說就因嫌犯妨害公眾秩序

的行為與站務員起了口角，最後還向站務員施暴並逃跑。

0637
□ こがら (な)
【小柄 (な)】

な形・名 矮小；小型花樣
反 おおがら (な)【大柄 (な)】魁梧；大型花樣

例 その歌手は小柄なわりには歌声が力強く、美しい。

那位歌手雖然身材嬌小，但是歌聲卻很有魄力且優美。

0638
□ こきつかう
【こき使う】

他Ⅰ 任意使喚，虐待
類 こくしする【酷使する】任意驅使

例 グリム童話では、シンデレラを奴隷のようにこき使っていた姉たちは、
悲惨な結末を迎えることになる。

《格林童話》裡把灰姑娘當成奴隸一般虐待的姊姊們，迎來了悲慘的結局。

0639
□ こきゃく
【顧客】

名 顧客

例 当ホテルは顧客の要望に応えて、相応のサポートを提供いたします。　本飯店因應顧客的要求，提供相應的服務。

0640
□ こくち
【告知】

名・他Ⅲ 告知，通知

例 癌があると告知されて、驚きのあまり、頭の中が真っ白になった。

我被告知罹癌，太過震驚而腦中一片空白。

0641
こくはく
【告白】

名・他Ⅲ 告白；告解

例 私は彼女に愛を告白したが、振られてしまった。

我向她告白，但卻被拒絕了。

例 彼は自分の罪を告白し、神に許しを求めようと、祈りを捧げた。

他告解自己的過錯，向上帝禱告祈求赦免。

0642
ここ
【個々】

名 個別；各個 → 常考單字

類 おのおの【各々】個別，各個；諸位

例 この議題を一般化するべからず、個々のケースを検討すべきだ。

不該概括這個議題，而是要檢討個別的案例。

出題重點

▶文法 Ｖ＋べからず 不應該；禁止

「べからず」為「べきではない」的書面用語，常出現於標語、看板，呼籲「不應該做…」、「禁止做…」。前面以動詞辭書形來接續。

0643
ここち
【心地】

名 心情，感覺 → 常考單字

例 心地がよい音楽を聞いていたら、思わずうとうとしてしまった。

聽著舒服的音樂，不知不覺地打瞌睡了。

出題重點

▶固定用法 Ｖ－ます＋心地 …的感覺

「心地」經常作為接尾詞使用，此時的發音則為「ごこち」，意思為「處於…狀態、動作的感覺」。

着心地（穿的感覺）／乗り心地（搭乘的感覺）

0644
こころえる
【心得る】

他Ⅱ 領會，理解 → N2 單字

例 今回の失敗を通して、自分の限界を心得た。

透過這次的失敗，我領會到自己的極限。

0645 こころがける
【心掛ける】

他Ⅱ 留心，注意；努力於…
類 りゅういする【留意する】留心，留意

例 いつも感謝の気持ちをきちんと相手に伝えることを心掛けている。

我總是會留意要確實地向對方表達感謝的心情。

0646 こころがまえ
【心構え】

名 心理準備

例 同僚と一緒に仕事をするからには、コミュニケーションをスムーズにとらなくてはならないという心構えを持ってください。

既然要與同事共事，就請做好圓融溝通的心理準備。

0647 こころざす
【志す】

他Ⅰ 立志，決心

例 彼は両親の意向に反して、国境なき医師を志す。

他違背雙親的想法，立志成為無國界醫生。

0648 こころづよい
【心強い】

い形 安心；有信心
反 こころぼそい【心細い】不安；心虛

例 何かに迷ってしまった時、身近に相談してくれる人がいたら、どんなに心強いことか。

迷惘時，身邊有人可以商量的話，是多麼令人安心啊。

0649 こころぼそい
【心細い】

い形 不安；心虛
反 こころづよい【心強い】安心；有信心

例 いよいよ来週からアメリカへ留学するが、初めて一人で海外で暮らすのは心細い。

下週起終於要去美國留學，不過第一次獨自在國外生活會感到不安。

0650 こころみる
【試みる】

他Ⅱ 嘗試　　　　　　　　　　　→ 常考單字

例 祖父に手術を受けるように説得を試みたが、失敗してしまった。

為了讓祖父接受手術，我嘗試說服他，但卻失敗了。

0651
☐ こころよい
【快い】

い形 爽快，愉快
反 ふかい(な)【不快(な)】不愉快

例 突然のお願いにもかかわらず、 快く引き受けてくださり、とても感謝しております。 即使是突如其來的請託，您仍爽快答應，非常感謝。

0652
☐ ごさ
【誤差】

名 誤差

例 誤差が小さいほど、精度が高くなる。 誤差越小，精準度就越高。

0653
☐ ごさん
【誤算】

名・他Ⅲ 誤算；錯估　　　　→ 常考單字

例 少しの油断による誤算で、ばくだいな損害が生じてしまって、残念極まりない。 因些微的粗心而誤算，造成巨大的損失，真是懊悔至極。

例 相手の能力を誤算していたので、簡単に勝てると思ったが、失敗だった。 因為錯估對方的能力，原以為可以輕易地取勝，卻失敗了。

0654
☐ こじれる
【拗れる】

自Ⅱ 複雜；惡化

例 この両国の関係がこじれて、戦争につながるおそれがあると心配されている。 這兩國的關係複雜，令人擔心恐怕會引發戰爭。

例 風邪がこじれて、なかなか治らない。 感冒惡化了，很難治癒。

0655
☐ こす
【越す】

自他Ⅰ 越過，克服；超過　　　　→ 常考單字

例 病気の峠を越したと思いきや、また急に悪化した。

原以為度過了病情的危險期，沒想到又突然惡化了。

例 健康を保つために、生活習慣を整えるに越したことはない。

為了保持健康，莫過於調整好生活習慣。

0656
☐
こだわ<ruby>る</ruby>

[自I] 拘泥；講究
[衍] こだわり講究，堅持

→ 常考單字

例 形式_{けいしき}にこだわりすぎて物事_{ものごと}の本質_{ほんしつ}が見_みえなくなるおそれがある。

太拘泥於形式，恐怕會看不清事物的本質。

例 運送_{うんそう}による二酸化炭素_{にさんかたんそ}の排出_{はいしゅつ}を削減_{さくげん}するために、食材_{しょくざい}は地元産_{じもとさん}のものにこだわっています。

為了減少因運輸而排放的二氧化碳，我堅持使用在地食材。

0657
☐
こちょう
【誇張】

[名・他III] 誇張

例 彼_{かれ}は物事_{ものごと}をひどく誇張_{こちょう}しがちだから、容易_{ようい}に信_{しん}じてはいけない。

他經常會誇大其辭，所以不能輕易相信。

0658
☐
こ<ruby>つ</ruby>

[名] 訣竅，要領
[類] ひけつ【秘訣】祕訣

例 毎日_{まいにち}日本語_{にほんご}を勉強_{べんきょう}しているのに、一向_{いっこう}に上達_{じょうたつ}しないのは、まだこつをつかめていないからだ。

每天念日文卻毫無進步，是因為還沒掌握到訣竅。

0659
☐
こっけい (な)
【滑稽 (な)】

[な形] 滑稽，詼諧

例 狂言_{きょうげん}というのは、滑稽_{こっけい}なしぐさやストーリーで観客_{かんきゃく}を笑_{わら}わせる、日本_{ほん}の伝統芸能_{でんとうげいのう}のことです。

狂言是日本的一種傳統表演藝術，以滑稽的表情動作和故事逗笑觀眾。

0660
☐
こっこう
【国交】

[名] 邦交，外交關係

例 両国_{りょうこく}は国交_{こっこう}を結_{むす}んで、今後_{こんご}の友好関係_{ゆうこうかんけい}に土台_{どだい}を築_{きず}いた。

兩國建立邦交，為今後雙方的友好關係建立了基礎。

0661 □ こつこつ（と） ｜ 副 勤奮踏實

例 天才ではないものの、こつこつやっていれば、いい成果を収めることができる。　雖然不是天才，但如果勤奮踏實地努力，就能獲得好成果。

0662 □ ことがら 【事柄】 ｜ 名 事情，事項

例 業界からみると、仕事に関する事柄を口外することは許すべからざる行為である。

從業界角度來說，洩漏工作相關的事情是不被允許的行為。

0663 □ こどく（な） 【孤独（な）】 ｜ 名・な形 孤單，孤獨

例 親元から離れて一人暮らししてから、どうしても孤独を感じることがある。　自從離開父母身邊獨自生活後，有時就是會感到孤單。

0664 □ こなす ｜ 他Ⅰ 處理好；動作熟練，運用自如

例 私はできる限り、多くの仕事をこなす。

我會竭盡所能處理好大部分的工作。

例 何度も教えても、母は未だにスマホを使いこなせない。

即使教再多次，媽媽至今還無法熟練地使用智慧型手機。

┌─ 出題重點 ─────────────────

▶固定用法　Ｖ－ます＋こなす　熟練於…

例 何度も読み返してから、やっと読みこなせるようになった。

數次反覆閱讀後，終於能夠讀懂了。

└──────────────────────

0665 □
コネ
【connection】

名 關係；門路
類 えんこ【縁故】關係

例 サラリーマンが 職 場を生き抜いていくには、コネを使わなければならないことが多々ある。

上班族為了要在職場生存下去，很多時候必須動用關係。

0666 □
このましい
【好ましい】

い形 令人有好感，令人喜歡

例 あの子はいつも礼儀正しくて、周りの人に好ましい印象を与えている。 那個小孩總是彬彬有禮，給身邊的人留下良好的印象。

0667 □
こばむ
【拒む】

他I 拒絕；阻擋
類 きょひする【拒否する】拒絕

例 取引先に嘘をつくように上司に言われたが、私は断固として拒んだ。

上司要我對客戶說謊，但我斷然拒絕了。

0668 □
こべつ
【個別】

名 個別；各個
類 ここ【個々】個別

例 学生の成績を向上させるために、先生は放課後を利用して、個別の指導を行っている。 為提升學生的成績，老師利用課後時間個別指導。

0669 □
コマーシャル
【commercial】

名 廣告 → 常考單字
類 シーエム【CM】廣告

例 広告手段が多様化しているなか、単にテレビコマーシャルを流すだけでは効果が薄い。

在廣告形式多樣化的情況下，只播放電視廣告成效不大。

0670 □
ごまかす

他I 欺瞞；敷衍；掩飾

例 高校生の友達はバイトに応募するために、年齢をごまかした。

朋友是高中生，為了應徵打工而謊報年齡。

例 大臣は記者の質問に答えずに、笑ってごまかそうとしている。

部長沒有回答記者的問題，試圖笑著敷衍過去。

0671 こまやか (な)
【細やか (な)】 　な形 細心

例 細やかな 心 遣いをしていただき、 誠 にありがとうございました。

非常感謝您的細心關懷。

0672 コミュニティー
【community】 　名 社區　　　　　　　　　　　　→ 常考單字
　類 きょうどうたい【共同体】社區

例 地元のコミュニティーは常に活動を行って、地域の 住 民の繫がり
の 強 化に努めている。

當地的社區時常舉辦活動，致力於強化地區居民間的聯繫。

0673 こめる
【込める】 　他Ⅱ 包含；充滿　　　　　　　　→ 常考單字

例 これは税 金やサービス 料 などを込めた価格だ。

這是包含稅金以及服務費的價格。

例 心 から感 謝の気持ちを込めて、このケーキを作った。

滿懷著由衷感謝的心情，做了這個蛋糕。

出題重點

▶文法　N＋を込めて　投入情感

通常會與「愛」、「心」、「祈り」、「思い」、「恨み」等詞彙一起使用，
用以表示懷著某種心情做事。

0674 こもの
【小物】 　名 零碎物，小件物品　　　　　　→ 常考單字

例 これは小物を入れるための小型のかばんで、 使いやすい。

這是用來裝零碎物品的小型包包，非常好用。

0675 □
こもる
【籠る】

自I 閉門不出；充滿　　→ 常考單字

例 お正月は執筆でほとんど部屋にこもりっきりだった。

新年因為寫稿，幾乎都待在家裡。

例 心のこもったお手紙、ありがとうございます。

謝謝您滿懷真心的來信。

0676 □
こらす
【凝らす】

他I 凝聚，集中（精神）

例 受験生たちは息を凝らして、試験の結果発表を見つめている。

考生們屏氣凝神地盯著考試成績的公布。

┌─ 出題重點 ─┐

▶固定用法　工夫を凝らす　費盡心思
例 店長は肉の甘みを引き出せるように、タレに工夫を凝らした。

店長為了能引出肉的甘甜滋味，在醬汁上費盡心思。

0677 □
コラム
【column】

名 專欄

例 このコラムは世界経済の行方を話題に取り上げている。

這個專欄談論著世界經濟的走向。

0678 □
こりかたまる
【凝り固まる】

自I 拘束；熱衷；凝固

例 伝統に凝り固まることなく、流行と結合して、新しい価値を生み出した。　不囿於傳統，與流行結合，產生新的價值。

0679 □
こりる
【懲りる】

自II 記取教訓而不敢再嘗試　　→ 常考單字
類 こりごりする 不再做

例 あの子は懲りずに、またいたずらをした。

那個孩子沒有記取教訓，又惡作劇了。

0680
☐ **こる**
【凝る】

自Ⅰ 熱衷；肌肉僵硬 →N2 單字

例 おばあさんはもう７０歳というのに、ゲームに凝っている。

奶奶儘管已經70歲了，還是熱衷於電玩。

例 一日中ずっとパソコンに向かって仕事をしているから、肩も腰も凝っている。 工作一整天，長時間面對電腦，肩膀與腰部都僵硬了。

0681
☐ **ころがる**
【転がる】

自Ⅰ 滾動 →N2 單字

例 この石はあちらこちら転がることができるように丸くなっている。

這顆石頭圓到能到處滾動。

0682
☐ **こんき**
【根気】

名 耐心，毅力

例 好きにしろ、嫌いにしろ、合格のために、勉強は根気よく続けなければならない。 不論喜歡還是討厭，為了及格，讀書必須持之以恆。

┌─ 出題重點 ─

▶固定用法　根気よく～　很有耐心做…

例 先生は学生たちに根気よく英語を教えている。

老師很有耐心地教學生們英文。

0683
☐ **こんきょ**
【根拠】

名 根據，依據 → 常考單字

例 結論はしっかりした根拠に基づいたものでなくてはなりません。

結論必須是出於確切的根據。

0684
☐ **コンクール**
【concours】

名 （音樂、繪畫、電影等技藝）比賽，競賽

例 ピアノのコンクールに出場するために、毎日夢中で練習している。 我為了參加鋼琴比賽，每天渾然忘我地練習。

0685
□ こんてい
【根底】

名 根基，構成事物或想法的基礎

例 この問題の根底にあるのは、みんなのわがままで自分勝手な行動だ。

這個問題的根本所在就是大家都恣意妄為。

0686
□ コンテスト
【contest】

名 （技巧、作品、樣態等）競賽，比賽

例 このコックは料理コンテストで優勝したことを誇りにしている。

這位廚師曾在料理競賽中獲得優勝，為此感到自豪。

0687
□ こんどう
【混同】

名・他Ⅲ 混淆，混為一談

例 社長は家族旅行の費用を会社の経費にしたりして公私を混同して
いる。　總經理將家庭旅遊的費用報成公司經費，公私混淆。

0688
□ コントロール
【control】

名・他Ⅲ 控制

例 彼女は自分の感情をうまくコントロールできるので、いつも冷静で
穏やかだ。　她因為能控制好自己的情緒，所以總是冷靜又沉穩。

さ／サ

0689
□
🔊
11
サーフィン
【surfing】
名 衝浪　　　　　　　　　→ 常考單字

例 サーフィンを楽_{たの}しむためには、海_{うみ}でのルールとマナーを守_{まも}ることが大_{たい}切_{せつ}だ。　要好好享受衝浪，遵守海上的規則與禮儀是很重要的。

0690
□
さい
【際】
名 時候；情況　　　　　　→ 常考單字

例 緊_{きんきゅう}急の際_{さい}には、乗_{じょうむいん}務員の指_{しじ}示に従_{したが}い、非_{ひじょうぐち}常口から避_{ひなん}難してください。　緊急情況發生時，請依照服務人員的指示，從緊急出口逃生。

0691
□
さいく
【細工】
名・自他Ⅲ 工藝；手工藝
衍 ガラスざいく【ガラス細工】玻璃工藝

例 ヴェルサイユ宮_{きゅうでん}殿は至_{いた}る所_{ところ}に精_{せいこう}巧な細_{さいく}工が施_{ほどこ}されている。
凡爾賽宮到處裝飾著精細的工藝。

0692
□
サイクル
【cycle】
名 循環；週期

例 繰_くり返_{かえ}される水_{みず}のサイクルは私_{わたし}たちにとって、大_{おお}きな恵_{めぐ}みだ。
周而復始的水循環，對我們而言，是莫大的恩惠。

0693
□
ざいげつ
【歳月】
名 歲月，年華

例 歳_{さいげつ}月がたつに連_つれて、人_{じんせい}生に対_{たい}する姿_{しせい}勢も変_かわっていくものだ。
隨著歲月流逝，對人生的態度也跟著改變。

0694
□
ざいげん
【財源】
名 財源，收入來源

例 年_{ねんしょ}初から売_うり上_あげが急_{きゅうげん}減して、わが社_{しゃ}の財_{ざいげん}源が早_{そうき}期に底_{そこ}をつくおそれがある。
從年初開始營業額就銳減，我們公司的財源恐怕不久就會枯竭。

0695 □
さいこ
【在庫】
名·自他Ⅲ 庫存，存貨
衍 ざいこぎれ【在庫切れ】斷貨

例 この品は在庫を売り尽くしましたので、ご注文の受付を終了させていただきますこと、ご了承ください。

這項商品庫存已售罄，因此結束訂單的受理，敬請見諒。

0696 □
さいさん
【採算】
名 利潤

例 飲み放題や食べ放題の店は採算がとれるかどうか疑問を抱えている。　我對於像是喝到飽、吃到飽這樣的店是否有賺取利潤，感到疑惑。

0697 □
さいじょう
【最上】
名 至上，頂尖

例 過ちを犯した時、逃げたりしたいと思うかもしれないが、直ちに認めて、真剣に謝罪することが最上の策であることは言うまでもない。

犯錯時也許會想逃避，但立刻承認並真誠道歉當然才是上策。

0698 □
さいする
【際する】
自Ⅲ 當…的時候
→ 常考單字

例 卒業に際し、みんな感謝の気持ちを込め、先生にプレゼントを贈った。　畢業時，大家都滿懷感謝的心情送禮給老師。

出題重點

▶文法　N／V＋に際して～　當…之際…；當…之前…
此文法與「～の際」都用於表示「當發生某特殊情況時」，為書面用語。
「～に際して」用於接下來要發生的事情上，而語意隱含「在做…之前，先做…」。多用於警告、說明文等文章。

0699 □
ざいせい
【財政】
名 財政；經濟狀況

例 感染症の流行ゆえに、観光収入に頼る町は財政が苦しくなった。　由於傳染病的流行，仰賴觀光收入的城鎮，財政陷入困境。

出題重點

▶文法　～（が）ゆえに／N＋（の）ゆえに　由於…故…

表示導致某結果的根本原因、理由，為書面用語，有時會使用漢字「故に」。

在文法的接續上相當彈性，當前接動詞句時「が」可省略，而前接名詞時「の」可省略。「ゆえに」也可單獨以接續詞的型態使用於句首。另外，「～ゆえの＋N」為修飾後方名詞的形式，意思是「因…導致的…」。

例 若さゆえの過ちといっても、相応の罰を与えなければならない。

　雖說是因為年輕所犯的錯，但也必須給予相應的懲罰。

0700
□ さいせいき
【最盛期】

名 （蔬果盛產）旺季；全盛時期　　→ 常考單字

例 夏になると、台湾はマンゴーの最盛期を迎えて、至る所でマンゴーを使ったデザートが食べられる。

　一到夏天，臺灣迎來芒果的旺季，到處都能吃到用芒果做成的甜點。

0701
□ さいたく
【採択】

名・他Ⅲ 採納，通過

例 委員会の反対で、残念ながら、この提案は採択されなかった。

　因為委員會的反對，很可惜地這個提案沒被採納。

0702
□ ざいたく
【在宅】

名・自Ⅲ 在家
衍 ざいたくきんむ【在宅勤務】居家辦公

例 緊急事態宣言が発令され、在宅ワークとなった。

　因發布了緊急事態宣言，而改為居家遠距工作。

0703
□ さいわい（な）
【幸い（な）】

名・な形・副 合乎心意；幸運；幸好地

例 この情報がお役に立てれば幸いです。

　如果這個資訊對您有幫助的話，就太好了。

例 幸いなことに天候に恵まれて、運動会が順調に行われた。

　幸好天公作美，運動會順利地舉辦了。

0704 □
さえぎる
【遮る】

他Ⅰ 遮蔽；打岔，阻擋　　→ 常考單字
類 さまたげる【妨げる】妨礙，阻斷

例 カーテンを引いて、まぶしい日光を遮る。

拉上窗簾遮擋刺眼的陽光。

例 彼は相手の不快の気持ちをよそに、話を遮ってばかりいる。

他不在乎對方不好的感受，一味地打斷談話。

┌─ 出題重點 ─┐

▸文法　N＋をよそに　不顧…

表示無視他人的心情、感受、評價，一意孤行，多為負面語意。

0705 □
さえる
【冴える】

自Ⅱ 鮮明；（思路）清晰

例 黄色などのさえた色の服を着ると、気分も明るくなる。

穿上像黃色這樣鮮明顏色的服裝，心情也會開朗。

例 カフェインを摂取すると、頭がすっきりとさえる作用があるから、毎朝コーヒーを飲んで、仕事の効率を高めようとする。　攝取咖啡有

提神醒腦的作用，所以我每天早上都會喝咖啡，以提高工作效率。

0706 □
さかだち
【逆立ち】

名・自Ⅲ 倒立；竭盡全力
類 とうりつ【倒立】倒立

例 逆立ちをすることで、血行が改善できるそうだ。

做倒立，據說可以改善血液循環。

例 新設のわがチームでは逆立ちしても、相手チームに追い付かない。

我們這新設立的團隊即使竭盡全力也追不上對手。

0707 □
さきごろ
【先頃】

名 前陣子，不久前

例 先頃起きた事故で、全国がパニックに陥った。

由於前陣子發生的事故，全國都陷入恐慌。

0708
☐ さきだつ
【先立つ】 　　　　自I 在…之前；率先

例 「開会式を始める前に、みなさんにお伝えしたいことがあります。」
と、開会式に先立って会長の交代が発表された。

「在開幕式前，有一件事想跟各位報告」，在開幕式之前宣布了會長交接。

0709
☐ さきどり
【先取】 　　　　名・他III 領先，先取得　　　➔ 常考單字

例 流行を先取りしようとするなら、革新的なアイディアを生み出さな
ければならない。　想要領先流行的話，就必須要想出創新的點子。

0710
☐ さくげん
【削減】 　　　　名・他III 縮減，削減
　　　　　類 けずる【削る】刪減

例 景気が後退に伴って、その会社は従業員を削減せざるをえな
かった。　隨著景氣衰退，那家公司不得不裁撤人員。

0711
☐ さくご
【錯誤】 　　　　名 錯誤　　　　　　　　　➔ 常考單字

例 山中教授は講演で科学史は試行錯誤の連続であることを話され
た。　山中教授在演講中談到，科學史為一連串的反覆試驗。

0712
☐ さける
【裂ける・割ける】 　　　自II 破裂，裂開　　　　➔ 常考單字
　　　　　　衍 ひきさく【引き裂く】撕裂；拆散

例 親しい友人が亡くなったことを聞いて、悲しみのあまり、胸が張り裂
けそうだった。　聽聞親密好友過世的消息，我悲痛得心如刀割。

┌─ 出題重點 ─────────────────────

▶詞意辨析　割れる VS 破れる VS 裂ける

這三個自動詞的共同語意都可以指「破裂」。但「割れる」本意是用於玻璃、
陶器等有硬度的東西，破裂成數個部分；「破れる」用於衣服、紙張等扁平
薄狀且柔軟的東西，產生裂痕、破洞；「裂ける」則用於長條，或薄狀的東
西，特別指因強大的外力導致縱向線狀的破裂。

└────────────────────────────

破裂

ガラス瓶が割れた
玻璃瓶破裂

ズボンが破れた
褲子破洞

靴が裂けた
鞋子裂開

0713
☐ **ささげる**
【捧げる】

他Ⅱ 奉獻

例 あのノーベル賞受賞者は一生を捧げて化学の研究をしていた。

那位諾貝爾獎得主奉獻了一生做化學研究。

0714
☐ **さしあげる**
【差し上げる】

他Ⅱ 舉起；給（謙讓語）　　　　→ 常考單字

例 選手は優勝トロフィーを差し上げて、喜びの涙を流した。

選手高舉起優勝獎盃，流下喜悅的淚水。

例 当店のカタログや見本をお取り寄せいただく際は、全て無料で差し上げます。　如欲索取本店型錄、樣本，本店皆會免費提供給您。

0715
☐ **さしあたり**
【差し当たり】

副 眼下，當前　　　　→ 常考單字

例 医療と経済を両立させるには、差し当たりこのやり方をとるしかない。　為兼顧醫療與經濟，眼下只能採取這個做法了。

0716
☐ **さしいれる**
【差し入れる】

他Ⅱ 送慰勞品，送食物；插入，投入
衍 さしいれ【差し入れ】慰勞品

例 大学祭の準備で一所懸命作業しているみなさんのために顧問の先生が手作りのお菓子を差し入れてくれました！

為了努力準備大學祭的大家，社團指導老師送了親手製作的點心！

0717
☐ **さしず**
【指図】

名・他Ⅲ 指示，指揮

例 今度の上司は神経の細やかな人で、部下に細かいところまで逐一、指図する。

這次的上司是心思細膩的人，連細節都鉅細靡遺地指示下屬。

0718
☐ **さしつかえる**
【差し支える】

自Ⅱ 阻礙；呈現不方便的狀態

類 さしさわる【差し障る】妨礙，阻礙

例 勉強に差し支えないように、アルバイトと学業のバランスと取ることは大切だ。 為了不影響學習，在打工與學業之間取得平衡非常重要。

0719
☐ **さしひく**
【差し引く】

他Ⅰ 扣除，減去 →N2 單字

類 こうじょする【控除する】扣除

例 毎月の給料から、家賃、保険料、光熱費などを差し引くと、手取り収入は少なくなる。

每月的薪資扣掉房租、保險費、水電瓦斯費等之後，實得收入就會變少。

0720
☐ **さす**
【差す】

自Ⅰ （光線）照射；呈現；產生（某種心情）

例 彼女は急に気を失って、顔が青ざめたが、点滴をしてから、徐々に頬に赤みが差してきた。

她突然失去意識，臉色發青，打了點滴之後，臉頰才逐漸地紅潤起來。

例 楽な仕事だと思ったが、毎日同じ作業を繰り返すことに嫌気が差してきた。

原以為是輕鬆的工作，但是每天重複同樣的事情就開始感到厭煩了。

0721
☐ **さずかる**
【授かる】

他Ⅰ 懷孕；被賜予，被授予

例 実は、赤ちゃんを授かったので、臨月に入ったら仕事をしばらく休ませていただきたいんです。

其實我懷孕了，所以進入預產期後想要暫時休假一段時間。

0722 さする
【摩る・擦る】 — 他Ⅰ 揉

例 子どものころ、お腹が痛いと、いつも母が私のお腹をさすってくれたものだ。　小時候每當肚子痛時，媽媽總會幫我揉肚子。

出題重點

▶詞意辨析　なでる VS さする VS こする

這三者都是指手放在表面上的動作表現。就施予的力道而言為なでる＜さする＜こする。而「なでる」指的是「輕拂」，通常是一種對憐愛的對象表現溫柔的動作；「さする」多用於為減緩疼痛而做的輕揉動作；「こする」則是施以較強的力氣摩擦，同時伴隨刺激。

手部動作

犬をなでる
摸狗

肩をさする
揉肩

目をこする
搓揉眼睛

0723 ざせつ
【挫折】 — 名・自Ⅲ 挫折，失敗

例 何度もの挫折をものともせず、自分の可能性を信じて努力し続ければ、必ず成功の結果につながる。

無論遭遇多少挫折，只要相信自己的潛能並努力不懈，就一定會成功。

0724 さぞ・さぞかし — 副 想必，一定（推測他人的情況）

例 彼は慣れない職場に移されて、さぞかし忙しい思いをしているだろう。　他被調到陌生的工作單位，想必很忙吧！

0725
さだまる
【定まる】

自I 確定，決定；穩定，安定

例 教授の指導のおかげで、論文の研究方向がようやく定まった。

多虧教授的指導，論文的研究方向終於確定了。

例 給料がそんなに高くなくても、この就職難の時代に定まった職業があるだけでもありがたいことだ。 即使薪水沒那麼多，在就業困難的時代，只要有份穩定的工作，就值得感激了。

0726
さだめる
【定める】

他II 規定，制定；選定

例 １８歳からしか運転免許証が取得できないことは法律で定められている。 法律規定年滿18歳才能取得駕照。

0727
ざつ（な）
【雑（な）】

な形 敷衍，草率
衍 そざつ（な）【粗雑（な）】隨便

例 こちらが真剣に話しているのに、相手が雑な相槌を打ってきたら、それは誰でも不快になるだろう。

我方明明很認真地發言，對方卻隨便附和，任何人都會感到不愉快吧。

0728
さっかく
【錯覚】

名・自III 錯覺，誤認為
類 さくご【錯誤】錯誤；與認知不一致

例 横浜に行くと、町並みに異国情緒が漂っていて、ヨーロッパにいるような錯覚を起こした。

到了橫濱，街道洋溢著異國風情，產生宛如置身於歐洲的錯覺。

0729
さっきゅう（な）
【早急（な）】

名・な形 火速，緊急

例 この売り手は顧客に早急な対応をすることで高い評価を得ている。 這個賣家都迅速回應顧客而獲得好評。

0730 □
さっこん
【昨今】

名 近來，最近

→ 常考單字

例 昨今の日本では、少子高齢化が経済、社会に大打撃を与えつつある。　近來的日本，少子高齡化不斷嚴重打擊經濟、社會。

0731 □
さっさと

副 迅速地，敏捷地

→ 常考單字

例 ダラダラしている場合じゃない。レポートをさっさと終わらせしないと、締め切りに間に合わないよ。　現在不是悠悠哉哉的時候了！如果不趕快寫完報告的話，就趕不上截止日了。

0732 □
さっする
【察する】

他Ⅲ 察覺，推測；體諒
類 すいそくする【推測する】推測

→ 常考單字

例 彼の顔色から察すると、結果があまりよくなかったようだ。

從他的臉色來看，結果似乎不太好。

例 一生懸命勉強していたのに、試験に落ちたなんて、さぞかし辛かったことでしょう。お気持ちを察します。

明明努力念書卻還是落榜，想必很難受吧！我可以體諒你的心情。

0733 □
ざつだん
【雑談】

名・自Ⅲ 閒談，聊天

→ 常考單字

例 元来僕は内気な性格なので、初対面の人との会話で何か話題を切り出して、雑談をすることが苦手だ。

我本來就是性格內向的人，所以不擅長與初次見面的人開話題閒聊。

出題重點

▶漢字讀音　雑

【ざつ】：雑談（閒聊）／雑音（噪音）／雑念（雑念）

【ざっ】：雑貨（雑貨）／雑多（各式各樣）／雑踏（人山人海）

【ぞう】：雑巾（抹布）／雑言（謾罵）／雑煮（過年的年糕湯）

0734
□ **さっとう**
【殺到】

名・自Ⅲ 蜂擁而至
類 おしよせる【押し寄せる】蜂擁而至，湧入

例 開店セールに並んだ人たちはドアが開くや否や、店内に殺到した。

為開幕促銷排隊的人潮，才剛開門就擁入店裡。

0735
□ **さっぱり**

自Ⅲ・副 清爽不油膩；完全（後接否定）
類 すっきり 乾淨利落

例 暑さで食欲がない時は、さっぱりした味の料理がお薦めです。

天氣熱到沒食慾時，推薦口味清爽的料理。

例 彼は酔っぱらって、昨日のことをさっぱり覚えていない。

他醉到完全不記得昨天的事。

0736
□ **さとる**
【悟る】

他Ⅰ 領悟，體會

例 今回の入院をきっかけに、健康が何よりも大切であるということ
を悟った。　藉著這次住院，我領悟到健康比什麼都重要。

0737
□ **さなか**
【最中】

名 正…當中
衍 さいちゅう【最中】正…當中

例 お忙しい最中に、早速に返信していただきありがとうございます。

感謝您在百忙之中迅速回信。

出題重點

▶詞意辨析　さなか VS さいちゅう

兩者語意相近，但「さなか」多用於「事態最高峰、最嚴竣的時候」，為書
面用語，例如：「梅雨の最中」、「冬の最中」；而「さいちゅう」則多用
於表示「動作、行為正在進行的當下」，例如：「食事の最中」。

0738
□ さばく
【裁く】
他Ⅰ 裁判

例 裁判官の資質として、しっかりした証拠に基づいて、公平に事件を裁くことが望まれている。

基於法官的資質，希望根據確切的證據，公平地裁判案件。

0739
□ さべつ
【差別】
名・他Ⅲ 歧視；差異
衍 さべつか【差別化】差異化

例 職場のジェンダーによる差別をなくすべく、当社は男女平等の職場づくりに取り組んでいる。

為了消弭職場上的性別歧視，本公司一直致力於建構男女平等的職場。

┌─ 出題重點 ─────────────────────────

▶文法　V＋べく　為了…
語意接近「～ために」，用以表示「為達某目的而做某事」之意。
└──────────────────────────────────

0740
□ さほう
【作法】
名 禮節　　　　　　　　　　　→N2 單字
反 ぶさほう【無作法】沒禮貌

例 日本は礼儀作法を重んじる国としてよく知られている。

日本以注重禮節聞名。

0741
□ サポート
【support】
名・他Ⅲ 支援，支持　　　　　→ 常考單字

例 安心した生活が送れるように、政府は様々な経済的サポートを用意しています。　為了讓人能安心過生活，政府提供各種的經濟支援。

0742
□ さほど
副 那麼地（後接否定）
類 それほど【それ程】那麼地

例 その講義は英語で行われるので、日本語ができなくてもさほど困らない。　那堂課用英文授課，所以即使不會日文也沒那麼令人困擾。

0743 □
さまたげる
【妨げる】
他Ⅱ 阻礙，妨礙　　　　　　　　　　　→ 常考單字

例 医学会の研究によると、青年の睡眠不足は体の成長を妨げる。

根據醫學會的研究，青少年睡眠不足會阻礙身體的發育。

0744 □
さも
【然も】
副 好像，彷彿
類 いかにも 簡直像，實在是

例 彼女ときたら、さも何でも知っているかのように話す。

談到她，說話時總是好像一副無所不知的樣子。

> ┌─ 出題重點 ─────────────────────
> ▶文法　Ｎ＋ときたら　談到…；說到…
> 多用於對人、事、物表達負面的批判。

0745 □
さもしい
い形 卑劣，下流　　　　　　　　　　　→ 常考單字

例 さもしい人間は常に利己的で、お金のことばかり考えているようだ。

卑劣的人似乎總是自私自利，只想著錢。

0746 □
さらす
【晒す】
他Ⅰ 曝曬；暴露，置身（於危險狀態）

例 昔ピカピカだった公園のベンチは直射日光や風雨に晒されて、ボロボロになってしまった。

以往閃閃發亮的公園長椅經過日曬、風吹、雨打，已變得破爛不堪。

例 人混みの中でマスクをしないと、感染のリスクに晒される。

如果在人群中不戴口罩，就是暴露於感染的風險。

0747 □
さりげない
い形 若無其事，不露聲色

例 日本人は不満があっても、はっきり言葉に表さず、さりげなく主張する人が多いです。

許多日本人就算有所不滿，也不會明講，而是裝作若無其事地抱怨。

0748
□
さんこく（な）
【残酷（な）】
名・な形 殘酷，殘忍

例 歴史上、残酷な手段によって政権を得た権力者は実際多数いる。　歷史上確實有很多用殘暴手段取得政權的權力者。

0749
□
さんざん・さんざん（な）
【散々・散々（な）】
副・な形 非常地，徹底地；悲慘，狼狽

例 散々苦労したあげく、皮肉にも望ましくない結果に終わった。
辛辛苦苦的結果，反而以失望收場。

例 今日は財布を落とすやら、上司に叱られるやら、散々な一日だった。
今天既遺失錢包，又被上司責備，真是悲慘的一天。

0750
□
さんしゅつ
【産出】
名・他Ⅲ 生産，出産
類 せいさん【生産】生產

例 サウジアラビアは石油の最大の産出国として、原油価格の決定に絶大な影響力を持っている。　沙烏地阿拉伯身為最大的石油生產國，對原油價格的制定具有強大的影響力。

0751
□
さんしょう
【参照】
名・他Ⅲ 参照，參閱　　→ 常考單字
類 さんこう【参考】參考

例 報告書は添付ファイルの資料を参照して、修正してください。
報告書請參照附件檔案的資料修正。

▼ し／シ

0752
□
🔊
12
しいく
【飼育】
名・他Ⅲ 飼養

例 動物を飼育することは様々な責任を有することになるから、慎重にならなければならない。　飼養動物會帶來各種責任，所以必須謹慎。

0753
☐

しいて
【強いて】

副 勉強地，強迫地
類 あえて【敢えて】勉強地

例 どちらもお似合いですが、強いて言えば、白の方がエレガンスな感じがします。

不論哪一個都很適合你，不過硬要說的話，白色的感覺更優雅。

0754
☐

シート
【sheet】

名 整版；薄紙

例 郵便局では、様々なデザインや有名なキャラクターの切手シートを売っている。　郵局販售各種設計或是知名卡通人物的整版郵票。

0755
☐

しいる
【強いる】

他Ⅱ 迫使，強迫

例 親は過剰の期待をかけ、子どもに習い事を強いることがある。

父母有時會寄予過多的期望，迫使孩子學習才藝。

0756
☐

しいれる
【仕入れる】

他Ⅱ 採購，進貨

例 コストダウンを図らんがため、原料を安く仕入れることは一つの手法だ。　為試圖降低成本，便宜採購原料是方法之一。

0757
☐

しお
【潮】

名 海潮；時機
衍 しおどき【潮時】適當的時機

例 潮が満ちると、あの神社は海に浮かんでいるように見える。

滿潮時，那間神社看起來就像是漂浮在海面上。

例 子どもも大きくなったし、退職するには今がいい潮だと思う。

孩子也已經長大了，我想現在就是適合退休的時機。

┌─ 出題重點 ─┐

▶固定用法　〜を潮に　以…為契機

多用於表達藉著某契機而停止做不好的行為。

例 今回の入院を潮に、タバコもお酒もやめるつもりだ。

藉著這次住院，我打算戒掉菸酒。

0758 □
しおれる
【萎れる】

自Ⅱ 枯萎；氣餒，沮喪
類 かれる【枯れる】枯萎

例 かつて美しかった彼女の容姿も、今ではすっかり衰えて、まるでしおれた花のようだった。

她曾經美麗的容貌，現也已衰老，宛如枯萎的花朵般。

0759 □
しかえし
【仕返し】

名・自Ⅲ 報仇，報復，回擊；重做
反 おんがえし【恩返し】報恩，報答

例 みんなの前で彼女に侮辱されたので、いつか仕返ししてやろうと思っている。　在大家面前受到她的侮辱，我打算總有一天要找她報仇。

0760 □
しかく
【視覚】

名 視覺　　　　　　　　　→ 常考單字

例 鷹は非常に優れた視覚を持っているとあって、遠くでも、獲物を狙うことができる。

正因為老鷹擁有非常出色的視覺，即使在遠處也能鎖定獵物。

0761 □
じかく
【自覚】

名・自他Ⅲ 自覺，自知　　　→ 常考單字

例 社会人になったら、わがまま行動を慎み、社会構成員の一員としての責任を自覚すべきだ。

成為社會人士，就要避免任性行事，應該自覺身為社會一分子的責任。

0762 □
しかける
【仕掛ける】

他Ⅱ 發動；設置；著手

例 夜明けと同時に敵陣に総攻撃をしかけるぞ！

黎明時分，我們要同時向敵對陣營發動全面攻擊！

例 この森のあちこちに動物をとるための罠が仕掛けられている。

這片森林到處都設置了獵捕動物的陷阱。

0763
☐
じかに
【直に】

副 直接地 →N2 單字
類 ちょくせつに【直接に】直接地

例 セーターを地肌に直に着ると、肌が痒くなることがある。

毛衣貼身穿的話，皮膚有時會發癢。

0764
☐
しかめる

他Ⅱ 皺眉

例 レストランで傍若無人に騒いでいる若者たちを見て、周りの客は顔をしかめていた。

看見餐廳裡年輕人們旁若無人地大吵大鬧，周圍的顧客都皺起了眉頭。

0765
☐
しきたり
【仕来り】

名 慣例，常規
類 ならわし【習わし】慣例，習俗

例 王子は皇室の従来の仕来りに従わず、一般女性と結婚した。

王子未依循天皇家一直以來的慣例，與平民女子結婚。

0766
☐
じぎょう
【事業】

名 事業，企業

例 経営者にとって、事業を営もうとすれば、綿密な計画とアイデアに基づいで、実行することが大切だ。 對經營者而言，要經營事業的話，按照縝密的計畫與想法實踐是非常重要的。

0767
☐
じく
【軸】

名 軸線；核心

例 地球は地軸を中心として回転している。したがって、昼夜の移り変わりが起こるということだ。

地球以地軸為中心旋轉，因此產生晝夜更迭的變化。

例 この組織は省エネを軸として様々な活動を行って、環境保護に対する国民の意識を喚起しようとする。

這個組織以節能為主軸舉辦各種活動，想喚起國民對環保的意識。

0768
☐
しくみ
【仕組み】

名 結構；安排
類 こうぞう【構造】結構，構造

例 この研究所は脳の仕組みを研究して、記憶や感情などの働きを明らかにすることに取り組んでいる。

這間研究機構研究腦部結構，致力於了解記憶、感情的運作機制。

0769
☐
しこう
【志向】

名・他Ⅲ 志向，意向；偏向，傾向

例 彼はノーベル賞受賞者の講演に啓発されて、科学者を志向している。 他受到諾貝爾獎得主的演講啟發，而志立成為科學家。

例 ブランド志向の人は高級品を身につけたりすることによって、富を見せびらかすきらいがある。

偏好名牌的人常會藉由穿戴高級品炫耀財富。

0770
☐
しこう・せこう
【施行】

名・他Ⅲ 施行（法令）；實施，執行

例 労働者の労働環境を改善するべく、来月から改正労働法が施行されることになった。

為改善勞工的工作環境，從下個月起修正勞動法開始施行。

0771
☐
しこうさくご
【試行錯誤】

名・自Ⅲ 反覆試驗，嘗試錯誤　　　　→ 常考單字

例 成功は試行錯誤を繰り返した結果であるから、何回失敗しても、諦めずに頑張ることが大切だ。 成功是經過反覆試驗得到的結果，所以即使多次失敗，不放棄地持續努力是很重要的。

0772
☐
しさ
【示唆】

名・他Ⅲ 隱含，暗示；啟示
類 サジェスチョン【suggestion】啟發

例 数多くの学校が廃校を余儀なくされるということは、少子化の影響を示唆するものだ。

許多間學校面臨不得不廢校的情形，隱含著少子化的影響。

例 あの教授の講義は示唆に富んでいたため、夢中になって聞いた。

那位教授的演講富含啟示，所以我聽得入神了。

0773
□
しさつ
【視察】

名・他Ⅲ 視察；考察
類 みまわり【見回り】巡視

例 市長は台風による災害現場を視察して、復旧に取り組むことを
表明した。　市長視察了颱風造成的災害現場，表明會致力於恢復原狀。

0774
□
しさん
【資産】

名 資產，財產
類 ざいさん【財產】財產

例 田中さんは株式投資の成功を皮切りに、その他の事業もうまく
いって、飛躍的に資産を増やした。

田中先生自從股票投資成功後，其他事業也非常順利，迅速地增加資產。

┌─ 出題重點 ─────────────────────────────

▶文法　N＋を皮切りに／V－た＋の＋を皮切りに　自從…

此文法用以表示「從…開始」，後方陸續出現類似的事情，多用於「有所發
展」、「越演越烈」等情形。

例 彼は処女作が新人賞を受賞したのを皮切りに、作品が次々とベスト
セラーになった。

他自從處女作獲得新人獎之後，作品就相繼成為暢銷書。

└──────────────────────────────────

0775
□
じさん
【持参】

名・他Ⅲ 自備，帶去（來）　　　　→ 常考單字

例 環境に優しくするという呼びかけに応え、各自マイ食器を持参する
こと。　為響應對環境友善的呼籲，自備環保餐具。

0776
□
ししゅ
【死守】

名・他Ⅲ 死守　　　　　　　　　→ 常考單字

例 村人はどうしても村の神社を死守するつもりらしい。避難の指示を
呼びかけても、離れようとしない。　村民好像無論如何都打算死守村落
的神社，即使發布避難指示，也不願意離開。

0777
じしゅ
【自首】

名・他Ⅲ 自首
反 とうそう【逃走】逃跑

例 罪を犯したら、逃げるより、正直に自首するに越したことはない。

如果犯罪了，與其逃跑，最好坦白自首。

0778
じしゅてき (な)
【自主的 (な)】

な形 自主的

例 大学は自主的に学習する場であり、学生自身が学習成果について責任を負うべきだ。

大學是自主學習的地方，學生本身應該對學習成果負責。

0779
ししゅんき
【思春期】

名 青春期

例 思春期ともなると、体や心は急激に変化し、情緒が不安定になりやすい。　一到了青春期，身心急劇變化，情緒容易不穩定。

出題重點

▶文法　N＋ともなると　一到…時候就會
此文法前方常接續時間、狀況、階段的相關詞彙，表示在那樣的情況之下會發生的事。

0780
しじょう
【市場】

名 市場

例 産業の動向に関心を持って、消費者のニーズを把握すればこそ、市場の変化を先取りできる。

唯有關心市場的動態，掌握消費者的需求，才能取得市場變化的先機。

出題重點

▶詞意辨析　しじょう VS いちば
「しじょう」主要指「買賣勞動力、股票等具有經濟機能的抽象場合」，例如：「労働市場」、「金融市場」；而「いちば」則是指「買賣商品、貨物的實際場所」，例如：「魚市場」、「青物市場」。

0781 じぜん（に）
【事前（に）】

名・副 事前 → 常考單字
類 あらかじめ【予め】事先，預先

例 プレゼンは事前に十分に準備しておけば、本番に臨んでも冷静に発表を進めることができる。

發表前如果做好萬全的準備，即使親自上臺報告也能冷靜地進行發表。

0782 じぞく
【持続】

名・自他Ⅲ 持続
類 けいぞく【継続】持續

例 これは強い薬とあって、効果が長時間持続することができる。用法用量を守ってお使いください。

由於是強效藥，所以藥效可以長時間持續。請遵守用法與用量。

┌─ 出題重點 ─────────────────

▸文法　N＋とあって　由於是…

此文法用以表示因某特殊的理由，而理所當然導致後方接續的結果。

0783 じそんしん
【自尊心】

名 自尊心
類 プライド【pride】自尊心

例 人前で子どもを叱ることは、子どもの自尊心を傷つけかねない。

在他人面前斥責小孩，很有可能會傷害孩子的自尊心。

0784 しだい
【次第】

名・接尾 情況；原委；根據；一…立刻
類 なりゆき【成り行き】事物發展的情況

例 事と次第によっては、今後の身の振り方を改めて考えなければならないかもしれない。　視事情及情況發展，也許得重新考慮今後的前途。

0785 じたい
【辞退】

名・他Ⅲ 婉拒，謝絕，推辭
類 ことわり【断り】拒絕

例 せっかくのお誘いですが、辞退させていただきます。

雖然您特地邀請，但請容我婉拒。

0786
☐
しだいに
【次第に】

副 逐漸地 　　　　　　　　　　　　　　　→ 常考單字
類 じょじょに【徐々に】漸漸地（進展、變化）

例 冬至を過ぎてから、昼間の時間が次第に長くなる。

冬至過後，白天的時間會逐漸變長。

0787
☐
したう
【慕う】

他I 懷念；景仰
反 きらう【嫌う】厭惡

例 亡くなった祖父を慕う気持ちを込めて、この歌を書いた。

我懷著追思過世祖父的心情，寫下了這首歌。

例 あの先生は明るくて、活気に満ち溢れ、学生たちに慕われている。

那位老師活潑又充滿朝氣，備受學生們景仰。

0788
☐
したうけ
【下請（け）】

名・他III 承包

例 愛知県にはトヨタの自動車部品を製造する下請けの企業が多数見ら

れる。　在愛知縣有許多製造豐田汽車零件的承包企業。

0789
☐
したがって
【従って】

接續 因此
類 よって【因って・仍って】因而

例 日本は島国である。したがって、海に面した地が多い。

日本是海島國家，因此面海的土地很多。

0790
☐
したごころ
【下心】

名 企圖，盤算
類 じゃしん【邪心】邪念

例 彼は正直者に見えるが、実際には、女性に下心を持って近づくの

で、気をつけたほうがいい。　他雖然看起來是個老實人，但是實際上卻

別有心思地接近女性，最好注意一下。

0791
☐

したじ
【下地】

名 基礎，底子
類 どだい【土台】基礎，根基

例 マリ・キュリーの研究成果が後世の科学発展の下地を作った。

瑪麗・居禮夫人的研究成果奠定了後來科學發展的基礎。

例 彼女は小さい頃ピアノを習って、下地ができているから、上達が早いわけだ。 她因為小時候學過鋼琴而有些底子，所以難怪進步很快。

0792
☐

したしむ
【親しむ】

自I 親密；愛好親近（事物）
反 うとんじる【疎んじる】疏遠

例 彼とは幼い頃から親しんできた仲間で、強い絆で結ばれている。

我和他是從小就很親密的夥伴，深厚的羈絆將我們聯繫在一起。

例 夏休みを利用して、自然に親しんで、心を癒しましょう。

利用暑假親近大自然來療癒心靈吧！

0793
☐

したてる
【仕立てる】

他II 培養；準備；做衣服；喬裝
類 しあげる【仕上げる】完成

例 「マイフェア・レディー」という映画は、言語学者が下町の娘を教育して、立派なレディーに仕立てるというストーリーである。

電影《窈窕淑女》的故事是在講述一位語言學家教育社會低層階級出身的少女，將她培養成優秀的淑女。

0794
☐

したどり
【下取り】

名 折抵換新

例 古いスマホを下取りに出したりする場合、個人情報が流出しないように、事前に削除しておいたほうがいい。

拿舊的手機折抵換新機時，為避免個資外流，最好事先刪除。

0795
☐

したまわる
【下回る】

自I 低於
反 うわまわる【上回る】超出

例 ネット通販の影響を受けて、今年の実店舗の売上高は前年を下回っている。

受到網路通路的影響，今年實體店面的總銷售額低於前年。

0796
☐

しちょう
【視聴】

名・他Ⅲ 收看，視聴；注目

例 ウェブサイトやアプリを通じて、国内でも世界各地の番組が視聴できる。　透過網路、應用程式，即使在國內也能收看世界各地的節目。

例 貴重な天体ショーとあって、天文学者のみならず、世界の視聴を集めている。　正因為是天文奇景，所以不僅天文學家，更受到世界矚目。

0797
☐

じっか
【実家】

名 老家

例 地震の被害に遭われた実家が早く復興できるように願ってやみません。　由衷期盼受地震侵襲的老家能趕快重建。

┌─────────────────────────────────────┐
│ 出題重點   │
├─────────────────────────────────────┤
│   │
│ ▶文法　Ｖ－て＋やまない　由衷   │
│   │
│ 表示長期抱持著某種念頭，通常與「愛する」、「願う」、「祈る」等動詞 │
│ 搭配使用。   │
│ 例 お二人の健康と幸せを祈ってやまない。　由衷期盼兩位健康幸福。 │
└─────────────────────────────────────┘

0798
☐

しっかく
【失格】

名・自Ⅲ 不稱職；失去資格
反 てきかく【適格】稱職；具備資格

例 子どもの面倒を他人に押し付けるなら、親として失格だ。

強迫他人照顧小孩的話，是身為父母親的失職。

0799
☐

しつぎ
【質疑】

名・自Ⅲ 提問，質疑
衍 しつぎおうとう【質疑応答】問答

例 初めての論文の発表だったので、緊張のあまりに、教授からの質疑に全然答えられなかった。

因為是初次發表論文，我過度緊張到完全無法回覆教授的提問。

0800 □
じっきょう
【実況】
名 實際狀況　　　　　　　　　　→ 常考單字

例 各放送局は今、津波の被害地の実況を報道している。

各新聞臺現在都在報導海嘯災區的實況。

0801 □
じっくり（と）
副 仔細地，好好地

例 慎重な彼のことだから、今度もじっくり考えてから行動するでしょう。　行事謹慎的他，這次也會仔細思考後再採取行動吧。

0802 □
じっけん
【実権】
名 實權　　　　　　　　　　　　→ 常考單字
類 けんりょく【権力】權力

例 戦後天皇陛下は象徴となり、実権を持たない。

戦後日本天皇成為象徵，不具有實權。

0803 □
じつじょう
【実情】
名 實際情形　　　　　　　　　　→ 常考單字
類 じったい【実態】實際狀態

例 被害者にとって、被害の実情を打ち明けるには、相当な勇気が必要だ。　對受害者而言，要道出受害的實情需要相當的勇氣。

0804 □
じっせん
【実践】
名・他Ⅲ 實踐
類 じっこう【実行】履行

例 常に机上の空論ではなく、実践して証明してもらいたいものだ。

我希望請你實踐證明，而不是經常紙上談兵。

0805 □
しっそ（な）
【質素（な）】
名・な形 質樸，簡樸
衍 シンプル（な）【simple】樸實

例 あのおばあさんは質素倹約の生活を送っている。孫の学費を出すために節約しているらしい。　那位老太太過著質樸簡約的生活。聽說是為了支付孫子的學費而節省開銷。

0806
□

じったい
【実態】

名 實際狀態
衍 じっきょう【実況】實際情況，實況

例 この湖には、未確認の生物が出現すると言われているが、実態はまだ把握されていない。

據說這個湖泊出現不明生物，但實際狀態尚未掌握。

0807
□

しっと
【嫉妬】

名・他Ⅲ 忌妒
類 うらやむ【羨む】羨慕

例 嫉妬心は理性ではどうにもならないもののようである。

忌妒心似乎不是理智所能控制的東西。

0808
□

じっぴ
【実費】

名 實際費用
衍 けいひ【経費】經費

例 今回の作業に要した経費は、実費で支払われるから、しっかり記録をとっておいたほうがいいよ。

這次工作所需經費要實報實銷，所以最好確實記錄。

0809
□

しなびる
【萎びる】

自Ⅱ 枯萎；乾癟
類 かれる【枯れる】枯萎

例 冷蔵庫に入れっぱなしになっていたネギが萎びて、シワシワになってしまった。　擱置在冰箱的蔥，枯萎後變得皺巴巴。

0810
□

シナリオ
【scenarion】

名 劇本
類 だいほん【台本】劇本

例 同じ作品でも、シナリオによって内容がまったく変わってしまうから、おもしろいよね。

即使是同樣的作品，內容會隨劇本完全改變，所以很有趣。

0811
□

しのぐ
【凌ぐ】

他Ⅰ 超越；忍受；躲避
類 りょうがする【凌駕する】超過，凌駕

例 新作の映画は、現在ランキング一位の作品を凌ぐ勢いで急成長を遂げている。

新上映的電影以超越目前排行第一之作品的氣勢急速成長。

0812
□
しのぶ
【偲ぶ】
他I 追思，緬懷

例 葬式は、招く人も招かれる人も大変なので、代わりに故人を偲ぶための 食 事会で済ます人が増えている。　告別式對邀請方和被邀請方都很費事，取而代之的是越來越多人舉行追思故人的餐會。

0813
□
しばしば
【屢々】
副 經常，屢次
類 よく 經常

例 夏目漱石は、しばしばこの旅館に滞在して、作品を執筆していたそうだ。　聽說夏目漱石經常待在這間旅館執筆創作。

0814
□
シビア (な)
【severe】
な形 嚴謹的；嚴厲的　　　　　　　　→ 常考單字

例 彼女はロマンチックどころか、かなりシビアな 考 え方の持ち主だ。
她非但不浪漫，而且還是想法相當嚴謹的人。

0815
□
しぶしぶ (と)
【渋々 (と)】
副 不情願，勉強
類 いやいや【嫌々】不情願

例 父はしぶしぶ 娘 の結婚を 承 諾したかに見えた。
父親看似很不情願地同意女兒的婚姻。

出題重點

▶**詞意辨析　しぶしぶ VS いやいや**

「しぶしぶ」表示無可奈何答應，並不是真心，「いやいや」則是違背自己意願做事。

0816
□
しぶる
【渋る】
自I 不肯；不痛快；不流暢

例 何度も銀行に足を運んで、起 業 プランを詳しく説明したにもかかわらず、銀行は融資を渋っていて、なかなか貸そうとしてくれない。
儘管多次前往銀行、詳細說明創業計畫，銀行仍不肯貸款給我。

0817
☐ じぶんじしん
【自分自身】

代 自己
衍 みずから【自ら】自己；親自

→ 常考單字

例 自分自身を省りみないで、他人ばかり責めるのは弱い人間のすることだ。　不自我反省而一味責怪他人，是軟弱的人才會做的事。

0818
☐ しぼむ
【萎む】

自Ⅰ 枯萎；（希望）落空
反 かいか【開花】開花

例 花は開花したら、萎むのが常であるから、そんなに嘆くことでもない。
花開花謝很平常，所以也不需要那麼多愁善感。

0819
☐ しまつ
【始末】

名・他Ⅲ 處理；原委；（負面）結果
類 しょり【処理】處理

例 Aさんは大事な顧客を怒らせて、契約を打ち切られてしまったので、始末書を書かされた。

A先生惹惱了重要的客戶，導致解約，因此被要求寫悔過書。

0820
☐ シミュレーション
【simulation】

名・他Ⅲ 模擬
類 もぎたいけん【模擬体験】模擬體驗

例 ゲームのシミュレーションが、現実となったら恐ろしいことだろう。
遊戲模擬變成現實的話，是很可怕的事情吧。

0821
☐ しみる
【染みる】

自Ⅱ 刺痛；沾染；銘刻（在心）
衍 にじむ【滲む】滲出

→ 常考單字

例 傷口に消毒液を塗るとしみるが、がまんするしかない。
在傷口上塗抹消毒水的話會感到刺痛，但我也只能忍耐。

0822
☐ しむける
【仕向ける】

他Ⅱ 設法讓他人…，唆使；發送（貨物）

例 大国は、兵器を輸出したいがために小国同士が対立するように仕向けているのではないだろうか。

大國不是為了出口武器而設法讓小國彼此互相對立嗎？

0823
□
しめん
【紙面】

名 報紙上；篇幅
類 かみばいたい【紙媒体】紙本媒體

→ 常考單字

例 芸能人のゴシップニュースが紙面を賑わせているなんて、なんて平和なことだろう。　藝人的八卦新聞竟在報上沸沸揚揚，社會真和平！

0824
□
ジャーナリズム
【journalism】

名 新聞業；新聞界
衍 メディア【media】媒體

→ 常考單字

例 ゴシップ記者とて、もともとはジャーナリズムの使命という理想を持って仕事をしていた時代もあったかもしれない。　即使是八卦記者，或許也曾經有一段時期對新聞業的使命懷有理想而工作吧。

0825
□
しゃかいてき (な)
【社会的 (な)】

な形 社會的；社會性
衍 せけん【世間】社會；世人

→ 常考單字

例 社会的な地位があるからといって、立派な人間だとは限らない。

雖說具有社會地位，也未必就是傑出的人。

0826
□
じゃくしゃ
【弱者】

名 弱者
類 きょうしゃ【強者】強者

例 人を見かけだけで弱者だ、強者だと決めつけないほうがいい。人は見かけによらないからね。

最好不要只憑外表就武斷是弱者或強者，因為人不可貌相。

0827
□
しゃくようしょ
【借用書】

名 借據

例 友人だからといって借用書を書かないと、後で痛い目を見るかもしれないから書いておいたほうがいいよ。　雖說是朋友，不寫借據的話之後可能會吃到苦頭，所以最好還是事先寫好。

0828
□
しゃざい
【謝罪】

名・自Ⅲ 道歉，賠罪
類 わびる【詫びる】道歉

例 今回の謝罪会見は、文章を棒読みしているようで、まったく感情がこもっていない。

這次的道歉記者會像在死背文稿似的，完全沒有感情。

0829
□

じゃっかん
【若干】

名・副 少許，多多少少

→ 常考單字

衍 たしょう【多少】多少，或多或少

例 人が目分量で計るのだから、若干違いが出てくるのは当然だ。

因為是肉眼測量，當然多多少少會有誤差。

出題重點

▶詞意辨析　若干 VS 多少

「若干」用於雖然不清楚數量但不多的情況下，而「多少」用於不確定程度的情況下。

例 大雪の影響で、配送が多少遅れるかもしれませんので、どうぞご了承ください。　受大雪影響，發送時間可能多少會延遲，敬請見諒。

0830
□

しゃめん
【斜面】

名 斜坡；斜面

反 へいめん【平面】平面

例 オートバイを斜面に駐車するのは危険だろう。

機車停在斜坡上很危險吧。

0831
□

しゃれる
【洒落る】

自Ⅱ 時髦；（打扮）漂亮（常用「～はしゃれている」或「しゃれた～」的形式）

例 私の地元には、喫茶店や食堂はあるんですが、しゃれたカフェやレストランがないので、デートには向いていません。　我的家鄉雖然有咖啡店和食堂，不過沒有時髦的咖啡廳和餐廳，因此不適合約會。

0832
□

しゅうえき
【収益】

名 收益

類 りえき【利益】利益，利潤

例 不景気が続く中、収益増加を期待するのは困難というものだ。

經濟持續不景氣的情況下，難以期待收益增加。

出題重點

▶詞意辨析　収益 VS 利益

「収益」是透過商品銷售等方式所獲得收入，「利益」則是從「收入」扣除「支出」後的錢。

例 企業にとって、利益がなければ、それは慈善事業ということになる。

對企業來說，如果沒有利潤，就會變成是慈善事業。

0833
□

しゅうけい
【集計】

名・他Ⅲ 統計，總計
類 ごうけい【合計】合計

例 審査員の点数の集計も終わったことだし、まもなく順位が発表されるだろう。　評委的分數統計也已經結束，不久將公布排名吧。

0834
□

しゅうし
【収支】

名 收支
衍 ししゅつ【支出】支出

例 家計も収支のバランスがうまくとれていないと赤字になるばかりだ。

家計也是如此，收支若無法妥善平衡會持續透支。

0835
□

しゅうし
【終始】

名・自Ⅲ・副 從頭到尾
類 しじゅう【始終】始終

例 あの先生は、終始一貫して例外は認めないのが原則らしい。

那位老師似乎原則上從頭到尾都不接受例外。

出題重點

▶詞意辨析　終始 VS 始終

「終始」表示態度、狀態或內容等從頭到尾持續不變的意思，「始終」則表示事情自始至終，或是連續、頻繁進行，此時可以替換為「いつも」或「絶えず」。

例 母は始終小言ばかり、うるさいったらありゃしない。

我母親經常碎碎念，囉嗦得不得了。

0836
じゅうじ
【従事】

名・自Ⅲ 従事
類 たずさわる【携わる】従事，參與

例 サービス業に従事するには、気の利く人がふさわしいでしょう。

善於察顏觀色的人適合從事服務業吧。

0837
しゅうじゅくど
【習熟度】

名 熟練程度　→ 常考單字
衍 つう【通】精通

例 同じクラスの学生でも、習熟度が異なるからみんなが満足できるように教えるのは困難だ。　即使是同班級的學生，因為熟練程度不同，要做到大家都滿意的教學很困難。

0838
じゅうじゅん（な）
【従順（な）】

名・な形 順從，聽話　→ 常考單字
類 すなお（な）【素直（な）】溫順；直率

例 日本の企業が新卒採用が好きなのは、まっさらで従順な社員を求めているからだろう。　日本企業喜歡錄用應屆畢業生，是因為要找完全沒經驗、順從聽話的員工吧。

0839
しゅうちゃく・
しゅうじゃく【執着】

名・自Ⅲ 留戀，貪戀
類 しゅうしん【執心】貪戀，迷戀

例 あなたをふった人に執着しても仕方がないから、あきらめなさい。

即使留戀甩了你的人也莫可奈何，請放棄吧。

0840
じゅうなん（な）
【柔軟（な）】

な形 靈活的；柔軟的　→ 常考單字
類 やわらかい【柔らかい】靈活的；柔軟的

例 柔軟な思考を持つ人のほうが困難を乗り切れる傾向があるようだ。

擁有靈活思考的人好像較容易克服困難。

0841
じゅうにんといろ
【十人十色】

名 各不相同　→ 常考單字
類 それぞれ【其々】各別

例 人の個性は十人十色ですから、他人のいいところを探してみましょう。　因為人的個性各式各樣，所以試著找他們的優點吧。

0842 □
しゅうのう
【収納】
名・他Ⅲ 収納　　　　　　　　　　→N2 單字
類 しまう 収拾

例 思い切って断捨離しないと、収納に困る。

如果不下定決心丟掉不需要的東西，會沒辦法收納整理。

0843 □
しゅうふく
【修復】
名・他Ⅲ 恢復
類 なおす【直す】恢復

例 両者の関係は悪化して修復不可能に見えたのに、もう仲直りして
いる。　兩方的關係惡化，看似不可能恢復，竟已和好如初。

0844 □
じゅうらい
【従来】
名・副 以前　　　　　　　　　　→N2 單字
類 もともと 本来

例 従来、治療が困難とされてきた病も、近年の医療の発達によっ
て治癒できるようになった。

以前認為難以治療的疾病，近年來因醫療發達變得能夠治癒。

0845 □
しゅくめい
【宿命】
名 命中注定
類 うんめい【運命】命運

例 私は同棲していた彼にふられて落ち込んでいたときに、今の彼と知
り合いました。これは宿命だったのかもしれません。　我被同居的男
友要求分手而心情低落時，遇到現在的男友，或許這就是命中注定。

0846 □
しゅさいしゃ
【主催者】
名 主辦者，主辦單位
衍 きょうさんしゃ【協賛者】贊助者

例 今回のスピーチコンテストの主催者は、資金が豊富で賞金も高額
である。　這次演講比賽的主辦者，因資金豐厚，提供的獎金金額也很高。

0847 □
じゅしょう
【受賞】
名・自Ⅲ 獲獎，得獎
類 にゅうしょう【入賞】獲獎；入圍

例 日本映画が、海外の映画祭で外国語部門賞を受賞したそうだ。

聽說日本電影在國外電影影展獲得最佳外語片獎。

0848
☐ しゅっか
【出荷】

名・自他Ⅲ 出貨
衍 にゅうか【入荷】進貨

例 りんごが 収 穫 の時期を迎えて、各農家では 出 荷作 業 に追われている。　蘋果採收期來臨，各農戶忙於出貨作業。

0849
☐ しゅっしゃ
【出社】

名・自Ⅲ （到公司）上班
類 しゅっきん【出勤】出勤

例 こんな大 雪 でも、 出 社 しなくちゃならないなんて 最 悪 だね。
下這麼大的雪竟然還必須到公司上班，真的很糟糕。

0850
☐ しゅっしょう・
しゅっせい【出生】

名・自Ⅲ 出生
類 うまれる【生まれる】誕生

例 出 生 届 を出す前に、名前を 考 えなければならない。
在辦理出生登記前，必須想好姓名。

0851
☐ しゅっしんち
【出身地】

名 出生地，出生成長地，成長地
類 しゅっしょうち【出生地】出生地

例 戸籍 謄本には 出 身地が記載されているから、戸籍を調べたらすぐわかるよ。　因為戸籍謄本有記載出身地，所以調閱戶籍後馬上就會知道。

0852
☐ しゅつどう
【出動】

名・自Ⅲ 出動
類 でる【出る】出去

例 消 防 署 の前は、いつでも 出 動 できるように 駐 車 禁止となっている。　為了隨時可以出動，消防局前方禁止停車。

0853
☐ しゅっぴ
【出費】

名・自他Ⅲ 開銷
類 ししゅつ【支出】支出

例 日本では４月から新 学期が始まるので、何かと 出 費が増える 傾向にある。　在日本４月是新學期的開始，各方面開銷有增加的趨勢。

0854
☐
しゅっぴん
【出品】

名・他Ⅲ 展出作品
類 さんか【参加】参加

例 国際コンテストに出品するともなると、なんだか緊張してきた。

一旦要在國際比賽上展出作品，就會不由得開始緊張。

0855
☐
しゅどう
【主導】

名・他Ⅲ 主導
類 みちびく【導く】引導

例 この橋の工事は、政府主導で民間会社が請け負っているものだ。

這座橋的工程，由政府主導民營企業承攬。

0856
☐
しゅび
【守備】

名 防守
反 こうげき【攻撃】攻撃

例 野球はチームプレーだから、投手やバッターだけが強くても勝てない。守備も重要な役割だ。　因為棒球是團體賽，所以只有投手與打者實力強也無法獲勝，守備也是很重要的角色。

0857
☐
しゅほう
【手法】

名 手法　　　　　　　　　　　→ 常考單字
類 ぎほう【技法】技法

例 日本の伝統的な蒔絵の手法は、もともと中国から伝えられた。

日本傳統蒔繪的手法原是從中國傳入。

0858
☐
じゅもく
【樹木】

名 樹木　　　　　　　　　　　→ 常考單字
類 たちぎ【立ち木】樹木

例 森林では、樹木から出るオキシゲンによって新鮮な空気が生成される。　森林裡新鮮的空氣是由樹木產生的氧氣所形成。

0859
☐
じゅり
【受理】

名・他Ⅲ 受理　　　　　　　　→ 常考單字
類 じゅりょう【受領】收領

例 年末でも新年でも、役所では婚姻届を受理してくれるんだって。

聽說無論年末或新年，政府機關都會受理結婚登記。

0860
☐ じゅりつ
【樹立】

名・自他Ⅲ 建立 → 常考單字
類 たちあげる【立ち上げる】設立

例 今回は国民の支持を得るために、政府は連立内閣を樹立した。

這次為了獲得國民支持，政府建立了聯合內閣。

0861
☐ しゅりょう
【狩猟】

名・自Ⅲ 狩獵 → 常考單字
類 かり【狩り】狩獵

例 現在、狩猟に携わる猟師が減少したため、日本の山々にはイノシシやシカ、クマなどが増えている。

由於現在從事狩獵的獵人減少，日本群山中野豬、鹿、熊等越來越多。

0862
☐ じゅんい
【順位】

名 名次
衍 ランキング【ranking】排名

例 順位を並べたものランキングという。

排列名次稱為排名。

0863
☐ じゅんじる・じゅんずる【準じる・準ずる】

自Ⅱ 比照；如同；適用
類 じゅんきょ【準拠】依照；遵循

例 ＢＪＴビジネス日本語テストの５００点は、ＪＬＰＴ日本語能力試験のＮ１レベルに準ずるらしい。 BJT 商務日語能力考試 500分，好像等同於 JLPT 日本語能力試驗 N1 程度。

0864
☐ しょうがい
【生涯】

名 一生；生涯；終身 → 常考單字
類 いっしょう【一生】一輩子

例 歴史上の人物の生涯は、よく映画化されたりドラマ化される。

歷史人物的一生經常拍成電影或戲劇。

0865
☐ じょうき
【上記】

名 上述
反 かき【下記】下述

例 上記のようにこの薬を服用する際には、薬剤師の処方に従ってください。 如上所述，服用此藥時，請依照藥師處方。

0866 しょうきょ 【消去】
名・他Ⅲ 刪除
類 けしさる【消し去る】消除

例 間違って消去してしまったカメラのメモリーを回復するために専門業者に依頼することにした。

為了恢復誤刪的相機記憶卡資料，我決定委託專業業者。

0867 じょうげ 【上下】
名・自Ⅲ 上下；起伏；往返　　→ 常考單字
類 のぼりくだり【上り下り】往返

例 外国為替は常に上下に変動するため、投資リスクが高いことをご了承ください。　由於國際匯率時常上下浮動，投資風險高，敬請見諒。

0868 しょうげん 【証言】
名・他Ⅲ 作證；證詞
衍 しょうにん【証人】證人

例 私は法廷で事故の証人として証言することにかなり緊張している。　我以意外事故的證人身分在法庭上出言作證，感到相當緊張。

0869 しょうこ 【証拠】
名 證據，證明
類 あかし【証】證據

例 皆が注目していた今回の事件は、証拠不十分で不起訴となった。

這次大家關注的案件，因證據不足而不起訴。

0870 しょうごう 【照合】
名・他Ⅲ 核對，對照
類 てらしあわす【照らし合わす】核對

例 事件現場にあった指紋と被疑者の指紋を照合した結果、異なる人物のものと判明した。

核對案發現場的指紋與嫌疑犯的指紋後，結果確認為不同人。

0871 しょうさい（な）【詳細（な）】
名・な形 詳細　　→ 常考單字
類 くわしい【詳しい】詳細

例 詳細事項は、書面にてお伝えしますので、そちらをご参考ください。　詳細事項將以書面通知，敬請參閱。

0872
☐ **しょうじょう**
【賞状】

名 獎狀
衍 ひょうしょう【表彰】表揚

例 彼女のオフィスには、これまでに獲得した多くの 賞 状とトロフィーが 所 狭しと並んでいる。

她的辦公室裡擺滿許多歷來獲得的獎狀與獎盃。

0873
☐ **じょうしょう**
【上昇】

名・自Ⅲ 上升，上漲　　→ N2 單字
反 かこう【下降】下跌，下降

例 感染拡大は初めは 上 昇 傾向にあったが、ピークを過ぎたらあとは下降するだけである。

起初感染傳播有上升的趨勢，過了高峰後就一路下降。

0874
☐ **しょうじる**
【生じる】

自他Ⅱ 產生；發生　　→ N2 單字
類 あらわれる【現れる】出現

例 趣味としてやっている 分にはよかったが、それを 職 業としたらさまざまな問題が 生じてきた。

當作興趣來做的話還可以，當作工作的話會產生各種問題。

0875
☐ **しょうしん**
【昇進】

名・自Ⅲ 升遷　　→ 常考單字
類 しょうきゅう【昇級】晉級

例 個人経営でない限り、昇 進問題はつきもので、少なからずみなプレッシャーがある。

除非是個人經營，否則升遷問題無可避免會有不少壓力。

0876
☐ **しょうする**
【称する】

他Ⅲ 自稱；假稱
類 なのる【名乗る】自稱

例 国税局の職員だと 称する方が訪問してきたのですが、身分を 証明するものを何も持っていなかったので、きっと詐欺だと思います。

有一位自稱是國稅局人員的人前來拜訪，卻未攜帶任何證明身分的文件，因此我認為一定是詐欺。

0877 □ しょうそく
【消息】

名 消息，音訊；情況
類 おんしん【音信】音信

例 その登山グループは、入山してまもなく消息を絶ってしまった。スマホの電波が届かない区域に入ってしまった可能性もある。　那個登山隊入山後不久便斷了消息，也有可能進入收不到手機訊號的地區。

0878 □ しょうたい
【正体】

名 真面目，原形
類 ほんとうのすがた【本当の姿】真面目

例 指名手配中の犯人は変装していたが、警察はその正体を一目で見破ったというからたいしたものだ。

聽說通緝犯變裝，但警察卻一眼識破他的真面目，真的很厲害。

0879 □ しょうだく
【承諾】

名・他Ⅲ 同意，允許
類 しょうち【承知】同意，答應

例 何度も書き直して、やっと部長から見積りの承諾をもらいました。

報價單重寫了好幾次，終於獲得經理同意。

0880 □ じょうちょ
【情緒】

名 情緒；情趣
類 かんじょう【感情】感情，情緒

例 「感情豊か」といえば聞こえはいいけど、つまり情緒不安定で、よく気分が変わるってことじゃないですか？　「感情豐富」說起來好聽，但換言之就是情緒不穩定、心情變化無常，不是嗎？

0881 □ じょうほ
【譲歩】

名・自Ⅲ 讓步
類 だきょう【妥協】妥協

例 互いに自分の主張ばかりに固執していたら話がまとまらないから、少し譲歩してみてはいかがでしょう。

因為雙方一直堅持己見無法達成共識，要不要試著稍微讓步？

0882 □ じょうやく
【条約】

名 條約
類 ぎていしょ【議定書】議定書

例 国家間の協力関係を強化し、互いに助け合うために二国間で条約が結ばれた。　為強化國家間的合作關係並互助，兩國締結條約。

0883
□ **じょがい**
【除外】

名・他Ⅲ 排除，除外
類 はいじょ【排除】排除

例 野菜も果物も大きさ重さともに標準に達しないものは、商品として売れないので、除外して市場に出回らないそうです。　聽說無論

蔬菜或水果，大小、重量均未達標無法當作商品銷售，會被剔除不上市。

0884
□ **しょくみんち**
【植民地】

名 殖民地
反 そうしゅこく【宗主国】宗主國

例 ヨーロッパの植民地時代の建築物をコロニアルスタイルと言って、世界各地で見受けられる。

歐洲殖民時代的建築物稱為殖民式建築，在世界各地很常見。

0885
□ **しょくむ**
【職務】

名 職務
類 にんむ【任務】任務

例 担当者が顧客の問い合わせに返信するまで一週間を要するなど、職務怠慢もいいところだ。

負責人連回覆顧客的詢問都需要一星期，根本就是怠忽職守。

0886
□ **じょげん**
【助言】

名・自Ⅲ 建議　　　→ 常考單字
類 アドバイス【advise】建議；忠告

例 彼は他人の助言なんか聞きゃしないんだから、何も言わないに限るよ。　他絕對不聽他人的建議，所以最好什麼都別說。

0887
□ **じょこう**
【徐行】

名・自Ⅲ 慢行
衍 そうこう【走行】行駛

例 花火を見るために乗用車も橋の上を徐行しているようで、橋の前後は大渋滞となった。

為了看煙火，連轎車都在橋上慢慢行駛，造成橋前橋後大塞車。

0888 □ **しょざいち**
【所在地】

名 所在地
類 ありか【在り処】所在；下落

例 この商品製造会社の所在地はデタラメで、電話番号も架空のものだから、詐欺に違いない。

這間商品製造公司的所在地是杜撰的，電話號碼也是空號，無疑是詐欺。

0889 □ **しょせん**
【所詮】

副 歸根究柢，終歸
類 けっきょく【結局】終究，最後

例 所詮、小学生だと甘く見えないほうがいい。最近の小学生はコンピュータも扱えるからね。

歸根究柢，最好不要瞧不起小學生。因為最近的小學生連電腦都會操作。

0890 □ **しょぞう**
【所蔵】

名・他Ⅲ 收藏　　　　　　　　　　→ 常考單字
類 コレクション【collection】收藏；收藏品

例 この写真に写っている美術品は正倉院所蔵の国宝で、めったにお目にかかれる機会はないということだ。

聽說這張照片所拍攝的美術品是正倉院收藏的國寶，很少有機會看到。

0891 □ **しょち**
【処置】

名・他Ⅲ 處置，處理；治療
類 ちりょう【治療】治療

例 救急で搬送する場合、最初に救急隊員による適正な処置を施すことがポイントとなります。

緊急送醫時，一開始由救護員施以適當的處置是關鍵。

0892 □ **しょっちゅう**

副 總是，經常（多用於負面情況）
類 よく 經常

例 彼はしょっちゅうカンニングをするので、先生に目をつけられている。

他總是作弊，因此被老師盯上。

0893 □ **しょてい**
【所定】

名 指定，規定
類 さだめる【定める】規定，制定

例 お申し込みは、所定の申請書に記入して係員にお渡しください。

報名請填寫指定的申請書並交給負責人。

0894
□
しょばつ
【処罰】

名・他Ⅲ 處罰，處分
衍 けいばつ【刑罰】刑罰

例 飲酒運転は絶対に許されるべきではなく、処罰を受けるのが当然
だと思う。　我認為酒駕絕對不該原諒，受罰也是理所當然。

0895
□
しょみん
【庶民】

名 平民，百姓，庶民
類 いっぱんしみん【一般市民】一般市民

例 こうして穏やかにのんびりお茶を楽しむのが、庶民のささやかな幸
せなのだろう。　像這樣平靜、無憂無慮地品茶是平民的小小幸福吧。

0896
□
しらける
【白ける】

自Ⅰ 掃興；變白

例 それまで楽しく飲んでいたのに、二人が政治をめぐって口論を始めたた
めに、みんなしらけてしまった。

本來喝酒喝得很開心，兩人卻因為談政治起了口角，大家都覺得掃興。

0897
□
しらずしらず
【知らず知らず】

副 不知不覺　　　　　　　　→ 常考單字
類 しらないうちに【知らないうちに】不知不覺中

例 誰もが知らず知らずのうちに体の中に有害な物質を溜め込んで、
病気になっていくのかもしれない。

或許任何人都會在不知不覺間因體內囤積有害物質而生病。

0898
□
しらせ
【知らせ】

名 通知，消息；預兆　　　　→ 常考單字
類 つうち【通知】通知

例 週末公民館で誰でもワクチンが打てるというお知らせが来たから、
打ちに行こうと思っている。　因為收到通知說，任何人都可於週末至公
民活動中心施打疫苗，所以我想前往施打。

0899
□
しりあい
【知り合い】

名 熟人；相識　　　　　　　→ 常考單字
類 ちじん【知人】熟人

例 知り合いの紹介で無事就職ができたものの、残業や休日出勤
が多くてかなわない。

在熟人的介紹下順利找到工作，但加班、假日上班多得無法應付。

0900
☐
しりぞく
【退く】

自他Ⅰ	讓步；後退；退出
反	すすむ【進む】前進

例 人と討論になった時は、少し退いて相手の意見を聞くことが大切だ。

與人討論時，稍微讓步、聆聽對方的意見相當重要。

0901
☐
じりつ
【自立】

名・自Ⅲ	獨立，自立
類	ひとりだち【ひとり立ち】自立

例 あのシェフはホテルのチーフシェフを１０年間務めた後、自立して開業したそうです。

聽說那位廚師擔任飯店主廚 10 年後，獨立開業了。

0902
☐
しりぬく
【知りぬく】

他Ⅰ	通曉，深知，洞悉
類	しりつくす【知りつくす】通曉，洞悉

例 秘密を知りぬいている彼をそうやすやすと見逃してくれるはずがない。必ず連れ戻されるだろう。

不可能這麼輕易放走通曉祕密的他，一定會被抓回來吧。

0903
☐
しるす
【記す】

他Ⅰ	書寫；記錄；謹記
類	きろくする【記録する】記錄

例 今は面倒くさくて日記を記すなんてことはしないけれども、中学高校生時代は友達と交換日記なんか書いていたなあ。現在覺得很麻煩，不會寫什麼日記之類了，但國高中時與朋友寫過所謂的交換日記。

0904
☐
じれい
【事例】

名	實例
類	ケース【case】事例

例 法廷での裁判には、過去の事例がよく参考にされることがある。

法院判決有時會參考過去的實例。

0905
☐
しんきょう
【心境】

名	心境，心情	→ 常考單字
類	こころのじょうたい【心の状態】心理狀態	

例 監督、アカデミー賞を受賞したときの心境をぜひお聞かせください。導演，請您務必告訴我們獲得奧斯卡獎的心境。

0906 □
しんこく
【申告】
名・他Ⅲ 申報
衍 しんこく【親告】親自控告

例 確定申告は正直にしないと後で国税局から罰金を課される恐れがあるから、みな国税局を恐れている。 如果未如實申報所得稅，因為後續恐會被國稅局科以罰鍰，所以大家都很畏懼國稅局。

0907 □
しんじつ (な)
【真実 (な)】
名・な形 事實；真實的
衍 しんり【真理】真理

例 真実を知ることが決して最良のことではないこともあるかもしれない。知らないほうがいいこともあるだろう。

或許知道事實真相也未必就是最好的，有時不知道反而比較好吧。

0908 □
しんじゅう
【心中】
名・自Ⅲ 一同自殺；殉情
類 じょうし【情死】殉情

例 無理心中なんていうニュースを見ると、いたたまれない気持になる。何か他に解決の方法はなかったのだろうか。 看到強迫共赴黃泉的新聞，讓人十分不忍卒睹，難道就沒有其他的解決方法嗎？

0909 □
しんしゅつ
【進出】
名・自Ⅲ 打入，進入 　　→ 常考單字
反 てったい【撤退】撤退

例 海外市場に進出して成功した企業もあるが、失敗して撤退した企業もあることを肝に銘じておいたほうがいい。

有成功打入海外市場的企業，但也有失敗撤退的企業，最好銘記於心。

0910 □
しんじょう
【心情】
名 心情 　　→ 常考單字
類 きもち【気持ち】心情

例 その映画を見て、子を思う親の心情に共感せずにはいられなかった。 看了那部電影，不由得對父母親思念孩子的心情感到共鳴。

0911 □
しんせつ
【新設】
名・他Ⅲ 新設 　　→ 常考單字
類 せっち【設置】設置

例 時代の潮流に乗って、大学は次から次へと新たな学科を新設する傾向がある。 順應時代潮流，大學有不停新設新學系的趨勢。

0912
□

じんだい（な）
【甚大（な）】

な形 很大，甚大

類 はなはだしい【甚だしい】非常，嚴重

例 今回の台風によって農作物は甚大な被害を被り、一般消費者の食生活にも影響が出る始末だった。　由於這次的颱風，農作物遭到莫大的損失，結果也影響到一般消費者的飲食生活。

0913
□

しんてい
【進呈】

名・他Ⅲ 贈送

類 ぞうてい【贈呈】贈送

例 この DM をお持ちになり、1000円以上お買い上げのお客様に粗品を進呈します。

我們將贈送持本傳單並消費 1000 日圓以上的顧客禮品。

0914
□

しんとう
【浸透】

名・自Ⅲ 滲透　　　　　　　　　　　→ 常考單字

類 しみわたる【染み渡る】滲透

例 トリートメントが髪に浸透するように、流さないでしばらく待ったほうがいい。　為了讓護髮素滲透頭髮，最好等一下，不要馬上沖洗。

0915
□

じんぼう
【人望】

名 聲望

類 しんよう【信用】信用

例 あの人は優秀だが、冷たくて自己中なので人望がないのは当然だ。

那個人雖優秀，但冷漠、自私，因此當然沒有人緣。

0916
□

じんみゃく
【人脈】

名 人脈　　　　　　　　　　　　　→ 常考單字

類 つながり【繋がり】關係；深厚情誼

例 彼女は顔が広いので、人脈は相当広いと聞いている。

聽說她認識的人多，因此人脈相當廣。

▶す／ス

0917
□
🔊
13

すいい
【推移】

名・自Ⅲ 變遷，推移

類 うつりかわり【移り変わり】變遷

例 このグラフは、過去から現在に至るまでの推移を表しています。

這張圖表顯示了從過去到現在的變遷。

0918
☐
すいさつ
【推察】

名・他Ⅲ 推測，猜測；體諒 　→ 常考單字
類 すいそく【推測】推測

例 推理小説中の名探偵の推察には、いつも脱帽せざるをえない。

我對於推理小說中名偵探的推測，總是不得不感到佩服。

0919
☐
すいそく
【推測】

名・他Ⅲ 臆測，推測 　→ 常考單字
類 おくそく【憶測】揣測，臆測

例 推測だけで何か言うものではない。人の気持ちは、誰にもわからない
ものだからね。

只是臆測就不應該說三道四。因為人的心情，任何人都無法了解。

0920
☐
すいたい
【衰退】

名・自Ⅲ 衰退
類 ちょうらく【凋落】凋零

例 かつて栄えた大国が衰退していく様子を見ていると、何とも言いが
たい哀愁を感じる。

看到昔日繁榮的大國漸漸衰退的樣子，會感到無以言喻的哀愁。

0921
☐
すえつける
【据え付ける】

他Ⅱ 配置；安裝；連接
類 せっち【設置】設置；安裝

例 社員の要望で、A社は給湯室にコーヒーメーカーを据え付けること
になったそうだ。

聽說在員工的期盼下，A公司決定在茶水間配置咖啡機。

0922
☐
すえる
【据える】

他Ⅱ 使就…職位；安置；擺列
類 おく【置く】放置；設置

例 社長は息子を次の社長にすえるために役員たちに根回しをしている
ようだ。

總經理似乎為了讓自己兒子成為下一任總經理，正在事先遊說董事。

0923
☐
すかす
【透かす】

他Ⅰ 迎光看，透過…看；留出間隙

例 お札を透かして見ると、隠された文字やイラストが浮かび上がってく
る。　將鈔票迎光看，隱藏的文字和插圖就會浮現出來。

0924 □ **～ずくめ**
【尽くめ】

接尾 全是…
類 ばかり 只，僅

→ 常考單字

例 夜間、黒ずくめの格好で外を歩いていると、暗闇に紛れて見えないから危険ですよ。 晚上穿著一身黑在外頭行走的話，因為周圍一片漆黑很難辨識，所以很危險喔。

0925 □ **スケール**
【scale】

名 規模；尺度
類 きぼ【規模】規模

→ 常考單字

例 アメリカの映画は日本のものと違って、スケールが大きい傾向があるようだ。 美國的電影與日本不同，規模好像比較大。

0926 □ **すさまじい**
【凄まじい】

い形 猛烈的；恐怖的
類 はげしい【激しい】激烈的

→ 常考單字

例 電車の扉が開くやいなや、その中年女性はすさまじい勢いで人をかき分けて座席に腰を下ろした。

電車門剛一打開，那位中年婦人以猛烈的力道撥開人群坐到位子上。

0927 □ **ずさん (な)**
【杜撰 (な)】

名・な形 草率，粗糙，糟糕，粗劣
類 いいかげん (な)【いい加減(な)】敷衍

例 この大学は、備品の管理がずさんなため、一部の機器が故障したままになっており、利用できません。

這間大學在備品管理上很草率，部份機器仍處於故障狀態無法使用。

0928 □ **すじ**
【筋】

名 肌腱；肌肉
類 きんにく【筋肉】肌肉

→N2 單字

例 準備運動をしないで、急に運動を始めると筋を痛めますよ。

沒有做熱身，突然開始運動的話，會傷到肌腱。

0929 □ **すすぐ**
【濯ぐ】

他I 洗，洗滌；漱口；洗刷

例 シャンプーの後、髪をちゃんとすすがなかったので、髪がベタベタしている。 用洗髮精洗頭後，因為沒有好好沖洗乾淨，所以頭髮黏黏的。

0930 ☐ **すする**

他Ⅰ 吸，喝；倒吸

例 麺類をすすって食べるのは、日本以外の多くの国ではマナーが悪いとされている。

吃麵時大聲吸麵條在日本以外的許多國家是不禮貌的行為。

0931 ☐ **すそ【裾】**

名 衣服下襬
類 まったん【末端】末端；基層

例 ズボンの裾直しは無料だって書いてあるから、お願いしよう。

因為寫著改褲腳免費，那就拜託他們了。

0932 ☐ **すっと**

副 一下子，迅速地；清爽　　→ 常考單字
類 すばやく【素早く】快速

例 戸を早く閉めないと、蚊がすっと入ってきてしまうから、早く閉めて。

如果不快點關門，蚊子一下子就會飛進來，所以快點關門。

0933 ☐ **すっぽり**

副 （完全）覆蓋，蒙上

例 冬に毛布を頭からすっぽりとかぶっていれば、暖房代が節約できるかな？　如果在冬天用毛毯將自己從頭蒙住，可以節省暖氣費用嗎？

0934 ☐ **ストーカー【stalker】**

名 騷擾；跟蹤狂
衍 つきまとう【付き纏う】糾纏

例 警察にストーカーについて相談しても、笑われるだけで取り合ってくれなかった。　即使向警察諮詢遭人騷擾一事，也只是被譏笑而未理睬我。

0935 ☐ **ずぼし【図星】**

名 正中要害，靶心

例 無口なあなたが、今日はやけに饒舌ですね。何かやましいことでもあるんですか？図星でしょ？

平常沉默寡言的你今天話特別多呢。是想掩飾什麼嗎？我猜對了吧？

0936
□

スポットライト
【spotlight】

名 聚光燈；焦點　　　　　→ 常考單字
類 しょうめい【照明】照明

例 スポットライトに照らし出された彼女は、今まで見たことがないくらいに輝いていた。　被聚光燈照亮的她，前所未見地耀眼。

0937
□

すみやか（な）
【速やか（な）】

な形 迅速
類 すぐ 立刻

例 消防車が通れないから、そこの道路に駐車している車は速やかに移動するようにアナウンスが流れた。

因為消防車無法通行，所以廣播要求停在那條路上的車盡速移開。

0938
□

ずめん
【図面】

名 設計圖　　　　　→ 常考單字
類 せっけいず【設計図】設計圖

例 図面どおりに取り付けたはずなのに、なぜか段差ができて戸が閉まらなくなってしまった。

明明應是依照設計圖安裝，卻產生高低差導致門關不起來。

0939
□

すりきれる
【擦り切れる】

自II 磨損　　　　　→ 常考單字
衍 まさつ【摩擦】摩擦

例 擦り切れるまで使ったら、もう買い換え時ですよ。

已經用到磨損的話，就是該更換的時機了。

0940
□

する
【擦る】

他I 摩擦
類 こする【擦る】摩擦

例 車をバックで駐車場に停めようとして、壁に擦ってしまった。

要將車輛倒車進停車場，竟擦撞到牆壁。

0941
□

すんなり（と）

副 順利，不費力　　　　　→ 常考單字
類 じゅんちょう（に）【順調（に）】順利

例 交渉は難航するかと思ったが、意外とすんなりと解決できてほっとした。

我原以為談判會難以進展，但是意外地能順利解決，而鬆了一口氣。

▶せ／セ

0942
せいいく
【生育】

名・自Ⅲ 生育
類 せいいく【成育】成長，發育

例 動物園では、各種動物たちの貴重な生育の状況も観察することができる。　在動物園也可以觀察各種動物的珍貴生育狀況。

0943
せいきゅうしょ
【請求書】

名 帳單
衍 ようきゅう【要求】要求

例 会社ぐるみで、よく利用している居酒屋から、会社宛に請求書が送られてきた。

全公司常去的居酒屋，寄了公司抬頭的帳單來（收件人為公司的帳單）。

0944
せいぎょ
【制御】

名・他Ⅲ 控制，駕馭
類 コントロール【control】控制

例 ロボットは人間が開発したものだが、制御不能になって暴走しだしたら恐ろしいことになる。

機器人是人類開發的東西，但變得無法控制暴衝的話，會成為夢魘。

0945
せいけい
【生計】

名 生計；生活
類 くらし【暮らし】生活；家計

例 毎日遊び暮らしている彼女は、いったい何で生計を立てているのか不思議だ。　每天逍遙度日的她究竟以何為生呢，我覺得很不可思議。

0946
せいこう (な)
【精巧 (な)】

名・な形 精巧，精密　　　　　→ 常考單字
反 そざつ (な)【粗雑 (な)】粗糙，潦草

例 台湾のお寺の屋根にさまざまな精巧な彫刻が施されている。

臺灣寺廟的屋頂裝飾了各式各樣精巧的雕刻。

0947
☐
せいさい
【制裁】

名・他Ⅲ 制裁
衍 あつりょく【圧力】壓力

例 いくら制裁を続けても、国が大きくて資源が豊富だから、何の圧力も感じていないと見える。

看起來無論怎麼持續制裁，因國家強大、資源豐富，也不會感到任何壓力。

0948
☐
せいさく
【制作】

名・他Ⅲ 創作，創造 　　　　　**→N2 單字**
衍 そつぎょうせいさく【卒業制作】畢業展

例 彼が長年をかけて制作した自然ドキュメンタリーには人の心を動かすものがある。　他耗費多年創作的大自然紀錄片很令人感動。

0949
☐
せいじつ（な）
【誠実（な）】

名・な形 誠懇，誠實
反 ふせいじつ【不誠実】不誠實，缺乏誠意

例 お客様あっての仕事だから、お客様に常に誠実な態度で接することだ。　有顧客的存在我們才有工作，所以時時刻刻要以誠待客。

0950
☐
せいじゅく
【成熟】

名・自Ⅲ （作物、人的身心）成熟；做某事的適當
　　　時機

例 仕事で何かあるといつも責任を逃れるような言い訳ばかりする人は成熟した大人とは言えない。

在工作上一發生狀況就總是找藉口逃避責任的人，稱不上是成熟的大人。

0951
☐
せいする
【制する】

他Ⅲ 控制；壓制；制定

例 主力選手が相次いで怪我しているのにもかかわらず、Aチームは接戦を制することができた。

儘管主力選手相繼受傷，A隊仍在激烈的競賽中獲勝。

0952
☐
せいぞろい
【勢揃い】

名・自Ⅲ 齊聚
組 そろう【揃う】聚齊；備齊

例 祖母の誕生日は、親族が勢ぞろいする貴重な機会である。

祖母生日是親戚難得齊聚一堂的機會。

0953
□ せいだい（な）
【盛大（な）】

な形 盛大的，隆重的

例 新郎新婦、ご入場です。皆様、盛大な拍手でお迎えください。

新郎新娘即將進場，各位來賓，請以盛大的掌聲來迎接他們。

> 出題重點

> ▶漢字讀音　大
> 【たい】：大気（大氣）／大概（大概）／大国（大國）
> 【だい】：大胆（大膽）／重大（重大）／莫大（莫大）
> 【おお】：大型（大型）／大幅（大幅）／大空（廣闊的天空）

0954
□ せいたいけい
【生態系】

名 生態系　　　　　　　　　　　→ 常考單字
衍 せいたい【生態】生態

例 外来生物を野外に放つと、その地域本来の生態系が崩れる恐れが

ある。　野放外來生物的話，恐怕會破壞當地原本的生態系。

0955
□ せいたん
【生誕】

名・自Ⅲ 誕生　　　　　　　　　　→ 常考單字

例 12月25日クリスマスとはイエス・キリストの誕生日ではなく、
イエス・キリストの生誕を記念する日である。

12月25日聖誕節並不是耶穌基督的生日，而是用來紀念祂誕生的日子。

0956
□ せいてい
【制定】

名・他Ⅲ 制定，訂定

例 海洋プラスチックごみ対策として、フランスをはじめ、多くの国では
使い捨てプラスチック袋を禁止する法律が制定された。　在海洋塑
膠垃圾的對策上，法國等許多國家制定了禁止一次性塑膠袋的法律。

0957
□ せいとう（な）
【正当（な）】

名・な形 正當，合理
衍 せいとうか【正当化】使合法化

例 正当な理由がなく、講義を3回以上欠席した場合は、単位を認定
しないものとする。　無正當理由，上課缺席3次以上不承認學分。

0958 □
せいぶん
【成分】

名 成分，組成物

→ 常考單字

例 魚の脂に含まれるＥＰＡやＤＨＡといった成分が動脈硬化
を防ぐ効果があると言われている。

魚油中的 EPA 和 DHA 等成分，據說有防止動脈硬化的功效。

0959 □
せいめい
【声明】

名・他Ⅲ 聲明

衍 せいめいぶん【声明文】聲明書

例 野党が消費税増税法案に抗議する声明を発表した。

在野黨發表了抗議提高消費稅法案的聲明。

0960 □
せいやく
【制約】

名・他Ⅲ 限制，制約

例 時間や空間に制約されない遠隔授業は普及しつつある。

不受時間和空間限制的遠距教學漸漸普及。

┌─ 出題重點 ─┐

▶漢字讀音　生
【せい】：人生（人生）／衛生（衛生）／生存（生存）
【しょう】：生涯（生涯）／生老病死（生老病死）

0961 □
せいりょく
【勢力】

名 勢力；威力

衍 せいりょくはんい【勢力範囲】勢力範圍

例 モンゴル民族は１３世紀に中央アジアはもちろん、東ヨーロッパ
にまで勢力を伸ばして、巨大なモンゴル帝国を作った。　蒙古民族

在 13 世紀時勢力除了擴及中亞，甚至到東歐，建立了巨大的蒙古帝國。

0962 □
せいろん
【正論】

名 大道理，正論

例 正論は正しいが、言いようによっては人を傷付けることがある。

大道理雖然正確，但說法不同，有時也會傷人。

0963
□

セクション
【section】

图 部分，部門；章節

例 日本語能力試験は「言語知識」、「読解」、「聴解」の3セクションで構成されている。

日本語能力試驗是由「言語知識」、「讀解」、「聽解」3個部分組成。

0964
□

せぞく
【世俗】

图 世俗；社會習慣　　　　　　　→ 常考單字
衙 せぞくてき (な)【世俗的(な)】世俗的

例 我が子には世俗に染まることなく、純真な心を持つ人に育ってほしい。　希望我的孩子能不受世俗汙染，成為擁有純真心地的人。

0965
□

せだい
【世代】

图 年齢層，世代
衙 せだいこうたい【世代交代】世代交替

例 当社が来月発売する新作ゲームは、老若男女を問わず幅広い世代の方にお楽しみいただけます。

本公司下個月上市的新遊戲，無論男女老幼，廣大的年齡層都可玩樂。

0966
□

せっきょう
【説教】

名・自Ⅲ 說教，教訓

例 お説教が大好きな上司に飲み会でお酒を飲ませたが最後、延々と説教されてしまう。

上司喜歡說教，酒席上一旦讓他喝了酒，就會說個沒完沒了。

┌─ 出題重點 ─────────────────────────

▶文法　Ｖ－た＋が／ら＋最後　一旦…就…

表示「一旦前項的事情發生，就回不去了」、「若是前項的事情發生，就糟糕了」，通常後面接不好的結果。「Ｖ－たら最後」是比較口語的用法。

例 新しいゲームは弟に貸したら最後、返してもらえない。

新遊戲一旦借給弟弟，就無法要回來了。

└───────────────────────────────

0967
□
せっきょくせい
【積極性】

名 積極性
衍 せっきょくてき（な）【積極的（な）】積極的

例 新人の瀬名君は能力はあるものの、仕事に対する積極性に欠けるきらいがある。　新進人員瀬名雖然有能力，但總是對工作缺乏積極性。

0968
□
せっしょく
【接触】

名・自Ⅲ 接觸，來往
衍 せっしょくじこ【接触事故】碰撞車禍

例 業績を上げたいなら、自ら進んで顧客と接触する機会を増やすことだ。　若想提升業績，就要自己主動增加與客戶接觸的機會。

0969
□
せっする
【接する】

自他Ⅲ 相鄰，連接；接待；接觸；遇到

例 メキシコと国境を接するアメリカの南西部の州はメキシコからの不法移民に悩まされている。

美國西南部的州與墨西哥國境相鄰，對來自墨西哥的非法移民感到苦惱。

例 接客業なのだから、常に笑顔でお客様に接するように心がけましょう。　我們是服務業，要謹記時常帶著微笑接待客人。

0970
□
ぜつだい（な）
【絶大（な）】

名・な形 極大，巨大　　　→ 常考單字

例 400年以上の歴史を誇る老舗の醤油屋は顧客から絶大な信頼を置かれている。

擁有400年以上歷史的醬油老店，受到顧客極大的信賴。

0971
□
せっち
【設置】

名・他Ⅲ 設置（物品）；設立（機關設施）

例 駐車場で盗難事件が相次いでいるため、防犯カメラを設置することにした。　停車場相繼發生竊盜案件，因此決定設置監視器。

0972 □
せつど
【節度】
名 節制，分寸
衍 やりすぎ【やり過ぎ】過度，做過頭

例 自由時間は高校生らしい節度ある行動を心がけてください。

〔畢業旅行時老師對學生說〕請注意自由活動時間要有高中生的樣子、行為要有所節制。

0973 □
せっとく
【説得】
名・他Ⅲ 説服 　　　　　　→ 常考單字
衍 せっとくりょく【説得力】説服力

例 テレワークを早急に実施するように社長を説得するのは難しい。

很難說服社長趕緊開始實施遠距上班。

0974 □
せつない
【切ない】
い形 感傷的，苦悶的

例 卒業してみんなと離れ離れになると思うと、切なくてたまらない。

一想到畢業後就要跟大家分離，就感到非常感傷。

0975 □
せとぎわ
【瀬戸際】
名 緊要關頭
類 ギリギリ 極限

例 今は合格するかどうかの瀬戸際なのに、風邪で頭が痛くて勉強できない…。　　明明現在是能不能通過考試的緊要關頭，卻因為感冒頭痛而無法讀書……。

0976 □
せばまる
【狭まる】
自Ⅰ 縮小，變窄

例 台湾のヤマネコの生息地は住宅地や道路などの開発によって狭まりつつある。

臺灣石虎的棲息地，因為住宅用地及道路等工程開發而逐漸縮小。

0977 □
せばめる
【狭める】
他Ⅱ 縮小；縮短 　　　　　　→ 常考單字

例 失敗を恐れて何も挑戦しない人は自分の可能性を狭める。

害怕失敗而什麼都不挑戰的人，侷限了自己的可能性。

0978 ☐
せんあく
【善悪】
名 善惡，好壞

例 子供じゃあるまいし、ちゃんと事の善悪をわきまえて正しく行動しなさい。　你又不是小孩子，請好好分辨事情的善惡，採取正確的行動。

0979 ☐
せんこう
【先行】
名・自Ⅲ 先行，領先
衍 せんこうはつばい【先行発売】預售

例 大手コンビニは先行して無人店舗を導入して、人手不足の解消を図っている。

大型便利商店率先導入無人商店，試圖解決人力不足的問題。

0980 ☐
せんさい (な)
【繊細 (な)】
名・な形 細膩；纖細
類 デリケート【delicate】細膩

例 繊細で几帳面な息子にひきかえ、娘は何事にも大雑把だ。

與個性細膩一絲不苟的兒子相反，女兒對任何事都馬馬虎虎。

出題重點

▶文法　〜にひきかえ　與…相反

用於說話者帶著主觀的心情，評斷前後兩項有反差的人、事、物。

例 試験の前にみんなは真面目に勉強しているのにひきかえ、息子はまだゲームばかりやっている。

考試前大家都在用功念書，相反的，我兒子還只顧著玩電動。

0981 ☐
センス
【sense】
名 品味；感覺；審美觀　　　　➜ 常考單字

例 モデルだからといって、服のセンスがいいとは限らない。

雖說是模特兒，但未必服裝品味就好。

0982 ☐
せんすい
【潜水】
名・自Ⅲ 潛水　　　　➜ 常考單字
衍 せんすいかん【潜水艦】潛水艦

例 海に潜って貝や海藻を獲る海女さんはこういった潜水を1日に何10回も繰り返すことによって生活を営む。

海女潛到海裡採集貝類、海藻，一天反覆潛水數十次，藉以營生。

海洋生物

ぎょかいるい 魚介類 魚貝類	こうかくるい 甲殻類 甲殻類	くらげ 水母	サンゴ 珊瑚

0983
□
せんちゃく
【先着】

名・自Ⅲ 先到達

類 せんちゃくじゅん【先着順】先到順序

例 10000円以上 ご購入 いただいた場合、先着 100名様 に限り、お買い物券1000円分を差し上げます。

消費滿 10000 日圓以上，送 1000 日圓購物券，限前 100 名顧客。

0984
□
せんにゅうかん
【先入観】

名 成見，先入為主的看法

例 人は先入観にとらわれて誤った判断を行ってしまうことがある。

人有時會囿於成見，而做出錯誤的判斷。

0985
□
せんぽう
【先方】

名 對方；前方　　　　　　➜ 常考單字

反 とうほう【当方】我方

例 この契約書は先方の意向を確認してから作成するので、先方に確認のメールを送ろう。

這份契約要確認對方的想法後才會締約，所以傳送確認郵件給對方吧。

0986
□
せんめい（な）
【鮮明（な）】

名・な形 鮮明，清晰　　　　➜ 常考單字

例 町が津波に流されてしまった衝撃的な映像をいまだに鮮明に覚えている。　城市被海嘯沖毀的震撼影像至今仍記憶鮮明。

0987
□
ぜんりょう（な）
【善良（な）】

名・な形 善良

例 議員たちが私たち善良な納税者の税金を自分のために無駄遣いしているなんて。 議員們竟然將我們善良納稅人的稅金私用。

0988
□
せんれい
【先例】

名 先例，前例；榜樣

→ 常考單字

類 ぜんれい【前例】先例

例 この仕事は先例がないからこそ、やりがいが感じられる。

這項工作就是因為沒有先例，才感覺值得一試。

▼そ／ソ

0989
□
🔊
15
そう
【沿う】

自I 沿著，順著；按照

例 海岸線に沿って車を走らせながら、車窓からの景色を楽しんでいた。 邊沿著海岸線開車，邊欣賞窗外的風景。

例 ホテルは業務基準を統一するために、スタッフにマニュアルに沿って接客するように教育している。

飯店為了統一業務標準，教導從業人員按照準則接待客人。

0990
□
～そう
【～層】

接尾・名 …層；階層

衍 じゃくねんそう【若年層】年輕世代

例 フロンガスはオゾン層破壊の原因物質とされるから、世界的に使用禁止と生産廃止を呼びかけている。 氟氯碳化物被視為是破壞臭氧層的主要物質，因此全世界都呼籲禁止使用、生產。

例 新興国では急速な経済成長により、富裕層と貧困層の格差が大きく開いている。

新興國由於快速的經濟成長，貧富階級的差距又更大了。

0991
そうきゅう（な）
【早急（な）】

名・な形 儘早，緊急 → 常考單字
類 しきゅう【至急】火速，緊急

例 住民は政府に対し、早急に台風による被害の防止対策を講じるよう強く要請している。

居民強烈要求政府儘早拿出防止颱風受災的措施。

0992
そうさ
【捜査】

名・他III 捜査

例 犯罪者は他人の犯罪に関する情報を提供するなどして、捜査への協力と引き換えに処罰を軽減してもらえる。

犯人可藉由提供他人犯罪相關訊息，作為協助捜査的交換，獲得減刑。

0993
そうさく
【捜索】

名・他III 捜索
衍 そうさくねがい【捜索願い】搜索申請

例 天候が悪いので、山岳遭難者を捜索しようにも捜索できない。

由於天候不佳，就算想搜救山難者也沒辦法進行搜救。

┌─ 出題重點 ─┐

▶文法　V－よう＋にも＋V－ない　即使想…也不…
表示「因為某些原因，就算想進行，也很無奈地無法進行」的意思。通常前後是接同一動詞，後面常出現該動詞的可能形否定。

0994
そうしつ
【喪失】

名・他III 喪失
衍 じしんそうしつ【自信喪失】喪失自信

例 中国は経済成長とともに人件費も上昇しているため、価格競争力を喪失しつつある。

中國隨著經濟成長人事費用增加，所以逐漸喪失價格競爭力。

0995
そうじゅう
【操縦】

名・他III 駕駛；操控，控制
衍 そうじゅうし【操縦士】飛行員

例 このVRフライトゲームは、家に居ながらに飛行機を操縦して世界を飛び回る体験ができる。

這款虛擬實境飛行遊戲，可以在家體驗駕駛飛機環遊世界。

0996 □
そうしょく
【装飾】

名・他Ⅲ 装飾
衍 そうしょくひん【装飾品】裝飾品

例 お正月飾りとは年神様を迎えるために門松、しめ縄、鏡餅など
を家に装飾する日本の伝統的な風習です。　過年裝飾是日本的傳
統習俗，為了迎接年神，將門松、注連繩、鏡餅等裝飾於家中。

0997 □
そうだい（な）
【壮大（な）】

名・な形 壯闊，雄偉

例 日本の源氏物語ほど壮大な物語は世界にないだろう。
世界上應該沒有像日本《源氏物語》般壯闊的故事了吧。

0998 □
そうどう
【騒動】

名・自Ⅲ 糾紛；騷動，騷亂
類 もめごと【もめ事】糾紛，爭執

例 若気の至りで喧嘩の騒動を起こした若手俳優が謝罪会見を開い
た。　因年輕氣盛引起打架糾紛的年輕演員，召開了道歉記者會。

0999 □
そうなん
【遭難】

名・自Ⅲ 遇難
衍 そうなんじこ【遭難事故】遇難意外

例 悪天候の予報が出たにもかかわらず、登山を決行して遭難してし
まった事故が相次いでいる。

儘管氣象預報天候不佳，仍執意登山而遇難的事件，不斷發生。

1000 □
そうば
【相場】

名 行情，市價　　　　　　　　　→ 常考單字
衍 かわせそうば【為替相場】匯率

例 結婚式のご祝儀の金額の相場は新郎新婦との関係や年齢によっ
て変わります。　婚禮禮金的行情，會因與新人的交情或年齡而不同。

1001 □
そえる
【添える】

他Ⅱ 附加；陪同，隨行
類 てんぷする【添付する】附上

例 文章だけでは分かりにくいので、イラストを添えてみたらどうでしょ
うか？　只有文章不好理解，要不要試看看附加插圖呢？

1002
□

そがい
【阻害】

名・他Ⅲ 阻礙

類 じゃまする【邪魔する】妨礙

例 汚職とコネの蔓延がこの国の発展を阻害している。

貪汙與走後門情況蔓延阻礙了這個國家的發展。

1003
□

そぐ
【削ぐ】

他Ⅰ 削掉；消磨

例 スライサーを使って調理しているときに、誤って指先の肉を削いで

しまった。 使用刨刀做菜時，誤將指尖的肉削掉了。

例 親が子供の勉強に口出しすぎると、かえって子供の勉強意欲を削

いでしまう。

父母對孩子念書干涉太多的話，反而會消磨掉小孩讀書的動力。

1004
□

そくざに
【即座に】

副 當場馬上，立即

例 病院へ検査の結果を聞きに行ったところ、即座に医者に入院させ

られた。 我去醫院聽檢查的結果，當場馬上被醫生要求住院。

1005
□

そくせき
【足跡】

名 成就，業績；足跡 → 常考單字

例 イギリスの代表的な劇作家シェイクスピアは世界の演劇史に大き

な足跡を残した。

英國最具代表性的劇作家莎士比亞，在世界戲劇史上留下偉大的成就。

1006
□

そくばく
【束縛】

名・他Ⅲ 限制，束縛

例 時間に束縛されるサラリーマンの仕事に向いていないと思ったから、

フリーランスになろうと決めた。

上班族的工作受時間限制，我認爲自己不適合，所以決定做自由接案者。

1007
□ **そこそこ**

副・接尾 馬馬虎虎；普普通通；不上不下
類 まあまあ 還可以

例 学校の勉強はそこそこでいいから、自分が本当にやりたいことをやらせるというのが我が家の教育方針です。　我們家的教育方針是學校課業馬馬虎虎就可以了，要讓孩子做自己真正想做的事。

例 挨拶もきちんとするし、将来のことも考えているし、まだ20歳そこそこなのに、しっかりしているなあ。　他既會禮貌地打招呼，也會為將來的事打算，明明才20歲上下卻很可靠。

1008
□ **そこなう**
【損なう】

他I 損害，傷害

例 全民健康保険は患者の濫用によって全国民の受診権利が損なわれてしまう恐れがある。

全民健保因病患的濫用，恐怕會使全民接受醫療的權利受損。

1009
□ **そこねる**
【損ねる】

他II 損害，傷害　　　　　→ 常考單字

例 日向さんの会議での批判が部長の機嫌を損ねたようで、すぐ地方に飛ばされてしまった。

日向先生在會議上的批評似乎得罪了部長，馬上就被調到鄉下了。

┌─ **出題重點** ─────────────────────

▶**詞意辨析　～損なう VS ～損ねる**

「損なう」、「損ねる」兩個動詞原本都是「損傷、傷害」的意思，但是「損ねる」比較常用在非正式口語。當兩者都接在「動詞ます形」後方，成為複合動詞時，用法有兩種，一是表示「不小心做錯失敗了」，另一種是表示「錯失做某事的機會」。

例 書類を入れ損なって（＝入れ損ねて）お客様に送ってしまった。

放錯文件寄出給顧客了。

例 大渋滞に引っかかって飛行機に乗り損なった（＝乗り損ねた）。

遇上大塞車錯過搭飛機的時間。

└──────────────────────────────

1010 □ そざい【素材】 | 名 材料；素材 → 常考單字

例 この服は素材といい、デザインといい、夏にぴったりです。

這件衣服無論材質還是設計，都很適合夏天。

1011 □ そし【阻止】 | 名・他Ⅲ 阻止，阻礙

例 負傷から復帰した佐藤選手は今日は今季初登板だが、果たしてチームの連敗を阻止することができるのか。 受傷歸隊的佐藤選手今天是這季初次上場，他到底能否遏止球隊的連敗呢？

1012 □ そしょう【訴訟】 | 名・自Ⅲ 訴訟 → 常考單字
衍 みんじそしょう【民事訴訟】民事訴訟

例 交通事故に遭い、加害者と賠償金について話し合いがまとまらなかったので、訴訟を起こさざるを得なくなった。

發生車禍，與肇事者協商賠償金未達成共識，所以不得不提起訴訟。

1013 □ そそのかす【唆す】 | 他Ⅰ 慫恿，教唆
類 すすめる【勧める】勧誘

例 悪い友達にそそのかされて、麻薬に手を出してしまう若者が増えているらしい。 被壞朋友慫恿而吸毒的年輕人似乎越來越多。

1014 □ そち【措置】 | 名・他Ⅲ 措施，處理
衍 きゅうさいそち【救済措置】補救措施

例 台湾は自然災害が多い国だ。そのため、災害発生の防止に関して万全の措置を講じてほしい。 臺灣是天災多的國家。因此，關於防止災害發生，希望國家能謀求萬全的措施。

1015 □ そっけない【素っ気無い】 | い形 不客氣的；冷淡的

例 有名店に予約の電話を入れてみたところ、「予約は受け付けていない」とそっけなく電話を切られてしまった。 我試著打電話去名店預約，結果店家說：「不接收預約」，就不客氣地掛了電話。

1016
□ そっせん
【率先】
名・自Ⅲ 率先

例 業績が悪化したことから、会社の役員たちが率先して自らのボーナスをカットした。

因為業績下滑，公司董事們率先扣減自己的獎金。

1017
□ そっちのけ
名・な形 擱在一旁，完全不管 　→ 常考單字

例 小学生のころ、夏休みになると、宿題そっちのけで遊びまくっていたものだ。　小學時，一到暑假就把作業拋在腦後大玩特玩。

1018
□ そっちょく（な）
【率直（な）】
名・な形 直率，坦率 　→ 常考單字

例 最近株価が下がって買い時だと思う人が多いが、率直に言うと、もう少し待つべきだ。

很多人覺得最近股價下跌是買進的時機，不過老實說，應該再等一下。

1019
□ そっと
副・他Ⅲ 悄悄地；不打擾
類 こっそり 偷偷地

例 みんな、盛り上がっていたので、挨拶もせず、そっとパーティー会場を後にした。

大家正在興頭上，因此我連招呼也沒打，悄悄地離開派對會場。

例 恋人のことで傷ついているだろうから、今はそっとしておいてあげよう。　他應該是為情所傷，所以現在別去打擾。

1020
□ そとあそび
【外遊び】
名・自Ⅲ 戶外遊樂
反 うちあそび【内遊び】室內遊樂

例 最近、受験勉強で忙しく、友達と外遊びするどころかＳＮＳでの連絡すらしていない。　最近忙著準備考試，別說跟朋友在外面玩樂了，連社群媒體的聯絡都沒有了。

1021
☐
そとまわり
【外回り】

名・自Ⅲ 外圍；外環（路線）；跑外務

例 節約も兼ねて自分で外回りの塀を塗り替えようと考えている。

我考慮自己重新粉刷外牆，順便省錢。

例 環状線路の東京の山手線だが、時計回りに走るのが外回りで、反時計回りに走るのが内回りだ。　東京的山手線是環狀鐵路，順時鐘

方向行駛的是外環線，逆時鐘方向行駛的是內環線。

1022
☐
そなえつけ
【備え付け】

名 配備，配置
類 びひん【備品】備用品

例 この温泉には、備え付けの石鹸やシャンプーがないので、持参してく

ださい。　這裡的溫泉沒有配備肥皂、洗髮精，因此請自行攜帶。

1023
☐
そなえる
【備える】

他Ⅱ 預備；防備　　　　　→ 常考單字
類 じゅんびする【準備する】準備

例 リスたちは来る冬に備えてあちこちに木の実などのエサを貯め込んで

いる。　松鼠們正四處儲藏堅果等糧食以備冬。

1024
☐
そなわる
【備わる】

自Ⅰ 具備；賦有

例 ここのラウンジは旅客に快適に待ち時間を過ごしてもらえるように、シャワー室が備わっています。

這裡的貴賓室為了讓旅客能舒適地度過等候時間，備有淋浴間。

例 生物が環境に応じ、生き延びるための能力は生まれつき備わって

いるものだ。　生物適應環境求生存的能力是與生俱來的。

1025
☐
そむく
【背く】

自Ⅰ 違背；背棄

例 研究者たる者、実験結果の捏造、改ざんなど、研究倫理に背く

ような行為をしてはならない。

身為研究人員，不可有捏造、竄改實驗結果等違反研究倫理的行為。

1026
☐ **そもそも**　　　　名・副・接續 原本，最初；說起來

例 あの政策は白紙に戻されたようだが、そもそもずさんな政策だった。

那項政策據說取消了，不過它原本就是很粗糙的政策。

例 この化粧品メーカーは全ての製品はオーガニック認証付きと大々
的に宣伝しているが、そもそもオーガニック認証って何？

這家化妝品製造商大肆宣傳全產品皆具有機認證，到底何謂有機認證？

1027
☐ **そる**
【反る】　　　　自Ⅰ 捲曲；背向後彎曲

例 うちの木製の表札は雨で濡れたり乾いたりを繰り返していると、
反ってしまった。　我家木製的門牌，反覆淋溼又曬乾後，就翹起來了。

例 胸を張って、腰を反らせる姿勢で歩くと、腰に負担がかかるので、腰
痛になりやすい。

以挺胸翹臀的姿勢走路的話，會造成腰部負擔，容易引起腰痛。

1028
☐ **それとなく**　　　　副 暗示性地，婉轉地

例 部下のミスを直接指摘せず、それとなく本人に気付かせると、部下
が伸びる。

不直接指責下屬的失誤，暗示性地讓他自行察覺的話，下屬才會進步。

1029
☐ **そんげん**
【尊厳】　　　　名 尊嚴

例 人間の多様性を認め、一人ひとりの尊厳を尊重できる社会であっ
てほしい。　希望社會可以重視人的多樣性，尊重各人尊嚴。

1030 ☐
そんぞく
【存続】

名・自他Ⅲ 存續；留存

例 買収疑惑の渦中にある党総裁が辞任しないと、党の存続に関わる問題になりかねない。

身陷買票疑雲的黨主席如果不辭職，可能會演變成攸關黨的存亡問題。

> 出題重點

▶文法　N＋にかかわる　攸關…；涉及…

前面常接含有重要意義的名詞，表示「與…有關係」或「會對…造成重大的影響」。

1031 ☐
そんたく
【忖度】

名・他Ⅲ 揣測，顧慮，斟酌
類 くうきをよむ【空気を読む】察言觀色

例 「こんなこと言ったら傷つくかな？」なんて忖度しないで、私に悪い所があればはっきり言ってください。

請不要顧慮「這樣說會不會傷人？」，如果我有哪裡不好請直接明說。

1032 ☐
そんちょう
【尊重】

名・他Ⅲ 尊重
➔N2 單字

例 夫婦といえども、お互いの価値観の違いを尊重すべきだ。

即使是夫妻，也應該尊重彼此價值觀的差異。

> 出題重點

▶漢字讀音　重
【じゅう】：重量（重量）／重傷（重傷）／重視（重視）
【ちょう】：重宝（方便常用）／慎重（謹慎）／貴重（珍貴）
【おも】：重荷（重擔）／重石（重石）

▼た／タ

1033
□
🔊
16

ターゲット
【target】

名 目標，對象
類 たいしょう【対象】對象

例 マーケティング戦略を考えるにあたって、ターゲットとなる消費者の性別や年齢層を決めなければならない。

在思考行銷策略時，要決定目標消費者的性別、年齡層等。

1034
□

たいおう
【対応】

名・自Ⅲ 處理；協調；相應 → 常考單字

例 台風の接近に伴い、宿泊業者は予約キャンセルの対応に追われている。 隨著颱風的靠近，住宿業者為處理取消預約疲於奔命。

例 故宮博物院のオーディオガイドは10か国語以上の言語に対応している。 故宮博物院的語音導覽支援10種以上的語言。

1035
□

たいか
【大家】

名 大師，權威 → 常考單字

例 この絵は水彩画の大家ならではの洗練された色彩のセンスが感じられる。 這幅畫可以感受到水彩畫大師獨具俐落的色彩美感。

出題重點

▶文法　N＋ならでは＋（のN）　只有…才

表示「該人事物具有獨特感、獨有的優點」，通常用於說話者表示好評時。

例 豊かな自然とのんびりした雰囲気を味わえるのは、田舎暮らしならではだ。 只有鄉下生活才能感受到豐富的自然與悠閒的氣氛。

1036
□

たいこう
【対抗】

名・自Ⅲ 對抗，抗衡
衍 たいこうじあい【対抗試合】對抗賽

例 免疫とは体に侵入してきた細菌やウイルスなどに対抗するために、体の中で抗体を作って撃退する働きのことだ。 所謂的免疫，是為了對抗入侵身體的細菌或病毒，體內製造出抗體擊退入侵者的機制。

1037 □
だいごみ
【醍醐味】

名 樂趣

例 計画を立てず、気の向くままに好きなところに行けるのが一人旅の醍醐味だと思う。　我認為一個人旅行的樂趣是可以隨心所欲地前往喜歡的地方，無須制定計畫。

1038 □
たいしょ
【対処】

名・自Ⅲ 處理，應付
衍 たいしょほう【対処法】處理辦法

例 登山で天候の急変、体調不良、道迷いなどのアクシデントに遭遇した時は、冷静に対処することが大切だ。　登山遇到天氣驟變、身體不適、迷路等突發狀況時，冷靜處理是很重要的。

1039 □
たいしょう
【対称】

名 對稱
衍 さゆうたいしょう【左右対称】左右對稱

例 人は顔の筋肉を左右均等に使っていないので、左右両側が完璧に対称になっている人はほとんどいない。

人未平均使用臉部左右兩側的肌肉，因此幾乎沒有人左右臉完美對稱。

1040 □
だいしょう
【代償】

名 代價；賠償

例 大人は、自分の判断で自由に生きる代償として、さまざまな義務を負う。　成年人可隨自己的判斷自由生活，而代價是必須肩負各種義務。

1041 □
たいせい
【大勢】

名 大勢；大體情形
衍 おおぜい【大勢】一大群人

例 残り時間は20分ほどだが、5点差がついているので、逆転はまず無理。大勢は決したと言っていいだろう。　〔足球比賽〕剩下20分鐘左右，但因目前相差5分，無法逆轉了，可說是大勢已定了吧。

1042 □
たいせい
【態勢】

名 姿態；形勢，狀態局勢
衍 けいかいたいせい【警戒態勢】警戒狀態

例 試験を1か月後に控えているので、栄養と体調に気をつけて、万全の態勢で臨みたいと思う。　1個月後就要考試了，我要注意營養及身體健康，以萬全準備的姿態面對考試。

1043
□ だいだいてき (な)
【大々的 (な)】

な形 大肆的，大規模的 　　　　　　　　　→ 常考單字

例 首相が健康問題を理由に辞意を表明したことが世界中で大々的に報じられた。　全世界大肆報導了首相因健康問題請辭一事。

1044
□ だいたん (な)
【大胆 (な)】

名・な形 大膽，勇敢

例 田村君は能力もやる気もあるが、ときには後先を考えずに大胆な行動を取ってしまう。

田村有能力也有幹勁，但有時會不考慮前因後果就大膽行動。

1045
□ たいのう
【滞納】

名・他Ⅲ 滞納，逾期繳納
類 みのう【未納】未繳納

例 隣人が度々騒音や異臭などのトラブルを起こしたうえに、家賃を半年間滞納し、とうとう大家さんに追い出される始末だ。　鄰居屢次因噪音、異味等問題引發糾紛，再加上滯納半年房租，最後被房東趕走。

1046
□ たいぼう
【待望】

名・他Ⅲ 期待，盼望
類 まちこがれる【待ち焦がれる】焦急等待

例 待望のあのゲームが入荷しました。数量限定のため、売り切れ次第、販売終了いたします。

各位引頸期盼的那款遊戲進貨了。由於商品數量有限，售完為止。

1047
□ たいまん (な)
【怠慢 (な)】

名・な形 怠慢，懈怠
衍 しょくむたいまん【職務怠慢】怠忽職務

例 今回、ライバル会社に大切な取引先を横取りされた原因は自身の怠慢によるものだと言わざるを得ない。

不得不說這次會被對手公司搶走重要客戶，是自身輕忽所致。

1048
☐ **タイミング**
【timing】

名 時機
→ 常考單字
衍 ころあい【頃合い】適當的時機

例 日本で写真を撮るとき、よく「はい、チーズ」と言い、撮られる側に
シャッターを切るタイミングを伝える。　在日本替人照相時，經常會說：
「cheese」來告知被拍的人要按下快門的時機。

1049
☐ **たいめん**
【体面】

名 面子，體面
→ 常考單字
類 ていさい【体裁】體面

例 経営難に陥っているにもかかわらず、その大手企業は体面を保つ
ために事業拡大の計画を進めている。

儘管陷入經營困境，大型企業為了保住面子，仍然繼續擴大事業的計畫。

1050
☐ **だいよう**
【代用】

名・他Ⅲ 代替，代用

例 お菓子作りでよくバターの代用にマーガリンが使われる。

做糕點時常用人造奶油來代替奶油。

1051
☐ **ダイレクトメール**
【direct mail】

名 廣告郵件
→ 常考單字

例 最近利用した覚えがない店からダイレクトメールが頻繁に送られて
きた。　最近不斷地有廣告郵件從我不記得有光顧過的店家寄來。

1052
☐ **ダウン**
【down】

名・自他Ⅲ 降低；倒下
衍 イメージダウン【image down】印象變差

例 近年の報告では、企業の多くはペーパーレス化を行うことによっ
て、コストを大幅にダウンすることができたとしている。

近幾年的報告中指出，最近許多企業因推行無紙化能大幅降低成本。

例 若い頃とは違って、年を取った今はよく風邪でダウンするようになっ
た。　不同於年輕時，上了年紀的現在經常會因感冒而病倒。

1053
☐ たえず
【絶えず】

副 不斷地，連續地 →N2 單字

例 Ａ社が不況の波をものともせずに、売り上げを伸ばすことができたのは絶えず品質や技術力を向上させたからだ。

Ａ公司可以不受景氣影響提升銷售業績，是因為不斷地提升品質與技術。

出題重點

▶文法　Ｎ＋をものともせず（に）　不畏…；不把…放在眼裡

常用於表示「無畏或無視於困難、阻礙或嚴峻的條件等，勇敢地面對、貫徹執行」，因此前面所接的多為表示困難、障礙之類的名詞，例如：「不況」、「風雨」、「悪天候」、「障害」、「苦境」等。

1054
☐ たえる
【絶える】

自Ⅱ （事物）斷絕，中斷；消失

例 二人で明るく笑顔の絶えない家庭を築いていけたらと思っております。　我們希望能共組幸福美滿（開朗、歡笑不斷）的家庭。

1055
☐ だかい
【打開】

名・他Ⅲ 打破（僵局）；解決
類 とっぱ【突破】突破（障礙困難）

例 首相は政局の行き詰まりを打開するため、来月野党各党の党首と会談を行う予定だ。

首相為了打破政治僵局，預計下個月將與各在野黨主席進行會談。

1056
☐ たかみ
【高み】

名 高處 → 常考單字

例 この結果に満足することなく、さらなる高みを目指して挑戦してまいります。

〔得獎選手感言〕我不會滿足於這個成果，還會朝更高的目標繼續挑戰。

出題重點

▶固定用法　高みの見物　袖手旁觀

例 同僚同士が飲み会で喧嘩したが、トラブルに巻き込まれたくないので、高みの見物でいた。

同事們在酒會上吵架，我不想牽扯進麻煩中，於是袖手旁觀。

1057
たがやす
【耕す】

他Ⅰ 耕（田）

例 畑を耕すのに牛や馬を利用するようになったのは鎌倉時代ごろからだと言われている。　據說運用牛、馬耕田是從鎌倉時代左右開始。

1058
たき
【多岐】

名 牽涉廣泛；多方面　　→ 常考單字

例 万能の天才と呼ばれるレオナルド・ダ・ヴィンチは多岐にわたる分野で結果を残した。　被稱為萬能的天才的達文西，在廣泛的領域留下成就。

1059
だきょう
【妥協】

名・自Ⅲ 妥協；協調
類 おりあい【折り合い】妥協

例 チームの和を保つために、時には妥協せざるを得ない。

為了維護團隊的和諧，有時不得不妥協。

1060
たくましい
【逞しい】

い形 健壯的；堅韌的；旺盛的
反 ひんじゃく（な）【貧弱(な)】瘦弱的

例 ジムに通って頑張って体を鍛えたかいあって、私は逞しい腕を手に入れた。　不枉我上健身房努力鍛鍊身體，我有了健壯的手臂。

例 こんな厳しい経済環境にあっても、多くの中小企業は逞しく生きようとしている。

在如此嚴峻的經濟環境下，許多中小企業仍堅忍地謀生存。

1061
☐ たくみ (な)
【巧み (な)】

な形・名 巧妙的，高明的；技巧　　→ 常考單字
類 こうみょう (な)【巧妙(な)】巧妙

例 その有名シェフは旬の地元食材を巧みに高級料理に取り入れて、一流シェフならではの技を見せた。　那位知名大廚將時令的當地食材巧妙地製成高級料理，展現一流廚師才有的廚藝。

1062
☐ たくらむ
【企む】

他I 企圖，圖謀
類 くわだてる【企てる】計畫

例 大臣は軍部と共謀して、ひそかに国を乗っ取ろうとたくらんでいた。部長企圖與軍方合謀祕密篡國。

1063
☐ たさい (な)
【多彩 (な)】

名・な形 豐富多樣；色彩繽紛

例 今回の音楽祭では、クラシックからポップスまで、多彩な音楽を楽しめる。

這次的音樂祭，從古典樂到流行樂，豐富多樣的音樂都能欣賞到。

1064
☐ たずさわる
【携わる】

自I 從事，參與

例 入社以来、先輩方からアドバイスをいただきながら、商品開発に携わらせていただいております。　〔自我介紹〕進公司後，邊請教各位前輩的建議，邊從事產品研發的工作。

1065
☐ ただよう
【漂う】

自I 彌漫，充滿；飄散，漂浮

例 倍率が高い入学試験とあって、試験会場には緊張感が漂っていた。　因為是競爭激烈的入學考試，試場彌漫著緊張的氣氛。

1066
☐ たたり
【祟り】

名 作祟；報應
類 のろい【呪い】詛咒

例 平安時代は祟りを恐れて、罪人を死刑にすることができなかった。平安時代因畏懼冤魂作祟而無法將罪犯處以死刑。

▶慣用　触らぬ神に祟りなし　多一事不如少一事

這句諺語表示想試圖解決麻煩的話反而會災禍臨頭，所以最好不要有所牽扯。在日本，神明不僅施恩亦會降災，人們因而畏懼。

例 今日の彼女は、やけに機嫌が悪そうだけど、触らぬ神に祟りなし。何も聞かないほうがいいな。

今天她心情非常差，多一事不如少一事，最好什麼都別問。

1067
□

たちあい
【立ち合い】

名 在場，列席；交易

例 当事者の立ち会いのもと、交通事故の現場検証が行われた。

在當事人雙方在場的情況下，進行交通事故的現場勘察。

1068
□

たちあげる
【立ち上げる】

他Ⅱ 創立，設立；開啟（程式）　　　　➔ 常考單字

例 自分の事業を立ち上げた当初は、収益がなかなか上がらなかったため、社員にボーナスはおろか、基本給さえ支給できなかった。

最初自行創業時，獲利不多，所以不只獎金，連基本薪資都無法支付。

▶文法　N＋はおろか、〜　不只…連…也

前項先提出程度較輕的事物，表示前項是理所當然的，無須多言，藉以強調後項程度更嚴重、更誇張，後項常會搭配「も」、「まで」、「さえ」、「すら」等助詞表示強調。多用於負面的情況，因此句尾常出現否定形。

1069
□

たちおうじょう
【立ち往生】

名・自Ⅲ 動彈不得，進退兩難

例 1メートル先も見えないほどの猛吹雪で、私たちは立ち往生してしまった。　我們在連前方1公尺都看不見的暴風雪中動彈不得。

1070
たちきる
【断ち切る】

他I 斷絕（關係）；切斷，截斷　　　→ 常考單字

例 妹は別れた彼への未練を断ち切りたいとばかりに、彼からのプレゼントを何もかもすべて捨ててしまった。

妹妹鐵了心地想斷絕對前男友的依戀般，將他送的禮物都丟得一乾二淨。

1071
たちさる
【立ち去る】

自I 離去

例 市長は不正行為をめぐる議論について記者会見で説明したあと、記者からの質問に応じずにその場を立ち去ってしまった。　市長在記者會上針對舞弊行為的相關爭論進行說明後，未回應記者的問題就離場。

1072
たちのく
【立ち退く】

自I 搬遷；撤離（常見用法「(場所)を～」）
反 いすわる【居座る】賴著不走

例 古いアパートを建て替えてオフィスビルにする計画なのだが、一部の住人が立ち退いてくれなくて困っている。

改建舊公寓為辦公大樓的計畫，礙於一些居民尚未搬遷。

1073
たちよる
【立ち寄る】

自I 順道；走近
衍 よりみち【寄り道】順路

例 当店は桜名所の新宿御苑のすぐそばにあります。お花見がてらぜひともお立ち寄り下さい。

本店就位於櫻花名勝新宿御苑旁，請您賞花時務必順道來訪。

1074
たつ
【断つ】

他I 斷絕，中止；切斷；戒除

例 転職したい人は会社を辞めて退路を断つ必要があるから、相当な勇気がいる。　想換工作的人必須辭職斷絕退路，需要相當大的勇氣。

出題重點

▶固定用法　快刀乱麻を断つ　快刀斬亂麻

例 石橋さんはもつれてしまった価格交渉を、いつも快刀乱麻を断つように解決できる。

石橋小姐總是能快刀斬亂麻地解決棘手複雜的價格談判。

1075
□ たつ
【絶つ】

他Ⅰ 斷絕，結束

例 あんな金銭トラブルが絶えない人とは関係を絶ったほうがいい。

最好與那種不斷有財務糾紛的人斷絕往來。

出題重點

▶固定用法　後を絶たない　不斷發生

例 飲酒運転は法律で禁止されているにもかかわらず、飲酒運転する人が依然として後を絶たない。

儘管法律上禁止酒駕，但是依然不斷有人酒駕。

1076
□ だっする
【脱する】

自他Ⅲ 脱離；逃脱；漏掉
類 だっしゅつする【脱出する】逃脱

例 社長は産業の競争力低下の窮地を脱すべく、抜本的な改革に取り組んでいる。

社長為了脱離産業競争力低落的困境，認真進行徹底的改革。

1077
□ だつぜい
【脱税】

名・自Ⅲ 逃税　　　　　　　　　　→ 常考單字
反 のうぜい【納税】繳納税金

例 政治家や芸能人など有名人の脱税はよくマスコミで大きく報道されている。　政治家、藝人等名人的逃税常被媒體大肆報導。

1078
□ たてまえ
【建前】

名 客套話；方針
反 ほんね【本音】真心話

例 社会人ともなると、本音と建前をうまく使い分けなければならないだろう。　一旦出了社會，就得視情況分別運用真心話跟客套話吧。

1079
だとう（な）
【妥当（な）】

名・な形・自Ⅲ 妥當，穩妥　　　→ 常考單字
類 てきせつ（な）【適切（な）】妥當，適當

例 損失の拡大を防ぐために海外の工場を閉鎖するのが妥当なやり方だろう。　為了防止損失擴大，關閉海外工廠才是妥當的辦法吧。

1080
たどりつく
【辿り着く】

自Ⅰ 好不容易抵達

例 霧で見通しが悪く、行けども行けども頂上にたどりつかなかった。
因為霧氣視線不良，怎麼走就是到不了山頂。

1081
たどる
【辿る】

他Ⅰ （事態發展）趨向；追尋；摸索前進

例 新型ウイルスの影響で、世界各国の経済は悪化の一途をたどっている。　受到新型病毒的影響，世界各國的經濟日趨惡化。

例 20年以上前のぼやけた記憶をたどって小学校時代の恩師の家を探してみた。　回溯20多年前的模糊記憶，試著找尋小學時的恩師家。

出題重點

▶固定用法　平行線をたどる　各執己見

表示雙方意見完全沒有交集、共識，互不妥協。

例 離婚時の親権についての話し合いは、夫婦双方の主張がずっと平行線をたどっている。

離婚時針對撫養權的討論，夫婦彼此仍舊未達成共識。

1082
たなあげ
【棚上げ】

名・他Ⅲ 擱置，暫不處理

例 領土問題で対立している両国は、協議の結果、この問題をしばらく棚上げすることにした。

因領土問題立場對立的兩國，協商後決定暫時擱置這個問題。

1083
☐ たのもしい
【頼もしい】

> い形 可靠的；有前途的 → 常考單字

例 片桐さんは優秀で頼もしい存在だから、次期課長は彼をおいてほかにいないだろう。

片桐先生是一位優秀且可靠的人才，下任課長除了他之外沒其他人了吧。

出題重點

▶文法　Ｎ＋をおいて（ない）　除了…之外（沒有…）；只有
表示「除了所提到的人、事、物之外沒有最適合的了」，藉此表達高度評價，句尾常為否定表現。

1084
☐ たばねる
【束ねる】

> 他Ⅱ 束在一起，捆紮

例 邪魔にならないように、仕事をする時はいつも髪を束ねている。

為了方便，工作時我總是把頭髮綁起來。

1085
☐ たびかさなる
【度重なる】

> 自Ⅰ 接二連三，屢次
> 類 くりかえす【繰り返す】反覆

例 度重なる党員の不祥事によって、党への信頼はガタ落ちとなった。

由於黨員接二連三的醜聞，黨的公信力急遽下降。

1086
☐ だぶだぶ

> な形・名 寬鬆；鬆弛
> 反 ピチピチ 緊繃

例 間違って買った男物のＬサイズのシャツは、案の定、だぶだぶだった。　弄錯買成男款的Ｌ號襯衫，果然不出所料太寬鬆了。

1087
☐ たまわる
【賜る】

> 他Ⅰ 蒙賜（もらう的謙讓語）；賞賜（与える的尊敬語）

例 平素より本学の活動に対しまして多大なるご支援ご協力を賜り、厚くお礼を申し上げます。

非常感謝您一直以來對本校活動給予諸多支持及協助。

1088
たもつ
【保つ】

自他 I 保持；維持 → 常考單字
類 いじする【維持する】維持

例 何事にもチャレンジするのがいつまでも若さを保つ秘訣だ。

任何事都去挑戰才是永保年輕的祕訣。

1089
たやすい
【容易い】

い形 輕易的，容易的 → 常考單字
類 ようい（な）【容易（な）】輕易的，容易的

例 このシリーズ小説は主人公の小学生探偵が数々の難事件を容易く解決していくという話である。

這系列小說是關於主角小學生偵探輕而易舉地解決種種棘手案件的故事。

1090
たようせい
【多様性】

名 多元性 → 常考單字
反 かくいつせい【画一性】一致性

例 グローバル社会にいるからには、文化の多様性を認めなければならない。　既然身處國際社會，就必須認同文化的多元性。

1091
たよりない
【頼りない】

い形 不可靠的；無依無靠的

例 気が弱くて頼りない兄にひきかえ、妹は気が強くてしっかりしている。　跟懦弱不可靠的哥哥截然不同，妹妹個性剛毅辦事牢靠。

1092
だらだら（と）

副・自Ⅲ 拖拖拉拉，沒完沒了
反 てきぱき（と）乾淨俐落

例 だらだら歩くな！移動中もれっきとした訓練だ！やる気がないんなら、今すぐ帰れ！　走路不要拖拖拉拉！行進也是嚴謹正式的訓練。不想做的話，現在馬上回去！

1093
たるむ
【弛む】

自 I （物）鬆弛；（心情）鬆懈

例 人は年を取るにつれて、次第に肌がたるんでいく。

人隨著年齡增長，皮膚會漸漸鬆弛。

例 杉田さんは最近遅刻も多いし、仕事でもミスばかりして弛んでいる。

杉田先生最近常遲到，工作上又一直出錯很散漫。

皮膚

たるみ
鬆弛

ほくろ
痣

しわ
皺紋

ニキビ
青春痘

1094 □

たれる
【垂れる】

自他II 流；下垂；使下垂；示

例 風邪を引いたとき、鼻水が垂れてきたら、すすらないで、鼻をかんでください。　感冒時若流鼻涕，請不要倒吸回去，而是要擤鼻涕。

1095 □

たんきかん
【短期間】

名 短期
反 ちょうきかん【長期間】長期

例 短期間で上達できるウクレレは大人から子供まで幅広い世代に人気がある。

短期就能上手的烏克麗麗，從大人到小孩，受到廣大年齡層喜愛。

1096 □

だんげん
【断言】

名・他III 断言
類 めいげん【明言】明言

例 新製品発表会では営業担当者が「これを使ったら元には戻れない。」と断言してはばからない。　在新品發表會上，業務直言不諱地說：「一但用過這個產品後就回不去了。」

1097 □

たんしゅく
【短縮】

名・自他III 縮短
反 えんちょう【延長】延長

例 人手不足により、営業時間の短縮を余儀なくされた店が増加している。　因為人力不足而被迫縮短營業時間的店家增多了。

1098
□
たんのう（な）
【堪能（な）】

名・な形・自他Ⅲ 精通，擅長；享受
類 まんぞく（な）【満足（な）】滿意

例 中国語に堪能で5年以上のマーケティング経験のある方を募集
いたします。　招募精通中文並有５年以上行銷經驗的人。

例 こちらのお部屋は一面に広がる海を存分にご堪能いただけます。
這間房間能讓您盡情欣賞一整片寬闊的海景。

1099
□
だんぺんてき（な）
【断片的（な）】

な形 不完整的，片斷的
反 ぜんぱんてき（な）【全般的(な)】全面的

例 ＳＮＳなどの普及で情報が溢れている時代に、多くの人は断片
的な情報だけをうのみにするきらいがある。　因社群媒體普及而資訊
充斥的時代，很多人都容易盲目相信不完整的訊息。

┌─ 出題重點 ─────────────────────┐

▶漢字讀音　片
【へん】：破片（碎片）／紙片（紙片）
【かた】：片思い（單戀）／片隅（一隅）／片言（簡短的話語）

1100
□
だんりょくせい
【弾力性】

名 彈性（隨機調整）　　　　　　　→ 常考單字
類 じゅうなんせい【柔軟性】彈性

例 経営者たるものは、時代の変化に応じた弾力性のある考え方を
しなければならない。
身為經營者，必須具備順應時代變化的彈性思考模式。

▶ち／チ

1101
□
🔊
17
チームワーク
【teamwork】

名 團隊合作　　　　　　　　　　　→ 常考單字
類 れんけい【連携】聯合，合作

例 いくら優秀な人材がそろっていても、チームワークを発揮できなけ
れば、それまでだ。
無論招集了多優秀的人才，若無法發揮團隊合作，也毫無意義。

1102 □
ちくせき
【蓄積】

名・自他Ⅲ 累積，蓄積
類 つみあげ【積み上げ】累積

例 知識を蓄積しても行動に移さなければ何も始まらないよ。

即使累積了知識，但是如果不付諸行動的話，也毫無用處喔。

1103 □
ちせい
【知性】

名 知性，才智
類 インテリジェンス【intelligence】智慧

例 その女優は外見と演技力もさることながら、知性に富んだところも魅力的だ。

那位女演員的外表跟演技自不在話下，充滿知性的特質也是深具魅力。

1104 □
ちぢまる
【縮まる】

自Ⅰ 縮短；縮小

例 海外旅行先でその国の言葉で挨拶すると、現地の人との距離がぐっと縮まる。

在海外觀光地用當地語言打招呼的話，馬上就會縮短與當地人的距離。

1105 □
ちみつ (な)
【緻密 (な)】

名・な形 緻密；細緻，細密
類 めんみつ (な)【綿密 (な)】縝密

例 緻密な計算と大胆な行動が相まって、彼は自分の事業で大きな成功を収めた。　他以縝密的思考與大膽的行動相輔相成，在自己的事業上取得輝煌的成就。

1106 □
チャーミング (な)
【charming】

な形 迷人的，有魅力的　　　　　→ 常考單字
類 みりょくてき (な)【魅力的(な)】有魅力的

例 日本には昔から八重歯の女の子がチャーミングだという独特な美的感覚がある。

日本一直以來都有獨特審美觀，認為有小虎牙的女孩很迷人。

牙歯

虫歯（むしば）	乳歯（にゅうし）	入れ歯（いば）	親知らず（おやしらず）
蛀牙	乳牙	假牙	智齒

1107
ちゃくしゅ
【着手】

名・自Ⅲ 著手，動手

例 新大統領は就任直後から医療保険制度の改革に着手している。　新任總統上任後不久就著手進行醫療保險制度的改革。

1108
ちゃくばらい
【着払い】

名 運費到付
反 もとばらい【元払い】運費預付

例 この荷物、着払いで送ってもらえますか。

這件行李，能不能請您用運費到付的方式寄送呢？

1109
ちゃくもく
【着目】

名・自Ⅲ 著眼，注目
類 ちゃくがん【着眼】著眼

例 本商品は女性に不足しがちな栄養素に着目して開発されたサプリメントです。

本商品是著眼於女性容易攝取不足的營養素而研發的營養補給品。

1110
ちゃっかり

副・自Ⅲ 不吃虧地；機靈
類 したたか（な）難對付，老奸巨猾

例 「私がクリスマスケーキを切り分けてあげる」と申し出た妹は、ちゃっかり一番大きなのを自分の分にしていた。　妹妹提議說：「我來幫大家切分聖誕蛋糕。」毫不吃虧地將最大塊的分給自己。

1111
□ **ちゃっこう**
【着工】

名・自Ⅲ 動工
反 しゅんこう【竣工】竣工

例 周辺住民の反対で、新マンションの着工の見通しが立たない。

因為周圍居民的反對，無法預測新大廈何時開工。

1112
□ **ちゃばん**
【茶番】

名 一眼看穿的把戲；花招；鬧劇

例 オーディションで選ばれたのは案の定大統領の娘だった。こんな茶番が許されるのか！ 試鏡徵選上的果然是總統的女兒。這樣一眼就看穿的把戲是被允許的嗎？

1113
□ **ちやほや**

副・他Ⅲ 吹捧，奉承；嬌寵
類 おだてる【煽てる】恭維，奉承

例 芸能人って人気があるときはちやほやされるけれど、飽きられたら惨めだよ。 藝人受歡迎時備受吹捧，但被厭倦的話就慘了。

1114
□ **ちゅうしょう**
【中傷】

名・他Ⅲ 中傷，毀謗

例 匿名で人を中傷するなんて、悪質極まりない。

竟然匿名中傷他人，實在惡劣至極。

1115
□ **ちゅうしょうか**
【抽象化】

名・他Ⅲ 抽象化
反 ぐたいか【具体化】具體化

例 抽象化とは、余計なものを省いて、大事なものを抜き出すことである。 所謂的抽象化就是省卻多餘的部分，挑出重要的部分。

1116
□ **ちゅうせん**
【抽せん】

名・自Ⅲ 抽籤

例 お申し込み多数につき、抽せんにて決定させていただきます。

因為報名人數眾多，將以抽籤決定。

1117
□ ちゅうもん
【注文】

名・他Ⅲ 要求；訂購

例 上司や取引先に無理な注文をされたら、きっぱり断るべきだ。

被上司或客戶無理要求時，應該斷然拒絕。

> 出題重點
>
> ▶固定用法 注文をつける 苛刻要求
> 例 彼女は写真映りをよく見せるために、あれこれ注文をつけている。
>
> 她為了讓照片拍起來好看，提出諸多要求。

1118
□ ちゅうや
【昼夜】

名・副 晝夜；經常不斷

→ 常考單字

例 納期に間に合わせるために、昼夜を問わず働かされている。

為了能趕上交貨期，不分晝夜都得工作。

1119
□ ちょういん
【調印】

名・自Ⅲ 簽署

衍 ちょういんしき【調印式】簽約儀式

例 両市は観光をはじめ、教育や文化などの交流の深化を目指し、姉妹都市協定書に調印した。　兩市以拓展觀光為目標，也將深化教育、文化等交流，而簽署了姐妹市協議。

1120
□ ちょうこう
【兆候】

名 徵兆，前兆

類 きざし【兆し】徵兆

例 個人消費の支出が前年を上回り、景気回復の兆候が見られている。　個人消費支出額超過前一年度，可以看出景氣復甦的徵兆。

1121
□ ちょうはつ
【挑発】

名・他Ⅲ 挑釁，挑撥

例 相手の挑発には、乗らないに限ります。　最好不要理睬對方的挑釁。

1122
□
ちょうわ
【調和】

名・自Ⅲ 和諧；協調　　　→ 常考單字

類 ハーモニー【harmony】和諧

例 この建物は建築物自体といい、周辺景観との調和といい、文句のつけようもないくらい素晴らしい。

這座建築不論是建築本身，還是與周遭景觀的和諧，都無可挑剔的完美。

1123
□
ちょくちょく

副 不時，時常，屢次

類 たびたび【度々】屢次

例 子供が生まれてからというもの、父がちょくちょく孫の顔を見に来るようになった。　自從孩子出生後，爸爸就不時地來探望孫子。

1124
□
ちょしょ
【著書】

名 著作

例 先生が長年蝶を観察してきた成果をこの1冊にまとめた。読むに足る著書だと思う。

老師把長年觀察蝴蝶的成果整理在這本書裡，我覺得是值得一讀的著作。

1125
□
ちょっかん
【直感】

名・他Ⅲ 直覺

衍 ぴんとくる 直覺地想到，靈光一閃

例 新聞記者はスクープを取るために常に直感を働かせている。

新聞記者為了搶得獨家新聞，經常憑直覺行事。

1126
□
ちょめい (な)
【著名 (な)】

名・な形 知名，著名

反 むめい (な)【無名 (な)】沒名氣

例 著名な作家の講演会とあって、会場に溢れんばかりの聴衆が集まった。　因為是知名作家的演講，所以會場擠滿了聽眾。

1127
□
ちらほら

副 零零星星

例 今年は例年にもまして春の訪れが早く、まだ1月なのに桜がちらほら咲きはじめた。

今年春天似乎比往年更早來臨，才1月而已櫻花零零星星地綻放了。

1128 ☐ ちんぎん
【賃金】

名 薪水，工資

例 インターンシップという名目で学生を安い賃金か無給で働かせる悪質企業はよく耳にする。

常聽到巧立實習名目，以低薪或無薪雇用學生的惡劣企業。

1129 ☐ ちんたい
【賃貸】

名・他Ⅲ 出租，租賃
⇔ ぶんじょう【分譲】分售

例 持ち家を賃貸するということで得られる家賃収入を頼りに老後の生活を送ろうと思っている。

我想將房產出租，靠租金收入過老年生活。

1130 ☐ ちんぷんかんぷん (な)

名・な形 完全不懂，莫名其妙

例 このマニュアルは難しい専門用語だらけでちんぷんかんぷんだ。

這個說明書淨是艱澀的專業用語，完全看不懂。

1131 ☐ ちんもく
【沈黙】

名 沉默

→ 常考單字

例 記者にどんな質問を投げかけられようと、沈黙を守るつもりだ。

無論記者提出任何問題，我都打算保持沉默。

┌─ 出題重點 ─┐

▶文法　V－よう＋と（も）／が　無論…都…；就算…也…

與「～ても」一樣屬於逆接條件的用法，強調就算前項的狀況如何，後項都不受影響仍舊不變。前項常搭配「いくら」、「どんな（に）」、「たとえ」或疑問詞來強調狀況。

例 たとえ他の人が何を言おうが、自分の意見を曲げない。

就算其他人說什麼，我也要堅持自己的意見。

▼つ／ツ

1132
□
🔊
18
ついきゅう
【追及】

名・他Ⅲ 追究；追上

類 といただし【問い質し】追究

➜ 常考單字

例 不実の広告によって商品を推薦する著名人の法的責任を追及すべきだ。　以不實廣告推薦商品的名人，應該要追究其法律責任。

1133
□
ついほう
【追放】

名・他Ⅲ 驅逐；開除

➜ 常考單字

例 ナポレオンはワーテルローの戦いで敗れてセントヘレナ島に追放された。　拿破崙在滑鐵盧之役敗北後被流放到聖赫勒拿島。

1134
□
ついやす
【費やす】

他Ⅰ 花費，耗費

例 一度しかない人生を自分の好きなことだけに費やして生きたいものだ。　好想將僅此一次的人生只用在自己喜歡的事情上。

1135
□
つうかん
【痛感】

名・他Ⅲ 深切地感受到

➜ 常考單字

例 試験の本番では問題が理解できず、自分の勉強不足を痛感した。在正式考試時無法理解題目，而深感自己不夠用功。

1136
□
つうせつ（な）
【痛切（な）】

な形 深切的

例 被災地のすさまじい光景を見たら、自然災害の恐ろしさを痛切に感じた。　看到災區駭人的景象，深切地感受到天災的可怕。

1137
□
つうほう
【通報】

名・他Ⅲ 通知，通報

例 不審者を発見した場合、直ちに警察に通報してください。

發現可疑人物時，請立即通知警察。

1138
つかいわける
【使い分ける】　他Ⅱ 分別使用；適時選用

例 日本人でも尊敬語と謙譲語を正しく使い分けられないのに、ましてや外国人にはなおさらだ。

連日本人都不能正確地區分使用尊敬語及謙讓語，更何況是外國人。

1139
つかのま
【束の間】　名 片刻，瞬間

例 忙しい仕事の合間にコーヒーを飲んで束の間の息抜きを楽しんでいる。　工作中忙裡偷閒，喝杯咖啡享受片刻的喘息。

出題重點

▶固定用法　喜びも束の間　只開心片刻
例 難しいプロジェクトをやっと終えた喜びも束の間、次のプロジェクトが回ってきた。

終於結束了艱鉅的計畫，我也只開心片刻，又輪到下個計畫。

1140
つきつける
【突きつける】　他Ⅱ （強勢地）擺在對方眼前；提出

例 これだけの証拠を突きつけられたら、その銀行員は横領行為を認めるしかないでしょう。

將這些證據擺在眼前的話，那位銀行員也只能承認侵吞公款的行為吧。

1141
つきとめる
【突き止める】　他Ⅱ 查明，追查

例 商品の故障原因を突き止めて改善しないと、会社の存続危機になりうる。

不查明故障原因改善商品的話，可能會演變為公司的生存危機。

1142 つきまとう
【付きまとう】 　　　　　自I 糾纏；（負面）影響

例 見ず知らずの女性につきまとって、自宅や職場の近くにしばしば現れたストーカーが、警察に逮捕された。　糾纏素不相識的女性、並經常出現在女性的住家與職場附近的跟蹤狂遭到警方逮捕。

1143 つきる
【尽きる】 　　　　　自II 耗盡，用光；達到極限

例 いくら話しても、私のアドバイスに聞く耳を持たない新人には愛想が尽きた。　對於我的建議充耳不聞的新進人員，我已經受夠了。

出題重點

▶固定用法　冥利に尽きる　榮幸至極
表示站在某立場上，實在感到無比幸運、開心。
例 お客様に笑顔で「おいしかった」と言っていただけると、料理人冥利に尽きますね。

　　如果客人能笑著稱讚：「好吃」，身為廚師的我便感到無比榮幸。

1144 つぐ
【次ぐ】 　　　　　自I 接連；僅次於 　　　　　→ 常考單字

例 両チームの実力は互角だから、最後まで逆転に次ぐ逆転でドキドキハラハラだった。

　　兩隊實力相當，戰況直到最後接連逆轉，真的很驚險緊張。

1145 つくす
【尽くす】 　　　　　他I 竭盡，盡力；效力 　　　　　→N2 單字

例 今度の試験に合格するように、自分のできることは全てやり尽くした。あとは人事を尽くして天命を待つだけだ。　為了通過這次考試，我自己能做的都已竭盡全力了，剩下的就是盡人事聽天命了。

例 自分の生活を犠牲にしてまで会社に尽くすことはない。

　　不用為公司效力到犧牲自己的生活。

1146 つくづく
☐

副 深切地；仔細地 → 常考單字
類 しみじみ 深切地，痛切地

例 この 1 か月というもの、母の看病でろくに眠れなかったので、つくづく医療関係者の仕事の大変さを感じている。　在這 1 個月，因為照護母親沒能好好睡覺，深切地感受到醫療人員工作的辛苦。

1147 つぐなう
☐ 【償う】

他I 贖罪；補償；賠償
衍 つぐない【償い】補償

例 過失といえども、犯した罪をきちんと償わなければならない。

雖說是過失，但是犯下的罪責還是得好好贖罪。

1148 つくりだす
☐ 【作り出す】

他I 創作，生產 → 常考單字

例 彼女は女性ならではの発想で次々とヒット商品を作り出している。　她以女性獨有的構思陸續創作出暢銷商品。

1149 つくろう
☐ 【繕う】

他I 修補，修理；整理；掩飾
類 なおす【直す】修理

例 昔は国が貧しくて、破れたシャツやズボンを繕いながら大事に使っていたものだが、最近の若者ときたら…。〔老人的抱怨〕以前國家貧窮，人們會修補破掉的襯衫和褲子珍惜使用，但說到最近的年輕人……。

1150 ～づけ
☐ 【～漬け】

接尾 醃漬；浸泡；沉浸，沉迷

例 冷蔵庫がない時代では、食材を塩漬けやぬか漬けや味噌漬けにし、長期保存していた。

在沒有冰箱的時代，會把食材用鹽、米糠或味噌做成醃漬品，長期保存。

例 受験を控えているが、毎日勉強漬けでストレスはたまる一方だ。

考試在即，在每天埋首念書的情況下，壓力不斷累積。

出題重點

▶固定用法　一夜漬け　醃漬一晚；臨陣磨槍

表示醃漬一晚的醃菜，常用於比喻臨陣磨槍或臨時抱佛腳。

例 コツさえ掴めば、一夜漬けの勉強だって効果はある。

　　只要掌握訣竅，臨時抱佛腳念書也會有成效。

1151

□

つける
【就ける】

他Ⅱ 安排…就職；讓…追隨學習　　→ 常考單字

例 彼は社員の反対意見をよそに、自分の息子を管理職に就けること

にした。　他不顧職員的反對意見，安排自己的兒子擔任管理職。

1152

□

つげる
【告げる】

他Ⅱ 告訴；宣告

例 部長は今月限りで30年のサラリーマン生活に別れを告げる。

經理到這個月就要告別30年的上班族生活了。

1153

□

つじつま
【辻褄】

名 邏輯，條理，道理

例 このドラマはつじつまが合わないところがあるにもかかわらず、出演
者が美男美女なので、爆発的な人気を得た。　儘管這部連續劇劇情
有不合邏輯之處，但是因為演員是俊男美女，所以大受歡迎。

1154

□

つちかう
【培う】

他Ⅰ 培養，培育

例 長年の海外勤務で培った経験と能力が活かせる転職をしたい。

我想換一份新工作，可以活用長年在國外工作所培養的經驗和能力。

1155

□

つつく
【突く】

他Ⅰ 輕碰，戳（暗示）；挑剔；啄

例 彼は私を肘でつついて、もう行こう、と合図を送った。

他用手肘輕碰我，示意要離開了。

例 プレゼンを鋭くつつかれたら、思わず涙が出てしまった。

簡報被嚴詞挑剔，我不由得掉下淚來。

1156
☐ つつしむ
【慎む】

他I 謹慎；節制
衍 つつしみ【慎み】謹慎；謙虛

例 政府の報道官たる者は、誤解を招くような言動を慎むべきだ。

身為政府發言人，應避免會招致誤解之類的言行。

1157
☐ つづる
【綴る】

他I 拼；寫；縫上；裝訂成冊

例 私は中国語を拼音で綴ることはできますが、注音では綴れません。

我可以用拼音拼寫中文，但無法用注音符號拼寫中文。

例 有名俳優の、亡き妻への思いを綴ったエッセイが出版され、評判になっている。　知名演員撰寫思念亡妻的散文已出版，並獲得好評。

1158
☐ つねる
【抓る】

他I 捏，掐

例 合格通知を受け取った時に夢かと思って自分のほっぺを抓ってみた。　收到合格通知時，我以為是做夢就捏了捏自己的臉頰。

1159
☐ つのる
【募る】

自他I 愈加；招募　　　　　　→ 常考單字

例 2人は家族に交際を反対されたものの、会いたい思いは募るばかりだ。　雖然被家人反對交往，但是兩人思念的心情卻愈加強烈。

例 クラウドファンディングとは自分のアイデアを実現するためにインターネットを通じて出資を募る仕組みだ。

所謂群眾募資是為了實現自己的構想，透過網路廣募資金的一種機制。

1160
☐ つぶやく
【呟く】

自I 喃喃自語，低語碎唸；（網路）發文
衍 つぶやき【呟き】喃喃自語

例 単語はぶつぶつとつぶやいたりノートに書きまくったりして覚えている。　背單字，我都是透過喃喃誦讀或在筆記本上狂寫來記憶。

1161
□
つまむ
【摘む】

他Ⅰ 捏，夾；摘要
衍 つまみ 一小撮；下酒菜

例 このチーズは臭いのなんのって、思わず鼻をつまんでしまった。

這個起司味道實在太難聞了，不由得捏住鼻子。

1162
□
つみこむ
【積み込む】

他Ⅰ 裝載，載貨
衍 つみこみ【積み込み】載貨

例 トランクに冷蔵庫を無理やり積み込んだところ、車のタイヤがパンク
してしまった。　才剛把冰箱硬塞進後車廂，車子就爆胎了。

1163
□
つみとる
【摘み取る】

他Ⅰ 摘取；摘除　　　　　　　→ 常考單字

例 摘み取ったイチゴが余った場合は、ジャムなり何なりにして保存して
ください。　採收的草莓過多的話，請做成果醬等食品保存。

1164
□
つみぶかい
【罪深い】

い形 罪孽深重的

例 ありもしない噂を広めることが、いかに罪深いことか。

散布不實謠言是多麼地罪孽深重啊。

1165
□
つむ
【摘む】

他Ⅰ 摘取；遏止

例 ミントの葉を摘んで軽く揉むと、いい香りが出る。

摘取薄荷葉輕輕搓揉，就會有香氣。

┌─ 出題重點 ─

▶固定用法　芽を摘む　扼殺發展
例 子供に良かれと思ってやることがかえって芽を摘むようなことになる
かもしれない。

自認為對孩子好而做的事，或許反而會扼殺小孩的發展。

└───────────────────

1166
つむ
【積む】

他Ⅰ 累積；堆積 → 常考單字

例 長い経験を積んだ上でのアドバイスだからこそ、先輩の意見は的確
なんだ。 正因為是根據長期經驗累積下的建議，前輩的意見很中肯。

1167
つめかける
【詰め掛ける】

自Ⅱ 蜂擁而至 → 常考單字
類 おしよせる【押し寄せる】蜂擁而至

例 映画祭の授賞式とあって、会場に多くのファンと報道陣が詰め
掛けた。 由於是影展的頒獎典禮，會場擠滿許多影迷與記者們。

1168
つよまる
【強まる】

自Ⅰ 增強，變強
反 よわまる【弱まる】減弱，變弱

例 低気圧の影響で、明け方にかけて風雨が次第に強まる見込みです。

受到低氣壓的影響，預計到凌晨風雨會逐漸增強。

1169
つよみ
【強み】

名 強項，優點；強度 → 常考單字
反 よわみ【弱み】弱點

例 自分で言うのも何ですが、日本語力が私の強みです。

雖然自己說有些難為情，但是日語能力就是我的強項。

1170
つらなる
【連なる】

自Ⅰ 連綿，成排；參加；牽連

例 淡水の中正路は、道沿いに情緒のある古い建物が連なっており、
台湾を代表する観光地となっている。

淡水的中正路上，沿路具風情的老建築連綿，為臺灣的代表觀光景點。

1171
つらぬく
【貫く】

他Ⅰ 貫徹；貫穿，穿透

例 「初心忘るべからず」というが、何事も始めたころの純粋な気持ち
を貫くべきだ。

有句話說：「莫忘初心」，任何事都應該保有初衷貫徹始終。

▼て／テ

1172
□
🔊
19
てあて
【手当 (て)】

名・他Ⅲ 加給，津貼；（傷口、疾病）處理
類 かいほうする【介抱する】看護

例 課長や部長などの役職に就くと、地位に応じた手当が支給される。　擔任課長、經理等要職的話，會獲得與職位相當的職務加給。

例 早くこの患者の傷の手当てをしないと、手遅れになりますよ。

如果不及早處理這位病患的傷口，就會錯過治療的時機。

1173
□
ていき
【提起】

名・他Ⅲ 提起，提出
衍 もんだいていき【問題提起】提出問題

例 大手会社のホームページで使われたイラストは作品著作権を侵害したとして訴えを提起された。

大公司在網站首頁使用的插圖，被以侵害著作權提起訴訟。

1174
□
ていきてき (な)
【定期的 (な)】

な形 定期的　　　　　　　　➜ 常考單字

例 うちの公共料金や通信料などは全部定期的に口座から引き落とされている。　我家的水電費、網路費全都是定期從戶頭扣款。

銀行・ATM

お引き出し
提款

お預入れ
存款

お振り込み
匯款

お振り替え
轉帳

1175
□
ていしょく
【定職】

名 固定工作　　　　　　　➜ 常考單字
衍 むしょく【無職】無業

例 定職にも就かずギャンブルにはまっている友人は借金が膨らむ一方だ。　沒有固定工作且沉迷賭博的朋友負債越來越多。

1176
☐
ていちゃく
【定着】

名・自他Ⅲ 穩定，穩固 　　　　　　　→ 常考單字

例 うちの会社は社員はなかなか定着しないことに悩まされている。

我們公司的職員都做不久，很令人苦惱。

例 新しい言葉は何度も繰り返して使ってこそ、頭に定着するものだ。

新的字彙本來就要重複運用，才會牢記下來。

1177
☐
ていど
【程度】

名 程度；限度 　　　　　　　　　　　→N2 單字

例 エースの彼もその程度の実力だから、チームの実力は推して知るべ

しだ。　身為王牌的他也只是那樣程度而已，整隊的實力可想而知。

┌─ 出題重點 ─────────────────────────┐

▶固定用法　程度の差こそあれ　雖然程度有別
例 程度の差こそあれ、誰もが人生で挫折を体験したことがある。

雖然程度有別，但是每個人都曾在人生中歷經挫折。

└───────────────────────────────┘

1178
☐
ていれ
【手入れ】

名・他Ⅲ 照料；保養 　　　　　　　　→ 常考單字

例 隣の庭は樹木、芝生、花の手入れが行き届いている。

隔壁庭院的樹木、草皮、花朵都照顧得無微不至。

1179
☐
データベース
【data base】

名 資料庫 　　　　　　　　　　　　　→ 常考單字

例 キーワードを入力すれば、文献のデータベースから自分の研究
テーマと関連した論文が検索できます。

輸入關鍵字，就能從文獻資料庫檢索與自己研究主題相關的論文。

1180
☐
ておくれ
【手遅れ・手後れ】

名 為時已晚，錯失時機

例 家を差し押さえられてしまったが、もう何をするにも手遅れでどうする
こともできない。　房子被扣押了，現在做什麼都為時已晚，束手無策。

1181 ☐
てがかり
【手掛かり】

名 線索，頭緒

→ 常考單字

類 いとぐち【糸口】線索，頭緒

例 考古学者は謎めいた地図を手掛かりに埋もれた遺跡を発見した。

考古學家以謎樣的地圖為線索，發現被埋沒的遺跡。

1182 ☐
てかげん
【手加減】

名・自Ⅲ 手下留情，酌情

類 てごころ【手心】斟酌

例 子供だろうが、初心者だろうが、試合で手加減するのは相手に失礼に当たる。誰であろうと全力で倒す！ 無論對手是小孩還是初學者，在比賽手下留情對對手是不禮貌的。不管對手是誰，都要盡全力擊敗。

1183 ☐
でかた
【出方】

名 （對談判等事）態度；處理方式；動向

例 交渉の前に相手の出方を予測し、それなりの対応を準備しておいた方がいい。 談判前最好預測對方的態度，事先準備好應對。

1184 ☐
てきぎ（な）
【適宜（な）】

名・な形 適當；順勢，適時

例 履歴書様式は添付ファイルをご参考ください。必要に応じて適宜修正してご使用ください。

履歷表的格式請參考附件，請視個人需要，適當修改後使用。

1185 ☐
てきする
【適する】

自Ⅲ 適合，適當

例 この本には語彙をはじめとして、文法、会話などもあるので、日本語学習者に適した一冊だと思う。 這本書除了單字，還有文法、會話等，我認為是很適合日語學習者的一本書。

1186 ☐
てきせい
【適性】

名 適性

衍 てきせいけんさ【適性検査】適性測驗

例 多くの学生がインターンシップを通して自分の職業の適性を見極める。 許多學生都是透過實習制度了解自己的職業適性。

1187
☐ てきせつ（な）
【適切（な）】

名・な形 恰當，適切
反 ふてきせつ（な）【不適切（な）】不恰當

例 時と場面に応じて適切な言葉遣いができてこそ、一人前の大人と言える。　會依時間場合選用恰當的措辭，才能稱作是獨當一面的大人。

1188
☐ てきぱき

副 俐落地，爽快地
反 ぐずぐず 磨蹭，拖延

例 先輩が「もう見ていられない」とばかりに、自ら進んで僕の仕事をてきぱきこなしてくれた。

前輩像是在說：「看不下去了」的樣子，主動幫我迅速地完成了工作。

1189
☐ てぎわ
【手際】

名 （處理事情的）手法，手腕

例 桜井さんはさすがベテランだけあって、いつも仕事を手際よく済ませる。　櫻井先生不愧是經驗老道，總是能迅速地完成工作。

1190
☐ テクノロジー
【technology】

名 科技

例 テクノロジーの進化が止まらないからといって、職人の熟練の手作業技にとってかわるわけではない。

雖說科技不斷進步，但是並不能就此取代師傅熟練的手工作業技術。

1191
☐ てごたえ
【手応え】

名 手感，感覺；反應，效果

例 今度の試験は手応えがあったが、結果発表までは何とも言えない。

這次考試我寫得很順手，但在結果公布前都很難說。

例 吉本選手は復帰に向けて、練習を重ねることで、確かな手応えをつかんでいる。　吉本選手為了回歸，藉由不斷練習，獲得了很好的成效。

1192 □
てごろ（な）
【手頃（な）】

な形 合適；合手
類 やすい【安い】便宜，低廉

→ 常考單字

例 値段も大きさも手頃だったので、卒業する先輩に3000円の花束を贈ることにした。　無論價格、大小都很合適，因此我決定要贈送即將畢業的學長價值3000日圓的花束。

1193 □
てさぐり
【手探り】

名・他Ⅲ 摸索，探尋

→ 常考單字

例 事業を始めてからは自分なりに手探りで頑張ってきた。

開創事業以來，我都是自行摸索，一直努力迄今。

1194 □
デジタル
【digital】

名 數位

例 多くの会社は政府からのペーパーレス化の呼びかけに応えるべく、書類を紙からデジタルに切り替えている。

許多公司為了響應政府無紙化的呼籲，紛紛把書面文件轉換成數位檔案。

1195 □
でしゃばる
【出しゃばる】

自Ⅰ 多管閒事
類 くちをだす【口を出す】多嘴；插嘴

例 あまり俳優が出しゃばってはいけません。最終的な判断は監督に任せるべきです。　演員不可多管閒事，最後的判斷應該交由導演決定。

1196 □
てすう
【手数】

名 麻煩，費事
衍 てすうりょう【手数料】手續費

例 お手数をおかけしますが、内容をご確認の上、ご署名をお願いいたします。　麻煩您，請確認內容後簽名。

1197 □
てだすけ
【手助け】

名・他Ⅲ 幫助

→ 常考單字

例 角川君は手助けするどころか、自分の仕事を他の人に押し付けようとしている。　角川非但不幫忙，還企圖要將自己分內的工作推卸給他人。

1198
☐
てぢか（な）
【手近（な）】

名・な形 手邊；淺顯，常見
類 みぢか（な）【身近（な）】身邊；切身

例 チャーハンは手近にある食材だけでささっと作れることから、時短料理として重宝されている。

因為炒飯只要用手邊的食材就能快速完成，是方便的省時料理。

例 説明の上手な人は具体的で手近な例を挙げることによって、相手に印象を残す。

擅長說明的人會藉著舉出具體且淺顯的例子，讓對方留下印象。

1199
☐
てっきょ
【撤去】

名・他Ⅲ 撤除，拆除　　　　　　　→ 常考單字

例 駐輪禁止。不法駐輪は発見次第、撤去します。

〔交通法規〕禁止停車。一旦發現違規停車，將進行拖吊。

1200
☐
てっきり

副 一定，無疑（常與「～かと思った」並用）

例 てっきりご主人かと思っていたのですが、弟さんでしたか。

我原以為那一定是您先生，原來是您的弟弟嗎？

1201
☐
てっこう
【鉄鋼】

名 鋼鐵
衍 てっこうメーカー【鉄鋼メーカー】鋼鐵製造商

例 身近な包丁から鉄道、飛行機に至るまで、鉄鋼はわれわれの生活に深く関わっている。

從身邊的菜刀到鐵路、飛機，鋼鐵與我們的生活息息相關。

1202
☐
てっする
【徹する】

自Ⅲ 徹底，貫徹；耗費（整段時間）

例 人前に出るのが苦手で控えめな性格のため、会社で裏方の仕事に徹している。

我不擅長在人前表現且個性謹慎，因此在公司專心從事後援的工作。

例 新年度の予算案は夜を徹しての審議の末、ようやく可決された。

新年度的預算案經過徹夜審議後，終於通過了。

1203
☐
でっちあげる
【でっち上げる】

他Ⅱ 編造，捏造；拼湊出

例 何でもいいから、適当な理由をでっちあげて増税しようと政府は考え
ているようだ。　政府似乎正在考慮編造隨便敷衍的理由來增稅。

1204
☐
でなおす
【出直す】

自Ⅰ 重新開始；再來

例 今回のオーディションも不合格か。心機一転して、もう一度出直すこ
とにしよう。　這次試鏡也不合格嗎。心念一轉，決定再次重新開始。

1205
☐
てぬき
【手抜き】

名・他Ⅲ 偷工減料；省事

例 新築なのに天井から雨漏りするのは、手抜き工事が原因にちがいな
い。　明明是新蓋的房子，天花板下雨天卻會漏水，一定是因為偷工減料。

1206
☐
てのひら
【手のひら】

名 手掌
衍 てのこう【手の甲】手背

例 筋肉減少症にならないように、一食につき手のひら一つ分のタン
パク質は摂るべきだ。

為避免肌少症，每餐應攝取一個手掌大分量的蛋白質。

┌─────────────────────────────────────┐
│ 出題重點
│
│ ▶固定用法　手のひらを返す　態度丕變
│ 例 私は買う気がないと見るや、店員は手のひらを返したように対応して
│ くれなかった。　店員看我沒有購買意願，就態度丕變不理我。
└─────────────────────────────────────┘

1207
☐
てはい
【手配】

名・他Ⅲ 安排，籌備；部署
衍 しめいてはい【指名手配】通緝

例 海外出張を命じられた際、会社がホテルを手配してくれて助かっ
た。　我被委派國外出差時，公司主動幫我安排飯店，幫了我大忙。

1208
□ てはず
【手筈】

名 事前準備；程序
類 だんどり【段取り】程序，步驟

例 小学校入学を控えている保護者は入学に必要な手はずを整えなくてはならない。

眼看國小入學在即，家長一定要做好必要的事前準備。

1209
□ てばなす
【手放す】

他I 脫手，出售；放手
反 てにいれる【手に入れる】到手，獲得

例 経営が苦しくなったため、社が保有する不動産を手放すほかなかった。　由於經營困難，只好脫手公司持有的不動產。

1210
□ てびき
【手引き】

名・他III 入門指南；協助；引導
類 てびきしょ【手引書】指南

例 いざという時に備える防災・安全の手引きは下記の場所にて配布しております。　應變緊急情況的防災安全指南在下列地點發送。

例 集団密航を手引きしたとして、貨物船の船長らが逮捕された。

貨船船長等人以協助集團非法偷渡的名義遭到逮捕。

1211
□ デフォルト
【default】

名 原始設定；標準；債務不履行

例 このPCにはデフォルトでオフィスソフトが付いているので、買ってすぐ仕事にお使いいただけます。

這臺電腦的原廠設定內建辦公軟體，因此買了就可以立即上工。

1212
□ てほん
【手本】

名 榜樣；範本
類 みほん【見本】樣本；榜樣

例 子どもは大人の真似をして育つものだから、大人はいい手本を示さなければならない。　小孩本來就是模仿大人長大的，所以大人得做好榜樣。

1213
□ デマゴギー・デマ
【(德)Demagogie】

名 謠言，流言

例 未成年だからといって、デマを流す行為が許されるわけではない。

並不能因為說是未成年，就原諒散布不實謠言的行為。

1214 でまわる
【出回る】
〔自I〕上市；充斥

例 今、市場に出回っているカニの多くはロシア産やアラスカ産です。

現在上市的螃蟹多是產自俄羅斯或阿拉斯加。

1215 てもち
【手持ち】
〔名〕手頭，現有

例 このマンションは高いが、手持ちのお金を頭金にしてローンを組めば、買えないものでもない。　這間公寓雖然貴，但是用手頭的錢付頭期款再申辦貸款的話，也不是買不起。

1216 てもと
【手元・手許】
〔名〕手邊，身邊；手頭（金錢）

例 受験票はお手元に届きましたら、記載内容に誤りがないか、ご確認ください。　准考證寄到時，請確認內容是否無誤。

1217 てらしあわせる
【照らし合わせる】
〔他II〕核對，對照

例 クレジットカードの不正利用被害が増えているので、お客様控えと利用明細書をこまめに照らし合わせて確認している。　信用卡遭盜刷的情況日益增加，所以我都不厭其煩地核對確認刷卡簽單與明細。

1218 てらす
【照らす】
〔他I〕照耀；依照，參照　→ 常考單字

例 朝起きて窓を開けてみると、昨夜降った雪が朝日に照らされてキラキラと輝いていた。

早上起床打開窗戶一瞧，昨晚下的雪被朝陽照得閃閃發光。

例 国家公務員たるもの、社会通念に照らして適切な行動をとるべきだ。　身為國家公務員，應該要依社會觀感採取適當的行為舉止。

1219 □
てれる
【照れる】

| 自Ⅱ 難為情，害羞 | → 常考單字 |

例 私 が先輩の発表を分かりやすかったと褒めると、顔を赤くして照れた。　我一稱讚學長的口頭報告淺顯易懂，他就會臉紅感到害羞。

1220 □
てわけ
【手分け】

名・自Ⅲ （一件事）分頭，分工

例 震災被災者を支援すべく、ボランティアスタッフが手分けして駅前で募金活動を行っている。

為了救助地震災民，志工分頭在車站前進行募款活動。

1221 □
てんけん
【点検】

名・他Ⅲ （逐一）檢驗，檢查

例 大型連休前とあって、車検場は車の点検を受ける人で混雑していた。　因為正逢長假之前，驗車場擠滿了準備驗車的人。

1222 □
でんしょう
【伝承】

名・他Ⅲ 傳承，承襲
衍 でんしょうぶんがく【伝承文学】口傳文學

例 台湾で長く伝承されている媽祖信仰は、毎年旧暦の3月の媽祖誕生日に盛大な巡礼行事が行われている。　在臺灣傳承已久的媽祖信仰，會在每年農曆3月媽祖聖誕時舉行盛大的遶境進香活動。

1223 □
てんじる
【転じる】

名・自他Ⅱ 轉變；轉移

例 大黒柱は家の中央にある太い柱のことだ。転じて、家や団体を支える人を意味する。　「大黒柱」是立在房屋中央的大柱子，後來轉變為支撐家庭或團體的人物之意。

例 部長が会議室に入ってくるのを見るなり、沼田さんは話題を転じた。　沼田先生一看到經理進來會議室，就馬上轉移話題。

出題重點

▶文法　V＋なり、～　一…就立刻…；才剛…就…

表示前項的動作或狀況一發生，幾乎同時地出現了後項的動作或狀況。只用於描述已發生的事實，而且後項通常是出乎意料的狀況。

1224
☐
でんせつ
【伝説】

　名　傳說，傳聞

例　あの 競 泳選手は史 上 最多の金メダルを獲得した選手としてオリンピックの歴史に 伝 説を残した。

那位競技游泳選手，以史上獲得最多金牌的選手，在奧運史上留下傳奇。

1225
☐
てんたい
【天体】

　名　天體，天文

　衍　てんたいかんそく【天体観測】天文觀測

例　太陽と太陽を 中 心に公転している天体の集まりを太陽系という。　太陽以及以太陽為中心公轉的天體群，稱為太陽系。

1226
☐
テンポ
【(義)tempo】

　名　（事情進行）速度；（樂曲）速度

例　斎藤先生の授業はいつも 冗 談を交えながらテンポよく進んでいくので、とても人気がある。

齋藤老師的課總是邊穿插笑話邊以流暢的速度進行，所以很受歡迎。

1227
☐
てんめつ
【点滅】

　名・自他Ⅲ　閃爍，閃滅

例　バッテリーの残 量 が少なくなると、このランプが点 滅します。

當電池剩餘電力變少時，這個燈就會閃爍。

1228
☐
てんらく
【転落】

　名・自Ⅲ　墜落；沉淪

例　乗 客 がホームから転落する事故が相次いだことから、ホームドアが設置されている。　由於乘客從月臺跌落的意外頻傳，因此設置了閘門。

と／ト

1229
□
🔊
20
といあわせる
【問い合わせる】

他Ⅱ 查詢，詢問 　　　　　　　→ 常考單字

例 ゲーム機の先行販売について販売店に問い合わせたところ、あまり
の人気に予約完了だった。

我去詢問銷售店鋪關於遊戲機的預購，結果因為大受歡迎已經預購結束。

1230
□
とう
【問う】

他Ⅰ 追究；徵詢，問 　　　　　　→ 常考單字

例 今回の事故は担当部署の監督不行届きによるものなのだから、責
任を問われずにはすまないだろう。

這次的意外起因於負責單位監督不周，所以一定會被追究責任吧。

1231
□
とうこう
【登校】

名・自Ⅲ 上學，到校 　　　　　　→ 常考單字
反 げこう【下校】放學，下課

例 本校では特別な場合を除き、制服を着用して登校することになっ

ています。　本校規定除了特殊情況，需著制服上學。

1232
□
とうごう
【統合】

名・他Ⅲ 整合，合併
反 ぶんれつ【分裂】分裂

例 地方政府が生徒人数が少ない小学校を統合して新たな学校を設
置すると検討している。

地方政府正在討論將學生人數少的小學整合起來成立新學校。

1233
□
とうざ
【当座】

名 暫時；當時；當場 　　　　　　→ 常考單字

例 会社に行く途中で靴底が外れてしまったので、スリッパを買ってな
んとか当座をしのいだ。　上班途中鞋底脱落，所以買了拖鞋暫時應付。

例 苦難に満ちた彼の生い立ちを聞いた当座は、涙を禁じ得なかった。

聽聞他充滿苦難的成長經歷，當下我不禁流下淚來。

▶文法　N＋を禁じ得ない　不禁…；忍不住…

「～を禁じ得ない」前接與感情有關的名詞，例如：「驚き」、「怒り」、「同情」、「喜び」、「憤り」、「～の念」等，表示「情緒無法壓抑，不禁…」的意思，屬於書面用語。

1234
□ **とうち**
　【統治】　　　　名・他Ⅲ 統治

例 国の統治は独裁者に任せるわけにはいかない。

國家的統治不能託付給獨裁者。

1235
□ **とうてい**
　【到底】　　　　副 怎麼也（不），無論如何也（不）
　　　　　　　　　　類 とても（～ない）怎麼也（不）

例 私たちの書道作品は到底師匠の素晴らしい作品に及ばない。

我們的書法作品怎麼也遠遠比不上老師出色的書法作品。

1236
□ **とうとい**
　【尊い】　　　　い形 寶貴
　　　　　　　　　　衍 うやまう【敬う】尊重

例 私たちの平和な生活は、戦争によって失われた尊い犠牲の上に、築かれているのだ。　我們的和平生活是建立在戰歿者的寶貴犧牲上。

1237
□ **どうにゅう**
　【導入】　　　　名・他Ⅲ 導入，引進　　　　→ 常考單字

例 ここ数年、会計時間の短縮や人手不足の解消といった目的でセルフレジを導入するスーパーが増加している。　這幾年為了縮短結帳時間、舒緩人力不足等，而導入自助繳費機的超市增多了。

1238
□ **とうにん**
　【当人】　　　　名 當事人，本人
　　　　　　　　　　衍 ちょうほんにん【張本人】主謀；肇事者

例 会員に関する情報は当人の承諾を得ずに利用することは禁じられている。　會員的相關資訊，在未獲得當事人同意的情況下禁止使用。

1239
☐ **とうぶん**
【当分】

名·副 暫時，一時
類 とうざ【当座】暫時，一時

例 退院するとはいえ、まだ本調子ではありませんから、当分、室内で安静にしていてください。

雖然說出院了，但身體還沒恢復到正常狀態，因此請暫時在室內靜養。

1240
☐ **どうやら**

副 好像，彷彿；好不容易
類 どうも 好像，似乎

例 教室に学生が数名来ている。どうやら今日は休講になったということを知らないらしい。 幾名學生來到教室，好像不知道今天停課了。

1241
☐ **どうよう**
【動揺】

名·自Ⅲ （心情）起伏，不安；搖晃

例 アイドルの突然結婚発表にファンたちは動揺を隠せなかった。

對於偶像突然宣布婚訊，粉絲們難掩激動。

例 大手銀行の合併は言うまでもなく、金融界に大きな動揺を引き起こした。 大型銀行的合併當然在金融界引發了震撼。

┌─ 出題重點 ─────────────────

▶**文法　V＋までもない　不必…；無需…**
用來表達「事情的程度輕微，或是事理本來就理所當然，根本無需刻意去做…」的意思。

└──────────────────────

1242
☐ **とおざかる**
【遠ざかる】

自Ⅰ 疏遠；遠離
衍 とおざける【遠ざける】支開；疏遠

例 妻が亡くなってからというもの、妻の実家から遠ざかっていた。

自從妻子過世後，我與妻子的娘家漸漸疏遠。

1243
☐ **トータル**
【total】

名·他Ⅲ 總計；整體

例 収支のトータルで赤字になったので、アルバイトをもう一つ掛け持ちしようと思っている。

我的收支總和呈現赤字，所以想再多兼一份打工。

1244
□ とおまわし
【遠回し】

名・副 委婉，拐彎抹角

例 商品を勝手に開ける客に対して「何かお困りですか？」と遠回しに伝えてみたが、伝わらなかった。 試著委婉地對擅自拆封商品的顧客說：「有什麼需要幫忙的嗎？」，不過對方沒有聽懂。

1245
□ とがめる
【咎める】

自他Ⅱ 責備；內疚
類 ひなんする【非難する】責難

例 ネット上には匿名で他人を咎める人がいるが、その人たちは実際に実名を公開することができない人たちばかりだろう。 有些人會在網路上匿名責備他人，但是實際上都是些不敢公開真實姓名的人。

1246
□ ときおり
【時折】

副 有時，偶爾
類 ときどき【時々】時常

例 台風が上陸したので、時折強風や豪雨に見舞われるが、しばらくたつとまた静かになった。

颱風登陸了，因此時而受到狂風驟雨侵襲，但過了不久又恢復平靜了。

1247
□ ドキュメンタリー
【documentary】

名 紀錄片
類 きろくえいが【記録映画】紀實電影

例 私はフィクションのドラマや映画より、実際に起きたドキュメンタリーのほうが好きだ。

比起虛構的電視劇、電影，我更喜歡真實發生過的紀錄片。

1248
□ とぎれる 【途切れる・跡切れる】

自Ⅱ 中斷
類 たえる【絶える】停止

例 この辺りは電波が弱いようで、ネット回線がよく途切れる。

這附近的訊號好像很微弱，網路經常中斷。

1249 □
どく
【説く】

他I 提倡，宣傳；說服；說明
類 せっきょうする【説教する】說教

例 医者は患者に健康の大切さを説くが、実は医者自身が一番不健康なのかもしれない。

醫生向病患提倡健康的重要，但事實上他們自己可能是最不健康的。

1250 □
どく
【退く】

自I 讓開，躲開

例 「どいてください」は「あなたは邪魔だ」の意味ですから、いくら丁寧に言ったところで、非常に失礼な言葉です。 「請讓開」是「你很礙事」的意思，所以即使再怎麼禮貌地表達，都是很沒禮貌的話。

1251 □
どくじ (な)
【独自 (な)】

名・な形 獨自
類 オリジナル (な)【original(な)】獨自；原型

例 独自の製法で開発した商品が大当たりして、一夜にして富豪の仲間入りをした。

我以獨門製法開發的商品獲得大成功，一夜之間加入富豪的行列。

1252 □
とける
【溶ける】

自II 溶解，溶化；融化
類 ようかいする【溶解する】溶解

→ 常考單字

例 インスタントコーヒーは、冷たい水よりお湯のほうが溶けやすいでしょう。 即溶咖啡比起冷水，在熱水中更容易溶解吧。

1253 □
とげる
【遂げる】

他II 完成，達到，實現

例 8連敗中の相手にオリンピックという最高の舞台でリベンジを遂げることができて嬉しい。

很高興能在奧運這個最高殿堂上擊敗對手，一雪8連敗的恥辱。

1254 □ ～どころ

接尾 …時候；…地方

例 今はつらいかもしれないけれど、ここが踏ん張りどころだから耐えて頑張るしかない。

現在或許很辛苦，但因為現在正是需要盡全力的時候，只能忍耐加油。

1255 □ とざす
【閉ざす】

他Ⅰ 關閉；封閉
類 しめる【閉める】關閉

例 大型の台風の上陸に備えて、家々は雨戸を固く閉ざしていた。

為強颱登陸預作準備，家家戶戶緊閉防雨百葉窗。

1256 □ とじこめる
【閉じ込める】

他Ⅱ 關在裡面
類 ふうじこめる【封じ込める】封鎖

例 感染拡大が広がっている地域の住民を移動できないように町に閉じ込めたら、感染が終息するのだろうか。

為了不讓感染擴大的地區居民移動，封城的話，感染就會結束了吧。

1257 □ とじまり
【戸締まり】

名・自Ⅲ 上鎖（門窗）
類 かぎをかける【鍵をかける】鎖上

例 最近、このあたりで空き巣の被害が増えてるんだって。出かけるときはちゃんと戸締まりしなきゃ。

聽說最近這一帶遭到闖空門的受害者越來越多。出門時務必鎖好門窗。

1258 □ どだい
【土台】

名 基礎；地基
類 きそ【基礎】基礎

例 建物でも語学でも習い事でも土台がしっかりしていなければ、進歩は困難であることはみな知っているはずだ。　無論建築、語言或學才藝，如果沒有確實打好基礎的話，大家應該都知道會很難進步。

1259 □ とだえる
【途絶える】

自Ⅱ 斷絕，中斷
類 とぎれる【途切れる】中断

例 この土地は昔から交通の要衝で、往来が途絶えたことがないという。　聽說這塊地以前是交通要道，曾經往來絡繹不絕。

1260 □
とっきょ
【特許】

名 專利

類 パテント【patent】專利

例 くだらないと思っていた発明で特許を申請したら、それが大当たりして大金が入ってくるなんて、誰が想像できただろう。　誰能想像

得到原以為沒用的發明申請了專利後，竟然大受歡迎並大賺一筆。

1261 □
とっさに
【咄嗟に】

副 瞬間；猛然

類 おもわず【思わず】不由得，不知不覺

例 突然ノックの音がしたので、とっさに隠れようとしたが、部屋には隠れられるところなどなかった。

因為突然有敲門聲，想馬上躲起來，而房間竟沒有可藏身之處。

1262 □
とつじょ
【突如】

副 突然，突如其來

類 とつぜん【突然】突然

例 連絡もせずに突如訪問するのは失礼ですよ。

未事先聯絡就突然拜訪很沒禮貌。

1263 □
どて
【土手】

名 河堤

類 ていぼう【堤防】堤防

例 1717年に徳川吉宗は隅田川のほとりに多くの桜を植えて土手を固めたそうだ。

據說在1717年，德川吉宗於隅田川的河畔種植許多櫻花以鞏固河堤。

1264 □
とてつもない

い形 嚴重；不合理，荒謬；出人意料

類 とんでもない 不合理

例 今回の津波は太平洋沿岸にとてつもない被害をもたらした。

這次的海嘯對太平洋沿岸造成嚴重的損害。

1265 □
ととのえる
【整える】

他Ⅱ 準備，備妥

類 せいびする【整備する】整備

例 学びたいという意志さえあれば学べるという環境を整えることこそ教育の役割だと思う。　我認為教育的任務是準備一個環境讓只要有

學習意願的學生，隨時都可以學習。

1266
□ とどまる
【止まる・留まる】

自Ⅰ 僅限；留，停 → 常考單字
反 のぼる【上る】高達（數量）

例 今年の試験は問題が難しかったせいか、合格者は20％に止まった。　可能是因為今年試題很難，通過考試的人僅僅只有20%。

例 日本の大学を卒業した後も、帰国せず、日本に留まることにした。

我從日本的大學畢業後，決定留在日本未歸國。

1267
□ とどめる
【留める・止める】

他Ⅱ 留下；留住；限於 → 常考單字
類 のこす【残す】留下；遺留

例 卒業式の様子を忘れないように、心に留めておこう。

不要忘記畢業典禮的情景，將它牢記在心裡吧。

1268
□ となえる
【唱える】

他Ⅱ 提倡；提出；高呼 → 常考單字
類 ていしょうする【提唱する】提倡

例 彼がどんなに大声で自分の主張を唱えても、誰も耳を傾けようとしなかった。　他再怎麼大聲疾呼自己的主張，都沒有人想要聽。

1269
□ とびのる
【飛び乗る】

自Ⅰ 強行上車；跳上 → 常考單字
衍 かけこみじょうしゃ【駆け込み乗車】強行上車

例 飛び乗り乗車は危険ですから、おやめください。

強行上車很危險，請不要這麼做。

1270
□ とびはねる
【飛び跳ねる】

自Ⅱ 蹦蹦跳跳
類 とびあがる【跳び上がる】跳起來

例 明日から夏休みだと、子どもたちは飛び跳ねて喜んでいる。

明天開始是暑假，小孩子們蹦蹦跳跳、喜不自勝。

1271
□ とびら
【扉】

名 門，門扇
類 ドア【door】門

例 電車の扉が開きますから、扉にもたれないようにしましょう。

因為電車門會打開，請不要靠在門上。

1272
☐
とぼける
【恍ける・惚ける】

〔自Ⅱ〕裝糊塗
〔類〕しらばくれる 假裝不知道

例 彼に何を聞いても惚けるばかりで、誠実さが感じられない。

問他任何事都一直裝糊塗，令人感覺不到誠信。

1273
☐
とぼしい
【乏しい】

〔い形〕缺乏；貧窮　　　　　　　　　　　→ 常考單字
〔反〕ゆたか(な)【豊か(な)】豐富；富裕

例 高齢者が変化に乏しい毎日を送っていると、認知症になりやすいと言われている。　據說高齡者每天生活缺乏變化的話容易罹患失智症。

1274
☐
とむ
【富む】

〔自Ⅰ〕富有
〔衍〕ゆたか(な)【豊か(な)】豐富；富裕

例 年齢に関係なく、アイデアに富んだ人材を採用したいと考えている。　我想錄用富有想法的人才，年齡不拘。

1275
☐
とめる
【留める】

〔他Ⅱ〕留心，注意；固定；留下
〔類〕ちゅういする【注意する】注意，當心

例 彼女は店を見渡したあと、ある商品に目を留めた。

她環視了店鋪後，看上了某樣商品。

┌─ 出題重點 ─┐

▸**詞意辨析　とめる VS とどめる**

「とめる」和「とどめる」的漢字都可以寫作「留める」，不過「とめる」為中斷進行中的動作、使移動的物體停住，或是固定某物之意。「とどめる」則為維持某種狀態不改變，或使其限制在某範圍、程度，兩者意思並不同。

1276
☐
ドライバー
【driver】

〔名〕司機，駕駛
〔類〕うんてんしゅ【運転手】司機

例 トラックのドライバーは運転するだけでなく、重い荷物も運ばなければならないから、重労働に違いない。

卡車司機不僅要開車，還必須搬重物，確實是體力勞動。

1277
□ とりあげる
【取り上げる】

他Ⅱ 報導；採納；吊銷 → 常考單字
類 さいようする【採用する】採取，採納

例 最近のニュースでは、未来食の話題がよく取り上げられている。

最近的新聞經常報導未來食物的話題。

1278
□ とりいれる
【取り入れる】

他Ⅱ 放入；引進；採納
類 とりこむ【取り込む】拿進來；吸收

例 ふだんの食材に、ナッツやサーモンを取り入れるだけで、スーパーフードになるんだって。 聽說在平常的食材中，只要再加入堅果、鮭魚就會變成營養價值高的超級食物。

1279
□ とりかかる
【取り掛かる】

自Ⅰ 開始，著手 → 常考單字
類 かいしする【開始する】開始

例 私は仕事に取りかかるのは遅いが、一度始めたら集中力があるので一気に終わらせることができる。 雖然我工作開始得比較晚，但一旦開始就會十分專注，可以一鼓作氣完成。

1280
□ とりくむ
【取り組む】

自Ⅰ 致力，努力 → 常考單字
類 ちからをそそぐ【力を注ぐ】投入

例 政府は環境保護のために、代替エネルギー開発に取り組んでいる。

政府為了環境保護，正致力於開發替代能源。

1281
□ とりさげる
【取り下げる】

他Ⅱ 撤回，撤銷

例 ネット上で誹謗中傷された芸能人が加害者を告訴したが、示談の結果、告訴を取り下げたらしい。

在網路上遭受毀謗中傷的藝人控告加害人，不過和解的結果好像撤告了。

1282
□ とりしまる
【取り締まる】

他Ⅰ 取締；約束，管制
類 かんとくする【監督する】監督

例 反政府運動やテロ活動を取り締まるための法律が成立した。

取締反政府運動、恐怖活動的法律通過了。

1283
☐
とりたてる
【取り立てる】

他Ⅱ 特別提及，值得一提；提拔；徵收
類 ひきたてる【引き立てる】提拔

例 取り立てて自慢できるものではありませんが、私は腕立て伏せと腹筋が得意で、連続５０回は楽にできます。 雖然也不是什麼特別能自豪的事，但我擅長地挺身與仰臥起坐，能輕鬆連做 50 次。

1284
☐
とりつぐ
【取り次ぐ】

他Ⅰ 轉達，傳達；經銷
類 なかつぎ【中継ぎ】轉達；轉口

例 電話をお取り次ぎ致しますので、そのまま少々お待ちください。

為您轉接電話，請勿掛斷稍後片刻。

1285
☐
とりつける
【取り付ける】

他Ⅱ 安裝
類 せっちする【設置する】安裝

例 エアコンを取り付けるために、今日は会社を休んで家にいる。

為了安裝冷氣，我今天向公司請假待在家裡。

1286
☐
とりひき
【取引 (き)】

名・自他Ⅲ 交易
類 うりあげ【売上】銷售量；銷售額

例 犯人は人質を解放する代金として３００万ドルを要求している。この取引が成功すれば、犠牲者は出ない。 犯人要求 300 萬美元作為釋放人質的贖金。這筆交易成功的話，就不會有人員傷亡。

1287
☐
とりまく
【取り巻く】

他Ⅰ 圍繞，包圍
類 とりかこむ【取り囲む】環繞

例 彼を取り巻く環境は、いつもタバコの煙が立ち昇っていて、禁煙するにも禁煙できない状況だ。

他周圍的環境，總是香菸煙霧裊裊，即使想戒菸也無法做到。

1288
☐
とりもどす
【取り戻す】

他Ⅰ 恢復；收回
類 とりかえす【取り返す】恢復；奪回

例 彼にふられたばかりの彼女は、まず自信を取り戻すためにダイエットを始めることにした。

被男友甩了的她，首先為了恢復自信，決定開始節食減肥。

1289 ☐ とりよせる
【取り寄せる】

|他Ⅱ| 訂購；寄來
|類| おくってもらう【送ってもらう】請…寄送

例 ネットショッピングで何でも取り寄せできるようになったから、遠くの老舗の味も自宅にいながらにして楽しめる。　因為網購讓人可以訂購任何商品，所以在家也可以享受到遠方老店的美味。

1290 ☐ ドリル
【drill】

|名| 練習
|類| れんしゅうちょう【練習帳】練習簿

例 算数ドリルの5～10ページまでは宿題です。家でやってきてください ね。　數學習題5～10頁是回家作業，請在家裡把它做好。

1291 ☐ とりわけ
【取り分け】

|副| 特別
|類| とくに【特に】特別

例 最近、体力が衰えてきた。とりわけ足腰が弱ってきている。
最近我的體力衰退，特別是變得腰痛腿無力。

1292 ☐ どわすれ
【度忘れ】

|名・自他Ⅲ| 突然忘記，一時想不起
|類| ものわすれ【物忘れ】健忘

例 わざわざスーパーまで来たのに、何を買いに来たのかど忘れしてしまっ た。　我特地來到超市，卻突然忘記要來買什麼。

1293 ☐ どんかん（な）
【鈍感（な）】

|名・な形| 感覺遲鈍
|反| びんかん（な）【敏感（な）】敏感

例 彼は鈍感だから、自分から告白しないと好意は伝わらないと思う よ。　因為他感覺遲鈍，所以我覺得如果你自己不主動告白的話，無法傳達對他的好感。

▼な／ナ

1294
☐
🔊
21
なえ
【苗】

名 幼苗
衍 ろうぼく【老木】老樹

例 幼いころ祖父と一緒に植えた苗が、今ではこんなに成長して実を
いっぱいつけている。

小時候與祖父一起種植的幼苗，現在長這麼大了，結實累累。

1295
☐
なおさら
【尚更】

副 更加 → 常考單字
類 いちだん（と）【一段（と）】更加

例 愛していたなら、なおさら別れは辛かったことでしょう。思い出は
美しいまま、心に留めておくといいですよ。 如果曾經愛過，離別會
更加痛苦。要是回憶能就這樣美好的留在心裡就好了。

1296
☐
なかば
【半ば】

名・副 中途；一半 → 常考單字
類 とちゅう【途中】途中

例 志半ばにして他界するなんて、未練が残っていたでしょうね。

壯志未酬身先死，還有所留戀吧。

1297
☐
なかみ
【中身】

名 內在 → 常考單字
反 がいけん【外見】外表

例 人は外見ではなくて中身で勝負だなんて言いますが、外見が悪かっ
たら、チャンスだって訪れてこないかもしれません。 雖說人是不是
以外表分勝負而是內在，但外表難看的話，或許連機會都不會來臨。

1298
☐
ながめる
【眺める】

他Ⅱ 眺望 → 常考單字
類 みわたす【見渡す】瞭望

例 小高い山から下を眺めるだけでも心がすっきりとして、気分がよく
なります。 只是從略高的山上往下眺望，就覺得很舒心，心情變好了。

1299
ながもち
【長持ち】

名・自Ⅲ 持久，耐用
反 あしがはやい【足が早い】（食物）易腐壊

例 白菜は足が早いと思われがちですが、意外と長持ちするんですよ。
冷蔵庫に入れておけば、2週間は持ちます。　大白菜往往被認為容易
腐壊，但卻意外地耐放。放在冰箱的話，可保存2週。

1300
なきねいり
【泣き寝入り】

名・自Ⅲ 忍氣吞聲

例 違法な取引でこちらにも非があるので、相手に騙されても、警察に
頼ることもできず、泣き寝入りするしかなかった。　因為是非法交易，
我方也有錯，即使遭受詐騙也無法求助警察，只能忍氣吞聲。

1301
なげく
【嘆く】

他Ⅰ 悲嘆；慨嘆
類 ぐちをこぼす【愚痴をこぼす】抱怨

例 自分は不幸だと嘆いているだけでは、問題は解決しない。毎日一歩
ずつでも前進しなければならない。　光是悲嘆自己的不幸不會解決問
題。即使每天只有一小步也必須向前邁進。

1302
なげだす
【投げ出す】

他Ⅰ 放棄；豁出
類 ほうきする【放棄する】放棄

例 いったん始めたからには、途中で投げ出さないで、最後までやり遂げ
てほしいです。　既然開始了，就希望不要中途放棄，做到最後。

1303
なごやか（な）
【和やか（な）】

な形 和睦，和諧；溫和
類 おだやか（な）【穏やか（な）】溫和

例 お見合いは、和やかな雰囲気の中で行われていた。
相親是在和睦的氣氛中進行。

1304
なごり
【名残（り）】

名 遺跡；餘波
衍 なごりおしい【名残惜しい】依依不捨

例 東京の「お台場」という地名は、幕末にアメリカの艦隊に備える
ための砲台があった名残である。　東京「台場」的地名是江戶幕府末
期為防備美國艦隊設置砲臺所留下的遺跡。

1305
☐
なさけない
【情けない】

い形 可恥；丟臉　　　　　　　　　　　　→N2 單字
類 なげかわしい【嘆かわしい】可悲

例 ああ、こんな自分が情けない。人に慰めてなんかもらいたくない。

哎呀，我覺得自己這樣很可恥，不想讓別人安慰。

1306
☐
なさけぶかい
【情け深い】

い形 仁慈；有同情心
反 むじょう（な）【無情（な）】無情

例 C部長はとても情け深い人で、部下の失敗を責めず、いつも励ま
してくれるということだ。

聽說 C 經理是很仁慈的人，不會苛責下屬的失敗，總是給予鼓勵。

1307
☐
なさる

他I 做（「する」、「なす」的尊敬語）
衍 いたす【致す】做（「する」的謙讓語）

例 皆さま、後片付けはご自分でなさらず、そのままにしておいてけっこ
うです。スタッフにお任せください。

各位不需要自行收拾，放著就可以了。請交給工作人員處理。

1308
☐
なしとげる
【成し遂げる】

他II 完成
類 じょうじゅする【成就する】完成，實現

例 偉大な事業を成し遂げた人たちは、実は何度も失敗を経験して、
やっと成功したんだよ。

完成偉大事業的人，事實上是經歷數次失敗，最後終於成功。

1309
☐
なじむ
【馴染む】

自I 習慣；融合　　　　　　　　　　　→ 常考單字
衍 したしむ【親しむ】親近，接近；喜好

例 ペンも靴も使えば使うほど、手や足に馴染んで、使いやすくなる。

無論是筆還是鞋子，越用手腳越習慣，變得更好用。

1310
☐
なぞ
【謎】

名 謎團；謎語　　　　　　　　　　　→ 常考單字
衍 ふしぎ（な）【不思議（な）】不可思議

例 名探偵の手にかかれば、「謎」は「謎」ではなくなり、問題は解決
されるものである。

倘若名偵探經手的話，謎團就不再是謎團，問題會迎刃而解。

1311 □ **なぞる** 　　　　　　[他I] 描；臨摹

 鉛筆で下書きしたイラストをペンでなぞって清書した。

將用鉛筆打草稿的插畫以原子筆描繪出來。

1312 □ **なだかい**
【名高い】 　　　　　　[い形] 著名
　　　　　　　　　　　　[類] ゆうめい(な)【有名(な)】有名

 これがあの名高い富山ブラックラーメンなんですね。スープの色が
真っ黒です。　這就是那個著名的富山黑拉麵，湯頭顏色黝黑。

1313 □ **なだれ**
【雪崩】 　　　　　　[名] 雪崩
　　　　　　　　　　　　[衍] どしゃくずれ【土砂崩れ】坍方

 この辺りは春は雪崩が起きやすく、夏には大雨で土砂崩れが発生し
やすいので、通行には十分お気をつけください。

這附近春天容易發生雪崩，夏天容易因豪雨引發坍方，因此請小心通行。

1314 □ **なつく**
【懐く】 　　　　　　[自I] 親近
　　　　　　　　　　　　[類] なれる【慣れる】親近

 この猫はよく懐いているね。これが野良猫だったなんて、信じられな
い。　這隻貓和人很親近。無法置信地竟然曾是隻野貓。

1315 □ **なづける**
【名付ける】 　　　　　　[自他II] 取名
　　　　　　　　　　　　[類] めいめいする【命名する】命名

 私が名付け親になれるなんて、なんだか緊張してきた。

我竟然要成為替孩子取名的人，不由得緊張了起來。

1316 □ **なにげない**
【何気ない】 　　　　　　[い形] 無意，無心

 この小説は、友達との何気ない会話をもとにして書かれた。

這部小說是以與朋友無意間的對話為題材撰寫而成。

1317
□
なのる
【名乗る】

自I 自報姓名；自稱

例 その通りすがりの親切な人は、名前も名乗らず、さりげなく電車代を渡して去っていった。

那位路過的好心人沒有留下姓名，毫不在意地給了火車票錢後就離去。

1318
□
なべもの
【鍋物】

名 火鍋

類 なべりょうり【鍋料理】火鍋

例 こんな寒い日には、熱い鍋物でも食べて、体の芯から温まりたいです。　在這樣寒冷的日子，想吃些熱火鍋從體內開始變暖和。

1319
□
なまみ
【生身】

名 活人；肉身　　　　　　　　➜ 常考單字

類 にくたい【肉体】肉體

例 生身の人間だから、たまには風邪もひくし、病気にもなります。

因為是活生生的人類，偶爾也會感冒、生病。

1320
□
なまり
【鉛】

名 鉛

衍 あえん【亜鉛】鋅

例 鉛は有毒だから、取り扱いには十分気をつけたほうがいいよ。

因為鉛有毒，所以處理時最好要非常小心。

1321
□
なめる
【舐める】

他II 輕視；備嘗（艱辛）

類 あなどる【侮る】輕視；侮辱

例 母が帰宅したときは、しっぽを振って出迎えるのに、私には愛想がない。どうやら格下だとなめられているようだ。　（寵物犬）在媽媽回到家時會搖著尾巴迎接，對我卻很冷淡。我好像受到輕視，被當成下等人。

1322
□
なやましい
【悩ましい】

い形 令人神魂顛倒；傷腦筋

衍 なやみ【悩み】煩惱

例 露出した服装を見ると、あまりにも悩ましくて仕事に集中できなくなって困る。

如果看到暴露的服裝，會令人神魂顛倒無法專注於工作而感到困擾。

1323
☐
なやます
【悩ます】

他I 使…苦惱
類 くるしめる【苦しめる】使…煩惱

例 ただでさえ 忙しんだから、君のことで僕を悩まさないでほしい。

原本就很忙了，所以拜託不要再讓我因你的事情而苦惱。

1324
☐
ならう
【倣う】

自I 仿照　　　　　　　　　　　　→N2 單字
類 もほうする【模倣する】仿效

例 前例に倣って、会長が開会式のあいさつをされることになりました。

仿照前例，會長於開幕典禮致詞。

1325
☐
ならびに
【並びに】

接續 以及，及
類 および【及び】以及

例 注意事項、並びに携行品について説明を行います。

針對注意事項及攜帶物品進行說明。

1326
☐
なりすます
【成り済ます】

自I 冒充，偽裝
衍 なりすまし【成り済まし】假帳號

例 最近、有名人と同姓同名のアカウント名で、有名人になりすますというケースが後を絶たない。

最近接連發生偽裝成名人，開同名同姓帳號來詐騙的案例。

1327
☐
なりゆき
【成り行き】

名 發展；結果
衍 へんかのかてい【変化の過程】變化的過程

例 成り行きで二次会に連れて行かれて、その後は酔っ払ってあまり覚えていない。　順勢被帶去續攤，後來喝醉就完全不記得了。

1328
☐
なれなれしい
【馴れ馴れしい】

い形 過分親暱
類 えんりょない【遠慮ない】親密，不客氣

例 あの人、初対面なのにあまりにも馴れ馴れしくてちょっと怪しい。

那個人，明明是初次見面卻一副很熟稔的樣子，有點奇怪。

1329 □
なんこう
【難航】

名・自Ⅲ 難以進展　　　　　　　　→ 常考單字
衍 なんぎ【難儀】困難

例 何度話し合っても 条 件が合わず、話し合いは難 航している。

討論好幾次卻不符合條件，協商難以進展。

1330 □
なんだかんだ（と）
【何だかんだ（と）】

副 這樣那樣，這個那個
類 ああだこうだ 這個那個

例 なんだかんだ言っても、あの二人は愛し合っているから別れないでしょ

う。　儘管這樣那樣，最終因為他們兩人真心相愛而沒有分手吧。

1331 □
なんとも
【何とも】

副 實在　　　　　　　　　　　　→ 常考單字
類 どうにも 實在，的確

例 なんとも言えないいい匂いがする。ここは食べ物の誘 惑が多い場所だ

ね。　無法形容的好氣味。這裡是美食誘惑很多的地方。

1332 □
なんなり（と）
【何なり（と）】

副 無論什麼，儘管
類 なんでも【何でも】不管什麼，什麼都

例 お困りのことがございましたら、 何なりとお申し付けくださいますよう

に。　如果有任何困難，請儘管告訴我。

1333 □
なんらか
【何らか】

副 某些，一些　　　　　　　　　→N2 單字
類 なにか【何か】某些，什麼

例 何らかの原 因がなければ、事故は起きないだろう。

沒有某些原因，事故不會發生吧。

に／ニ

1334 □
🔊
22
にがわらい
【苦笑い】

名・自Ⅲ 苦笑

例 先生は学生に間違いを指摘されて、 苦笑いするしかなかった。

被學生指出錯誤，老師只能苦笑。

1335
□
にくしん
【肉親】
名（有血緣關係的）親人

例 肉親捜しのため、彼女は日本を訪れているという。

聽說為了尋找親人，她前往日本。

1336
□
にじむ
【滲む】
自Ⅰ 滲出，流出
→ 常考單字

例 うだるような暑さから、Tシャツに汗が滲んできた。

因為熱到快煮熟般，T恤滲出汗來。

1337
□
にちや
【日夜】
名・副 晝夜；總是
類 ちゅうや【昼夜】晝夜

例 筋肉はある日突然つくものではなく、日夜努力している成果が身体に現れてくるんです。

肌肉不是某天突然出現，而是不分晝夜努力的成果顯現在身體上。

1338
□
になう
【担う】
他Ⅰ 肩負
類 せおってたつ【背負って立つ】負擔

例 未来を担う若者たちを応援するのが、私たち教師の役割なんです。　支持肩負未來的年輕人是我們教師的職責。

1339
□
にぶる
【鈍る】
自Ⅰ 變遲鈍
類 おとろえる【衰える】衰落

例 年を取ると感覚が鈍ってケガをしやすくなるから、運動する際には十分気をつけましょう。

一旦上了年紀，感覺會變遲鈍、容易受傷，所以運動時要很小心。

1340
□
にやにや
副・自Ⅲ 奸笑；獨自痴笑
衍 うすわらい【薄笑い】冷笑

例 気味悪く、あそこでにやにや笑っている人は誰ですか。

在那奸笑令人感到不快的人是誰？

出題重點

▶詞意辨析　にやにや VS にこにこ

「にやにや」表示不出聲且令人感到不舒服的奸笑、痴笑，「にこにこ」則表示笑瞇瞇、笑容滿面，給人良好印象的微笑。

1341
☐ **ニュアンス**
【nuance】

名 語感
類 いみあい【意味合い】意思，含意

例 和歌は５７５　７７ という短い文章の中で、さまざまなニュアンスを伝えているんです。　和歌（以５個及７個音節的句子組成）在５７５ ７７的短文中，表達各式各樣的語感。

1342
☐ **にゅうしゅ**
【入手】

名・他Ⅲ 取得
類 てにいれる【手に入れる】獲得

例 江戸時代の浮世絵を入手したって本当ですか。

聽說你取得江戸時代的浮世繪是真的嗎？

1343
☐ **にわか (な)**
【俄 (な)】

な形 突然　　　　　　　　　　　→N2 單字
類 とつぜん【突然】突然

例 今日の天気予報によると、にわか雨が降るらしいから傘を持って行こう。　根據今天的天氣預報，因為好像會突然下雨，所以帶傘去吧。

1344
☐ **にんげんせい**
【人間性】

名 人的本性　　　　　　　　　　→ 常考單字
類 にんげんらしさ【人間らしさ】人性

例 字でも絵でも、その表現の中に人間性が現れてくるものらしい。

無論字或圖的表現，似乎可以顯現出人的本性。

▶ぬ／ヌ

1345
☐
🔊
23
ぬかす
【抜かす】

他Ⅰ 脱落；遺漏；超過

例 寝ぼけて幻を見ているのかと思ったら、本物の強盗だったので、びっくりして腰を抜かした。

以為睡到迷糊看見幻覺，結果是真的強盜而嚇到腿軟。

1346 ☐
ぬけだす
【抜け出す】

自I 溜；擺脱

類 だっしゅつする【脱出する】逃脱

例 学生たちは授業をこっそり抜け出して、外で花見なんかしている。

學生們偷偷地翹課，在外面賞櫻。

1347 ☐
ぬりこめる
【塗り込める】

他II 封上

→ 常考單字

例 こちらの漆器は螺鈿を塗りこめたもので、上品な輝きを放っていますよ。

此處的漆器因封上螺鈿（嵌在器物上的螺殼裝飾）而有很雅致的光芒。

▶ね／ネ

1348 ☐ 🔊
ねあげ
【値上げ】

名・他III 漲價

→ 常考單字

反 ねさげ【値下げ】降價

24 例 石油の値上げによって、物価も上昇している。

因石油漲價，物價也在上升。

1349 ☐
ねいろ
【音色】

名 音色

→ 常考單字

衍 こわいろ【声色】聲調

例 美しい音色が聞こえてくる。いったい誰が演奏しているのだろう。

聽到美麗的音色，究竟是誰在演奏呢？

1350 ☐
ねがえる
【寝返る】

自I 投敵；翻身

類 うらぎる【裏切る】背叛

例 敵が強大だと分かるにつれて、敵側に寝返る味方は増える一方だ。

隨著了解到敵人很強，投敵的盟友越來越多。

1351 ☐
ねこそぎ
【根こそぎ】

副 全部，一乾二淨；連根拔起

類 ぜんぶ【全部】全部

例 外国の業者が国産ウイスキーを根こそぎ買い占めていくので、国産ウイスキーの価格が上昇している。

國外的業者將國產威士忌徹底買斷，因此國產威士忌價格上漲。

1352 ☐
ねころぶ
【寝転ぶ】

自I 躺下
類 よこになる【横になる】横躺

例 草の上に寝転んで、空を見ていた。春風が心地よかった。

躺在草地上看著天空。春風感覺很舒服。

1353 ☐
ねさげ
【値下げ】

名・他III 降價
反 ねあげ【値上げ】漲價

例 季節外れになると、店は商品を値下げして少しでもたくさん売ろうと考える。　一旦過季，店鋪就會考慮將商品降價盡可能多賣一些。

1354 ☐
ねじれる
【捩れる】

自II 扭轉；乖僻；彆扭
類 ゆがむ【歪む】扭曲

例 上半身と下半身を反対方向に回してください。お腹の筋肉がねじれるように。　請將上半身與下半身反方向轉動，扭轉腹部肌肉。

1355 ☐
ネタ

名 素材　　　　　　　　　　　　→ 常考單字
類 たね【種】題材

例 このニュースは、おもしろい話のネタになると思う。

我覺得這則新聞會成為有趣的話題。

1356 ☐
ねたむ
【妬む】

他I 嫉妒
類 しっとする【嫉妬する】嫉妒

例 他人を妬んだところで、どうにもなりはしない。自分で努力するしかないでしょう。　即使嫉妒他人也無濟於事，只能憑自己努力吧。

1357 ☐
ねだる
【強請る】

他I 央求
類 ほしがる【欲しがる】貪求

例 子どもにねだられても、すぐに買って与えるのはよくないことだ。

即使被小孩苦苦哀求，也不好馬上就買給他。

1358 ☐
ネック
【neck】

名 瓶頸

例 性差別が女性の社会進出のネックになっているのは明らかだ。

性別歧視明顯是女性踏入社會的瓶頸。

1359
□
ねばる
【粘る】

自Ⅰ 發黏；堅持
類 けんじする【堅持する】堅持

例 納豆は粘るまで何度もよく混ぜてから食べると、栄養価も増しておいしくなります。　納豆攪拌數次直到發黏後再食用的話，營養價值也會增加，變得更加美味。

1360
□
ねまわし
【根回し】

名・自Ⅲ 檯面下溝通；事前交涉

例 政治家が自らの政策を実現させるためには、有力者に対する根回しが不可欠だ。

政治人物為了實現自己的政策，必須與重要人士在檯面下溝通交涉。

1361
□
ねる
【練る】

他Ⅰ 推敲，斟酌　　　　　　　　→ 常考單字
類 じゅっこうする【熟考する】仔細考慮

例 考えをよく練ってから、レポートを提出することにします。

決定仔細推敲後再提出報告。

▶の／ノ

1362
□
🔊
25
のうにゅう
【納入】

名・他Ⅲ 交納（商品）；繳納（金錢）
類 おさめる【納める】交納；繳納

例 商品の納入は、期日を守るようお願いいたします。

商品交貨麻煩請遵守約定日期。

1363
□
ノウハウ・ノーハウ
【know-how】

名 技能知識；技術訣竅　　　　　→ 常考單字
類 ちしき【知識】知識

例 これまでの仕事のノウハウを伝えようといっても、昔と今では仕事の内容も変わってきているから難しい。　雖說想傳承先前工作的技術訣竅，但因為現在工作內容改變，與過去不同，所以很困難。

1364
□
のがす
【逃す】

他Ⅰ 錯過；放掉
類 にがす【逃がす】釋放（動物、俘虜）

例 このチャンスを逃したら、一生後悔するって思って、思い切って応募したんです。　我想錯過這個機會的話會後悔一輩子，毅然決然應徵了。

281

1365
□
のがれる
【逃れる】

|自Ⅱ| 逃出；逃避　　　　　　　➜ 常考單字
|類| とうぼうする【逃亡する】逃跑

例 戦火を逃れてきた人たちの表情は、皆疲れきっているように見えた。　逃離戰火的人們看似都一臉筋疲力盡。

1366
□
のきなみ
【軒並み】

|名・副| 一律；家家戶戶
|類| どれもこれも 樣樣

例 土地の価格が軒並み上昇しているのは、誰かが不動産価格を吊り上げているからだろう。

土地價格一律上漲，是因為有人哄抬不動產價格吧。

1367
□
のこり
【残り】

|名| 剩下，剩餘　　　　　　　➜ 常考單字
|類| あまり【余り】剩餘

例 残りわずか1分というところで、まさかの逆転優勝をした。まるで夢を見ているようで涙が溢れ出てきた。

剩下1分鐘時竟然逆轉勝。簡直像做夢般，使我淚流滿面。

1368
□
のぞく
【覗く】

|他Ⅰ| 窺探，窺視　　　　　　　➜ 常考單字
|類| かいまみる【垣間見る】窺視

例 忍者は、天井裏や床下からこっそり覗いて情報を得ていたということだ。　聽說忍者是從閣樓、地板下偷偷窺探獲得情報。

1369
□
のぞましい
【望ましい】

|い形| 最理想，最好
|類| ねがわしい【願わしい】最好，希望

例 いちばん望ましいのは、学生が自ら進んで調べて学ぶことである。人から聞いた情報はすぐ忘れてしまうだろう。　最理想的是讓學生自行主動調查學習，從他人那聽到的訊息會馬上忘記吧。

1370
□
のぞむ
【臨む】

|他Ⅰ| 參加，出席；面對；面臨
|類| むかいあう【向かい合う】面對

例 普段からしっかり勉強しているから、明日の試験には落ち着いて臨めそうだ。　因為平常就好好念書，應該可以冷靜面對明天的考試。

1371 ☐
のっとる
【乗っ取る】

他Ⅰ 劫持
類 ハイジャックする【hijack】劫機

例 １９７０年代には、政治犯による航空機乗っ取り事件も珍しくなかった。　在 1970 年代，政治犯劫持飛機的事件並不少見。

1372 ☐
のどか (な)
【長閑 (な)】

な形 悠閒；晴朗
類 のんびり 悠閒自在

例 退職後は、のどかな田舎町で自給自足で暮らすのが夢である。

退休後在悠閒的鄉下自給自足地過日子是我的夢想。

1373 ☐
ののしる
【罵る】

自他Ⅰ 呵斥，破口大罵
類 わるくちをいう【悪口を言う】罵人；詆毀

例 女が男を大声でののしっていた。どうやら浮気がケンカの原因だったらしい。　女人大聲呵斥男人。吵架的原因好像是外遇。

1374 ☐
のびのび (と)
【伸び伸び (と)】

副・自Ⅲ 自由自在；悠然自得　　→ 常考單字
反 きゅうくつ (な)【窮屈 (な)】拘束

例 厳しい監督が辞めて、若くて気さくな監督に代わってから、選手たちはのびのびとプレーできるようになった。

嚴格的教練離職，年輕爽快的教練取而代之後，選手們得以自由發揮。

1375 ☐
のべる
【述べる】

他Ⅱ 敘述，說明　　→ 常考單字
類 いいあらわす【言い表す】表達，說明

例 開会の言葉を述べるという大役を授かった。

我被賦予開幕致詞的重要使命。

1376 ☐
のみこむ
【呑み込む】

他Ⅰ 領會，理解
類 りかいする【理解する】理解

例 この子は聡明で呑み込むのが速いから、教えがいがある。

這孩子很聰明且領會神速，因此值得教導。

1377
☐
のりだす
【乗り出す】

|自他Ⅰ| 積極開始；親自出面　　　　→ 常考單字
|類| とりかかる【取り掛かる】開始，著手

例 政府は問題を早期解決するために、本格的に乗り出した。

政府為了及早解決問題，正式開始積極處理。

1378
☐
のる
【乗る・載る】

|自Ⅰ| 參與；上當；附和；趁勢　　　　→ 常考單字
|類| さんかする【参加する】參加

例 うまい話には乗るもんじゃないよ。きっと何か裏があるはずだ。

不要相信那麼好康的事，背後一定有什麼內幕。

1379
☐
ノルマ
【norma】

|名| （工作）定額；基準
|類| もくひょう【目標】目標

例 営業は毎週毎月ノルマがあって、それが達成できないとストレス

がたまる。　銷售量每星期每月都有定額指標，若無法達成會有壓力。

1380
☐
のろう
【呪う】

|他Ⅰ| 痛恨；詛咒

例 受験日に入院することになるなんて。自分の運命を呪わずにはいられ

ない。　竟然將在考試當天住院，真是恨死了自己的命運。

は／ハ

1381
□
🔊
26
はいき
【廃棄】

名・他Ⅲ 廃棄 　　　　　　　　　　→ 常考單字
類 すてる【捨てる】丟棄

例 廃棄処分になるはずだったものを再利用して、食物にすることを
サーキュラーフードという。

將原本要報廢的食材再利用，製成食物稱之為循環食品。

1382
□
ばいきゃく
【売却】

名・他Ⅲ 出售
類 うりはらう【売り払う】賣，脫售

例 大家が借金を抱えていたそうで、家が競売にかけられ、売却さ
れてしまったため、引っ越すしかなくなった。

聽說房東負債，房子遭拍賣、出售，不得不搬家。

1383
□
はいきゅう
【配給】

名・他Ⅲ 配給；（電影）發行
類 くばる【配る】分配

例 今は普通に食べている米も、戦争中は全て配給制だった。

現在一般在吃的白米於戰爭期間也全都是配給制。

1384
□
はいしゃく
【拝借】

名・他Ⅲ 借；借助
類 かりる【借りる】借；借助

例 賢い私の友達は「ちょっとお知恵を拝借」と言って先輩からアド
バイスを受けていた。

我聰明的朋友說：「可以給我一些寶貴的意見嗎？」而接受前輩的建議。

1385
□
はいしゅつ
【輩出】

名・他Ⅲ 輩出 　　　　　　　　　　→ 常考單字
類 よにでる【世に出る】出名；問世

例 この学校は、業界に多くの優秀な人材を輩出していることで有
名だ。　這間學校在業界因為優秀人才輩出而聞名。

1386
□
はいたつ
【配達】

名・他Ⅲ 送；投遞 　　　　　　　　→N2 單字
類 くばりとどける【配り届ける】配送

例 不在届けが入っていたので、電話したらすぐ配達してくれた。

因為有招領郵件通知單，打了電話馬上就幫我送來了。

1387
☐
はいぶん
【配分】

名・他Ⅲ 分配
類 わけまえ【分け前】配額

例 今年は企業の売上がよかったため、株の配分にはみな期待を膨らませている。　由於今年企業的營業額很好，大家對分紅配股滿懷期待。

1388
☐
はいりょ
【配慮】

名・自他Ⅲ 考慮；關照　　　　　　　　→N2 單字
類 きをくばる【気を配る】關照

例 私はどうも性格が大雑把なので、配慮が足りないとよく注意されるから気をつけようと思う。

我覺得自己的個性大而化之，經常被提醒思慮不周，所以要留意。

1389
☐
はえる
【映える】

自Ⅱ 顯眼；顯得好看；映照
類 ひきたつ【引き立つ】特別顯眼

例 真っ青な空に白い雲がよく映えて、まぶしいくらいだ。

蔚藍的天空配上白雲非常顯眼，幾近耀眼奪目。

1390
☐
はかどる
【捗る】

自Ⅰ 進展；順利進行
類 しんちょく【進捗】進展

例 仕事が捗らないのは集中力が足りないのではなく、仕事が次から次へと入ってきて、処理しきれないからだ。

工作沒進展並非專注力不足，而是因工作接二連三出現，處理不完。

1391
☐
はかる
【図る・謀る】

他Ⅰ 企圖；策劃；圖謀　　　　　　　→ 常考單字
類 きとする【企図する】企圖

例 彼女は結婚詐欺で相手を騙そうと謀っていたが、いつのまにか本当に相手を好きになってしまったそうだ。

聽說她原本企圖以結婚詐欺欺騙對方，但在不知不覺中真心喜歡上對方。

1392
☐
はき
【破棄】

名・他Ⅲ 毀棄（契約、約定等），取消；撕毀
類 とりけす【取り消す】取消，廢除

例 婚約破棄されてしまった心の傷は、いつまでも深く残るだろう。

遭到毀婚的心理創傷，始終深刻殘留於心。

1393
☐ はぐくむ
【育む】

他Ⅰ 培養感情；養育
類 そだてる【育てる】培養；養育

例 愛は芽生えたあと、育むものだと私は初めて知った。

愛情萌芽後，我才知道愛需要培養。

1394
☐ はくじょう
【白状】

名・他Ⅲ 坦白
類 こくはく【告白】坦白

例 実は下駄箱にラブレターを入れたのは私だったと、あとで彼に白状した。　後來我向他坦承，其實將情書放到鞋櫃的人是我。

1395
☐ ばくぜん（と）
【漠然（と）】

副 含糊；模糊；籠統
類 ぼんやりと 模糊

例 不安定な時代、若者たちは漠然とした未来しか描けないのかもしれない。　在不穩定的時代，年輕人也許只能含糊地想像未來。

1396
☐ ばくは
【爆破】

名・他Ⅲ 爆破

例 自爆テロによって爆破されたビルは大騒ぎになっていた。

因自殺式恐怖攻擊，大樓被爆破，引起了騷動。

1397
☐ はくりょく
【迫力】

名 動人，扣人心弦

例 3D映画はさすがに迫力があるので、ホラームービーは見たくない。　3D電影果真張力十足，因此我才不想看恐怖電影。

1398
☐ ばくろ
【暴露】

名・自他Ⅲ 揭露，暴露；曝晒
類 あばく【暴く】揭發

例 親友だと思って話したのに、彼女はみんなに私の秘密を暴露してしまった。　原以為是好朋友才對她說，她卻向大家揭露我的祕密。

1399
☐ はげむ
【励む】

自Ⅰ 努力，勤奮
類 がんばる【頑張る】努力

例 子供ができたとたんにギャンブルをやめて、仕事と貯蓄に励んでいるらしいよ。　他好像一有了小孩就戒賭，努力工作存錢。

1400 ☐ **ばける**
【化ける】

自II 變身；喬裝
類 へんげする【変化する】變身；變化

例 世間では、女は化粧で化けると言われているが、近年は男も化粧で化ける時代が来たと実感している。 社會上都是認為女性靠化妝變身，但近年來感受到男性也靠化妝變身的時代來臨了。

1401 ☐ **はじく**
【弾く】

他I 防，抗；彈，撥

例 防水スプレーをかければ水を弾いてくれるから、新しい靴には必ずかけるようにしている。
噴上防水噴霧的話就能防水，所以新鞋務必噴一噴。

1402 ☐ **はしゃぐ**

自I 嬉鬧，喧鬧
類 うかれる【浮かれる】歡愉

例 生まれてはじめて雪を見た子犬は、庭を走り回ったり、雪の上で寝転んだりして、はしゃいでいた。
生平第一次看到雪的小狗，在庭院跑來跑去、躺在雪上嬉鬧著。

1403 ☐ **はじる**
【恥じる】

自II 羞愧；害羞
衍 はばかる【憚る】顧忌

例 人は自分の欠点を恥じることはあるけれども、長所にはあまり気づかないものである。
人們會對自己的缺點感到羞愧，但對自己的優點毫無知覺。

1404 ☐ **はずむ**
【弾む】

自I （情緒）高漲，興奮；彈，跳；喘
類 はねかえる【はね返る】彈回；反彈

例 今日は朝から天気がいいので、何だか心が弾んでウキウキしている。
今天從早上開始就是好天氣，因此總覺得內心很雀躍、愉快。

1405 ☐ **はせる**
【馳せる】

自他II 馳名 → 常考單字
類 とどろかす【轟かす】馳譽

例 かつてはホームレスだった彼も今では世界に名を馳せる大企業の社長だ。 過去曾是街友的他，現在是一家世界馳名的大企業老闆。

1406 □
はたす
【果たす】

他Ⅰ 完成，實現 → 常考單字

類 なしとげる【成し遂げる】完成

例 役割を果たし終えた盲導犬は、退職後のんびりと暮らすらしい。

服役結束的導盲犬退休後似乎過得很悠閒。

1407 □
ばたばた（と）

副・自Ⅲ 繁忙；手忙腳亂；揮手蹬腳

反 よゆうをもって【余裕をもって】從容

例 最近ばたばたしてて、ゆっくり読書する時間はないに等しいです。

我最近忙東忙西，等同於沒有時間好好閱讀。

例 「風邪でも行く」と子供は寝転んで手足をばたばたさせながら、泣きわめいた。

小孩躺著一邊揮手蹬腳一邊嚎啕大哭地說：「即使感冒也要去。」

1408 □
はたらきかけ
【働きかけ】

名 推動；發動 → 常考單字

例 認知症になった老人は、職員の積極的な働きかけによって、少しずつ症状が改善してきている。

得到失智症的老人，由於職員積極的推動，症狀正逐漸改善。

1409 □
はちあわせ
【鉢合わせ】

名・自Ⅲ 遇見；撞上

例 学校のそばの店に行くのはやめようよ。先生と鉢合わせしちゃうかもしれないし。　不要去學校旁邊的店啦，可能會遇見老師。

1410 □
はっくつ
【発掘】

名・他Ⅲ 發掘，挖掘 → 常考單字

類 ほりだす【掘り出す】掘出，挖出

例 子どもが拾ってきた化石が引き金となり、本格的な発掘調査がはじまった。　以小孩撿來的化石為開端，正式開始發掘調查。

1411
☐
パッケージ
【package】

名 包裝
類 ほうそう【包裝】包裝

例 子どもや女性を対象とした商品は、かわいらしいパッケージも重要なポイントである。

以小孩和女性為對象的商品，可愛的包裝也是重要關鍵。

1412
☐
ばっさい
【伐採】

名・他Ⅲ 砍伐
類 きりだす【切り出す】砍伐後運出

例 山林の伐採が進むと、下流で土石流が発生する恐れがある。

如果持續砍伐山林，恐怕會在下游發生土石流。

1413
☐
はっそう
【発想】

名・他Ⅲ 主意；想到；構思　　　　→ 常考單字
類 おもいつく【思いつく】想到

例 新たな発想が必要とされる職場では、休憩室にも特色があると聞いた。　聽說需要有嶄新點子的職場，休息室也很有特色。

1414
☐
はっと

副 突然　　　　　　　　　　　　→ 常考單字

例 家を出てから、鍵をかけ忘れたことにハッと気づいた。

出了家門後才突然發覺忘了上鎖。

1415
☐
はつびょう
【発病】

名・自Ⅲ 發病
衍 へいはつ【併発】併發

例 病気は感染から発病まで、かかる時間はまちまちである。

生病從感染到發病時間長短不一。

1416
☐
はつみみ
【初耳】

名 初次聽到；前所未聞
衍 みみにする【耳にする】聽到

例 それに関する情報は初耳である。もっと詳しく聞かせてほしい。

與那件事相關的訊息我還是第一次聽說，希望您能更詳細說明。

1417
☐ **ばてる**

自II 精疲力盡
類 ぐったりする 精疲力盡

例 毎日、働きづめで、ついにばててしまった。

每天拚死命不停地工作，終於精疲力盡。

1418
☐ **はなつ**
【放つ】

他I 射；放；開；派出

例 フォワードが、左サイドからレーザービームのようなシュートを放ち、みごとゴールを決めた。

前鋒從禁區左側踢出宛如雷射光的射門，漂亮地進球得分。

1419
☐ **はなばなしい**
【華々しい】

い形 華麗，絢麗
類 はなやか（な）【華やか(な)】華麗

例 華々しい表面とはウラハラに、彼は日夜懸命な努力を続けていることを私は知っている。

我知道他與華麗的表面截然相反，日以繼夜地持續在努力著。

1420
☐ **はなびら**
【花びら】

名 花瓣
類 かべん【花弁】花瓣

例 桜は咲いている時も美しいが、花びらがちらちらと散っている様子もまた風雅である。

櫻花開花時雖然也很美，但花瓣紛紛凋謝的樣子也很雅致。

1421
☐ **はなやか（な）**
【華やか（な）】

な形 華麗
類 ごうか（な）【豪華(な)】奢華

→ 常考單字

例 パーティーではモーツァルトの華やかな音楽が生演奏されていた。

派對上現場演奏著莫札特華麗的音樂。

1422
☐ **〜ばなれ**
【〜離れ】

接尾 離開…，遠離…

例 最近の若者の本離れは良い本が出ないからではなく、ＩＴの進歩のせいである。

最近年輕人遠離紙本書，並非因為沒有好書問世，而是資訊科技進步所致。

出題重點

▶文法 ～離れ 遠離…

表示人們逐漸不再購買、使用某種事物的意思。

例 若者の 車 離れが進んでいる。 越來越多年輕人不買車。

例 近年、新聞離れが深刻になっている。

近年，人們遠離報紙的情況日益嚴重。

1423
□ はなれる
【離れる】

自Ⅱ 離開；遠離；分離　　　　　→ 常考單字
衍 そえんになる【疎遠になる】疏遠

例 故 郷 を離れて久しいが、ときどきふと思い出すことがある。

離開故鄉久了，有時會突然回想起故鄉。

1424
□ はまる
【嵌る・嵌まる】

自Ⅰ 入迷，熱衷；陷入；正好合適
類 せんねんする【専念する】專注；熱衷

例 ゲームにはまって、ついつい徹夜してしまうことがよくある。

我熱衷於遊戲，時常不知不覺玩到通宵。

1425
□ はめ
【羽目】

名 困境

例 お酒を飲みすぎて、羽目をはずすことだけは気をつけたほうがいいよ。

最好注意不要因飲酒過度而縱情大鬧。

出題重點

▶固定用法 羽目をはずす 縱情

有一說「はめ」是指馬銜（放在馬嘴裡的金屬條狀物），「羽目をはずす」

便引申為縱情、盡情，或過度、過分的意思。

1426
□ はやまる
【早まる】

自Ⅰ 著急誤事；提前　　　　　→ 常考單字
類 はやくなる【早くなる】提前

例 早まらないで、もっとじっくりよく 考 えてから結 論を出そう。

不要著急，要更仔細思考後做出結論。

1427 ☐
はやり
【流行り】

名 流行 → 常考單字
類 トレンド【trend】流行趨勢

例 最近流行りのファッションは、どうもしっくりこない。はっきりいっ
て、センスが悪いと思う。

總覺得最近流行的時尚格格不入。明確地說，我覺得品味很糟。

1428 ☐
バラエティー
【variety】

名 綜藝節目；多樣性；變化

例 このバラエティー番組は９月１日の放送をもって、５０年の歴史に
幕を下ろした。 此綜藝節目於９月１日的播出後，結束了５０年的歷史。

1429 ☐
はらす
【晴らす】

他I 消除，解除 → 常考單字

例 恨みをはらしたら、気分がよくなるのかな。

報了仇的話，也許心情會變好吧。

出題重點

▶固定用法　恨みを晴らす　報仇

字面上的意思為消除仇恨，表示報仇、雪恨。

1430 ☐
ばらす

他I 揭穿，洩露；拆卸
類 あばく【暴く】揭穿

例 他人の秘密をばらして、何の得があるのだろうか。

揭穿他人的祕密，有什麼好處嗎？

1431 ☐
ばらまく
【ばら撒く】

他I 到處花錢；散布
衍 くばる【配る】分送，發送

例 彼はお金をばら撒いて、今回の当選を手に入れたということだ。

聽說他到處花錢，這次才能獲選。

1432 バリアフリー
【barrier-free】

名 無障礙
反 しょうへき【障壁】隔閡

例 バリアフリーの施設が増えることは、高齢化社会にとってもいいことである。　增設無障礙設施，對高齡化社會是好事。

1433 バリエーション
【variation】

名 變化　　　　　　　　　→ 常考單字
類 へんけい【変型】變形

例 ビュッフェの料理のバリエーションが豊富なのが嬉しい。

吃到飽的菜餚變化豐富令人高興。

1434 ばれる

自II 敗露，暴露
類 ろけんする【露見する】敗露，暴露

例 隠れて悪いことばかりしていても、いつかばれる日がくるよ。

暗中做那麼多壞事，總有一天會敗露。

1435 はんがく
【半額】

名 半價　　　　　　　　　→ 常考單字
反 ぜんがく【全額】全額

例 半額と聞くと、必要なくても買ってしまうことがある。

有時一聽到半價，即使用不到的東西也會不小心買下去。

1436 はんきょう
【反響】

名・自III 反響，回響，反應
類 はんのう【反応】反應

例 その作品が公開されるや否や、大きな反響を呼んだ。

那部作品一公開，就引起很大的反響。

1437 はんしょくりょく
【繁殖力】

名 繁殖力
類 せいしょくりょく【生殖力】生殖力

例 雑草は繁殖力が強いから、あっというまに増えてしまう。

雜草繁殖力強，轉眼間就雜草叢生了。

1438 はんぱ（な）
【半端（な）】

名・な形 不徹底，半途而廢
類 ふかんぜん【不完全】不完全

例 何事も中途半端は嫌いだから、徹底的に取り組みたい。

任何事我都討厭半途而廢，所以想要徹底從一而終。

1439
□
はんぱつ
【反発】

名・自Ⅲ 反抗；反感；排斥
類 はんこう【反抗】反抗

例 その法案が成立した際に、農民から大きな反発があったが、政府は
それでも強硬可決した。

此法案成立之際，農民強力反抗，即使如此政府仍強硬通過。

▶ひ／ヒ

1440
□
🔊
27
ひいき
【晶屓】

名・自他Ⅲ 偏袒；照顧；贊助者
衍 ひいきにする【晶屓にする】照顧；光顧

例 もし、自分が担当するクラスに息子がいたら、ひいきしていると疑
われそうでやりにくい。

若兒子在我自己擔任導師的班級裡，會被懷疑偏心而難以行事。

1441
□
ひいては

副 進而；甚至
類 そのけっか【その結果】因而

例 皮膚疾患は表面だけでなく、ひいてはその中にまで浸透して影響
を与えることもある。

有時皮膚疾病不單只是表面，還會進而滲透、影響至內部。

1442
□
ひかえ
【控え】

名 副本；候補；備用
類 よび【予備】預備

例 領収書の控えとして、これを保管しておいてください。

作為收據的副本，請務必保管好。

1443
□
ひかえしつ
【控室】

名 休息室
衍 じゅんび【準備】準備

例 まだ出番が回ってこないので、控室で待つことにした。

尚未輪到出場，因此我決定在休息室等候。

1444
☐ **ひきあげる**
【引き上げる】

他Ⅱ 提高；撤回；吊起；提拔
反 ひきさげる【引き下げる】降低

例 政府は消費税を２０％に引き上げることを決定した。

政府決定將消費稅提高至百分之20。

例 戦況は不利になる一方なので、いったん兵を引き上げるべきです。

戰況越來越不利，所以應該先暫時撤軍。

1445
☐ **ひきいる**
【率いる】

他Ⅱ 率領，帶領
類 とうすいする【統帥する】統領，統率

例 明智光秀は大軍を率いて、「敵は本能寺にあり」と本能寺に向かったということだ。

聽說明智光秀說著：「敵人在本能寺」便率領大軍前往本能寺。

1446
☐ **ひきおこす**
【引き起こす】

他Ⅰ 引起；扶起
類 しょうじる【生じる】產生

例 ほんの少しのミスが大きな事故を引き起こす結果となるかもしれないから注意しよう。 些微的失誤可能會引起重大事故，所以要小心。

1447
☐ **ひきこむ**
【引き込む】

他Ⅰ 引入；拉攏
類 ひっぱりこむ【引っ張り込む】引入

例 彼は単純な性格だから、利用するために悪だくみに引き込まないでほしい。 因為他性格單純，希望不要為了利用他而將他引入陰謀詭計。

1448
☐ **ひきさげる**
【引き下げる】

他Ⅱ 降低；撤回
類 ひくくする【低くする】降低

例 銀行は利息を引き下げるばかりだから、貯金してもお金は増えないよ。 銀行一直降低利息，所以即使儲蓄，錢也不會增加。

1449
☐ **ひきしめる**
【引き締める】

他Ⅱ 縮減開支；拉緊；緊張
類 せつやくする【節約する】節約，節省

例 赤字を回復しようとするが、落ち込んでいる業界だから経費を引き締めるしかない。 雖然試圖彌補虧損，但由於業界不景氣，只能縮減經費。

1450 ☐
ひきずる
【引きずる】

[自他I] 無法忘懷；拖，拉；硬拉
[類] ひっぱっていく【引っ張って行く】硬拉

例 過去を引きずっていてもしかたがないから、前を向いて未来のことを
考えよう。　即使無法忘懷過去也無濟於事，所以要向前思考未來。

1451 ☐
ひきつぐ
【引き継ぐ】

[他I] 繼承；交接
[類] うけつぐ【受け継ぐ】繼承

例 老舗には、その家業を引き継がなければならないという重荷がある。

老店有著必須繼承家業的沉重包袱。

1452 ☐
ひきもどす
【引き戻す】

[他I] 拖回　　　　　　　　　　　→ 常考單字
[衍] もとのばしょ【元の場所】原地

例 競馬場を抜け出した馬は、1時間後に見つかって引き戻されたそう
だ。　聽說溜出賽馬場的馬，1小時後被找到拖回。

1453 ☐
びくびく

[副・自III] 哆嗦；顫抖；提心吊膽

例 我が家の犬は、雷が鳴るとびくびくして、狭いところに隠れてい
る。　雷聲一響，我家的狗就嚇得哆囉哆嗦地躲在狹窄的地方。

1454 ☐
ひごろ
【日頃】

[名] 平時，平常　　　　　　　　→ 常考單字
[類] つねづね【常々】平時

例 日頃の努力が実って、今の成功があるのです。まさに「ローマは一
日にして成らず」ですよ。　平時的努力有了成果，才有了今日的成功。
果真是「羅馬不是一天造成的」。

1455 ☐
ひさいち
【被災地】

[名] 受災地

例 被災地を巡るのも、皇室の公務の一つである。

巡訪受災地也是皇室公務之一。

1456
☐
ひさしい
【久しい】
〔い形〕好久，許久

例 彼からの連絡が途絶えて久しいので、今何をしているのかさっぱりわからない。　很久沒跟他取得聯繫，因此完全不知道他現在在做什麼。

1457
☐
びしょぬれ
【びしょ濡れ】
〔名〕沾溼；溼透
〔類〕ずぶぬれ【ずぶ濡れ】全身淋溼

例 マスクをしながら運動したら、汗とよだれでマスクがびしょ濡れになってしまった。　邊戴口罩邊運動的話，口罩會被汗水與口水沾溼。

1458
☐
ひそか (な)
【密か (な)】
〔な形〕祕密的，偷偷的

例 私がひそかに計画していた父の誕生日パーティーは、思わぬところで本人にバレてしまった。

我祕密計畫的父親生日派對，在意想不到的地方被揭穿。

1459
☐
ひそむ
【潜む】
〔自I〕隱藏；潛伏　　　　　　　　→ 常考單字
〔類〕かくれる【隠れる】隱藏

例 あの映画は警察内部に潜む闇を暴く若い刑事を主人公としている。　那部電影是以年輕刑警為主角，揭發潛藏警察內部黑暗面。

1460
☐
ひたす
【浸す】
〔他I〕浸泡
〔類〕つける【漬ける】浸泡；醃製

例 肉をあらかじめ合わせ調味料に浸してから焼くと、さらに味が染み込んで美味しくなる。

事先將肉浸在綜合調味醬汁裡後再煎，會更入味更好吃。

1461
☐
ひたすら
〔副〕一股勁地，致力於
〔類〕いちずに【一途に】專注於，專心地

例 本当に優勝したいと思っているのなら、ただひたすら練習あるのみだ。　如果你真的想贏，就只有一股勁地練習而已。

出題重點

▶文法　N＋あるのみ　就只有…

「のみ」是「僅只」的意思，與「だけ」的用法幾乎相同，但是「～あるの
み」為慣用語法，前方必須接續動作性名詞，且只能表達說話者積極正面的
態度，因此經常與「努力」、「実践」、「前進」、「練習」等詞彙一起使
用。並可以搭配副詞「ひたすら」、「ただ」或「ただひたすら」，以表示
加強語氣。

1462 □
ひっこむ
【引っ込む】

|自Ⅰ| 引退，退居；凹陷　　　　　　　　**→**N2 單字
|類| しりぞく【退く】引退；後退

例 彼は、会社の金を横領したことが発覚されてから、田舎に引っ込
んでひっそりと暮らしている。

他被發現盜用公款後，就隱居鄉下，悄悄度日。

1463 □
ひってき
【匹敵】

|名・自Ⅲ| 相當，匹敵，並肩
|類| ひけん【比肩】匹敵，並肩

例 A 社が生産したチョコレートは、去年の年間販売数が日本の人口
に匹敵する 1 億個に達した。

A公司所生產的巧克力，去年的年銷售量達到 1 億個，相當於日本人口數。

1464 □
ひといき
【一息】

|名| 歇息；一下子，一口氣
|類| ひとやすみ【一休み】休憩

例 仕事から帰ったあと、まず香りのいいお茶を入れてホッと一息付け
る時間がほしいなあ。

工作結束回家後，希望有時間先泡杯香氣宜人的茶歇息片刻啊。

1465 □
ひとがら
【人柄】

|名| 人品，品格　　　　　　　　　　　**→** 常考單字
|類| せいかく【性格】性格

例 亡くなった医師は、腕もよかったし人柄もよかったので、地元の人から
慕われていました。

逝世的醫師醫術又好、人品又佳，因此受當地人仰慕。

1466
□ **ひとけ**
【人気】

名 人影
衍 けはい【気配】跡象，樣子

例 川沿いの人気のない暗い夜道は危険だから、避けるに越したことはない。　河川沿岸四下無人的陰暗夜路很危險，最好避開。

1467
□ **ひところ**
【一頃】

名 過去某個時期
類 いちじき【一時期】過去某段時期

例 今時の子どもは一頃と違って、スマホやタブレットなんかあっという間に使いこなしている。　現在的小孩與以前那時候不同，智慧型手機或是平板電腦什麼的，一下子就能操控自如。

1468
□ **ひとしい**
【等しい】

い形 同樣，等於
類 おなじ【同じ】相同

例 異性に人気はあるけど、同性には人気がないという人が多いけれど、彼女は男女に等しく人気があります。

很多人有異性緣卻無同性緣，但是她在男性與女性當中同樣受歡迎。

1469
□ **ひとじち**
【人質】

名 人質

例 あのマンションは昔、人質が死傷した立てこもり事件があったために、なかなか売れないのだ。

那棟住宅大樓，以前曾經發生人質傷亡的挾持事件，所以一直賣不出去。

1470
□ **ひとすじ**
【一筋】

名・な形 一行；一根；一條；一心

例 突如、彼女の目から一筋の涙がこぼれた。

突然一行淚從她的眼中流出。

例 彼は仕事一筋のまじめで頑固な職人です。

他是一位一心專注工作，且認真、執著的工匠。

1471 □
ひととおり
【一通り】
名・副 普通；大致；一種　　　　→ 常考單字
類 ひとわたり【一渡り】大略，大致

例 今月末には補助金希望者への対応が一通り完了できそうです。

這個月底應該可以大致完成輔助金申請者的處理作業。

1472 □
ひとむかし
【ひと昔】
名 從前，過去　　　　→ 常考單字
類 いぜん【以前】從前

例 ひと昔前まで見たこともなかった輸入食品は、今や町の商店街でも普通に買えるようになりました。

以前從沒見過的進口食品，現在在街上的商店街也都買得到了。

┌─ **出題重點** ─────────────────┐

▶**詞意辨析　昔 VS 一昔**

「昔」多指距今已久遠的從前，也可做副詞使用；而「一昔」則是回頭想，感覺已是過往，多與「前」搭配使用。

例 昔、昔、あるおじいさんは…　從前、從前，有位老爺爺……

└──────────────────────────┘

1473 □
ひどり
【日取り】
名 日期；決定日期
類 にってい【日程】時程；行程

例 結婚式の日取りをそろそろ決めたいから、今月で縁起のいい日を調べておこう。

我想該決定婚禮的日期了，所以就來查看看這個月的好日子吧。

1474 □
ひとりあるき
【独り歩き】
名・自Ⅲ 任意擴散；自立；單獨走路
衍 ひろまる【広まる】擴散

例 あの事件について、長い間SNSで噂だけが独り歩きしているが、真相は藪の中だ。　關於那事件，長久以來一直只有謠言在社交網站上任意擴散，真相卻不得而知。

1475 ☐
ひなた
【日向】

名 日照處
類 ひあたり【日当たり】日照，日曬

例 天気のいい日にあの公園に行くと、同じ猫がひなたの芝生で仰向けになって寝ているのをよく見かける。 天氣好的日子去那座公園，經常會看到同一隻貓在陽光照射的草坪上仰躺著睡覺。

1476 ☐
ひはん
【批判】

名・他Ⅲ 批判，批評 　　　　　　　　→ 常考單字
反 ひょうか【評価】評價

例 市民から批判を浴びようと浴びまいと、私は一公務員として職務を全うしたのだ。

無論是否遭受市民批判，身為一位公務員，我盡了職務本分。

┌─────────────┐
│ 出題重點 │
└─────────────┘

▶詞意辨析　批判 VS 評価 VS 批評

這三個單字都可用於評斷事物的優劣價值，但是在實際使用上，「批判」多用於負向評判，而「評価」則多用於正向評判，「批評」則是發表評語。
例 作品を批評する（＝批判する／評価する）。 批判作品的好壞。
例 能力を評価する（＝認める）。 （正向）評價、認同其能力。

1477 ☐
ひび
【罅】

名 裂痕
類 かける【欠ける】缺損，有缺口

例 うっかりケータイを落として、画面にひびが入ってしまった。

不小心摔落手機，螢幕產生裂痕。

1478 ☐
ひび
【日日】

名 每天，天天 　　　　　　　　→ N2 單字
類 ひごと【日ごと】每天

例 日日の世界情勢をいち早く読者に伝えることが本紙の使命である。

本報的使命是將每天的世界局勢及時傳達給讀者。

1479 ☐
ひやかす
【冷やかす】

他Ⅰ 嘲弄；只看不買
類 からかう 嘲笑

例 敬語は場合によっては他人を冷やかす表現にもなる。

在某些狀況下，敬語也可能成為嘲弄他人的表達方式。

1480
□ **びょうしゃ**
【描写】

名・他Ⅲ 描寫
類 びょうしゅつ【描出】描繪

例 このくだりは主人公の冷酷な一面を実に巧みに描写している。

這個段落著實巧妙地描寫了主角冷酷的一面。

1481
□ **ひょうしょう**
【表彰】

名・他Ⅲ 表揚
類 しょうさん【称賛】稱讚

例 文化勲章は日本文化の発達に貢献している方に対して、長年の功績を称えて表彰するものである。　文化勳章是針對在日本文化發展

上有所貢獻的人，讚賞並表揚其長年的功勛。

1482
□ **ひより**
【日和】

名・接尾 天氣；適合…的好天氣

例 カラッとしたいい天気だなあ。今日は絶好の洗濯日和になりそうだ。

是晴朗乾爽的好天氣啊。今天應該是最適合洗衣服的好天氣。

1483
□ **ひらきなおる**
【開き直る】

自Ⅰ 將錯就錯；突然改變態度

例 前日に予約なんて無理だろうと思ったが、「ダメで元々」と開き直って電話をかけまくった。　雖然知道前一天預約不到，乾脆「死馬當

活馬醫」，將錯就錯，拼命打電話。

1484
□ **ひらたい**
【平たい】

い形 平坦的；簡單通俗
衍 おうとつ【凹凸】凹凸不平

例 平たい顔とは、平たく言えば目が細くて鼻が低い顔のことです。

所謂的平臉，簡言之就是細眼塌鼻的臉。

出題重點

▶漢字讀音　平

【ひら】：平仮名（平假名）／平社員（一般員工）／平泳ぎ（蛙式）

【へい】：平行（平行）／平坦（平坦）／公平（公平）

【びょう】：平等（平等）

【たいら】：平らげる（平定；吃光）／平らか（平坦）

1485

□ **ひらめく**
【閃く】

自Ｉ 閃現，忽然想到；一閃，閃爍
類 おもいつく【思いつく】忽然想起

例 私にいいアイディアが閃くのは、集中して考えている時よりも、むしろ掃除とかの家事をしている時だ。　對我而言，與其專心思考，還不如打掃做家事時更會靈光一閃，迸出好點子。

例 一瞬、空が閃き、直後に雷鳴が響いた。

突然天空一閃，緊接著雷聲響起。

1486

□ **びり**

名 最後一名，倒數第一
類 さいかい【最下位】最後一名

例 クラスでびりでも名門大学へ進学した人がいる。

即使是班上最後一名，也有人大學考進了名校。

1487

□ **ひりつ**
【比率】

名 比率
類 わりあい【割合】比率

例 あの大学は、教員に対する学生数の比率が高いとはいえ、学生一人ひとりの面倒見がとても良いとの定評がある。

那所大學雖說師生比很高，但公認相當悉心照料每位學生。

1488

□ **ひろう**
【披露】

名・他Ⅲ 公開，宣布
類 こうかい【公開】公開

例 役者が新作映画をテレビなどで宣伝する際に、よく撮影の秘話を披露する。　演員在電視上宣傳新電影時，經常會公開拍攝的幕後花絮。

1489
□

ひんい
【品位】

名 風範，品格
類 ひんかく【品格】品格，人品

→ 常考單字

例 日本の皇族がその身分を離れて民間人となっても、常に皇族としての品位を保たねばならぬ。　日本皇室成員即使脫離其皇族身分成為一般市民，也必須時時保持皇族風範。

1490
□

ひんじゃく（な）
【貧弱（な）】

名・な形 貧乏；瘦弱
反 ほうふ（な）【豊富（な）】豐富

例 想像力が貧弱な私だが、見よう見まねでイラストを描くことが好きだ。　我雖然想像力貧乏，但喜歡依樣葫蘆地畫插圖。
例 体に合わせて仕立てたオーダースーツは、彼の貧弱な体格をうまくカバーしている。　量身訂製的套裝，巧妙地遮住他瘦弱的體型。

1491
□

ヒント
【hint】

名 啟發，提示，暗示
類 てがかり【手掛かり】線索

→ 常考單字

例 新聞の投稿欄からヒントをもらって書いた作品だから、本人の了承を得ないとまずいだろう。　因為是從報紙的讀者投書專欄得到啟發而寫的作品，不能不取得原作者的同意吧。

1492
□

ピント
【(荷)brandpunt】

名 焦距，焦點；重點
類 しょうてん【焦点】焦點

→ 常考單字

例 近頃、年のせいか、小さい字を見るとピントがずれている。
最近可能是上了年紀的緣故，看小字時對不準焦點。

1493
□

ひんぱん（な）
【頻繁（な）】

名・な形 頻繁
衍 ひんど【頻度】頻率

例 今回殺人の容疑で逮捕された男は、犯行後、学生時代から頻繁に通っていたバーに潜伏していたそうだ。　聽說這次因殺人罪嫌而被逮捕的男性，犯罪後就一直潛伏在從學生時代就頻繁進出的酒吧。

ふ／フ

1494
□
🔊
28

ふい
【不意】

名・な形 突然，沒想到
類 よそうがい【予想外】意想不到，意外

例 あの会社の受付は、不意の来客に対して対応が怠慢になってしまうきらいがあるようだ。

那家公司的櫃臺人員，對臨時訪客好像會有所怠慢。

1495
□

フィクション
【fiction】

名 虛構，杜撰；小說
類 きょこう【虚構】虛構

例 このドラマはフィクションであり、実在する人物・地名・団体等とは一切関係ありません。 〔作品聲明〕這部連續劇是虛構的，跟真實存在的人物、地名、團體等，毫不相關。

1496
□

フィルター
【filter】

名 濾網；過濾器
類 ろか【濾過】過濾

例 この空気清浄機のフィルターが交換不要なので、つい清掃をおろそかにしてしまいます。

這臺空氣清淨機的濾網不需更換，因此不知不覺就疏於清理。

1497
□

フィルム
【film】

名 底片，膠捲；薄膜

例 日本最初のカラー映画のフィルムが倉庫の奥から発見された。

日本最早的彩色電影的底片，在倉庫裡面被發現。

例 家電の操作パネルに貼ってある保護フィルムを剥がさない人がいるらしい。 聽說有人不會撕掉貼在家電操作面板上的保護膜。

1498
□

ふうしゅう
【風習】

名 風俗習慣
類 ならわし【習わし】習慣

→ 常考單字

例 このあたりには、引っ越したら新居に塩を撒くという古い風習が残っている。 這一帶還留有搬家後在新居撒鹽的古老風俗習慣。

1499
□

ふうぞく
【風俗】

名 風俗；風化（場所）
類 しゅうぞく【習俗】習俗

例 東京の町をゆっくり歩き回れば、江戸時代の風俗画に描かれたような風景によく出会う。

慢慢遊走東京街頭，常會遇見江戶時期風俗畫般的風景。

例 にぎやかな商店街でも、人通りが少ない路地には風俗店が隠れていることがある。

即使是熱鬧的商店街，人煙稀少的巷弄裡也可能隱藏著風化場所。

1500
□

ふうちょう
【風潮】

名 風潮，流行
類 じりゅう【時流】時代潮流

→ 常考單字

例 社会的な貢献活動も企業の責任だという風潮に押され、社員に休日イベントを手伝わせる会社は多い。　社會貢獻也是企業責任，

受到這股潮流影響，很多公司要求員工幫忙假日活動。

1501
□

ふうど
【風土】

名 風土
類 とちがら【土地柄】當地風俗

例 この鮮やかな色で描いた幾何学模様は、作家が地元の風土から着想したオリジナルの柄です。

這個用鮮豔色彩所描繪的幾何圖形，是作家發想自當地風土的獨創圖樣。

出題重點

▶詞意辨析　風習 VS 風俗 VS 風土

「風習」是「風俗習慣」的簡稱，因此跟「風俗」同義，指某個時代或某個地區自古以來傳承多年的活動或儀式，比如吃潤餅的時期，臺灣北部多在尾牙時，南部則是清明時節。「風土」則指地方的氣候、地形、水質等與居民生活息息相關的自然環境。此外，「風俗」也可用於表示特種行業相關的生活行為。

例 明治時代の風習（＝風俗）　明治時期的風俗習慣
例 風俗壊乱　傷風敗俗

1502 □
ブーム
【boom】

名 風潮，流行　　　　　　　　　　　→ 常考單字
類 はやり【流行り】流行

例 いくら韓流ブームとはいえ、何日間も徹夜してドラマを見たら体を壊すよ。　雖說現在時興韓國風，但數日熬夜看劇會弄壞身體喔。

1503 □
ふうりゅう (な)
【風流 (な)】

名・な形 雅致；風雅人士
衍 すき【数寄】喜好風雅；有情趣的

例 京都旅行の愉しみは、何と言っても風流な川床が一番だ。
京都旅遊的有趣之處，不消說最棒的就是雅致的河岸露臺。

1504 □
フォーム
【form】

名 格式，形式；姿勢　　　　　　　　→N2 單字
類 ようしき【様式】様式

例 抽選に参加される方は、当社ウェブサイトの応募フォームに必要事項を入力し、送信ボダンを押してください。　〔報名流程〕參加抽獎者，請在本公司網站的報名表裡輸入必要資訊，然後按下送出鍵。

1505 □
ふおん (な)
【不穏 (な)】

名・な形 不安定，險惡　　　　　　　→ 常考單字
衍 ぶっそう (な)【物騒(な)】險惡，危險

例 何回も優勝した強いチームだが、今年に入って、メンバーの間に不穏な空気が漂い始めた。　雖然是獲勝好幾次的強勁隊伍，但今年起，成員間卻開始瀰漫著不安的氣氛。

1506 □
ふかけつ (な)
【不可欠 (な)】

名・な形 不可或缺　　　　　　　　　→ 常考單字
類 ひつよう (な)【必要(な)】必要

例 今や万国博覧会の開会式のような大きな式典には、花火が不可欠となった。　如今，在萬國博覽會開幕式之類的大型典禮上，煙火已成為不可或缺的演出項目。

1507 □
ふかまる
【深まる】

自I 加深，深入　　　　　　　　　　→N2 單字
衍 つよまる【強まる】增強

例 弁明しようとすればするほど疑惑が深まる一方である。
越想辯解嫌疑越深。

1508 ☐
ふかみ
【深み】

图 (體悟)深度;深處 → 常考單字
衍 ふかさ【深さ】(距離)深度

例 分かりやすい文体で、深みのある文章を書くことはとても難しい。
用淺顯易懂的文體撰寫有深度的文章很難。

┌─ 出題重點 ─────────────────

▶詞意辨析 ～み VS ～さ

「み」和「さ」稱為接尾語,接在い形容詞或な形容詞的語幹後面,便可形成名詞。「～み」傾向心理層面的感受,表示「帶有…的感覺」。「～さ」指的是具體的、可丈量的程度。

【深い】:言葉の深み(話語的深度)/プールの深さ(泳池的深度)

【新鮮】:新鮮みに欠けるデザイン(缺乏新鮮感的設計)/
卵の新鮮さを見分ける(辨別蛋的鮮度)
└────────────────────────

1509 ☐
ふきこむ
【吹き込む】

他自I 灌輸;錄音;吹入

例 テロ容疑で逮捕された男は、幼い頃から、親に過激な思想を吹き込まれていたという。 依恐攻罪嫌遭逮捕的這名男子,據說從小就被父母親灌輸十分偏激的思想。

1510 ☐
ふきだす
【噴き出す】

自他I 冒出,噴出;噴笑
類 ふんしゅつする【噴出する】冒出,噴出

例 日中は気温、湿度ともに高く、何もしなくても汗が噴き出すような蒸し暑さです。 白天氣溫、溼度都很高,像是不活動也直冒汗般地悶熱。

1511 ☐
ふくごう
【複合】

名・自他III 複合,綜合
反 たんいつ【単一】單一

例 ネットショップしか持っていなかったC社は、駅前の複合商業施設に出店したのを皮切りに、実店舗の運営も始めた。 原本只有網路商店的C公司,自從進駐站前複合式商場後,也開始經營實體店鋪。

1512
□
ふくし
【福祉】

名 社福，福祉；福利 　　　　　　　　**→** 常考單字
類 こうせい【厚生】福利

例 国家資格を持っていなくても福祉に関する仕事ができる。

即使沒有國家證照也能從事社福相關的工作。

1513
□
ふくしゃ
【複写】

名・他Ⅲ 副本，影本；影印；複製；複寫
類 コピー【copy】副本，影本；影印；複製

例 2枚複写の伝票は、2枚目のコピーにも自筆で署名をしなければならない。　二聯複寫單據的第二聯那張副本也必須親筆簽名。

1514
□
ふくれる
【膨れる・脹れる】

自Ⅱ 膨脹，鼓起；鼓著腮幫子面露不滿
類 りっぷく【立腹】生氣

例 乾燥ワカメは水で戻すと元の10〜12倍に膨れる。

乾燥海帶泡水還原後會膨脹至原來的10〜12倍。

例 待ちくたびれた彼女は腕組みして膨れた顔をしている。

等得不耐煩的她，抱著雙臂鼓起腮幫子一臉不滿的模樣。

1515
□
ふける
【老ける】

自Ⅱ 衰老，顯老
類 おいる【老いる】衰老，年老

例 今テレビに映った人は30歳らしいが、年の割には老けて見えた。

剛剛出現在電視裡的人好像是30歲，但與實際年齡相比看起來很顯老。

> ### 出題重點
>
> ▶**詞意辨析　老ける VS 老いる**
>
> 「老ける」指的是看起來年長、老化，但不一定跟實際年齡相符。「老いる」則是指上了歲數，身心老化。
>
> 例 老いた父親の背中を見ると、思わず涙がにじむ。
>
> 看著年老父親的背影，不由得紅了眼眶。

1516 ☐
ふける
【更ける】

自II 夜深，入夜已久；進入季節已久
類 ふかまる【深まる】加深

例 まだお話ししたい気持ちは山々ですが、夜も更けてきましたので、本日はこの辺でお開きとしましょう。

雖然還想多聊聊，但夜也深了，今天就到此結束吧。

1517 ☐
ふこう（な）
【不幸（な）】

名・な形 不幸，意外災禍；近親死亡
衍 ふうん（な）【不運（な）】運氣不好

例 あの雑誌には、いつも天災など不幸な出来事の写真を大きくして掲載していて、見るにたえないものばかりだ。

那本雜誌總是將天災等不幸事件的照片放大刊登，都是目不忍視的內容。

例 お隣さんの身内に不幸があった場合、どう声をかければいいですか。

鄰居的親人發生不幸時，該如何開口安慰呢？

┌─ 出題重點 ──────────────────

▶文法　V／N＋にたえない　無法…；不值得…

在這個用法中，要注意動詞使用原形去接助詞「に」，意指無法滿足或無法忍受該行為。視前後文，可用於表達情緒上的感受或是理性的判斷。

例 死体の描写がリアルすぎて正視にたえない。

因對屍體的描繪得過於寫實而不忍正視。

└───────────────────────────

1518 ☐
ふさい
【負債】

名 欠債，負債；債務
類 しゃっきん【借金】借錢，借款

例 F社は1億からの負債を抱えて経営破綻をした。

F公司背負1億元之多的債務宣告破產了。

1519 ☐
ふじゅうぶん（な）
【不十分（な）】

名・な形 不充分
反 じゅうぶん（な）【充分（な）】充分

例 平時の備えが不十分なため、災害時の救援に遅れが生じた。

因平時準備不夠充分，而造成災害發生時救災行動延遲。

1520
ふじゅん (な)
【不順 (な)】

名・な形 不正常，異常，不順　　→ 常考單字
類 ふちょう (な)【不調(な)】不順利

例 9月に入って、天候不順の日が続いた影響で、国産野菜の価格が高騰した。

進入9月，受到連日來氣候異常的影響，國產蔬菜的價格高漲。

1521
ぶしょ
【部署】

名 …部；崗位　　→ 常考單字
類 ぶもん【部門】部門（「部署」的上級單位）

例 2年前から希望を出し続けて、ようやく今の部署に異動することができた。　我從2年前開始不斷提出請調意願，終於得以調動到這部門。

1522
ぶじょく
【侮辱】

名・他Ⅲ 侮辱，蔑視羞辱
類 べっし【蔑視】蔑視

例 女性の容姿を侮辱する発言は許せない行為だ。

侮辱女性外觀的發言，是不可原諒的行為。

1523
ふしん (な)
【不振 (な)】

名・な形 （成績、食慾）差；蕭條；不振
類 ふちょう (な)【不調(な)】不順利

例 高校の時、競技成績の不振により、インターハイ出場の選手リストから外されたことがある。　高中時曾因為競技成績不佳，從日本全國高中綜合體育大賽的選手名單中被除名。

1524
ふしん (な)
【不審 (な)】

名・な形 可疑
類 けげん (な)【怪訝(な)】可疑；不可思議

例 殺人現場の近くにある防犯カメラに、不審な人物が数名映っていた。　殺人現場附近的監視器拍到幾名可疑分子。

1525
ふぜい
【風情】

名 風情，風景的意趣；風采神情，樣子
類 じょうちょ【情緒】氛圍情趣；情緒

例 博物館の一角に、中世ヨーロッパの風情ある町並みが再現されている。　博物館的一隅，重現了中世紀歐洲風情的街景。

1526
□

ふっかつ
【復活】

名・自他Ⅲ 復活；恢復
類 そせい【蘇生】死而復生

例 死者が復活して吸血鬼になる話、あなたは信じるの？

死者復活變成吸血鬼的故事，你相信嗎？

1527
□

ふっきゅう
【復旧】

名・自他Ⅲ 修復；復原
類 しゅうふく【修復】修復

→ 常考單字

例 豪雨で寸断された道路は一週間で復旧した。

因豪雨沖刷而碎裂的道路，一週就修復完成了。

1528
□

ぶっけん
【物件】

名 （法律用語）物品；建築，不動產
衍 しなもの【品物】商品

例 捜査で押収した証拠物件は厳重に管理しなければならない。

搜查時扣押的證物必須嚴格管理。

例 古い家を改装して、リノベーション物件として賃貸に出したい。

我想將舊房子重新裝修，當作改裝的房屋出租。

出題重點

▶漢字讀音　物

【ぶつ】：生物（生物）／植物（植物）／郵便物（郵件）

【ぶっ】：物質（物質）／物体（物體）／物品（不動產以外的物品）

【もつ】：書物（書籍）／食物（食物）／荷物（行李）

【もの】：買い物（購物）／洗濯物（洗好或待洗衣物）

1529
□

ふっこう
【復興】

名・自他Ⅲ 復興
類 さいこう【再興】再起，重振

→ 常考單字

例 震災からの復興は決して簡単なことではない。

震災後的復興決不是件簡單的事。

1530
☐
ぶっし
【物資】

名（活動所需）物資
類 しざい【資材】物資；物資的材料

例 災害時、漁船も人や物資を運ぶための緊急輸送船として活用される。　發生災害時，漁船也作為運送人或物資的緊急運輸船活用。

1531
☐
ぶったい
【物体】

名 物體
類 ぶっしつ【物質】物體，物質

例 彼が車から離れるや否や、隕石らしき物体が飛んできた。

他才離開車旁，就飛來一個像隕石的物體。

出題重點

▶文法　V＋や（否や）　一…就立刻…

前一個動作才剛結束，緊接著就發生某件事。使用動詞原形來連接，表現前後動作幾乎同時發生的臨場感。也可以只用「動詞＋や」來表示。

例 彼は電話を切るや、怒鳴り出した。

他一掛掉電話就突然開始大聲咆哮。

1532
☐
ふとう（な）
【不当（な）】

名・な形 不正當　　　➜ 常考單字
反 せいとう（な）【正当（な）】正當

例 退職金の未払いもさることながら、不当に社員を解雇したかどうかも訴訟の争点になる。

不單是未給付退休金的事，是否不當解雇員工，也是訴訟的爭執點之一。

1533
☐
ふところ
【懐】

名 胸前，懷裡；內部；荷包
類 ポケット【pocket】口袋

例 拾ったお金を自分のふところに入れてしまう行為を「ネコババ」という。　將撿到的錢放到自己的懷裡據為己有的行為，稱之為「ネコババ（占為己有）」。

例 敵の武器は槍なので、接近戦には弱い。敵のふところに入りさえすれば、こっちのものだ。　敵人的武器是長矛，因此不擅長肉搏戰。只要能欺身靠近敵人胸前的話，我方就勝券在握。

1534 □
ぶなん（な）
【無難（な）】

名・な形 不危險；不差
類 あんぜん（な）【安全（な）】安全

→ 常考單字

例 今の血糖値を考えると、羊羹のような砂糖をたっぷり使った和菓子は避けたほうが無難です。　考量現在的血糖數值，還是避免羊羹之類使用很多砂糖的日式點心比較安全。

1535 □
ふはい
【腐敗】

名・自Ⅲ 腐壞；腐敗墮落
衍 くさる【腐る】腐壞

例 腐敗も発酵も微生物による有機物の化学変化である。
腐敗與發酵都是起因於微生物引發有機物質的化學變化。

1536 □
ふび（な）
【不備（な）】

名・な形 不完整，不周到
反 かんび【完備】完善

→ 常考單字

例 書類を提出する際に、内容に不備があるかないか確認してください。　提交資料時，請確認內容有無不完整之處。

1537 □
ふひょう
【不評】

名 惡評
反 こうひょう【好評】好評

例 社長が提案した新しい事業計画は、取締役会でかなりの不評を買っている。　總經理所提議的新事業計畫，在董事會上遭受惡評。

┌─ 出題重點 ─┐

▶固定用法　〜を買う　招致…
「買う」在此意指因自身行為而招致他人負面的情感，只能搭配表示負面情感的詞彙使用，例如「反発（反抗）」、「恨み（怨恨）」、「反感（反感）」、「怒り（憤怒）」。

1538 □
ふふく（な）
【不服（な）】

名・な形 不服，不滿
類 ふまん（な）【不満（な）】不滿

→ 常考單字

例 すでに和解した案件に対して、後から不服を唱えることは、原則的に受理できません。
對於已經和解的案件，事後聲明不服者，原則上不予受理。

1539
□
ふへんてき（な）
【普遍的（な）】

な形 普世的，普遍的
反 とくしゅう（な）【特殊（な）】特殊

例 「顕著な普遍的価値」を有していることは、世界遺産に共通する特徴だ。　具有「顯著的普世價值」是世界遺產共通的特徵。

1540
□
ふまえる
【踏まえる】

他Ⅱ 根據；踩踏
→ 常考單字

例 このドラマは事実を踏まえながらも、当事者の特定ができないように改編されている。

這部連續劇雖然根據真實事件改編，卻無法鎖定誰是當事人。

1541
□
ふみきる
【踏み切る】

自他Ⅰ 下決心行動；蹬地起跳
→ 常考單字
類 おもいきる【思い切る】決心

例 同性同士の交際は、なかなか公表に踏み切ることができないものだ。　同性戀交往，是很難下定決心公諸於世的。

1542
□
ふみこむ
【踏み込む】

自Ⅰ 介入、深入（事情核心）；深踩；跨入
類 はいりこむ【入り込む】深入，進入深處

例 あの件について、深く踏み込むなというお達しが出た。

關於那件事情，上級下達命令，不准介入過深。

例 アクセスペダルを踏み込んだ時、足の底に激痛が走った。

當我把油門踩到底時，腳底閃現劇痛。

1543
□
ふもう（な）
【不毛（な）】

名・な形 荒涼貧瘠；徒勞
反 ひよく（な）【肥沃（な）】肥沃

例 このコーヒーは、ブラジルの不毛の地で育ったが、甘み・酸味・苦みのバランスがよくとれている。

這咖啡雖然產於巴西貧瘠之地，但酸甘苦均衡恰到好處。

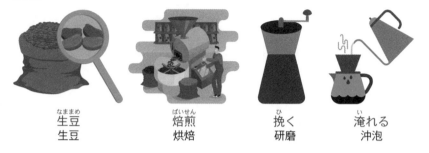

咖啡

<ruby>生豆<rt>なままめ</rt></ruby>	<ruby>焙煎<rt>ばいせん</rt></ruby>	<ruby>挽<rt>ひ</rt></ruby>く	<ruby>淹<rt>い</rt></ruby>れる
生豆	烘焙	研磨	沖泡

1544 □

～ぶり

接尾 隔了…（時間） → 常考單字

例 <ruby>5 6<rt>ごじゅうろくねん</rt></ruby>年ぶりに<ruby>東京<rt>とうきょう</rt></ruby>で<ruby>開<rt>ひら</rt></ruby>かれるオリンピックは、コロナウイルスの<ruby>影響<rt>えいきょう</rt></ruby>で<ruby>1年延期<rt>いちねんえんき</rt></ruby>となった。 時隔56年又將在東京舉辦的奧林匹克

運動會，因為新冠肺炎的影響而延期了1年。

1545 □

ふりわける
【振り分ける】

他II 分配；分成兩部分
類 はいぶんする【配分する】分配

例 <ruby>大型<rt>おおがた</rt></ruby>コンピューターは<ruby>処理<rt>しょり</rt></ruby>の<ruby>能力<rt>のうりょく</rt></ruby>を<ruby>各端末<rt>かくたんまつ</rt></ruby>に<ruby>振<rt>ふ</rt></ruby>り<ruby>分<rt>わ</rt></ruby>けて<ruby>動作<rt>どうさ</rt></ruby>するので、<ruby>端末数<rt>たんまつすう</rt></ruby>が<ruby>増<rt>ふ</rt></ruby>えると、<ruby>処理<rt>しょり</rt></ruby>が<ruby>遅<rt>おそ</rt></ruby>くなる。

大型主機將處理效能分配至各終端裝置動作，所以終端裝置數量增加的

話，處理速度會變慢。

1546 □

ふるう
【奮う・振るう】

自他I 踴躍；興旺；發揮

例 <ruby>来月<rt>らいげつ</rt></ruby>、<ruby>国際交流<rt>こくさいこうりゅう</rt></ruby>イベントを<ruby>開催<rt>かいさい</rt></ruby>します。ふるってご<ruby>参加<rt>さんか</rt></ruby>ください。

下個月將舉行國際交流活動，敬請踴躍參加。

例 <ruby>世界中<rt>せかいじゅう</rt></ruby>で、<ruby>新<rt>あたら</rt></ruby>しい<ruby>感染症<rt>かんせんしょう</rt></ruby>が<ruby>猛威<rt>もうい</rt></ruby>を<ruby>振<rt>ふ</rt></ruby>るっている。

新的傳染病正在全世界肆虐。

1547
ふるまう
【振る舞う】

自他I 動作；招待
類 こうどうする【行動する】行為，行動

例 部長は会社では偉そうに振る舞うが、実はとても家庭的な人だ。

經理在公司裡表現得很威嚴，但實際上是相當顧家的人。

例 家庭的であることをアピールするために、彼氏に手料理を振る舞った。　為了要展現居家的一面，我親手做菜招待男友。

1548
ふれあい

名 來往，互動
類 こうりゅう【交流】交流

例 これは幼い兄妹の成長と、近所の人々とのふれあいを描いた物語である。

這是描述年幼兄妹的成長以及與街坊鄰居們互動來往的故事。

1549
プレゼンテーション・
プレゼン【presentation】

名 報告，演說
類 レポート【report】報告

→ 常考單字

例 今度こそ完璧なプレゼンをして契約を取ってみせます。

我這次一定要完成一場完美的報告，取得合約給大家瞧瞧。

1550
ふろく
【付録】

名 附錄，附贈品，附冊
類 べっさつ【別冊】別冊，附冊

例 最近よく見る、雑誌に付いているポーチや小物なども、付録と言うらしい。　最近常看到雜誌附贈的化妝包或小東西，聽說也稱為「附錄」。

1551
ふろしき
【風呂敷】

名 （日本）包袱巾

例 風呂敷は、物を包んで持ち運ぶのに便利なので、手提げ袋の代わりになる。　包袱巾便於包裹物品攜帶，可以替代手提袋。

1552
プロセス
【process】

名 過程；流程
類 かてい【過程】過程

例 結果よりもプロセスが大事だとはいえ、この試合に勝てなければチームが解散することになる。

雖說過程比結果重要，但這次如果無法贏得比賽，團隊就要面臨解散。

1553
☐
ぶんかつ
【分割】

名・他Ⅲ 分割

衍 ぶんかつばらい【分割払い】分期付款

例 トレーニングマシンを購入したが、あまりの高さに３ ６か月に分割して支払うことにした。

買了健身器材，但實在太貴了，所以決定分 36 期支付。

1554
☐
ぶんたん
【分担】

名・他Ⅲ 分擔

例 工場の生産ラインは複数人で一連の作業を分担している。

工廠生產線由多人分擔一連串的作業。

1555
☐
ふんだんに

副 大量地，足夠地；源源不絕地

類 じゅうぶんに【十分に】充分地

例 当店は地元の食材をふんだんに使った郷土料理を提供している。　〔餐廳介紹〕本店供應大量使用在地食材的地方特色料理。

1556
☐
ふんとう
【奮闘】

名・自Ⅲ 奮鬥；奮戰

衍 じんりょく【尽力】盡力

例 せっかくここまで二人三脚で奮闘してきたのに、彼と出場したくないと言われればそれまでだ。

難得兩人齊心奮鬥至今了，現在說不想跟他一起出賽的話一切就完了。

出題重點

▶文法　Ｖ－ば／Ｖ－たら＋それまでだ　如果…就沒轍了

「それまで」是到此為止的意思。本文法為假設用法，表示如果發生某種狀況，整件事情就結束了、絕望了。

1557
☐
ぶんぱい
【分配】

名・他Ⅲ 分配

類 はいぶん【配分】按比例分配

例 ベテラン社員であれ新入社員であれ、会社の利益は全員に適切に分配せねばならない。

無論是資深員工還是新進員工，公司的收益必須適當地分配給全體人員。

1558 **ふんわり（と）**

> 副 蓬鬆地，鬆軟地；輕飄飄地　　　　→ 常考單字
> 類 ふわり 蓬鬆地，鬆軟地；輕飄飄地

例 ふんわりと焼き上がったワッフルの上に果物をトッピングする「フルーツワッフル」が、当店の一番人気メニューです。

烤得蓬鬆的鬆餅上鋪上水果的「水果鬆餅」是本店最受歡迎的餐點。

┌─ **出題重點** ──────────────

▶**搶分關鍵　ふんわり VS ふわり VS ふわっと VS ふわふわ**

「ふんわり」是「ふわり」的強調說法。其他類義字還有「ふわっと」與「ふわふわ」，而這兩個詞彙還能表達心情不定的抽象感受。

例 ふんわりと（＝ふわりと／ふわっと／ふわふわ）浮かぶ雲　飄浮的雲
例 ふわっと（＝ふわふわ）した気持ち　飄浮不定的心情

ヘ／へ

1559 **へいがい**
【弊害】

🔊 29

> 名 弊端，弊病
> 類 がい【害】壞處

例 同じ人が権力を持ち続けると、様々な面で弊害が生じてくるでしょう。　如果同一個人持續掌權，各方面都會開始產生弊端吧。

1560 **へいねん**
【平年】

> 名 過去30年的氣候平均值（氣象用語）；平年
> 衍 うるうどし【閏年】閏年

例 今年の夏の平均気温は平年よりも高い予想となっている。

〔氣象預報〕預估今年夏天的平均溫度將會比往年高。

1561 **へいよう**
【併用】

> 名・他Ⅲ 並用　　　　→ 常考單字

例 留学生クラスは、今年度からオンライン授業と対面授業を併用することとなった。　留學生班從這學年開始，遠距及實體教學並行。

1562 □ ベース
【base】

名 基礎
類 どだい【土台】基礎；地基

例 あの店はウーロン茶をベースにする料理が売りです。

那家店的賣點是以烏龍茶為基底的餐點。

1563 □ ベストセラー
【best seller】

名 暢銷商品（多指暢銷書）
衍 ランクイン【rank in】進入排行榜

例 最近の日本のベストセラーというと、ミステリー作品が大半を占めている。　提到最近日本的暢銷書，推理作品占了一大半。

1564 □ べたつく

自I 變黏，黏住；攬攬抱抱
類 ベタベタする 黏答答

例 散歩をすると、海から吹く潮風を受けて、肌や髪がべたついてしまう。

散步時，面對海上吹來的風，肌膚和頭髮都變得黏答答。

1565 □ へだてる
【隔てる】

他II 隔開；（時間、空間）間隔，相隔

例 扉を隔てているにもかかわらず、彼の微かな嘆息が聞こえた。

即使隔著門，仍能聽見他微弱的嘆息聲。

1566 □ ペットボトル
【PET bottle】

名 寶特瓶
→ 常考單字

例 ペットボトルは、キャップを取って軽く洗ってから資源ごみに出してください。

〔回收說明〕請將寶特瓶的瓶蓋拿掉，簡單沖洗再拿去資源回收。

飲料容器

ペットボトル
寶特瓶

アルミ缶
鋁罐

ガラス瓶
玻璃瓶

紙パック
紙盒

321

1567 □
へりくだる
【謙る】

自I 謙遜，謙虛
類 けんそんする【謙遜する】謙遜，謙虛

例 「いただく」は「もらう」の謙った言い方です。
「いただく」是「もらう」的謙虛說法。

1568 □
へる
【経る】

自II 經歷，度過
→ 常考單字

例 アニメや映画のＣＧ技術は時を経るにつれ、迫力のある映像になってきた。
動畫及電影的電腦合成影像技術與時俱進，成為扣人心弦的影像。

1569 □
べんかい
【弁解】

名・自他III 辯解
類 いいわけ【言い訳】辯解，藉口

例 子どもではあるまいし、あんな下手な弁解、誰が信じるの？
又不是小孩了，誰會相信你那笨拙的辯解啊？

1570 □
へんきょう（な）
【偏狭（な）】

名・な形 （度量、想法）狹隘；（土地）窄小

例 あなたこそ、あんな偏狭な考え方を捨てなきゃダメなんだよ。
你才該捨棄那狹隘的思考方式吧。

1571 □
べんしょう
【弁償】

名・他III （個人和解）賠償
類 ばいしょう【賠償】（重大過失）賠償

例 図書館資料を紛失・破損した場合、原則として弁償していただくことになります。
〔借閱提醒〕如果遺失或損毀圖書館的資料，原則上將請求賠償。

1572 □
へんせん
【変遷】

名・自III 變遷
→ 常考單字
類 すいい【推移】推移，變遷

例 ミニマルな暮らしは、時代とともに変遷してきたライフスタイルの一つだ。　極簡生活是隨時代變遷而來的生活型態之一。

ほ／ホ

1573
ボイコット
【boycott】

30

名・他Ⅲ 拒買運動；聯合抵制
類 ふばいうんどう【不買運動】拒買運動

例 人権問題を理由に、Ｓ社製品のボイコットが広がっている。

以人權問題為由，拒買Ｓ公司產品的活動蔓延開來。

1574
ほうかい
【崩壊】

名・自Ⅲ 坍塌，倒塌；衰變
衍 くずれる【崩れる】崩壊，瓦解

例 大地震で建物だけでなく地盤も一部崩壊した。

因為大地震，不只建築物，有一部分的地表也坍塌了。

1575
ほうさく
【方策】

名 策略方案；手段，辦法　　　　→ 常考單字
類 さくりゃく【策略】策略

例 人事部は労働安全衛生方針に則った具体的な方策を立てた。

人事部根據勞動安全衛生方針訂定了具體策略方案。

1576
ほうじる
【報じる】

自他Ⅱ 回報（仇恨、恩惠）；通知，告訴
類 ほうずる【報ずる】回報；通知

例 『忠臣蔵』は亡くなった主君の恨みを報じる話です。

《忠臣蔵》講的是為逝世主公報仇的故事。

例 テレビが連日オリンピック選手の勝利を報じている。

電視連日都在報導奧運選手獲勝的消息。

出題重點

▶詞意辨析　報じる VS 報ずる

「報じる」也寫做「報ずる」。「報ずる」是較文言的說法，多用於如「仇
を恩で報ずる（以德報怨）」等諺語或慣用語中。

1577
ぼうぜん（と）
【呆然（と）】

副 吃驚愣住；失神發楞
衍 ほうしんじょうたい【放心状態】失神狀態

例 交通事故を目撃した直後、彼はしばらく道端で呆然としていた。

剛目擊車禍之後，他在路旁呆愣了好一會兒。

1578
☐

ぼうそう
【暴走】

名・自Ⅲ 失控
→ 常考單字

反 せいぎょ【制御】控制，操縱

例 トラックが暴走して民家に突っ込んでしまった。

卡車失控衝進了民宅。

1579
☐

ぼうだい（な）
【膨大（な）】

名詞・な形・自Ⅲ （內容、量）龐大，極多

類 ばくだい（な）【莫大（な）】（程度、量）莫大

例 インターネット上に膨大なデジタルデータが蓄積され続けている。

龐大的數位資料不斷地在網路上累積。

1580
☐

ぼうとう
【冒頭】

名 （文章、談話）開頭；（事情）開端

類 かきだし【書き出し】（文章）開頭

例 川端康成と言えば、『雪国』の冒頭の文章が思い出される。

提到川端康成，就想起《雪國》開頭那段文章。

1581
☐

ほうぼう
【方々】

名・副 各處，四處；各方面

類 いたるところ【至る所】所到之處；隨處

例 彼は株投資で大損してしまって、方々に金を借りているそうだ。

聽說他因為投資股票損失慘重而到處借錢。

1582
☐

ほうりこむ
【放り込む】

他Ⅰ 丟進

類 なげこむ【投げ込む】丟入

例 息子は部活から帰ると、まず服を脱いで洗濯機に放り込む。

兒子社團活動結束回家後，就會先把衣服脫掉丟進洗衣機。

1583
☐

ほうりだす
【放り出す】

他Ⅰ 拋出，丟出；扔下；放棄

類 なげだす【投げ出す】扔出；放棄

例 クルーズ船が座礁して、乗客の多くは甲板から海に放り出された。 郵輪觸礁，乘客大多從甲板被拋進海裡。

1584
□

ほうりゃく
【方略】

图 計策，計謀
類 けいりゃく【計略】計謀，謀略

→ 常考單字

例 コンサルタントは、我が社の経営課題を解決するための、様々な方略を提案してくれた。

顧問為了解決本公司的經營問題，提出了各式各樣的計策。

1585
□

ぼかす

他I 使…模糊不清
衍 ぼんやりと 模糊地

例 プライバシーを守るために、背景に写っている人の顔はぼかしてある。　為了保護隱私，讓出現在背景裡的人臉模糊不清。

1586
□

ほぐす
【解す】

他I 解開；緩解
類 ほどく【解く】解開

→ 常考單字

例 菜箸でほぐすように炒めなかったから、肉が全部くっ付いてしまった。

因為沒有用長筷子撥散拌炒，肉全都黏在一起了。

例 初対面の人とのディスカッションでは、緊張をほぐすためにアイスブレイクが行われる。

在與初次見面的人討論時，為了緩解緊張而進行破冰活動。

1587
□

ぼける
【惚ける・暈ける】

自II 癡呆，意識不清；（外觀、內容）模糊
衍 こうこつ【恍惚】恍惚，意識不清

例 ぼけるほど年を取ってはいないが、物忘れが激しくなるのは事実だ。

雖然還沒老到癡呆的程度，但是健忘情況加重是事實。

例 写真の背景がぼけていて、どこで撮影したか判別できない。

照片的背景模糊，無法辨識是在哪裡拍攝的。

1588
□

ほこる
【誇る】

他I 自豪；誇耀
反 はじる【恥じる】羞愧

例 最先端の設備を誇るこの劇場には、世界各国の演劇関係者が視察に訪れる。

這間以最先進設備為傲的劇場，世界各國的戲劇工作者都前往視察。

1589
□
ポジション
【position】
名 職位；球類運動的守備位置
類 しょくい【職位】職位

例 ４０代後半には部長職以上のポジションに昇りつめたいなあ。

希望 40 歲至 50 歲時可以升遷至經理級以上的職位。

1590
□
ほしょう
【補償】
名・他Ⅲ 賠償；補償
類 べんしょう【弁償】（個人和解）賠償

例 火災保険に加入すると、自然災害による建物の損害が補償される。

投保火險的話，可以理賠自然災害所造成的建築物損失。

1591
□
ほっさ
【発作】
名 （病症）突發，突然發作
衍 はつびょう【発病】發病，生病

例 重症のアレルギー発作は命に関わりかねないから、すぐに医者に診てもらわなくてはいけない。

重度過敏突發可能危及性命，所以必須立即請醫生診療。

1592
□
ほっそく
【発足】
名・自Ⅲ （團體）成立；開始（活動）；出發
類 スタート【start】開始；出發

例 ＥＵは１９９３年に発足した、ヨーロッパの国を中心とした経済同盟である。

歐盟成立於 1993 年，是以歐洲國家為中心的經濟聯盟。

出題重點

▶漢字讀音　発

【はつ】：発明（發明）／発売（發售）／発言（發言）

【はっ】：発掘（挖掘）／発表（公開）／発達（發達）

【ほっ】：発足（開始）／発作（突發）／発端（開端）

1593
□
ほっと
副・自Ⅲ 安心，鬆了一口氣；嘆息　　→ 常考單字
衍 あんしん（な）【安心（な）】安心

例 「階段を踏み外して転びそうになったところを、通行人に助けられました」と、あの女性はほっとした表情を見せた。　那位女士露出一臉安心的表情說：「我踩空階梯差點跌倒時，被路人拉了一把。」

1594
□

ぼっとう
【没頭】

| 名・自Ⅲ 熱衷，投入（某件事） | → 常考單字 |
| 類 むちゅう（な）【夢中（な）】熱衷，渾然忘我 | |

例 夫が近頃ガーデニングに没頭していて、休日に家族で出かけることはほとんどなくなった。

我丈夫最近熱衷於園藝，假日也幾乎不再全家出遊了。

1595
□

ほどける
【解ける】

| 自Ⅱ 鬆開，放鬆解開；舒緩（情緒） |
| 類 ほぐれる【解れる】解開；放鬆 |

例 このスニーカーの紐は表面がつるつるで解けやすい。

這球鞋的鞋帶表面光滑，所以容易鬆開。

1596
□

ほどこす
【施す】

| 他Ⅰ 施予（恩惠）；施肥；裝設；裝飾 |
| 類 さずける【授ける】（上對下）給予，授予 |

例 法会などで僧侶に金品を施すことはお布施と言う。

在法會上施予僧侶錢財，稱為布施。

例 この日傘は防水・撥水加工を施して晴雨兼用にしてあるので、突然の雨でも大丈夫だ。　這把陽傘施以防水與防潑水加工，做成晴雨兩用，所以即使突然下雨也不用擔心。

1597
□

ほのめかす
【仄めかす】

| 他Ⅰ 暗示，透漏 |
| 類 におわす【匂わす】透漏，暗示 |

例 当時の詩人たちは、はっきりとは書かなかったが、詩の中に皇帝への批判をほのめかす表現を織り込んでいた。

當時的詩人們雖未明言，但是將暗含對皇帝批判的表現穿插於詩中。

1598
□

ぼやく

| 自Ⅰ 發牢騷，嘟囔抱怨 |
| 類 つぶやく【呟く】嘟囔碎唸，喃喃自語 |

例 「こんな仕事もう辞めたい」とぼやく暇があるなら、早く履歴書を書いてしまおう。

如果有時間發牢騷說：「真想辭掉這工作」，就快點寫履歷表吧。

1599
□ ぼやける

自II 模糊 → 常考單字
類 ぼける【暈ける】（外觀、內容）模糊

例 視界がぼやけることは白内障の症状かもしれない。

視野模糊說不定是白內障的症狀。

1600
□ ほれる
【惚れる】

自II 喜愛，看中；迷戀
衍 ひとめぼれする【一目惚れする】一見鍾情

例 若い頃に訪れた瀬戸内海の美しさに惚れて、四国に移住することにしたんです。

我年輕時造訪瀨戶內海，愛上了那裡的美景，而決定搬到四國。

1601
□ ほろびる
【滅びる】

自II 滅亡
類 めつぼうする【滅亡する】（組織）滅亡

例 絶滅危惧種と認定された生物の中には、滅びるどころかますます繁栄しているのもあるそうだ。

據說被認定為瀕臨絕種的生物中，有些不但沒有滅絕，反而大量繁衍。

1602
□ ほんがく
【本学】

名 本校（特指大學） → 常考單字
反 きがく【貴学】貴校（特指大學）

例 本学は多くの海外の大学と学術交流協定を締結しております。 〔學校介紹〕本校與許多國外大學締結了學術交流協議。

1603
□ ほんね
【本音】

名 真心話 → 常考單字
反 たてまえ【建前】場面話，表面工夫

例 先週末の飲み会で、酒に酔っていて、物の弾みで本音を漏らしてしまった。 上週末的聚會上，醉酒後順勢就洩漏了真心話。

1604
□ ほんば
【本場】

名 主要產地；發源地；道地
類 はっしょうち【発祥地】發源地

例 このスパイスの効いた独特な香りは、間違いなく本場の味だ。

這款香料強烈的獨特香味，肯定是在地的味道。

1605
☐ **ほんばん**
【本番】

名 正式表演（相對於事前演練）；正式時期
反 リハーサル【rehearsal】預演，彩排，排練

例 練習ならまだしも、本番では些細なことでも大きなミスに繋がる。

練習時還無所謂，正式演出時即使細微小事也可能鑄成大錯。

例 早朝から蝉の鳴き声が聞こえ、夏も本番だと感じられる。

一早就聽到蟬鳴，感覺夏天真的來了。

筆記區

ま／マ

1606

まいぞう
【埋蔵】

名・他Ⅲ（礦物）蘊藏；埋藏
反 はっくつ【発掘】挖掘

31 例 海の底には大量の天然資源が埋蔵されている。

海底蘊藏著大量的天然資源。

1607

まいる
【参る】

自Ⅰ（謙讓語）來，去；參拜；認輸；困擾

例 最後の一手を打った後、対戦相手が悔しそうな声で「参りました」

と言った。 下了最後一棋後，交戰對手發出懊悔的聲音說：「我認輸了。」

例 鍵を落としたようだ。どうしよう？参ったなぁ。

鑰匙好像掉了。怎麼辦？真糟糕。

1608

まう
【舞う】

自Ⅰ 跳舞（日式舞蹈）；飛舞 　　→ 常考單字
類 おどる【踊る】跳舞

例 日本伝統芸能においては、踊ることを「舞う」と表現している。

在日本傳統藝能領域裡，用「舞う」來表達跳舞之意。

1609

まえおき
【前置き】

名・自Ⅲ 開場白，序言（進入正題前的敘述）
類 プロローグ【prologue】序

例 社長は「会社はファミリーだ」と前置きした上で、今年の目標を
語り出した。

總經理起頭先說：「公司是個大家庭」之後，再道出今年的目標。

1610

まえだおし
【前倒し】

名・他Ⅲ 提前（執行）
類 くりあげる【繰り上げる】提前

例 思ったより早めに仕事が終わったので、スケジュールを前倒しして来
週の分に着手した。

工作比預期還早完成，所以日程提前，已開始著手下星期的部分。

1611
□
まかなう
【賄う】

他I 負擔，應付；籌措；供應
類 やりくりする 籌措

例 保育料だけで保育士の給料から設備維持費までをまかなうことはできないので、国が一部を補助している。　只靠托育費無法負擔從教保員的薪水到設備維護費用等，因此政府補助部分經費。

1612
□
まきこむ
【巻き込む】

他I 捲進，牽涉；捲入（實體物）

例 救急車は事故現場に急がんがために、別の事故に巻き込まれた。
救護車為了趕往事故地點，而捲進另一起交通事故。

┌─ 出題重點 ─┐

▶文法　V－ない＋んがため（に）　為了…而做…

「ため（に）」的強調用法，但僅用於書面文章，會話中幾乎不用。用於強調前方的事由正是後方行為唯一的目的。注意III類動詞「する」的接續方式，以及「来る」的發音變化。

する＋んがために　→　せんがために
来る＋んがために　→　来んがために

1613
□
まぎらわしい
【紛らわしい】

い形 不易分辨，容易混淆
衍 こんどうする【混同する】混為一談

例 「持つ」と「待つ」は発音も字形も紛らわしく、習いたての人は間違えやすい単語だ。　「持つ」與「待つ」不論發音、字形都很相似不易分辨，是初學者容易弄錯的單字。

1614
□
まぎれる
【紛れる】

自II 混入；混淆；撫平（因其他事遺忘情緒）

例 スーパーで万引きした男は商店街の人込みに紛れて逃げた。
在超市順手牽羊的男人，混入商店街的人潮中逃走了。

1615 ☐ **まごつく**

自I （因生疏）徬徨，困惑，不知所措
類 とまどう【戸惑う】困惑，不知如何應對

例 初めて降りた駅でまごついてしまって、面接に遅刻するところだった。　在第一次來的車站下車後有點徬徨失措，面試因而差點遲到。

1616 ☐ **まことに**
【誠に】

副 非常地，實在地
類 じつに【実に】非常地，實在地，確實地

例 本日はお足元の悪い中、ご来場いただき誠にありがとうございました。　〔會議開場白〕非常感謝各位在今日（天候不佳）交通不便的情況下前來捧場。

1617 ☐ **まさしく**
【正しく】

副 簡直是；正是，的確

例 空飛ぶバイクはまさしく画期的な発明だ。
飛天摩托車簡直就是劃時代的發明。

1618 ☐ **まさに**
【正に】

副 正是；正要　　　　　　　　→ 常考單字

例 あん馬の世界チャンピオンが予選で落馬したらしいが、まさに「猿も木から落ちる」だな。　聽說鞍馬體操的世界冠軍在初賽時落馬，正所謂「人有失手，馬有亂蹄」啊。

1619 ☐ **まさる**
【勝る】

自I （程度）勝過；優越
反 おとる【劣る】（程度）劣等

例 風呂あがりは冷たいコーヒー牛乳に勝るものはない。
泡澡之後，沒有什麼能比得過（喝一杯）冰咖啡牛奶。

1620 ☐ **まじえる**
【交える】

他II 參雜，混入；交叉；交換
類 まぜる【混ぜる】混雜

例 彼女は、同僚でもある夫のミスを、私情を交えずに上司に報告した。　她秉公無私地向上司舉發了，既是同事也是丈夫的過失。

1621
□

ました
【況して】

副 更何況

例 彼は片言の英語さえもできないのに、ましてスピーチなど頼まれるわけがない。　他英語連隻字片語都不會講了，更不可能會有人請他演講。

出題重點

▶**詞意辨析　まして VS ましてや**

「ましてや」也是副詞，但相較於「まして」，語氣更為強烈。兩者皆表示在前項情況下，後續情況更加理所當然。常用句型有：「Aはできない。ましてやBなんてできるわけがない。（不會A。更何況B這種事更不可能會。）」

1622
□

まじわる
【交わる】

自I 交叉；交往
類 こうさする【交差する】交叉；交錯

例 これは赤の縦糸と青の横糸が交わって織り出された模様です。

這是紅色直線與藍色橫線交織出來的圖案。

1623
□

ます
【増す】

自他I 變多，變強；增加，增強　→N2 單字
類 ぞうかする【増加する】增加

例 怒りっぽい彼は、今日はいつにもまして機嫌が悪そうだ。

易怒的他，今天的心情看似比平常更差。

出題重點

▶**文法　N／疑問詞＋にもまして　比…更為…**

這個用法中的「まして」便是動詞「増す」的て形「増して」，但「〜にもまして」已成為固定句法，多半不刻意寫出漢字。而與名詞一起使用時，基本上只會用在跟時間有關的單字上，表示「比某個時間點更為…」。

名詞：以前にもまして　比從前更…／去年にもまして　比去年更…

疑問詞：誰にもまして　比誰都更…／何にもまして　比什麼都更…

1624
☐
またがる
【跨る】

自I 橫跨，跨越；拖延；騎（馬、機車）

例 チチカカ湖は標高 ３ ８ １ ２ ｍ にあり、ペルーとボリビアの両国にまたがっている。

的的喀喀湖海拔 3812 公尺，橫跨秘魯和玻利維亞兩個國家。

1625
☐
まぢか (な)
【間近 (な)】

名・な形 （時間）將近；（空間）接近
衍 まぎわ (な)【間際(な)】迫在眉睫；正…時

例 娘の大学入試を間近に控えていて、家中に緊張した空気が漂っている。　女兒的大學入學考將近，家中瀰漫著緊張的氣氛。

1626
☐
まちなみ
【街並み・町並み】

名 街景　　　　　　　　　　　　　→ 常考單字

例 ロンドンのベイカー街付近には、映画のセットさながらの街並みが残っている。　倫敦的貝克街附近，還留著宛如電影場景般的街景。

1627
☐
まちのぞむ
【待ち望む】

他I 期盼
類 たいぼうする【待望する】期望

例 １０年ぶりにコンサートを開いた歌手の登場を待ち望むファンが騒ぎ始めた。　盼著睽違 10 年再辦演唱會的歌手出場，粉絲們騷動了起來。

1628
☐
まちまち (な)
【区々 (な)】

名・な形 （事物）各不相同；眾說紛紜
類 さまざま (な)【様々(な)】各式各樣

例 帯の素材や色、柄はまちまちなので、無地の浴衣でも好みに合わせた着こなしが楽しめます。　腰帶的材質、顏色、圖樣各不相同，即使是單色浴衣也可以享受隨喜好搭配的樂趣。

1629
☐
まっとうする
【全うする】

他III 完成；保住

例 与えられた仕事をミスなく全うすることが社会人としての責務である。　零失誤地完成被分配到的工作是身為社會人士的職責。

1630 ☐ まとまる
【纏まる】

自I 歸納；統一 → 常考單字

例 言いたいことがいろいろあって、考えがまとまらない。

我有很多話想說，思緒紛亂無法歸納整理。

例 半年に及ぶ議論を経て、ようやくみんなの意見がまとまった。

經過長達半年的討論，大家的意見終於有了共識。

1631 ☐ まとも（な）

名・な形 正面，迎面；正當；堂堂正正
衍 ましょうめん【真正面】正面

例 彼と一緒にいると、いつも緊張してまともに顔を見ることもできない。　跟他在一起，總是因為緊張而無法正面直視他的臉。

例 ろくに挨拶もできないようでは、まともな仕事が見つかるわけがない。

連好好打招呼也不會，不可能找到好工作。

1632 ☐ まどわす
【惑わす】

他I 誘惑，使人失去正確判斷；欺騙
類 まよわす【迷わす】使人迷惑

例 誤った情報に惑わされて、詐欺の被害に遭うところだった。

被錯誤的資訊迷惑，差點就蒙受詐騙損失。

1633 ☐ マニュアル
【manual】

名 說明書，操作手冊 → 常考單字
類 てびきしょ【手引書】指南

例 いくら問い合わせてもマニュアル通りの回答しか得られなかった。

無論怎麼詢問，都只得到千篇一律的回答。

┌─ 出題重點 ─┐

▶固定用法　マニュアル通り　千篇一律；照本宣科

「マニュアル」指的是各式各樣的操作說明書，也可以指公司提供給員工對客戶說明用的指南。上述例句中的「マニュアル通り」便是指員工並不根據個案情況提供服務，而是依照說明指南回答，因此內容千篇一律。

1634 まぬがれる・まぬかれる【免れる】　自他Ⅱ 避免，免於；擺脫

例 こんなレベルの低い仕事では手抜きという批判を免れないだろう。

做出水準這麼差的工作，免不了被批評偷工減料吧。

1635 まばたき【瞬き】　名・自Ⅲ 眨眼；瞬間

衍 またたくまに【瞬く間に】瞬間

例 彼は瞬きひとつせずに彼女の顔を見つめていた。

他眼睛眨也不眨地盯著她的臉。

1636 まひ【麻痺】　名・自Ⅲ 麻痺；癱瘓

衍 しびれる【痺れる】發麻，麻痺

例 事故の瞬間、私は全身の知覚が麻痺したように何も感じなかった。

發生事故的瞬間，我的全身知覺像是麻痺般，完全沒有任何感覺。

例 駅前の道路が陥没してしまったため、交通は麻痺状態となった。

由於車站前的道路地基下陷，因此交通癱瘓。

1637 〜まみれ　接尾 …沾滿　　　→ 常考單字

衍 〜ずくめ 盡是…，全是…

例 あの黒ずくめの服を着た男は、手も顔も血まみれだった。

那位穿得一身黑男人，手跟臉都沾滿了血。

1638 まるごと【丸ごと】　副 整個，全部

例 あんな大きなりんごを、よくまるごとかじって食べたね。

那麼大顆的蘋果，你還真能整顆咬著吃掉啊。

1639 まるめる【丸める】　他Ⅱ 揉成一團；剃光頭

反 とがらす【尖らす】削尖

例 パン屋のオーナーは、両手で同時に2つの生地を丸める技を見せて

くれた。　麵包店的老闆秀了雙手同時揉兩個麵團的技巧給我看。

1640
まれ (な)
【稀 (な)】

な形 罕見 →N2 單字

類 けう (な)【希有・稀有(な)】稀少，罕見

例 この 薬 の 副作用 として 稀に 発熱 することがある。

這種藥偶爾會出現發高燒的副作用。

1641
まんかい
【満開】

名 盛開 → 常考單字

例 桜 の 花が 八 割ほど 開いたら 満 開 という。

櫻花開了八成左右就稱為盛開。

開花狀態

つぼみ
含苞

三分咲き
開三分

五分咲き
開五分

開花
開花

1642
まんぜん (と)
【漫然 (と)】

名・副 漫不經心，漫然，隨便

類 ぼんやり 模糊，頭腦不清；無所事事

例 大 病 を 患ってから、彼は 一 日 一日を 漫 然 と 過ごしている。

自從生了一場大病後，他便日復一日漫不經心地度日。

1643
マンネリか
【マンネリ化】

名・自Ⅲ 形式化，公式化 → 常考單字

例 作れる 料 理が 限られているので、毎 日の 献 立がだんだんマンネリ化
してきた。　會做的菜有限，所以每天的菜色漸漸變得一成不變。

▼み／ミ

1644
みあわせる
【見合わせる】

🔊
32

他Ⅱ 暫停，暫緩；對照；對看 → 常考單字

類 みおくる【見送る】暫緩實行

例 台風の 接近に 伴い、午後 6 時 以降、列車の 運行を 見合わせます。

隨著颱風靠近，下午 6 點之後列車的行駛將視情況而定。

1645
☐
みいだす
【見出す】
他I 找到，發現
→ 常考單字
衍 みつけだす【見つけ出す】找出

例 早かれ遅かれ、誰だっていつか自分の道を見出すことができるものだ。 或早或晚，不論是誰總有一天都能找出自己的路。

1646
☐
みうしなう
【見失う】
他I 迷失；跟丟
反 みつける【見付ける】找到，發現

例 大学受験に失敗した時、私は人生の目標を見失ってしまいそうな気がした。 大學入學考試沒考好時，我感覺好像迷失了人生目標。

例 ３時間も容疑者を尾行したものの、商店街で姿を見失ってしまった。 跟蹤了嫌犯３小時，卻在商店街跟丟了。

1647
☐
みうち
【身内】
名 同一組織團體；親屬；體內
反 たにん【他人】不相干的人，別人

例 身内の者だからこそ厳しく言うのだ。

就因為是自己人才要嚴厲地指責。

1648
☐
みおとす
【見落とす】
他I 忽略
→ 常考單字
類 みのがす【見逃す】錯過；寬恕

例 誤字・脱字を見落とさないように２人の担当者で二重にチェックすることになっている。

為避免忽略錯字、漏字，決定由兩位負責人重複確認。

1649
☐
みおぼえ
【見覚え】
名 似曾相識，眼熟
衍 ききおぼえ【聞き覚え】耳熟，聽到過

例 見覚えのある顔がテレビに映っていた。 小学生のときの面影が少し残っていた。 似曾相識的臉出現在電視上。小學生時的面貌依稀殘存。

1650
☐
みかえす
【見返す】
他I 爭口氣；重看；回頭看
類 みなおす【見直す】重看

例 次はいい結果を残して、私をバカにしたやつらを見返してやりたい。

我下次想要好好表現，爭口氣給瞧不起我的那群人看看。

1651

□
みかく
【味覚】

名 味覺

例 視覚が味覚に影響を与えると言われているので、料理の盛り付けもシェフの腕の見せ所だ。

據說視覺會影響味覺，所以擺盤也是廚師展現身手之處。

感官

視覚	聴覚	嗅覚	味覚	触覚
視覺	聽覺	嗅覺	味覺	觸覺

1652

□
みかける
【見かける】

他II 看見，撞見　　→ 常考單字
衍 めにする【目にする】看

例 隣に初老の男性が住んでいるそうだが、一度も彼の姿を見かけたことはない。

聽說隔壁住了一位剛步入老年的男人，但我一次也沒見過他的身影。

1653

□
みきわめる
【見極める】

他II 看到最後，看清；鑑別；徹底領悟
類 みとどける【見届ける】看到最後

例 あの問題に関しては、我々は黙って事の成り行きを見極めるしかない。　關於那個問題，我們只能默默地看著事情發展到最後。

例 この商売をするなら、美術品の真偽や価値を見極める眼力が必要だ。　如果要做這門生意，需要有鑑別藝術品真假及價值的眼力。

1654

□
みくだす
【見下す】

他I 瞧不起，藐視；俯視
衍 うえからめせん【上から目線】自以為是

例 学歴で人を見下すようなつまらない人間にはなりたくない。

我不想成為「用學歷狗眼看人低」的人。

1655 みぐるしい
【見苦しい】

い形 不像樣；難看
反 りっぱ (な)【立派 (な)】華麗

例 見苦しい嘘をついて言い逃れようとしていることが、みんなにバレていないと思っているのだろうか？

他想用不像樣的謊言推託，是不是覺得不會被大家發現？

1656 みごと (な)
【見事 (な)】

な形 精彩；完全
反 ざんねん (な)【残念 (な)】遺憾；懊悔

例 声も構成もすばらしく、非の打ち所のない、みごとな発表だった。

不論聲音、安排都很棒，這是場無可挑剔的精彩演出。

1657 みこみ
【見込み】

名 希望；可能性；預測
類 よそう【予想】預測

→ 常考單字

例 今の成績では 6 月に卒業する見込みはなさそうだ。

以現在的成績來看，6 月畢業好像無望了。

1658 みこむ
【見込む】

他I 預估；看好
類 みこす【見越す】預料

例 家庭用フィットネス機器の需要は今後も拡大が見込まれている。

預估家用健身器材的需求今後還會擴增。

1659 みさき
【岬】

名 海岬，海角

例 あの岬に立つ灯台は、老朽化により来月取り壊される予定です。

立在那海岬的燈塔，由於老舊，所以預定下個月要拆除。

1660 みじめ (な)
【惨め (な)】

な形 悽慘
衍 むごい【惨い】悲慘，悽慘

→N2 單字

例 練りに練った計画が、まさかこんな惨めな失敗に終わるとは思わなかった。　沒想到我精心設計的計畫會如此慘敗而終。

1661
☐

みじゅく（な）
【未熟（な）】

名・な形 （發育、經驗、果實）不成熟
類 あおくさい【青臭い】幼稚，不成熟

例 まだまだ未熟な私たち二人ですが、協力し合って幸せな家庭を築いていきたいと思います。

〔結婚宣言〕雖然我們兩人還很不成熟，但希望能齊心協力共築幸福家庭。

1662
☐

みずから
【自ら】

副・名 自行，親自；自己　　　→ 常考單字
類 てずから【手ずから】親自；親手

例 学園祭は学生が自ら企画し、運営する学校行事の一つです。

校慶是學生自行企劃、運作的學校例行活動之一。

1663
☐

みずけ
【水気】

名 （蔬果）水分，水氣
類 すいぶん【水分】水分

例 洗った野菜は、しっかりと水気を切ってから調理してください。

清洗過的蔬菜，要確實將水分瀝乾後再烹調。

1664
☐

みすごす
【見過ごす】

他Ⅰ 漏看，忽略；忽視，放過　　　→ 常考單字
類 みおとす【見落とす】漏看，忽略

例 看板が小さすぎて色も褪せたので、注意深く探さないと見過ごしてしまいます。　招牌太小又褪色了，所以不留神尋找就會漏看。

例 大した過ちでもなかったから、今回ばかりは見過ごしてやらないでもない。　不是什麼大不了的過失，所以這次也不是不能放水。

┌─ 出題重點 ─

▶文法　Ｖ－ない＋（もの）でもない　也不是不…；有那麼點可能…

用於消極地表示可能性。依照字面看來有兩個否定，所以一般翻譯為「也不是沒有…」；而負負得正，因此也可譯為「有一點…的可能」。
└─

1665
☐

みずしらず
【見ず知らず】

名 陌生，素不相識
衍 たにん【他人】陌生人；局外人；別人

例 困っている人がいたら、見ず知らずの人でも助けてあげたいと思う。

如果有人需要幫助，即使是陌生人我也願意幫助對方。

1666 □ みすぼらしい | い形 破舊，破爛

例 ホームレスのようなみすぼらしい身なりの老人が実は富豪だと聞いて驚いた。

聽聞那個衣衫襤褸、像流浪漢的老人其實是大富翁，讓我大吃一驚。

1667 □ みせつける 【見せ付ける】 | 他Ⅱ 刻意展現（關係） → 常考單字
類 みせびらかす【見せびらかす】炫耀

例 彼女は、彼氏と仲良いところを周りの人に見せ付けてばかりいる。

她老是向周圍的人展現她和男友的感情很要好。

1668 □ みせびらかす 【見せびらかす】 | 他Ⅰ 炫耀（實物、外觀）
類 こじする【誇示する】誇示，顯耀

例 彼女は、彼氏にプレゼントをもらうたびに、人に見せびらかしている。

她每次收到男友給的禮物，就會向人炫耀。

出題重點

▶詞意辨析　見せ付ける VS 見せびらかす

兩者互為類義詞，但嚴格說來「見せ付ける」是故意、刻意且清楚明白地展示之意；而「見せびらかす」則含有更多自滿、自以為厲害的意思，因此多用於炫耀物品。

例 指導力を見せ付ける。　展現指導能力。

1669 □ みそこなう 【見損なう】 | 他Ⅰ 錯看，高估（人）
類 けいべつする【軽蔑する】輕視，蔑視

例 長年苦労をともにした仲間を裏切るなんて見損なったよ！

竟背叛同甘共苦多年的夥伴，真是錯看人了！

1670 □ みたす 【満たす】 | 他Ⅰ 符合，滿足；裝滿
反 かく【欠く】欠缺

例 次の要件を満たせば、本学科の編入試験を受けることができる。

符合以下條件，就能參加本系的轉學考。

1671
みだれる
【乱れる】

|自Ⅱ| 紊亂，不整   →N2 單字

|反| ととのう【整う】齊整

例 ぼさぼさに乱れた髪を隠すために帽子をかぶった。

為了遮掩亂糟糟的頭髮而戴了帽子。

1672
みぢか (な)
【身近 (な)】

|名・な形| 周遭，身邊；切身   → 常考單字

|類| てぢか (な)【手近(な)】手邊；淺顯，常見

例 牛乳パックやペットボトルなど、身近なものでも簡単に楽器が作

れる。 用牛奶盒或寶特瓶等垂手可得的物品也能簡單地製作樂器。

1673
みちがえる
【見違える】

|他Ⅱ| 認不出；看錯   → 常考單字

|類| みあやまる【見誤る】看錯

例 海外留学から戻ってきた息子は、見違えるほど成長していた。

從海外留學歸國的兒子，成熟到我幾乎不認得了。

1674
みちばた
【道端】

|名| 路邊

|類| ろぼう【路傍】（書面語）路邊

例 道端に置かれたダンボールから子猫の鳴き声が聞こえた。

我聽到擱置在路邊的紙箱傳來小貓的叫聲。

1675
みちびく
【導く】

|他Ⅰ| 引導；帶路   → 常考單字

|類| リードする【lead】領導，率領

例 我が社を成功に導いてくれる人は、君をおいてほかにいないだろう。

能引領本公司走向成功的人，非你莫屬吧。

1676
みっせつ (な)
【密接 (な)】

|名・自Ⅲ・な形| （關係）緊密；緊鄰

|衍| ぴたり 緊貼；恰好一致

例 言葉と文字とは切っても切れない密接な関係にある。

語言與文字之間存在著切也切不斷的密切關係。

1677
みっともない

|い形| 不像話，難看；羞於見人，沒面子

|類| みぐるしい【見苦しい】不像話；看不慣

例 こんな簡単なこともできないなんて、みっともない！

這麼簡單的事也不會，真是不像話！

1678 ☐ みつもる
【見積もる】

他I 估算（價值、天數、費用）；目測
類 みこむ【見込む】預計

例 高い買い物をする時に、まず金額を見積もってもらうことが鉄則だ。

買昂貴的東西時先請對方估價是鐵則。

1679 ☐ みとおし
【見通し】

名 看透；遠眺；預測 → 常考單字
類 どうさつ【洞察】洞察，看透

例 あなたのしたこと、きっと奥さんは全部お見通しだ。

你的所做所為，尊夫人肯定都看穿了。

1680 ☐ みなおす
【見直す】

他I 重整；重新審視；重新考慮 → 常考單字
類 さいけんとうする【再検討する】再次商討

例 企業合併が決まった以上、人事制度を見直したところで結果は変わらないと思う。

我認為既然決定企業合併了，即使重整人事制度也不會改變結果。

1681 ☐ みなす
【見なす】

他I 視為；比擬
類 みたてる【見立てる】比擬

例 3回遅刻・早退すると1回の欠席と見なします。

〔修課規定〕遲到或早退滿3次就視為1次缺席。

1682 ☐ みなもと
【源】

名 起源；水源
類 きげん【起源】起源

例 この抽象画は生命の源を表現しているらしい。

這幅抽象畫好像是在表達生命的起源。

1683 ☐ みならう
【見習う】

他I 仿效；見習 →N2 單字
類 まねる【真似る】模仿

例 アスリートの挑戦し続ける姿勢は見習うに値する。

運動員不斷挑戰的精神值得仿效。

1684
☐
みなり
【身なり】

图 服装儀容，穿著打扮
衍 みだしなみ【身嗜み】注意服裝儀容

例 パソコンの画面越しでのウェブ面接でも身なりをきちんと整えるべきだ。　即使是透過電腦螢幕的線上面試，也必須確實整理好服裝儀容。

1685
☐
みのうえ
【身の上】

图 身世；（本人）處境
類 きょうぐう【境遇】（外在）處境

例 大物政治家の息子だという身の上が公表されるや否や、彼のところにメディアからの取材が殺到した。

他是重要政治人物私生子的身世一被公開，立刻有許多媒體爭相來採訪。

1686
☐
みのがす
【見逃す】

他I 忽視，放過；漏看，忽略；錯過
類 みおとす【見落とす】漏看，忽略

例 こんな重大なミスを黙って見逃すわけにはいかない。

如此重大的失誤不容許默不作聲視而不見。

1687
☐
みのる
【実る】

自I 有成果；（植物）成熟，結果

例 長年の努力が実り、一流企業に就職できた。

多年的努力有了成果，進入一流企業工作。

1688
☐
みはからう
【見計らう】

他I 估算（時機）；斟酌

例 ノーベル賞受賞者が出てくるタイミングを見計らって、記者たちはテレビ局の入り口で待っていた。

估算好諾貝爾獎得主出來的時機，記者們守候在電視臺的入口處。

1689
☐
みはらし
【見晴らし】

图 遠景；遠眺
類 ながめ【眺め】景觀

例 引越しした新居は屋上からの見晴らしがよくて、遠くに海も見える。

我搬進的新家從屋頂眺望的遠景很棒，遠方也可以看見海喔。

1690
☐
みまもる
【見守る】

他Ⅰ 關心；保佑；注視

例 私には中学受験の経験がないので、子供が受験で苦しんでいるのを見守ることしかできなかった。

我沒有考國中的經驗，因此能做的只有關心受考試所苦的孩子。

1691
☐
みめい
【未明】

名 凌晨，天未亮（午夜 12 點至 3 點）
衍 あけかた【明け方】清晨（午夜 3 點至 6 點）

例 昨日の未明から早朝にかけて、駅周辺の商店街で不審火が相次いだ。

昨天從凌晨到清早，車站周邊的商店街接連發生原因不明的火災。

早上

夜明け	明け方	早朝	朝	昼前
天將明未明	清晨	一大早	早上	上午

1692
☐
みるみる
【見る見る】

副 眼看著，轉眼間　　　　　→ 常考單字
類 たちまち 立刻

例 気温が高すぎて、買ったばかりのアイスクリームはみるみるうちに溶け出した。　氣溫過高，剛買的冰淇淋，看著看著就開始融化了。

1693
☐
みれん
【未練】

名 眷戀；不成熟
類 こころのこり【心残り】眷戀

例 まったく未練がないとは言えないけど、別れた彼のことを一日も早く忘れたい。　雖然不能說毫無眷戀，但希望早日忘記前男友。

▼む／ム

1694
□
🔊
33

むきあう
【向き合う】

| 自Ⅰ | 面對；面對面 |
| 類 | むかいあう【向かい合う】面對面 |

例 ソロキャンプは大自然の中でゆっくりと自分と向き合う絶好の機会です。　一個人露營是在大自然中好好面對自我的絕佳機會。

1695
□

むきだし (な)
【剥き出し (な)】

| 名・な形 | 毫不掩飾，顯露 |
| 類 | ろこつ (な)【露骨(な)】露骨；暴露 |

例 ふだんは冷静な彼が、感情をむき出しにして怒っていた。

平時冷靜的他氣到毫不掩飾情緒。

1696
□

むく
【向く】

| 自他Ⅰ | 適合；傾向，向著；（面、物）朝向 |

例 遠距離恋愛に向いていないという自覚はある。

我自知不適合遠距戀愛。

例 ふと上を向いたら、天井に小さな蜘蛛がいた。

突然抬頭向上看，發現天花板上有一隻小蜘蛛。

1697
□

むくいる
【報いる】

| 他Ⅱ | 報答，答謝；報復，報仇 |
| 類 | おんがえしする【恩返しする】報恩，報答 |

例 教師として次の世代を育てることでしか、亡くなった恩師の指導に報いることはできない。

作為老師，只能透過培養下一代來報答已故恩師的指導。

1698
□

むける
【向ける】

| 自他Ⅱ | 對（動作對象）；朝著（目標）；使…轉向；派遣；撥用 |

例 国際会議の開催に向けて、着々と準備が進められている。

為了舉辦國際會議，現在正一步步進行籌備中。

例 彼女は急に怒り出して、くるっと背を向けて出て行った。

她突然發怒，轉身出去。

1699 むごん
【無言】

名 無聲，不說話
類 ちんもく【沈黙】沉默

例 昨日友達と怖い話をしていたら、急に無言電話がかかってきた。

昨天我和朋友在講恐怖故事，沒想到突然有無聲來電打來。

1700 むしんけい (な)
【無神経 (な)】

名・な形 少根筋；遲鈍
類 にぶい【鈍い】遲鈍

例 あの政治家はまたしても無神経極まりない発言をしてしまった。

那位政治家又說了非常不識相的話。

1701 むすびつく
【結び付く】

自I 密切相關；連著
類 つながる【繋がる】連著

例 西洋の文学や絵画は内容がキリスト教と結び付いたものが多い。

西洋的文學與繪畫，內容多與基督教密切相關。

1702 むすびつける
【結び付ける】

他I 扯上關係；繫上
類 つなぐ【繋ぐ】連結

例 なにもかも政治と結び付けて考えてしまうのはよくないと思う。

我覺得想把所有事情都與政治扯上關係並不好。

1703 むちゃ (な)
【無茶 (な)】

名・な形 亂來；沒道理；（不好的事）過度
類 めちゃくちゃ (な) 亂七八糟；不合理；過度

例 徹夜して残業した翌日も出勤するなんて、無茶な話だ。

熬夜加班，隔天還去上班，真是太亂來了。

1704 むっと

副・自III 表情憤怒；氣憤；（臭、熱氣）襲人；
透不過氣

例 彼女はすっかり機嫌が直ったかと思いきや、またむっとした顔で僕を睨みつけた。

才在想她心情已經變好了，卻又一副火大的表情瞪著我。

1705 □
むなしい
【空しい・虚しい】

い形 徒勞；虛幻；空洞
類 はかない【儚い】虛幻

例 戦士たちの犠牲も空しく、戦いは敗北に終わった。

戰士們的犧牲也白費了，戰爭以敗北告終。

1706 □
むみかんそう (な)
【無味乾燥 (な)】

名・な形 枯燥無味

例 私に言わせれば、あの記事なんか、ただ無味乾燥な文の羅列に過ぎ
ない。　硬要我說的話，那篇報導只不過是成排枯燥無味的句子罷了。

1707 □
むやみ (な)
【無闇 (な)】

名・な形 胡亂；過度

例 金はあるからといって、無闇な投資は危険すぎる。

因為有錢就隨便投資太危險了。

例 ありもしないことを言われて、無闇に腹が立った。

被指責莫須有的事，超級火大。

1708 □
むれ
【群れ】

名 群體
類 しゅうだん【集団】集體

→ 常考單字

例 水族館で小魚が群れをなして泳いでいるのを見るだけで癒される。

光看著水族館成群的小魚游泳就很療癒。

1709 □
むろん
【無論】

副 當然，不消說
類 もちろん【勿論】當然

例 そう言い切れるのは無論、それなりの根拠を持っているのだ。

會那樣論斷，當然有相當的依據。

め／メ

1710
□
め
【芽】
34

名 新芽 → 常考單字

例 パントリーに置いてある玉ねぎは、いつの間にか芽が出ていた。

放在食品儲藏室的洋蔥，不知何時發芽了。

例 いくら努力しても芽が出ない人は、たいがいやり方が間違っている。

無論怎麼努力也無法出頭的人，大概都是方法不對。

> **出題重點**
>
> ▶慣用　芽が出る　發芽；出頭天
>
> 除了具體指稱植物發芽之外，也能引申為開始走運，顯露實力。

1711
□
めいはく（な）
【明白（な）】

名・な形 確鑿無疑，顯然，明白
反 ふめい（な）【不明（な）】不清楚，不詳

例 明白な証拠がなければ、被疑者を逮捕、拘留することはできない。

如果沒有確鑿的證據，不可以逮捕或拘留嫌疑犯。

1712
□
めきめき

副 進步顯著迅速

例 娘は小学校の時から、教育熱心な先生に恵まれて、めきめき学力を伸ばしてきた。

女兒從小學開始，有幸遇到有教育熱忱的老師，所以學業明顯進步神速。

1713
□
めぐむ
【恵む】

他I 布施，施捨；憐憫
類 ほどこす【施す】施與

例 街角で食物や金銭を恵んでもらって生活する人をたまに見かける。　在街角，偶爾會看見靠接受食物、金錢布施過活的人。

1714
□
めくる
【捲る】

他I 掀起；翻動
類 まくる【捲る】捲起；翻動

例 剥がれた壁紙をめくってみると、内装工事の時の書き込みを発見した。　把剝落的壁紙掀開來一看，發現了裝潢施工時寫在牆上的字。

1715 □
めざましい
【目覚ましい】

い形 出色
衍 けたはずれ(な)【桁外れ(な)】異乎尋常

→ 常考單字

例 東京五輪での活躍が目覚ましく、彼女は国民栄誉賞を受賞した。　她在東京奧運的表現出色，獲得了國民榮譽獎。

1716 □
めど
【目処】

名 目標；預測
類 みとおし【見通し】預測

例 創業して百年になる老舗の和菓子屋は、年末をめどに閉店するそうだ。　創業百年的日式點心老店，聽說預計將在年底結束營業。

1717 □
めにする
【目にする】

他Ⅲ 看見

例 初めて「モナ・リザ」を目にした時のあの感動は、いまでも忘れられない。　我至今都忘不了第一次看到《蒙娜麗莎》時的那種感動。

1718 □
めばえる
【芽生える】

自Ⅱ 發生，開始；發芽

例 私はずっと親に従順な子供だったが、いつしか親に対する反抗心が芽生えた。

從前我一直是個順從父母的小孩，但不知何時開始萌生對父母的反抗心。

1719 □
めまぐるしい
【目まぐるしい】

い形 目不暇給的（變化、移動）
類 あわただしい【慌ただしい】急遽變化動盪

例 世界の情勢は目まぐるしく変化し続けている。

世界局勢目不暇給地持續變化。

1720 □
めりはり

名 有聲有色；抑揚頓挫；高低起伏
類 かんきゅう【緩急】緩急，快慢

例 毎日そこそこ忙しいよりも、平日は思い切り働いて、休日は思う存分遊ぶというメリハリのある生活をしたい。　與其每天忙忙碌碌，不如平日拼命工作，假日玩得盡興，過著有聲有色的生活。

1721
☐ めをとおす
【目を通す】

|自Ⅰ| 過目 　　　　　　　　　　　　　→ 常考單字

例 ファンからの手紙やメールには必ず目を通しているが、返事はしない。　粉絲的來信及 E-Mail 一定會過目，但並不會回覆。

1722
☐ めをむける
【目を向ける】

|自Ⅱ| 看向；以某立場看待；感到興趣

例 病院からの連絡を受けて、彼女は窓の外に目を向けて黙り込んだ。

接到醫院的通知，她看向窗外沉默不語。

例 犯罪者の家族は常に社会から疑いの目を向けられている。

罪犯的親屬經常被社會投以懷疑的眼光。

1723
☐ めんじる
【免じる】

|他Ⅱ| 看在…份上（搭配「～に免じて」的形式使用）；免除；免職

例 お世話になったあなたのお父様に免じて、今回の無礼は大目に見ましょう。　看在受你父親照顧的份上，這次的冒犯就不跟你計較了。

1724
☐ めんもく
【面目】

|名| 面子；名譽
|類| メンツ【面子】面子

例 部内のリーグ戦でもし 1 年生に負けたら、部長としての面目が立たない。どうしても負けられない。　在社團內的循環賽如果輸給 1 年級，身為社長面子可掛不住。無論如何都不能輸。

▶ も／モ

1725
☐ 🔊
35 もうしあげる
【申し上げる】

|他Ⅱ| 說（謙讓語） 　　　　　　　　　→ 常考單字

例 <u>私はただ事実を申し上げたまでのことです。</u>

我只不過是說出事實而已。

▶文法　V／Vた＋までのことだ／です　只不過…；只好…

本句法的關鍵在「まで（到…為止）」一詞，因為與動詞一起使用，表面上是指到某個動作為止。前方接續動詞た形時，用於申明自己當下單純的行為，並未具其他深意；但是，如果接續動詞原形，則是說話者抱持著沒什麼大不了的心情，表示當前項假設成立時，別無他法只好做該動作。

例　失敗したら、再チャレンジするまでだ。　失敗的話，大不了再挑戰。

1726
□

もうしこみ
【申し込み】

名 申請，提出　　　　　　　→ 常考單字

例　奨学金の申し込みは学生証のほかに身分証明書も必要となる。

申請獎學金除了學生證以外還需要身分證。

1727
□

もうしでる
【申し出る】

他II （自己）提出意見、需求
類 おうぼ【応募】應徵，應募

例　入試で採点ミスがあったと教員が自ら学校に申し出た。

教師主動向學校提出入學考試的評分有誤。

1728
□

もうしぶん
【申し分】

名 缺點；主張

例　彼は業績も能力も申し分がないものの、上司としてはやや思いやりに欠けている。

他的業績與能力都無可挑剔，但作為上司稍微欠缺了體恤之心。

1729
□

もがく

自I 掙扎；焦急

例　流砂に足を取られて、いくらもがいても脱出できない。

腳陷進流沙裡，無論怎麼掙扎也無法逃脫。

1730 もくろむ
【目論む】
[他I] 謀劃；企圖 → 常考單字
[類] くわだてる【企てる】企劃；企圖

例 社長が入院しているのをいいことに、彼は会社を乗っ取ろうと目論んでいる。 他趁著總經理住院，謀劃篡奪公司。

出題重點

▶文法 〜をいいことに 以…為藉口

後半部多接負面的內容，用於說話者以批判的語氣陳述對方做了不好的事。要注意名詞與な形容詞的連接型態，須連接「な」或「である」再接續「〜のをいいことに」，而名詞也可直接接續「〜をいいことに」。

例 父が留守（なの／であるの）をいいことに、弟は一日中ゲームをしていた。 弟弟趁著爸爸不在家，整天都在打電動。

1731 もさく
【模索】
[名・他III] 摸索
[衍] てさぐり【手探り】摸索

例 医者は常に患者のニーズに合わせながら最適な治療方法を模索し続けている。

醫生經常要一邊配合患者需求，一邊持續摸索最佳的治療方法。

1732 もしくは
【若しくは】
[接] 或者
[類] あるいは【或いは】或者

例 近年、コンビニもしくはスーパーでしか販売しない商品が増えている。 近年，只有在便利商店或是超市販賣的商品增加了。

1733 もたせる
【持たせる】
[他II] 讓…保持；讓…拿 → 常考單字
[類] いじする【維持する】維持

例 学生に学習意欲を持たせるには、適切な目標設定が大切です。

要讓學生保持學習意願，設定適當的目標很重要。

1734 もたらす
[他I] 造成，招致
[類] あたえる【与える】使…遭受

例 大地震が津波を引き起こし、街に壊滅的な被害をもたらした。

大地震引發海嘯，對城市造成毀滅性破壞。

1735 □
もちいる
【用いる】

他Ⅱ 使用；採用 　　　　　　　　　→ 常考單字
類 さいようする【採用する】採用；錄取

例 ものさしは、正確に長さを測るために、伸縮性の少ない材質が用いられている。　尺為了準確測量長度，因此使用伸縮性小的材質。

1736 □
もちこむ
【持ち込む】

他Ⅰ 帶入，帶進；提出
反 もちだす【持ち出す】拿出去

例 当テーマパーク内に飲食物を持ち込むのは禁止です。ただし、フタ付きの飲み物は可です。　禁止攜帶食物和飲料進入本主題樂園內。不過，可以攜帶有杯蓋、瓶蓋的飲料。

1737 □
モチベーション
【motivation】

名 動機；幹勁 　　　　　　　　　　→ 常考單字
類 いよく【意欲】意願；幹勁

例 職場の雰囲気は、仕事のモチベーションを左右する大きなポイントだ。　職場氛圍是影響工作動機的一大要點。

1738 □
もっか
【目下】

名・副 眼下，目前
衍 とうめん【当面】當前，目前

例 目下の問題は、この部屋いっぱいのゴミをどう処理するかだ。
眼前的問題是這房間滿滿的垃圾該怎麼處理？

1739 □
もっぱら
【専ら】

副 只，主要；專門
類 ただただ【唯々】唯有

例 近頃、学生間の話題は専ら有名アスリートが逮捕されたことだ。
最近，學生之間的話題都圍繞在知名運動員被捕的事上。

1740 □
もつれる
【縺れる】

自Ⅱ 發生糾紛；糾結纏繞；無法正常活動
衍 もんちゃく【悶着】糾紛，爭執

例 彼は商談の交渉が縺れそうな時でも、軽妙な話術で会話を途切れさせない。　即使在商業談判快要發生糾紛時，他都能用輕鬆巧妙的說話技巧讓談話不中斷。

1741 もてなす

他I 招待，接待
類 かんたいする【歓待する】款待

例 国際交流パーティーで、留学生たちが自国の料理を持ち寄って参加者をもてなした。

在國際交流餐會上，留學生們帶來自己國家的料理，招待參加人員。

1742 もと【元】

名・接頭 前任；以前；原本 　→ 常考單字
類 ぜん【前】之前；前任

例 元カノと会っているところを、今の彼女に見られてしまった。

被現任女友看到我與前女友碰面。

┌─ 出題重點 ─

▶詞意辨析　元 VS 前

「元」和「前」接在職位等表示身分的單字後，都可指卸任後的狀態。「前～」有「前任」之意，多指稱剛卸任的人；而「元～」則用於指過去曾擔任該職位的人。有時會故意加強語氣用「元～」來嘲諷已經卸任許久還在管事的人。

1743 ものがたる【物語る】

他I 說明；講

例 1か月で新入社員の5割が辞めてしまうという事実がこの会社の労働環境の劣悪さを物語っている。

5成的新進員工在1個月內離職，正說明了這間公司的工作環境很糟糕。

1744 ものまね【物まね】

名・他III 模仿 　→ 常考單字
衍 まねる【真似る】模仿

例 忘年会の余興で、課長が社長の物まねを披露した。

尾牙的餘興節目上，課長表演模仿總經理。

1745 もはや【最早】

副 已經 　→ 常考單字
類 すでに 已經

例 ようやく彼女の真意を理解したけど、よりを戻すにはもはや遅すぎたようだ。　我終於理解了她真正的想法，但要重修舊好看來已經太遲了。

▶搶分關鍵　もはや

「もはや」表達的是「現在回過頭來再看已經過去事情」的心情，因此多帶有「為時已晚」的意涵，但不限於否定或負面的狀況。

例　彼が犯人でないことは、もはや疑いようがなかった。

他並不是犯人，這件事已無庸置疑。

1746
□

もめる
【揉める】

自Ⅱ 發生糾紛
類 けんかになる 吵架

例　取引をするなら、事前に細かく条件を決めておいたほうがいいですよ。そうしないと後で揉めますから。

如果要進行交易，最好事前決定好詳細條件。不然的話，日後會發生糾紛。

1747
□

もやもや

副・自Ⅲ 鬱鬱寡歡，疙瘩；朦朧；模糊

例　こないだ俊介くんと歩いてたかわいい子、一体誰なんだろう？あ～もやもやする！　前幾天和俊介走在一起的那個可愛女孩子到底是誰？啊啊，真是讓人心癢癢的！

1748
□

もよおす
【催す】

他Ⅰ 感覺；舉辦
類 ひらく【開く】舉辦（活動）

例　人を見下すような笑いに嫌悪感を催すこともある。

那種看不起人的嘲笑時常會令人反感。

例　政治家がパーティーを催すのは、資金集めと人脈を築くためである。　政治家舉辦派對是為了籌集資金與建立人脈。

1749
□

もより
【最寄り】

名 （距離）最近
衍 もよりえき【最寄り駅】最近的車站

例　噂の三ツ星レストランは、最寄りのバス停から徒歩30分もかかる不便なところにある。　傳說中的米其林三星餐廳，距離最近的公車站還要徒步30分鐘，位在交通不便之處。

1750
□
もらす
【漏らす】

他Ⅰ 洩漏；遺漏；漏；流露
類 バラす 洩漏

例 外国のスパイに国家機密を漏らしている議員がいるらしい。

似乎有議員向外國間諜洩漏國家機密。

1751
□
もりこむ
【盛り込む】

他Ⅰ 裝，盛放；加入
類 とりいれる【取り入れる】加入

→ 常考單字

例 少し前から、食材を溢れんばかりに盛り込んだ丼物が流行っている。　從前些時候開始，流行一種將食材裝到幾乎滿溢出來的蓋飯。

出題重點

▶文法　V－ない＋んばかりに　簡直就要…；就快要

動詞改「ない形」的型態加上「んばかりに」，表示雖然沒有實際做出該動作，但是看起來幾乎就像是已經做了該動作。常見用法有「言わんばかりに（簡直像在說）」、「泣かんばかりに（就快要哭出來）」。把「に」改成「の」，也可修飾名詞，比如「言わんばかりの表情（一副想說…的表情）」、「泣かんばかりの顔（一臉快要哭出來的樣子）」。

1752
□
もろい
【脆い】

い形 脆弱
衍 ぜいじゃく（な）【脆弱（な）】脆弱

例 彼はタフな人だと思ったら、意外と情に脆いところがある。

我以為他是個堅強的人，意外地也有感情脆弱的一面。

▼や／ヤ

1753
□
🔊
36

やくがら
【役柄】

名 戲劇角色類別或個性；職位　→ 常考單字

例 似ている役柄ばかり演じる俳優が大勢いる。

很多演員老是飾演類型相似的角色。

1754
□

やくづくり
【役作り】

名（戲劇）角色塑造　→ 常考單字

例 練習することなしに、役作りはうまくいくわけがない。

未經練習不可能順利塑造劇中角色。

1755
□

やしき
【屋敷】

名 豪宅
類 ごうてい【豪邸】豪宅

例 彼女は実業家の娘だけあって、立派な庭園付きの屋敷に住んでいる。　她不愧是實業家的女兒，住在有氣派庭園的豪宅。

1756
□

やしなう
【養う】

他I 養育；培養
類 そだてる【育てる】培育

例 3人の子供を養うには少なくとも毎月40万円は必要だ。

養育3個孩子每月至少需要40萬日圓。

例 学校やクラブでの集団行動は協調性を養うのに役に立つ。

學校與社團的團體行動有助於培養合作能力。

1757
□

やすらぎ
【安らぎ】

名（心情）平靜，安寧　→ 常考單字
衍 あんしん(な)【安心(な)】安心，放心

例 神社の境内に入ると、不思議と静かな安らぎが湧きあがってくる。

一進入神社，心中就莫名地湧上一股平靜的感受。

1758
□

やたら(な)

副・な形 胡亂；過分
類 むやみ(な)【無闇(な)】胡亂；過分

例 あなたは有名人だから、普段の言動に気を付けないと、ネットでやたらなことが書かれるかもよ。

因為你是位名人，如果不注意平時的言行，說不定在網路上會被亂寫喔。

出題重點

▶搶分關鍵　やたら＋と／に　胡亂；過分

「やたら」當副詞時，後面也可以加「と」和「に」。

例 軽くやり取りするだけの LINE メッセージなのに、彼の返事はやたら
（と／に）長い。

明明就只是簡單往來的 LINE 訊息，他的回覆卻長篇大論。

1759
□
やつあたり
【八つ当たり】

名・自Ⅲ 遷怒於人，拿…出氣

例 仕事でイヤなことがあったからって、子供に八つ当たりするのはよくな
いよ。　雖說工作上有不愉快的事，但拿孩子出氣可不好喔。

1760
□
やどる
【宿る】

自Ⅰ 存在；住宿
衍 やど【宿】旅館；房屋

例 太古の時代、女性には神の声を聞く能力が宿ると信じられていた。
上古時代人們曾相信女性有能力聽到神的聲音。

1761
□
やましい

い形 內疚，慚愧，愧疚
類 うしろめたい【後ろめたい】內疚

例 浮気とか、やましいことがないなら、ケータイをチェックさせてくれて
もいいよね？　如果你沒有出軌等虧心事，可以讓我檢查你的手機吧？

1762
□
やまば
【山場】

名 高潮；緊要關頭
類 クライマックス【climax】（作品）高潮

例 毎週見ているドラマは、いよいよ山場を迎えそうで、どんどん面白
くなってきた。
每週固定觀看的連續劇，似乎終於要迎接劇情高潮，越來越有趣了。

1763
□
やみ
【闇】

名 黑暗；暗處；迷茫
反 ひかり【光】光明，希望

例 さっきまで私の前をゆっくり歩いていた男は、突然闇の中に消え
てしまった。　剛才還緩慢走在我前面的男子，突然消失在黑暗中。

1764
□

やりくり
【やり繰り】

名・他III 想方設法，設法安排，籌措
類 くめん【工面】籌措

例 時間のやり繰りが苦手な人は、きっとお金のやり繰りも苦手なんだろうね。　不擅長安排時間的人，一定也不擅長管理金錢吧。

1765
□

やりとげる
【やり遂げる】

他II 完成
類 やりぬく【やり抜く】完成

例 何かをやり遂げた後の達成感は、なかなか言葉では表現できないものだ。　完成某件事後的成就感，是難以用言語形容的。

1766
□

やわらげる
【和らげる】

他II 緩和；簡化
類 しずめる【鎮める】平定（動亂、心情）

例 プチプチを段ボールの底に敷くことで、衝撃を和らげることができる。　將氣泡墊片鋪在紙箱底部，可以緩和衝撞的力道。

ゆ／ユ

1767
□
🔊
37

ゆいごん
【遺言】

名・自III 遺言，遺囑
衍 ゆいごんじょう【遺言状】遺囑，遺書

例 社長が遺言を残さないまま急死したため、親族間で遺産相続をめぐるトラブルが起こった。

總經理沒有留下遺言就突然過世，親戚間因而發生了遺產繼承糾紛。

1768
□

ゆううつ（な）
【憂うつ（な）】

名・な形 憂鬱，鬱悶
類 おちこみ【落ち込み】心情不佳，落寞

例 雨の日はいつも憂うつな気分になるが、そういう日は自分で楽しめるものを探すべきだ。　雨天雖然總是令人憂鬱，但在這樣的日子裡應當尋找能讓自己享受的事物。

1769
□

ゆうえき（な）
【有益（な）】

名・な形 有用，有所助益
反 むえき（な）【無益（な）】無益，沒有好處

例 残念ながら、現時点ではまだ何の有益な情報も入ってこない。

很抱歉，此刻尚未得到任何有用的消息。

1770
☐ **ゆうが (な)**
【**優雅 (な)**】

名・な形 優雅
類 エレガント (な)【elegant】優雅

例 社交ダンスの中で、ワルツの優雅な回転が最も印象的である。

社交舞中，華爾滋的優雅旋轉最令人印象深刻。

1771
☐ **ゆうかい**
【**誘拐**】

名・他Ⅲ 誘拐，拐騙
類 らち【拉致】強行帶走

例 この町では2日連続して子どもが誘拐されそうになる事件が起こった。　這條街連續兩天發生小孩差點被拐走的事件。

1772
☐ **ゆうかん (な)**
【**勇敢 (な)**】

名・な形 勇敢
反 おくびょう (な)【臆病 (な)】膽怯

例 火災現場から老人を救出した勇敢な消防署員が、署長から表彰されました。

從火災現場救出老人的勇敢消防隊員，受到署長的表揚。

1773
☐ **ユーザー**
【**user**】

名 使用者
類 りようしゃ【利用者】使用者

例 不正アクセスによるユーザー情報の漏洩は深刻な問題となっている。　駭客入侵所造成的個資外流成為嚴重的問題。

1774
☐ **ゆうし**
【**融資**】

名・自他Ⅲ 融資，借貸
類 ゆうずう【融通】借貸

例 銀行に融資を断られて、やむなく店をたたんだ。

融資被銀行拒絕，不得已只好把店收了。

1775
☐ **ゆうずう**
【**融通**】

名・他Ⅲ 借貸；籌措；通融，靈活
類 たいしゃく【貸借】借貸

例 ここの神社は、お金を融通してくれるという金運が上がる神様を祀っているらしい。

聽說這間神社供奉的是借錢給我們的那種提升財運的神明。

▶固定用法　融通が利く　隨機應變

當作為「通融」解釋時，常以慣用法「融通が利く」或「融通が利かない」，
表示態度能否通融或個性是否會變通。

例 A：うちの課長は、まったく融通が利かない！

　　　　我們課長一點也不知變通！

　　 B：そんなに頑固なの？　那麼固執啊？

1776
☐
ゆうする
【有する】

他Ⅲ 具有；持有
類 そなえる【備える】具備

例 10年以上の実務経験を有する者は優先的に採用する。

有10年以上實務經驗的人將優先錄取。

1777
☐
ゆうどく（な）
【有毒（な）】

名・な形 有毒　　　　　　　　→ 常考單字
反 むどく（な）【無毒（な）】無毒

例 あまり知られていないことだが、実は私たちの身近にある植物には、有毒な成分を含んでいるものが多い。

雖然鮮為人知，但事實上我們身邊的植物中，有很多都內含有毒的成分。

1778
☐
ゆうぼう（な）
【有望（な）】

名・な形 有希望，有前途
衍 ぜんとゆうぼう【前途有望】前途光明

例 水素は次世代エネルギー源として極めて有望である。

氫氣極有希望成為新世代能源。

1779
☐
ゆうゆう（と）
【悠々（と）】

副 悠哉地　　　　　　　　　→N2 單字
類 どうどう（と）【堂々（と）】堂堂，無顧忌地

例 遅刻しても悠々と教室へ入って来る彼を見て、さすがの好々爺の先生もブチ切れた。

看到他遲到還悠哉地進教室，就連好好先生的老師也動怒了。

1780
☐
ゆうり（な）
【有利（な）】

名・な形 有利
反 ふり（な）【不利（な）】不利

例 この録音は裁判に有利な証拠になると思わないまでも、事件当時いったい何が起きたか分かることになろう。　雖然我不認為這個錄音會成為打官司的有力證據，但至少可以得知當時事發狀況。

┌─ 出題重點 ─────────────────────

▶文法　V －ない＋までも　雖然不…卻也…

「まで」是「到…為止」，「も」是「也」，前面接續動詞否定型後，連結起來就是「不到…也…」。用於表示雖然沒有達到目標，但至少有到某種程度，或至少需要滿足某種程度。

1781
☐
ゆうりょう（な）
【優良（な）】

名・な形 優良
反 れつあく（な）【劣悪（な）】惡劣

→ 常考單字

例 あの業界には優良な企業が多いと言われる一方で、ブラック企業も少なくないそうだ。

據說在那業界優良企業很多，但另一方面，黑心企業也不少。

1782
☐
ゆがみ
【歪み】

名 變形，歪斜；（想法、性格）扭曲
類 ひずみ【歪み】變形

例 魚眼レンズで撮った写真は、中心から離れるほど歪みが生じるので、被写体の表情がかわいくなる。　用魚眼鏡頭拍的照片，因為離中心越遠越扭曲變形，所以被拍攝物體的表情變得很可愛。

┌─ 出題重點 ─────────────────────

▶詞意辨析　ゆがみ VS ひずみ

「ひずみ」是指受外力刺激變形而錯位的狀態，例如：「岩盤のひずみ」，也可以用於表示某事的結果所產生的不良影響，此時多為社會現象或人際關係，例如：「社会のひずみ」。「ゆがみ」則是用於筆直的事物變形時，也經常用於指內心或性格不端正，臉部表情扭曲等。

1783
☐ ゆがめる
【歪める】

他Ⅱ 使…變形；歪曲（事實）

衍 まげる【曲げる】彎曲；曲解

例 母親は、傷の痛みに堪えながら顔を歪めた息子を抱き上げた。

母親將忍著傷口疼痛而表情扭曲的兒子抱起來。

1784
☐ ゆきば
【行き場】

名 去處　　　　　　　　　→ 常考單字

例 ここは行き場をなくした子どもたちを一時的に保護する施設だ。

這裡是暫時保護沒地方去的小孩的機構。

1785
☐ ゆだねる
【委ねる】

他Ⅱ 委託，交給；獻身

類 まかせる【任せる】託付，交給

例 ネットでも病気の情報はある程度集められるが、最終的な判断は医師に委ねた方がいい。　雖然網路上也可以收集到一定的疾病相關資訊，

但最終判斷還是交給醫師比較好。

1786
☐ ゆちゃく
【癒着】

名・自Ⅲ 勾結，串通；傷口沾黏

例 金をもらって便宜を図ったとして、政治家と宗教団体の癒着が問題となっている。

收受獻金大開方便之門，政治人物和宗教團體的勾結已成為問題。

1787
☐ ゆとり

名 寬裕，餘裕

類 よゆう【余裕】餘裕

例 もう少し詳しく説明したかったけど、時間のゆとりはなかった。

雖然還想要再詳細說明，但沒有充裕的時間。

1788
☐ ゆらい
【由来】

名・自Ⅲ 起源，源自；由來　　→ 常考單字

類 いわれ【謂れ】來歷，由來

例 日本のりんごの代表品種「ふじ」の名は、歌手の名前に由来するという説がある。

日本蘋果代表品種「富士」之名，有一說是起源於歌手的名字。

出題重點

▶漢字讀音　由

【ゆう】：理由（理由）／自由（自由）

【ゆ】：由来（由來）／由縁（緣由）／経由（經由）

【ゆい】：由緒（來歷）

1789
□
ゆるがす
【揺るがす】

他I 震撼，動搖

類 ゆさぶる【揺さ振る】震撼，動搖

例 いわゆる世界を揺るがす大事件は、一生に一度遭遇するかしないかだ。　所謂震撼世界的大事，一生中看會不會碰上一次。

1790
□
ゆるむ
【緩む】

自I 鬆懈

反 （きが）はる【（気が）張る】緊張

例 もうすぐ完成だと思って気が緩んでいたから、重要な点を見落としてしまったんだと思います。

心想馬上快完成了，就開始鬆懈，因此忽略了重要的論點。

▶よ／ヨ

1791
□
🔊
38
ようぎしゃ
【容疑者】

名 嫌犯

類 ひぎしゃ【被疑者】嫌犯

例 現場の周辺住民への聞き込みから、新たな容疑者が浮上した。

從案發現場周邊居民的探訪中，新嫌犯浮出檯面。

1792
□
ようご
【擁護】

名・他III 擁護，保衛

反 しんがい【侵害】侵害

例 生活困窮者の基本的人権を擁護せんがために、彼は毎日駅前で署名活動をしている。

為了擁護生活貧困者的基本人權，他每天在車站前進行連署活動。

1793
☐ **ようする**
【要する】

他Ⅲ 需要；歸納要點　　　　→ 常考單字

例 ヒートアイランド現象を解決するには、我々の想像を超えた膨大な時間を要する。

要解決熱島效應，需要超乎我們所能想像的龐大時間。

┌─ 出題重點 ─────────────────────────┐

▶**固定用法　要するに　總而言之**

「要する」加上「に」可視為一個副詞單字，表示「歸納上述」的意思，相當中文的「總而言之」，可用於句首和句中。

例 要するに、芸術とは美しいと感じるものである。

總而言之，所謂藝術就是感受美的事物。

例 よく考えれば、要するに彼女は私を信用していないということだ。

仔細想想，總之她並不信任我。

└────────────────────────────────┘

1794
☐ **ようせい**
【要請】

名・他Ⅲ 要求，請求
類 ようぼう【要望】要求

例 マラソン大会の運営者から、開催当日の交通規制に協力してほしいとの要請があった。

馬拉松大賽的主辦單位，要求我們協助競賽當天的交通管制。

1795
☐ **ようぼう**
【要望】

名・他Ⅲ 強烈要求，迫切期望　→ 常考單字
類 ようせい【要請】請求

例 この緑地は、近隣住民の要望に応じて、防災公園として整備されたものだ。　這片綠地，接受鄰近居民的強烈要求，而整備為防災公園。

1796
☐ **ようやく**
【要約】

名・他Ⅲ 歸納；摘要
類 まとめ【纏め】歸納；總結

例 次の文章を100字以内で要約しなさい。

〔測驗說明〕請以100字以內的文字歸納以下文章的要點。

1797
□
よか
【余暇】

名 閒暇
衍 あいま【合間】空檔

例 心のゆとりがある人は、自然に余暇を楽しめるのではないか。

心有餘裕的人自然能享受閒暇時光，不是嗎？

1798
□
よぎない
【余儀ない】

い形 不得已，被迫（用於慣用表現「余儀なくされる」）

例 東南アジアに進出した企業の多くは、去年の洪水で工場の操業停止を余儀なくされた。

在東南亞發展的許多企業因去年的洪水不得已停工。

1799
□
よくしつ
【浴室】

名 浴室
類 バスルーム【bathroom】浴室

例 浴室は床が水で滑りやすいために、家の中で一番危険な場所だと言われる。　浴室因地板上的水容易造成滑倒，據說是家中最危險的地方。

浴室

浴槽
浴缸

シャワーブース
淋浴間

洗面化粧台
洗臉洗手臺

脱衣所
脫衣處

1800
□
よくせい
【抑制】

名・他Ⅲ 抑制
反 そくしん【促進】促進

例 ダイエットのために、この薬を買ったが、どうやら食欲を抑制する効果は嘘らしい。

為了減肥而買了這種藥，但抑制食慾的效果看樣子好像是騙人的。

1801 □
よくばる
【欲張る】

自I 貪婪

→ 常考單字

反 まんぞくする【満足する】滿足

例 数か国語が話せたらかっこいいと欲張って他の外国語にまで手を広げたら、どれも中途半端になってしまった。　覺得會說多國語言很酷，因此就貪婪地接觸其他外語，結果全部都半途而廢。

1802 □
よこたわる
【横たわる】

自I 存在；躺臥

類 よこになる【横になる】橫躺

例 男と女の間には埋めがたい価値観の対立が横たわっている。

男女之間存在著難以彌補的價值觀分歧。

1803 □
よこばい
【横ばい】

名 橫向爬行；（數值）變動不大

→ 常考單字

類 ていたい【停滞】停滯

例 ここ10年、全国の出生率は低下する傾向にあるが、死亡率はほぼ横ばいで推移している。

近10年，全國出生率有下降的趨勢，但死亡率則維持橫向波動。

1804 □
よせい
【余生】

名 餘生

衍 ばんねん【晩年】晚年

例 余生をヨーロッパの田舎町で過ごしたいという夢が叶ったら、どんなに嬉しいことか。

若我能實現在歐洲鄉間度過餘生的夢想，那該有多開心啊。

1805 □
よせつける
【寄せ付ける】

他II 讓…靠近（用於否定）

例 陸上選手だった佐藤さんは長距離でも速かったが、特に中距離走では他を寄せ付けない圧倒的な強さを誇った。　田徑選手佐藤先生長跑雖然也跑得快，但尤以中長跑時無人能望其項背的壓倒性力量自豪。

1806 □
よそ
名 別處；別人家；不當回事　　→ 常考單字

例 よその家がどうであろうと、うちはうちとしての家族の付き合い方がある。　我不管別人家如何，我們家自有家人間的相處之道。

例 周りの反対をよそに、彼女はアフリカへの一人旅に踏み切った。

不顧周遭反對，她決心一個人前往非洲旅行。

1807 □
よそおい
【装い】
名 裝扮；裝潢；風情　　→ 常考單字
衍 きかざる【着飾る】盛裝

例 男のカジュアルな装いと対照的に、女のほうはパーティーにでも出るような華やかなドレスを着ている。

與男性的休閒裝扮形成對比，女性穿著像是要去參加宴會般的華麗禮服。

1808 □
よそよそしい
い形 疏遠，見外
反 なれなれしい【馴れ馴れしい】親暱

例 子供の頃は仲良しでも、中学生になると異性の友達は急によそよそしくなるものだ。

即使是小時候關係很要好的異性朋友，升上國中後突然變疏遠。

1809 □
よち
【余地】
名 餘地　　→ 常考單字
類 よゆう【余裕】餘裕，寬裕

例 あの二人がどこかで繋がっていることに疑いの余地はない。

無庸置疑，那兩人在什麼地方是有關連的。

1810 □
よふけ
【夜更け】
名 深夜
反 よあけ【夜明け】天明

例 学生時代、休みになるといつも親友と夜更けまで世間話をしていた。　學生時期一放假，我總會與知心好友閒聊到深夜。

1811
□
よみ
【読み】

名 讀；讀法；預測，猜測　　　　→ 常考單字
類 よそく【予測】預測

例 次の漢字の読みを平仮名で書きなさい。

〔測驗說明〕請用平假名寫出下列漢字讀音。

例 連休に備えて食材を大量に仕入れたが、読みが外れ、急な大雨で客がほとんど来なかった。　為了連假採購大量食材，但預測失準，因突如其來的大雨而幾乎沒有客人上門。

┌─ 出題重點 ─────────────────────────
│
│ ▶固定用法　読みが＋深い／甘い　深謀遠慮；太過樂觀
│ 「読みが深い」表示洞察機先、深謀遠慮的樣子；相反詞「読みが甘い」則
│ 表示想法或預測過於樂觀，或懷有過多的期待，實際上卻不如期待。
└──────────────────────────────────

1812
□
よみがえる
【蘇る・甦る】

自I 恢復；復活，復甦
類 そせいする【蘇生する】甦醒，復活

例 彼の言葉を聞いて、私は確かにこの人に会っていたという記憶が蘇った。　聽了他的話，喚醒了我確實見過這個人的記憶。

1813
□
よみとる
【読み取る】

他I 讀取；領會　　　　→ 常考單字

例 入場の際に、こちらのQRコードをスマートフォンで読み取って、LINEでの友だち追加をお願いします。

入場時，麻煩請用智慧型手機讀取這邊的QR Code，加入LINE好友。

1814
□
よゆう
【余裕】

名 （具體或抽象）餘裕，寬裕　　　→ 常考單字
類 よち【余地】餘地

例 カバンにまだ余裕があるから、これを入れよう。

因為包包還有空間，就把這個放進去吧。

1815
□

よりそう
【寄り添う】

自I 依偎，靠近；相伴　　　→ 常考單字
反 はなれる【離れる】分離，分開

例 湖畔で寄り添う男女二人の後ろ姿が、絵葉書のように美しい。

在湖畔相依的男女二人背影，如風景明信片般美麗。

例 彼はとても心優しい子で、私が落ち込むといつも寄り添ってくれる。

他是一個心地善良的人，當我心情低落，他總是陪伴我。

1816
□

よろん
【世論】

名 輿論　　　→N2 單字

例 選挙が近づき、政治家たちはやたらと世論の動向が気になっている

ようだ。　選舉快到了，政治家們似乎過於介意著輿論的走向。

1817
□

よわる
【弱る】

自I 衰弱；困擾
類 すいじゃくする【衰弱する】衰弱

例 普段ジムに通ってトレーニングをしてはいるが、風邪で10日ほど休ん

だだけで体力が弱ってしまった。　雖然平常會上健身房鍛鍊，但僅因

為感冒休息了10天左右，體力就變弱了。

ら／ラ

1818
らくのう
【酪農】
39

名 酪農業
類 ちくさんぎょう【畜産業】畜牧業

例 ニュージーランドは酪農が盛んで、世界各地にバターやチーズを供
給している。　紐西蘭的酪農業興盛，供給世界各地奶油和起司。

1819
ラフ（な）
【rough】

な形 隨便；粗糙
類 カジュアル（な）【casual】輕鬆

例 あのフレンチレストランは、ラフな格好では入れてくれないそうだ。
聽說那家法式餐廳，穿著隨便是不給進入的。

り／リ

1820
リアル（な）
【real】
40

名・な形 真實，現實
反 バーチャル（な）【virtual】虛構

例 最近の映画のＣＧは、実写と区別がつかないほどリアルに作られ
ている。　最近電影CG做得逼真到幾乎無法與實景拍攝區別。

1821
リーダーシップ
【leadership】

名 領導力；領導權
類 しどうりょく【指導力】指導能力

例 管理職になった人は、必ずしもみなリーダーシップを持っていると
は限らない。　成為管理階層的人，也未必都具備領導才能。

1822
りえき
【利益】

名 利益；利潤　　　　　　　　　→ 常考單字
反 そんしつ【損失】損失

例 社会貢献活動を行うことで、企業価値の向上もさることながら、
それによってもたらす利益も侮れない。

從事社會貢獻活動，不僅提升企業價值，其附帶的利益也不容忽視。

出題重點

▶**文法　N＋もさることながら　…是理所當然的但…更重要**

「も」是「也」的意思，暗示除了前項還有後項。「さる」是古文單字，「さること」意思等同於「そんなこと（那樣的事情）」，「ながら」表示逆接，所以解釋為「〜もそうだが、〜はもっとそうだ（…也如此…更是如此）」。

1823
□
りくつ
【理屈】

图 道理；邏輯；歪理
類 どうり【道理】道理

例 恋は理屈ではなく運命なんだ。　戀愛沒有道理可言，是命運。

1824
□
りこう (な)
【利口 (な)】

名・な形 聰明，伶俐；八面玲瓏
類 かしこい【賢い】聰明，伶俐

例 意外なことに、ブタはかなり知能が高く、利口な動物らしい。

令人意外的是，豬似乎是智商相當高且聰明的動物。

1825
□
りそく
【利息】

图 利息
反 がんきん・もときん【元金】本金

例 銀行に貯金しても利息がほぼ付かないので、株式投資を始めようと考えている。　錢存銀行也幾乎沒有利息，所以我考慮開始投資股票。

1826
□
りてん
【利点】

图 優點，好處
類 メリット【merit】優點，好處

例 リモートワークの利点として、通勤費用の削減と対人ストレスの軽減が挙げられる。

舉例來說，遠距辦公的優點有減少通勤費用與減輕人際壓力。

1827
□
リハビリテーション・
リハビリ【rehabilitation】

图 復健
→ 常考單字

例 事故に遭ってから3か月を過ぎた今でもリハビリを受けている。

遭遇車禍後至今過了3個月了，現在仍在接受復健。

1828
☐ りふじん（な）
【理不尽（な）】

> な形 不講道理，不可理喻
> 反 なっとくできる【納得できる】可以理解

例 挨拶をしなかっただけで刑務所に入れられるなんて理不尽だ。

（獨裁者）只因未打招呼就被抓進監獄，非常不講道理。

1829
☐ りゃくだつ
【略奪】

> 名・他Ⅲ 掠奪
> 類 うばいとる【奪い取る】奪取

例 戦争が起こると、個人財産も簡単に破壊されたり略奪されたりし

てしまう。　萬一發生戰爭，個人財產也會輕而易舉地被破壞或掠奪。

1830
☐ りょうしき
【良識】

> 名 良知；正確、健全判斷力
> 類 ぜんい【善意】善意

例 創業以来、誠意と良識をもって御客様と取引するという信念を
貫いてきた。

創業以來，我們一直秉持著以誠意及良知與客戶往來的信念。

1831
☐ りょうしょう
【了承】

→ 常考單字

> 名・他Ⅲ 諒解；同意
> 類 りょうかい【了解・諒解】諒解

例 当店は、10歳未満のお子様のご入店をお断りしております。あ
らかじめご了承のほど、よろしくお願い申し上げます。

本店謝絕未滿10歲的小孩入店，敬請見諒。

┌─ 出題重點 ─

▶詞意辨析　了承 VS 承知

兩者都是「理解、知道」的意思，但是「了承」帶有「我聽你說，理解你」
的意涵，因此「了承しました。（我知道了）」是上對下的說法；而「承知」
的重點在於「理解後接受你的要求」，並且字義上已包含了謙虛恭敬的意涵，
因此「承知しました。（我知道了）」用在下對上的場合。

以下為常用的句法型態：
了承：了承を得る（獲得理解）／ご了承ください（請諒解）
承知：ご無理を承知で…（我知道很為難…）／承知しない（不同意）

1832
□

りょうしんてき（な）
【良心的（な）】

な形 有良心的

→ 常考單字

類 せいじつ（な）【誠実（な）】誠實

例 大学周辺のほとんどの店は、学生のために、良心的な価格で大盛り料理を提供している。

大學周圍的店家，幾乎都提供學生價錢公道且分量十足的餐點。

▶る／ル

1833
□
🔊
41

ルート
【route】

名 路線；路徑；途徑

類 けいろ【経路】路線

例 カーナビは、目的地までの最適のルートを示してくれるとは限らない。　汽車導航未必會指引到達目的地的最佳途徑。

▶れ／レ

1834
□
🔊
42

れいねん
【例年】

名 往年，歷年；每年

例 準備が間に合わなかったため、今年の学園祭は例年より一週間遅れて開催することとなった。

因為來不及準備，所以今年的校慶比往年晚一週舉辦。

1835
□

れっせい
【劣性】

名 隱性

反 ゆうせい【優性】顯性

例 遺伝学用語としての「優性・劣性」は、「顕性・潜性」に言い換えることができる。

遺傳學用語中的「優性、劣性」可以代換為「顯性、隱性」。

1836
□

れっとうかん
【劣等感】

名 自卑感

反 ゆうえつかん【優越感】優越感

例 彼は奥さんより給与が少ないことに劣等感を抱いているらしい。

他對薪水比妻子少這件事似乎懷有自卑感。

1837
レポーター
【reporter】

名 記者；報告者
類 ジャーナリスト【journalist】媒體記者

例 彼女は作家活動をするかたわら、旅行番組のレポーターとしても活躍している。

她一方面從事寫作工作，同時身兼旅遊節目記者的工作也十分活躍。

1838
れんけい
【連携】

名・自Ⅲ 合作 → 常考單字
類 きょうどう【協同】合作

例 子供の安全を守るためには、地域見守り隊との連携も必要である。

為保護小孩的安全，與地方守望相助隊的合作也是必要的。

1839
れんじつ
【連日】

名 連日
衍 れんや【連夜】連續幾晚

例 連日、多くの方々にお越しいただいたおかげで、盛況に終えることができました。以上をもちまして、閉会のご挨拶とさせていただきます。

〔致詞〕多虧各位連日來的蒞臨，本會才能在盛況中落幕。謹此致謝。

出題重點

文法　N＋をもって　以（某個時點）為基準

用在明確表達以某個時點開始，事態將有轉變或是就此結束。常用於正式場合的談話中，因此多用「～をもちまして」表示禮貌的態度。

例 3月31日をもって退職いたします。　將在3月31日離職。

1840
れんちゅう
【連中】

名 同夥
類 やから【輩・族】傢伙

例 あそこの駐車場では、いつもたちの悪い連中がたむろしている。

那裡的停車場，總是有品行不良的壞傢伙們群聚。

▶ろ／ロ

1841
☐
🔊
43

ろうご
【老後】

名 年老，上年紀後
衍 ばんねん【晩年】晚年

例 調査によれば、多くの人は５０歳になってから老後に不安を抱え始めるそうだ。　據調查，許多人在50歲以後會開始對年老感到不安。

1842
☐

ろくが
【録画】

名・他Ⅲ 錄影　→ 常考單字
衍 ろくおん【録音】錄音

例 劇場内での録音、録画は禁止しております。発見次第、上映中でも直ちにご退場いただきます。　〔宣導〕影廳內禁止錄音、錄影。

一旦發現，即使是播映途中也會請您立即離場。

1843
☐

ろこつ（な）
【露骨（な）】

名・な形 露骨；暴露
反 ひかえめ（な）【控え目（な）】節制；慎重

例 彼は露骨に不愉快そうな表情を見せながら、黙って頷いた。

他露骨地擺出一副不悅的表情，默默地點頭同意。

1844
☐

ろじ
【路地】

名 小巷子
類 こみち【小道】小路

例 私の行きつけのカフェは大通りから一本入った路地にある。

我常去的咖啡店在大馬路旁的巷子裡。

▶わ／ワ

1845
□
🔊
44

わかちあう
【分かち合う】

他Ⅰ 互相分享，共同分擔
類 きょうゆうする【共有する】分享

例 喜びだけでなく、苦しみも分かち合えるのが真の夫婦だと思う。

我認為不僅互相分享快樂，也會共同分擔痛苦才是真正的夫妻。

1846
□

わがみ
【わが身・我が身】

名 自身，自己
類 おのれ【己】自己

→ 常考單字

例 工藤社長は、自社工場の爆発事故で、我が身を顧みずに多くの従業員を助けた。

工藤總經理在自家工廠發生爆炸事故時，奮不顧身救了很多員工。

出題重點

▶固定用法　我が〜　我的…

「我が」是「私の」的意思，從古典日文延續而來，而在現代日語中，都是以「我が〜」的形式出現，表示「我的…」，並且多用在較為正式嚴肅的文章，或是慣用語中。

我が家（我家）／我が国（我國）／我が子（我的小孩）

1847
□

わきまえる
【弁える】

他Ⅱ 明白，懂得；辨別，區分

例 取引先に行った時は、自分の立場をわきまえて、上司より目立たないようにふるまっている。

拜訪客戶時，要明白自己的角色，行為舉止不要比上司搶眼。

1848
□

わく
【枠】

名 框架；限制；範圍

例 窓の枠をオレンジ色にするなんて、なかなか大胆な発想だ。

窗框竟用橘紅色，真是大膽的創意。

1849 □

わく
【湧く】

自Ⅰ 湧出
類 ゆうしゅつする【湧出する】湧出

→N2 單字

例 エベレストという映画を見たのをきっかけに、登山に興味が湧いてきた。　因為看了電影《聖母峰》，於是對登山產生了興趣。

1850 □

わくせい
【惑星】

名 行星；黑馬，明日之星

例 プラネタリウムはもともと惑星の動きを示すための装置だった。
星象儀本就是為了顯示行星運行的裝置。

宇宙

彗星
彗星

人工衛星
人造衛星

恒星
恆星

天の川
銀河

1851 □

わざ
【技】

名 技巧
類 ぎこう【技巧】技巧

例 元オリンピックの体操選手による高難度の技の解説動画が公開された。　由前奧運體操選手所講解的高難度技巧影片已經公開了。

1852 □

わざわい
【災い】

名 災禍
類 さいなん【災難】災難，災禍

例 「口は災いの元」とは、自分の発言が災難の原因になる、という意味だ。　所謂「禍從口出」就是指自己的發言成為災難的起因。

1853 □

わずらわしい
【煩わしい】

い形 煩雜，煩瑣；麻煩
類 めんどう (な)【面倒(な)】麻煩

→ 常考單字

例 パスワード管理が煩わしくて、同じものを使いまわしている人は結構多い。　管理密碼很煩雜，所以很多人會重複使用同樣的密碼。

1854
☐
わりあい
【割合】

名・副 比例；超出預想之外
類 ひりつ【比率】比例

→ 常考單字

例 食費の中で外食費が占める割合は、若い世代ほどが高い。

越年輕的世代，伙食費中外食費所占的比例越高。

例 父は、家ではほとんど掃除しないのに、会社では割合に机をきれいに片付けているようだ。　父親明明在家幾乎都不打掃，但在公司卻好像比較會把桌子整理得很整齊。

1855
☐
わりあてる
【割り当てる】

他II 分配
類 はいとうする【配当する】分配

例 割り当てられた予算は年度内に使い切らねばならない。

分配到的預算必須在今年度內用完。

1856
☐
わりきる
【割り切る】

他I 整除；劃清界線；想通

例 100は5で割り切ることができる。　100可以被5整除。

例 人間関係なんかどうでもいいと思っても、そう簡単に割り切れないだろう。　即便認為人際關係無所謂，也無法如此簡單地劃清界線吧。

1857
☐
わりこむ
【割り込む】

他I 擠進，插隊；插嘴
類 よこはいりする【横入りする】插隊

例 行列に割り込んだ若者を注意したら、反省するどころか、不愉快なことを言われてしまった。

提醒了插隊的年輕人，沒想到他不但沒有反省，反而講了一些不入耳的話。

1858
☐
わりびく
【割り引く】

他I 打折扣；降低評價
類 ねさげする【値下げする】降價

例 ここまで割り引いて売るなら、破棄するほうがましだ。

如果要打折到這種程度來賣，還不如報廢丟棄。

1859
☐
わりふる
【割り振る】

他I 分配
類 わりあてる【割り当てる】分配

→ 常考單字

例 修学旅行でどんな部屋に割り振られるか気になって仕方がない。

對於校外教學會被分配到怎麼樣的房間在意得不得了。

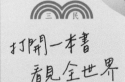

國家圖書館出版品預行編目資料

新日檢制霸！N1單字速記王／眞仁田 榮治,清水 裕
美子,曾寶儀,詹兆雯,蔡佩青編著;浦上 準之助,泉 文
明審訂.——初版一刷.——臺北市：三民，2023
面；　公分.——（JLPT滿分進擊）

ISBN 978-957-14-7617-9　（平裝）
1.日語 2.詞彙 3.能力測驗

803.189　　　　　　　　　　　　112001841

JLPT 滿分進擊

新日檢制霸！N1 單字速記王

編 著 者	眞仁田 榮治　清水 裕美子　曾寶儀 詹兆雯　蔡佩青
審　　訂	浦上 準之助　泉 文明
責任編輯	游郁苹
美術編輯	蔡季吟
發 行 人	劉振強
出 版 者	三民書局股份有限公司
地　　址	臺北市復興北路 386 號 (復北門市) 臺北市重慶南路一段 61 號 (重南門市)
電　　話	(02)25006600
網　　址	三民網路書店 https://www.sanmin.com.tw
出版日期	初版一刷 2023 年 3 月
書籍編號	S860240
I S B N	978-957-14-7617-9

三民書局